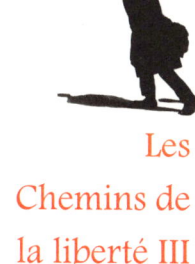

Les
Chemins de
la liberté III

[法] 让-保尔·萨特 著

沈志明 译

自由之路

III 痛心疾首

人民文学出版社

第 三 部

痛心疾首

沈志明　译

上 篇

一九四〇年六月十五日，星期六上午九时于纽约

一条章鱼？他拿起刀子，但睁眼一看，原来是一场梦。不，原来炎热像章鱼似的用吸盘在吮吸他。他浑身出汗。近午夜一点才睡着，两点钟他热醒了，跳进冷水浴缸浸泡，然后没有擦干身子便躺下，可立刻感到火烧火燎，如烈焰逼烤，又是大汗涔涔。黎明时分才入睡，却梦见火灾。现在必定日上三竿了，戈梅兹仍旧汗流浃背，四十八小时以来一直不停地淌汗。"他妈的！"他边骂边用湿漉漉的手掠了掠湿漾漾的胸脯。这简直不是炎热，而是天气得了重病：空气发高烧，空气冒热汗，人在汗中冒汗。起床。穿着衬衫直出汗。他挺直身子自言自语："见鬼！我没有衬衫了。"他把最后一件衬衫，那件蓝的，泡在水里了，因为他不得不每天换两次。现在完了，直到送洗的衣服取回之前，他只得穿上又湿又臭的衣衫。他小心翼翼地站起来，仍不免汗水如注。滴滴汗珠像虱子似的在胁部奔跑，弄得他怪痒痒的。他摸了摸搭在扶手椅靠背上那件皱巴巴的衬衫：在这个倒霉的国家，什么东西都干不了。他胸口发紧，嘴干舌黏，好像昨夜喝醉了酒。

他穿上裤子，走到窗边，拉开窗帘：满街阳光，炎炎似火，这将延续十三个小时。他焦虑、气恼地凝望街面。天下无处不是灾：在彼岸，黝黑肥沃的土地上硝烟弥漫，到处是鲜血和惨叫；在此岸，除了红砖房子便是金光烈日，赤日复赤日，一身汗接着一身汗。真的，天下无处不是灾。两个黑人笑嘻嘻地走过，一个女人进入杂货

铺。戈梅兹骂道:"他妈的!他妈的!"他望着炫目的流光溢彩,心想:我即使有时间作画,即使专心致志,在似火的骄阳下也难以下笔呀!"他妈的!他妈的!"

有人按铃。戈梅兹去开门。来人是里奇。

"要死人啦。"里奇进屋时说。

戈梅兹吓了一跳,问道:

"什么?"

"热呀,热死人哪。怎么?"里奇责备道,"你还没穿好衣服?拉蒙十点钟等咱们哩。"

戈梅兹耸耸肩:"我老晚都睡不着。"

里奇含笑瞧着他,戈梅兹气呼呼地补充:

"天太热,简直没法睡觉。"

"刚来嘛,都这样,"里奇语气温厚地说,"你会习惯的。"

里奇关切地注视他,问道:

"你服盐片了吗?"

"当然,但对我没有效果。"

里奇摇摇头,宽厚中夹着几分严肃,心想盐片是止汗的呀,如果对戈梅兹不起作用,那说明他与众不同。

"喂,我说,"里奇突然皱起眉头,"你应该是训练有素的,西班牙也很热嘛!"

戈梅兹想起马德里干燥炎热的早晨,阿尔卡拉上空金光灿烂的太阳,还给人带来希望。他摇摇头说:

"热得不一样。"

"不那么潮,唵?"里奇颇得意地说。

"是的,而且比较能让人忍受。"

里奇拿着一张报纸,戈梅兹伸手想问他要,但没有胆量,手又缩了回来。

"今天是个重大的日子,"里奇兴高采烈地说,"是特拉华州日①,我刚从那边回来,知道吗?"

里奇打开报纸第十三页,戈梅兹瞥见一张照片:拉加迪亚握住一个大胖子的手,两人开怀大笑。

"左边这家伙,"里奇说,"就是特拉华州州长。拉加迪亚昨天在世界博览会大厅会见他,不平常哪!"

戈梅兹真想从他手中夺过报纸,看一看第一版的新闻,但又转念:"关我屁事!"便走进盥洗室。他往澡盆里放凉水,同时匆匆刮胡子。他洗凉水浴时,里奇大声问道。

"你怎么样呀?"

"山穷水尽。我没有衬衫穿了,身上只剩下十八美元。再说马纽埃尔星期一就回来,我得把这套公寓还给他。"

但戈梅兹仍惦记着报纸,里奇一边等他一边看报,翻报的声响不时传来。他细心地擦干身子,但怎么也擦不干,浴巾直往外渗水。他穿上湿衬衫时微微打战,然后回到卧室。

"巨人队的比赛。"

戈梅兹莫名其妙地望着里奇。

"昨天的棒球比赛,巨人队赢了。"

"噢,对,棒球……"

戈梅兹蹲下系皮鞋带。他试图从下往上看清第一版的大标题,终于憋不住问道:

"巴黎怎样了?"

"你没听广播?"

"我没有收音机。"

---

① 1940年6月15日纽约市市长拉加迪亚欢迎特拉华州州长理查德·麦克缪伦,时值纽约世界博览会举办特拉华州特别日。

"完了,了结了,"里奇平静地说,"昨夜他们进驻巴黎了。"

戈梅兹走向窗户,把前额贴在灼热的玻璃上,凝望街道:无用的太阳,无用的日子,往后的日子毫无用处了。他转过身,跌坐在床上。

"赶快呀,"里奇说,"拉蒙可不乐意等人哟。"

戈梅兹重新站起来,但他的衬衫已经湿得可拧出水了。他走到镜子前打领带,问道:

"他同意了?"

"原则上同意了。每周六十美元,你负责画展专栏。他要亲自见你。"

"他会见到我的。"戈梅兹说,"他会见到我的。"

戈梅兹猛地转身问道:

"我要预支工资,你认为他肯干吗?"

里奇耸耸肩膀,思考片刻后说:

"我对他说你来自西班牙,他估计你心里并不揣着佛朗哥;我没有跟他提起你的……战绩。别对他说你曾是将军,谁知道他心里会怎么想呢。"

将军!戈梅兹瞧了瞧自己破旧的裤子和由于出汗过多衬衣上出现的暗斑。他带刺地说:

"别担心,我根本不想吹嘘自己。我知道在西班牙打过仗的人在这里要付出什么代价:我六个月都没找到工作。"

里奇显得很不高兴,他冷冷地解释道:

"美国人不喜欢战争。"

戈梅兹把西服上装夹在腋下,说道:

"走吧!"

里奇慢慢地把报纸叠好,起身出发。在楼梯里他问道:

"你的妻子和儿子还在巴黎吗?"

"我很希望他们不在巴黎,"戈梅兹激动地说,"我希望萨拉早已逃到蒙佩利埃,她这点灵性总有的吧。"然后他加添道,"六月一日以来我一直没有他们的消息。"

"你若找到工作,可以把他们接来。"里奇说。

"是的,"戈梅兹说,"是的,是的,再说吧。"

街上,窗户金光耀目,太阳直射一排排平顶楼房,粗陋的建筑的墙砖已经发黑。每幢楼门前都是一色的白石台阶,东河那边热浪翻滚,雾气蒙蒙,这座城市显出一副发育不良的样子。没有一点阴处,世上没有一条街像此地这样使人感到无遮无掩。阳光像烧至白热的针直刺戈梅兹的双眼,他举手挡光,但衬衫贴住了皮肤。他浑身发抖:

"热死人哪!"

"昨天,"里奇说,"一个可怜的老头在我面前倒下:日射病。哎呀,我可不喜欢看见死人。"

"去欧洲吧,让你看个够。"戈梅兹心想。

"有四十个街区的路程,必须乘公共汽车。"里奇接着说。

他们在一根黄柱子前停下。一个年轻妇女在等车。她用内行而忧郁的目光瞧了戈梅兹一眼,便转过身背朝他们了。

"漂亮的女人。"里奇说时样子像个中学生。

"她怕是个婊子吧。"戈梅兹充满仇恨地骂道。

在这个女人的注视下,戈梅兹感到自惭形秽,浑身冒汗。而她却不出汗。里奇也不出汗:穿着漂亮的白衬衫,面色红润,容光焕发,翘鼻子颇引人注目。然而,英俊的戈梅兹,英俊的戈梅兹将军却自惭形秽。将军对眼睛感兴趣:蓝色的、绿色的、黑色的眼睛在跳动的睫毛遮掩下时隐时现;那婊子对矮个儿南欧人不屑一顾,此人每周挣五十美元,穿着现买的衣服直冒汗。"她以为我是西班牙侨民。"不过,他忍不住瞧了瞧她修长美丽的大腿,猛地又出了

857

一身汗。"我有四个月没有做爱了。"从前,性欲好比腹中升起的太阳;如今,他像爱偷看猥亵场面的人,鬼鬼祟祟,无耻地眼红别人。

"抽支烟吗?"里奇问他。

"不,我的嗓子着了火似的,倒想喝点什么。"

"没有时间了。"

里奇不好意思地轻轻拍了拍戈梅兹的肩膀,对他说:

"尽量做个笑脸。"

"什么?"

"尽量做个笑脸。拉蒙要是看见你这么板着脸,会吓着的。我并不要求你点头哈腰,"他见戈梅兹做了个手势,赶紧补充道,"你一会儿进屋时,嘴上挂个泛泛的微笑,好像你忘了还在微笑,届时你心里爱怎么想就怎么想好了。"

"我会笑的。"戈梅兹说。

里奇关切地注视着他问:

"你是为孩子担心吧?"

"不。"

里奇痛苦地思索了一下,问道:

"因为巴黎的缘故?"

"我才不在乎巴黎哪。"戈梅兹粗暴地回答。

"他们没放一枪就拿下巴黎,难道这不更好吗?"

"法国人本可以保卫巴黎的。"戈梅兹声调平淡地说。

"得了,一座地势平坦的城市。"

"法国人本可以保住巴黎的,马德里就坚持了两年半嘛……"

"马德里……"里奇重复道,茫然做了个手势,接着说,"为什么要保卫巴黎?愚蠢透顶。他们会摧毁卢浮宫,歌剧院,圣母院。损失越少越好嘛。现在,"他满意地补充道,"战争快结束了。"

"不见得吧！"戈梅兹讽刺道，"照这么个打法，再过三个月就会建立纳粹和平了。"

"和平既非民主的，也非纳粹的，"里奇说，"和平就是和平。你很清楚我不喜欢希特勒分子，但他们跟其他人一样也是人哪。一旦欧洲被征服，他们便开始遇到麻烦，届时便不得不往酒里加水啦。如果他们通情达理，他们就会让每个国家在欧洲联邦的范围内管理自己，差不多像我们美利坚合众国这个样子。"

他说得慢条斯理，一板一眼，并补充道：

"如果这样能阻止你们每二十年打一次仗，那就不错了。"

戈梅兹对里奇怒目而视，却发现他灰色的眼睛包含着无限的诚意。他性情快活，酷爱人类，酷爱鸟类，酷爱孩子，酷爱抽象艺术，以为用廉价的大道理就能解决一切争端。他对拉丁族的入境移民不大友好，而跟德国人比较和睦。"巴黎沦陷对他来说算得了什么？"戈梅兹转过脸，瞧了瞧报贩五颜六色的报摊，他突然感到里奇冷酷无情。

"你们这些欧洲人哪，"里奇说，"你们总那么依恋象征。一星期以前大家就知道法国被打败了。喏，你在法国生活过，你在那里有过往事，我理解这使你伤心。但巴黎失陷与你有何相干？既然巴黎完整无损地保留了下来，战争结束后，再回去就是了。"

一种幸灾乐祸感使戈梅兹心潮起伏。他声音颤抖着说道：

"跟我有什么相干？我倒高兴呢！佛朗哥进入巴塞罗那时，法国佬摇头晃脑，说什么遗憾之至，可他们没有一个人挺身而出，连小拇指都不动一下。好哇，现在轮到他们了，让他们尝尝滋味吧！真叫我高兴！"他说话的声音很大，这时公共汽车啪嗒啪嗒停靠在人行道旁，他重复道，"真叫我高兴！"

他们跟着那个年轻妇女上车，戈梅兹设法偷看她的腿弯，上车后他们站在车厢外的平台上。一个戴金丝边眼镜的胖子赶紧避开他们,戈梅兹心想:"我大概身上发臭。"最后一排座位上坐着一个男人,手上打开一份报纸。戈梅兹从那人的肩上往下瞥见:"托斯卡尼尼①五十四年来首次在里约热内卢演出,受到热烈欢迎。"下面登着:"纽约首场上映《医生娶媳妇》,由雷·米兰德和洛蕾塔·扬主演。"车厢各处都有乘客在翻阅报纸:拉加迪亚会见特拉华州州长;洛蕾塔·扬;伊利诺伊州发生火灾;雷·米兰德;我使用喷雾除臭剂的日子丈夫就喜欢我;请买金阿盖尔,甜蜜的轻泻剂;拉加迪亚向特拉华州州长微笑;巴迪·史密斯宣布:"不要把烧饼给矿工。"他们翻阅着,白纸黑字的大版面报纸给他们讲他们的事情,讲他们的忧虑和喜悦;他们知道巴迪·史密斯是何等人士,而戈梅兹不知道;他们把头版头条的标题新闻"巴黎失陷"或"蒙马特尔在燃烧"翻过去,使其版面朝地板或朝司机的后背。他们阅读,报纸在他们的手中翻来翻去,而来自远方的呐喊没有人要听。戈梅兹感到衰老和疲倦。巴黎太遥远了,这里的一亿五千万人中唯有他一个人为巴黎担忧,这只不过是他个人小小的忧虑,比那使嗓子火烧火燎的干渴稍为重要一点罢了。

"把报纸给我。"他对里奇说。

德国人占领巴黎,向南方逼近。勒阿弗尔失陷。马其诺防线被突破。

字字句句如泣如诉,但他身后三个黑人根本不理会,仍旧嘻嘻哈哈。

法国军队完整地保存下来。西班牙夺取丹吉尔。

戴金丝边眼镜的男人有条有理地掏公文皮包,掏出一把耶鲁大学的钥匙细细察看,踌躇满志。戈梅兹感到无地自容,不禁想把

---

① 托斯卡尼尼(1867—1957),意大利著名指挥家。

报纸合上,好像报上泄露了他最秘密的隐私。报上巨大的呐喊使他的双手颤抖,求救的呼唤、垂死者嘶哑的喘气声显得那样不适宜,如同他这个外国人流出的汗,如同他身上刺鼻的汗臭。希特勒的话不可信;罗斯福总统不相信……;美国将尽一切努力帮助盟国。女王陛下的政府将尽一切努力帮助捷克人;法国人将尽一切努力帮助西班牙共和主义者。纱布,药品,罐头奶。不幸哪!马德里大学生游行示威要求把直布罗陀归还西班牙。他看到马德里字样,再也念不下去了。"太棒了,坏蛋们,坏蛋们!让他们在巴黎四处点火八方燃烧吧,把巴黎化为一片灰烬。"

图尔消息(本报特派记者阿尔尚博报道):战斗继续进行,法国人宣布敌人的进逼减弱,纳粹损失惨重。

进逼当然减弱了,等到法国人的末日一到,剩下最后一份报纸时就彻底减弱了;什么损失惨重,可怜的语词,抱最后一线希望的说法,骗得了谁呀;什么在塔拉戈纳周围法西斯损失惨重;什么进逼减弱;什么巴塞罗那将坚守到底……第二天就仓皇逃窜了。

柏林消息(本报特派记者布鲁克·彼得斯报道):法国丧失了全部工业;蒙梅迪失陷;马其诺防线崩溃;法军溃败在逃。

颂歌,赞歌,光辉灿烂;德国人军服整齐,在柏林、马德里放声歌唱,也在巴塞罗那放声歌唱;今天,巴塞罗那、马德里、巴伦西亚、华沙、巴黎,明天,伦敦。在图尔①,衣冠楚楚的先生们在旅馆的走廊里奔跑。太好了,太棒了,让他们占领吧,法国、英国,所有的地方,让他们在纽约登陆,太棒了!

戴眼镜的先生注视着他,戈梅兹感到无地自容,好像大喊大叫了一场。黑人们在微笑,年轻女人在微笑,售票员在微笑,not to

---

① 图尔曾是法国政府临时所在地,为期三天,自1940年6月11日至14日。

grin is a sin.①

"咱们下车吧。"里奇微笑着说。

海报上,杂志上,美国在微笑。戈梅兹想到拉蒙,也开始微笑了。

"现在十点钟,"里奇说,"咱们只迟到了十分钟。"

十点钟,这么说法国是下午三点钟:在这出征的上午后面正隐藏着一个暗淡的、无望的下午。

法国,下午三时。

"咱们糟了。"那家伙说。

他坐在驾驶位上发呆,萨拉发现他颈背上大汗淋淋,后面传来汽车喇叭的催促声。

"没有汽油了!"

他打开车门,跳到大路上,站在车前,望着自己心爱的汽车发愣。

"他妈的!"他嘀嘀咕咕骂道,"他妈的,真他妈的!"

他摸了摸烫手的发动机罩,萨拉透过车窗玻璃看见他在耀眼的阳光下发呆。周围一片嘈杂声,自早晨一直尾随其后的汽车纷纷远去,留下团团尘埃。他们后面,汽车喇叭、哨子、汽笛汇成一片鼓噪,好比许多金属鸟一起发出怒骂声。

"他们为什么发火?"

"因为我们挡住了他们的去路。"

她真想跳下车,但绝望使她瘫在车座上动弹不得。那家伙抬起头,愤怒地喊道:

"下车呀!没听见他们在催命吗?帮我推车。"

━━━━━━━━━━━━
① 英语:"脸不露笑是罪过。"此话是当年开展微笑服务的口号。

萨拉带着帕勃洛下车。

"到车后去,"那家伙冲着萨拉说,"使劲推吧。"

"我也要推车。"帕勃洛说。

萨拉用力把身体支撑在车尾,闭着眼睛,使出全部力气推车,仿佛在做噩梦。汗水湿透了她的短袖衬衫,太阳透过她紧闭的眼皮,照得眼睛生疼。她睁开眼睛,但见那家伙左手推着车门,右手驾驶方向盘;帕勃洛急忙跑到车后,抓住缓冲板,拼命叫唤着往后拽。

"别往后拽呀。"萨拉说。

汽车缓缓移到路边。

"别推了,别推了!"那家伙喊道,"行了,行了,他妈的!"

喇叭声停止了,汽车的长河又开始流动。

一辆辆汽车贴近这辆抛锚的车飞驰而过,车中一张张脸贴着窗玻璃往外探望,萨拉在众目睽睽下感到脸红,赶紧躲在汽车后面。驾驶一辆谢夫罗莱汽车的瘦高个儿伸出头冲着他们大骂:

"臭笨蛋!"

大卡车,小卡车,私人汽车,饰着黑旗的出租汽车,敞篷汽车。每过一辆车,萨拉的勇气就减少一分,吉恩似乎就离得更远一点。然后是一辆接一辆的马车,在吱嘎刺耳的声响中,吉恩显得更加遥远了;最后是黑压压的步行者,他们蜂拥着往前赶路。萨拉躲在路沟边上,蜂拥的人群叫她害怕。他们步履艰难,患难的痛苦使他们好像一家人似的,谁加入他们的队伍便与他们同舟共济了。"我不愿意。我不愿意像他们那样。"其实他们并没有瞧她,只顾着躲闪汽车,根本没注意她:他们的眼睛已无暇他顾。一个戴着窄边扁形草帽的大高个儿两手各提一只箱子,紧挨着抛锚的汽车过来,瞎子似的撞着汽车挡泥板,不由自主地转了一圈,又踉踉跄跄地往前走了。他脸色苍白。其中一只箱子上贴着五颜六色的标签:塞维

863

利亚,开罗,萨拉热窝,斯特雷扎。

"他累坏了,"萨拉大声说,"他快倒下了。"

他没有倒下。萨拉望着窄边扁形草帽远去,草帽上红绿相间的饰带在帽子汇成的海洋上快活地漂游。

"拿上箱子,你们单独走吧。"

萨拉不寒而栗,没有搭理,她望着人群,心惊胆战,不敢与之为伍。

"您听见我的话了吗?"

她转身反问道:

"能不能等汽车过来时问人家要一罐汽油呢?步行的人群过后,一定有汽车过来的。"

"我劝您别白费心思啦。"那家伙狞笑着说。

"为什么不行?为什么不试一试呢?"

他轻蔑地啐了一口,一时没有吭声。过了一会儿终于开口了:

"您没看见这人群哪?一批接一批地往前赶,怎么叫他们停下来?"

"要是我搞到汽油呢?"

"我对您说吧,您根本搞不到的。休想他们为了您而掉队!"他冷笑着打量她,"如果您是漂亮妞儿,如果您才二十岁,那我就不说什么了。"

萨拉装作没听见,坚持说道:

"要是我替您搞到汽油呢?"

他固执地摇摇头说:

"绝对不行。我不再往前走了。即使您搞到二十升汽油,即使您给我搞来一百升。我总算明白了。"他交叉双臂,严厉地接着说,"请替我想想吧,每隔二十米就得刹车,把离合器分离又接上。每小时换挡一百次,非把汽车搞坏了才完事!"

车窗玻璃上有些褐色的脏点,他掏出手绢,精心擦拭,说道:

"我本不该卷进来的。"

"您本该带上足够的汽油。"萨拉反驳道。

他摇摇头,没有搭理她。萨拉恨不得抓他一把,但克制住自己,平静地说:

"怎么办呢?您打算怎么办呢?"

"待在这里,等一会儿再说。"

"等什么呢?"

他不回答。萨拉抓住他的手腕,紧紧握住不放。

"如果您待在这里,您知道将发生什么事情吗?德国人会把所有强健的男人抓到集中营去的。"

"当然喽!他们会把您这种娘儿们的双手砍掉,然后爬到您身上,如果他们有胆量的话。全是编派!他们决不像别人说的那么坏,四分之一都不到。"

萨拉喉干舌燥,嘴唇发抖,声音失真:

"那好。我们在哪儿?"

"离吉恩二十四公里。"

"二十四公里!但我决不在这畜生面前掉泪。"

她钻进汽车,拿了箱子又出来,抓起帕勃洛的手说:

"来,帕勃洛!"

"上哪儿?"

"吉恩。"

"远吗?"

"相当远,但等你走不动,我会背你的。再说,"她挑战似的补充道,"肯定会有好人帮助咱们的。"

那人站到他们跟前,挡住他们的去路。他紧皱眉头,不安地挠脑袋。

865

"您想干什么?"萨拉生硬地问道。

"怎么?"他缺乏自信地问道,"就这么走啦?连谢也不谢一声?"

"谢谢,"萨拉说得很快,"谢谢。"

那家伙终于有辙儿了:发怒。他开始发火,脸涨得通红。

"我的二百法郎呢?在哪儿?"

"我什么也不欠您的。"萨拉说。

"您不是答应付二百法郎吗?今天早晨,在默伦,在我的汽车库里。"

"是的,如果您把我送到吉恩,但您在半路上把我和孩子抛下不管了。"

"不是我抛下你们,是老爷车子。"

他摇了摇头,太阳穴的青筋根根鼓起,两眼闪闪发亮,好像很兴奋。萨拉并不怕他。

"我要那二百法郎。"

萨拉掏了掏提包,说道:

"喏,一百法郎。我不欠您了,您肯定比我有钱。给您一百法郎,图个清静。"

他接过钞票,放进口袋,然后又伸出手。他满脸通红,张着嘴巴,两眼若有所思。

"您还欠我一百法郎。"

"连一个铜子儿也别想得到了,让我过去。"

他不动弹,好像在跟自己作对。他并不真想要那一百法郎,压根儿就不知道想要什么,也许希望小孩在离开前亲吻他一下。他想用语言把这种希望表达出来。他走近萨拉,萨拉以为他要抢箱子。

"别碰我。"

"要么我得到一百法郎,要么我拿走箱子。"

他们四目对视。他根本不想要箱子,这是显而易见的,萨拉烦得巴不得把箱子留给他。但现在必须把戏演到底。他们拿不定主意,好像记不起各自的角色,轮到萨拉说话:

"您敢抢箱子!试试看。"

他抓住箱子的手柄,拉扯起来。他本可以猛地一下夺过箱子,但他只扭着头跟她拉来扯去,萨拉死拽住不放。帕勃洛大哭起来。步行的人群已经走远了,现在又是一辆接一辆的汽车。萨拉觉得自己滑稽可笑,死抓住手柄拼命摆脱,而他则抓得更紧,终于用力夺走了箱子。他惊讶地瞧着萨拉和箱子,也许他根本不想夺走箱子,但现在已是既成事实了。她筋疲力尽了。

"把箱子还给我。"萨拉说。

他呆头呆脑,死不吭声。萨拉怒不可遏,突然向接连驶来的汽车奔去,大声喊叫:

"抓贼!"

一辆黑色的长形比克牌轿车开过来。

"得了,"那家伙说,"别惹是生非啦!"

他上前抓住萨拉的肩膀,但她挣脱了,嘴里连珠炮似的嘀咕,双手比比画画,猛然跳上比克牌轿车的踏板,死抓住车门把手不放。

"捉贼!捉贼呀!"

一条胳膊伸出汽车,推萨拉下去。

"下去,您找死呀!"

她感到要发疯了:真痛快。她大叫大喊:

"捉贼呀!停车,救命呀!"

"快下去!您怎么让我停车呢,我的车尾快让后面的车撞了。"

867

萨拉的怒气突然消失了。她跳下车,闪了一下,管汽车库的家伙一把扶住她,没让她跌倒。帕勃洛又哭又叫。闹剧演完了,萨拉真想一死了之。她掏了掏提包,取出一百法郎。

"喏!过一会儿您就会感到羞愧的。"

那家伙接过钞票,头也不抬一下便放下箱子。

"现在,该让我们过去了吧?"

他闪过一边。帕勃洛仍哭个不停。

"别哭啦,帕勃洛,"她没好气地说,"行了,行了,完事了,咱们走吧。"

他们走开了。那家伙在他们背后咕哝:

"谁替我付汽油钱呢?"

黑压压蚂蚁似的汽车长龙把大路挤得水泄不通。萨拉试着挤进去走一走,但汽车喇叭的怒吼把她吓退到路沟里。

"跟在我后面走。"

她扭了一下脚,不得不停下。

"坐下吧。"

他们在草地上坐下。巨大的昆虫群在他们眼前缓缓地、神秘地爬行;那家伙背朝大路,手里捏着毫无用处的一百法郎;一辆辆汽车螯虾似的爬行,发出的吱嘎声就像蟋蟀大合唱。人变成了昆虫。她害怕起来。

"他真坏,"帕勃洛说,"真坏!真坏!"

"其实谁也不坏。"萨拉充满感情地说。

"那他为什么来着抢箱子?"

"不说'为什么来着',应该说:'他为什么抢箱子?'"

"他为什么抢箱子?"

"他害怕。"她说。

"咱们等什么呢?"帕勃洛问。

"等汽车长队过去,可以在大路上行走。"

二十四公里。孩子最多能走八公里。突然,她爬上斜坡,频频挥手。汽车一辆辆在她面前驶过,她感到被人窥视,被隐蔽的眼睛窥视,被苍蝇、蚂蚁古怪的眼睛窥视。

"你干什么,妈妈?"

"不干什么,"萨拉辛酸地说,"干傻事呢。"

她又退到路沟里,拉住帕勃洛的手,他们静静地望着大路。大路以及在大路上爬行的甲壳。吉恩,二十四公里。吉恩之后,纳韦尔、里摩日、波尔多、昂岱。到了昂岱,得跑领事馆,找门路,在办公室委曲求全地等待。如果搭上一辆去里斯本的火车,那就交上好运了。到了里斯本,如果找到一艘去纽约的船,那便是奇迹了。但到了纽约又怎么样呢?戈梅兹身无分文,也许他跟另一个女人同居了,那将是不幸和奇耻大辱。他打开电报,脱口骂道:"他妈的!"他转身望着抽烟的厚唇金发的胖女人,对她说:"我老婆找上门来了,不好办哪!"他去码头,别人都在挥动手绢,他却没有掏出手绢,生气地瞧着舷梯。萨拉心想:"得了!得了!如果我单身一人,那就永远不会打扰你了,可我必须活下去,以便抚养你让我生育的孩子。"

"汽车队伍消失了,大路变得空荡荡的。大路那边是黄色的田野和山丘。一个男人骑自行车过来,他脸色苍白,大汗淋漓,恶狠狠地踩踏板。"

他精神失常似的望了望萨拉,没有停车,大声喊道:

"巴黎一片火海。燃烧弹!"

"怎么?"

他赶上汽车队伍,抓住一辆雷诺牌汽车的后部,让汽车拖着他走。巴黎一片火海。活下去还有什么意思?为什么还要保护这个小生命?为了让他到处漂泊、吃苦受惊?为了让他承受半个世纪来对他的种族的咒骂?为了让他二十岁时在大路上遭机关枪扫射、捧着自己的肠子死去?"你将从父亲那里继承傲气、好色、凶狠,你将从我这里继承犹太血统。"她拉起帕勃洛的手:

"走吧!来!该上路了。"

潮水般涌来的人群,大路上,田野里,密集的、持久不散的、难以平息的人群,除了鞋底摩擦地面发出沙沙声外,鸦雀无声。一时间萨拉心惊肉跳,真想逃往乡间深处,但她恢复了镇定,拽着帕勃洛,随人流向前移动。气味。人的气味:热乎乎的,臭烘烘的,体弱多病的,酸溜溜的,香喷喷的,总之,有思维的动物反常的气味。萨拉眼前是一个个圆顶礼帽,她从两个晒红的颈背之间瞥见最后几辆汽车在远处消失,她最后的希望也随之消失了。帕勃洛咯咯笑起来,萨拉吓了一跳。

"嘘,"她局促不安地说,"不许笑。"

可他笑个不停,但不再发出声音。

"你为什么笑?"

"这好像葬礼。"他解释道。

萨拉猜得出她身边有些什么样的面孔和眼睛,但她没有勇气瞧上一眼。他们走着,像她顽强地生活下去那样顽强地走下去,厚厚的尘土扬起,向他们劈头盖脑袭来,而他们只顾朝前走。萨拉昂首挺胸,眼睛通过人群颈背间的空隙直视远方,心里琢磨:"我决不变得像他们那样!"然而,片刻之后,这种集体的行走感染了她,从大腿到腹部到心脏,使她浑身都在承受一颗过于劳累的心脏的重压。万众的心脏的重压。

"纳粹分子如果抓住咱们,要把咱们杀死,对吗?"帕勃洛突然问道。

"嘘!"萨拉回答,"我不知道。"

"他们把所有这些人统统杀掉吗?"

870

"别说话,我告诉你我不知道。"

"那么快跑吧。"

萨拉紧紧拉住他的手。

"别跑,跟着我。他们不会杀死我们的。"

从她左边传来粗重的喘息声,已有五分钟了,萨拉未加注意。这喘息声悄悄侵入她的肌体,停留在她的支气管,成了她的喘息声。她转过头去,看见一个老妇人,灰白的头发被汗水黏在一起了。这是个城市老妇人,白白的面颊,眼睛下挂着水泡,是她在喘气。她大概在蒙特鲁日的一幢带井院的楼房里生活了六十年,那是克利希某家商店的后楼。眼下,人家把她推到大路上,随波逐流。她背着一个长形的包裹,贴着胯骨,每跨一步,包裹就往下掉一次;她一脚深一脚浅,头部向前冲,跌跌撞撞。"谁让这么大年岁的人离乡背井呢?难道罪没受够,还故意造孽?"她胸中升起仁慈之情,有如奶水涌入乳房,"我得帮助她,帮她背包裹,替她分担劳累和不幸。"她温和地问道:

"您单身一人,太太?"

老太太连头也不回。

"太太,"萨拉提高嗓子说,"您单身一人吗?"

老人板着脸瞧她。

"我可以帮您背包裹。"萨拉说。

她等待回音,眼睛盯着包裹,片刻后更急切地说:

"请把包裹给我吧,只要我孩子能走,我就替您背。"

"不给,我自己背。"老妇人说。

"可您太疲劳了,不能坚持到底的。"

老妇人充满仇恨地瞪她一眼,往旁边退了一步,说道:

"我不把包裹交给任何人。"

萨拉叹了一口气,不吭声了。她那没有耗掉的仁慈像一股恶气使她发胀。他们不愿意别人帮助。几个人扭头瞅她,叫她好不脸红。他们不愿别人怜爱,没有这个习惯。

"还很远吗,妈妈?"

"远着哪,跟刚才差不多。"萨拉回答,满肚子不高兴。

"抱我,妈妈。"

萨拉耸耸肩膀,心想:他装腔作势,因为我想替老妇人背包裹,他吃醋了。

"再走走吧。"

"我走不动了,妈妈。抱我吧。"

她撒开他的手,生气了,心想:他会把我搞得筋疲力尽的,那我就谁也帮不上了。抱着孩子就像老妇人背包裹,临了她将跟他们一样狼狈。

"抱我嘛,"他跺着脚说,"抱我嘛。"

"你还不累呀,帕勃洛,"她轻声而严厉地说,"你刚下汽车。"

小男孩碎步小跑起来,萨拉昂头笔直向前走,尽量不去理会他。过了一会儿,她斜眼瞧他一下,见他在流泪。他暗自哭泣,无声的,自伤的,不时举起小拳头用力擦掉两颊的泪水。她感到惭愧,心想:"我太狠心了。出于自尊,我对别人那么和善,而对他却那么狠心,因为他是我的。"她献身于众人,唯独忘记自己,忘记自己是犹太人,忘记她本人受到迫害,她逃往普遍的大慈大悲中躲藏。在这样的时刻,她讨厌帕勃洛,因为他是她的骨肉,从他身上看到她的种族。她伸出大手盖在儿子的头上,仿佛对他说:"你的脸长得像父亲,可你仍属母亲的种族,这不是你的错。"那老妇人粗重的喘气声搅动她的五脏,"我没有权利热心待人。"她把箱子换到左手,然后蹲下。

"用胳膊围住我的脖子,"她快活地对儿子说,"放松一点。嗨!我把你抱起来了。"

帕勃洛不轻哪。他喜笑颜开,太阳晒干了他的眼泪。萨拉此刻跟其他人一样了,变成畜群中的一头牲口。她每呼吸一次,支气管仿佛被火舌燎了一下。一种不自然的剧痛撕裂她的肩膀,一种既非施予又非被施的劳累打鼓似的撞击她的胸膛。一种当母亲和当犹太女人的劳累,她的劳累,她的命运。希望化作泡影:她永远到不了吉恩。不但她到不了,任何人都到不了。谁也没有希望了,老妇人,前面戴圆顶礼帽的两个男人,推着车胎爆裂的双座自行车的那对夫妻,都没有希望了。然而,我们挤在人群里,既然人群在走,我们也得走,我们只是这条长得不见尾巴的大虫的爪子。希望已不复存在,为什么还要走?为什么还活下去?

突然,众人大喊大叫起来,她却没有大惊小怪;众人溃散逃离,跳上斜坡,卧倒在路沟里,她却停留在大路上。她丢下箱子,待在大路中央,直挺挺的,孤身一人,神情傲然。她听到天空传来轰鸣声,看见脚下的身影长长的,她搂住帕勃洛,耳朵灌满爆炸声,行了,一瞬间她便会成为死人。但是噪音减弱了,她瞥见几个蝌蚪在天空的绿水中游走。人们从路沟里出来。必须重新开始生活,继续走下去。

"总之,他不太坏吧,"里奇说,"他请咱们吃午饭,预支给你一百美元。"

"对。"戈梅兹说。

他们站在现代艺术馆底层的临时展览厅里。戈梅兹转身背向里奇和展画,把前额贴在玻璃窗上,望着外面的沥青路和花园小块细草坪。他没有把身子反转过来,接着说:

"现在我也许可以想想吃饭以外的事情啦。"

"你乐坏了吧?"里奇的话充满好意。

他仿佛谨慎劝说:"你找到了一个饭碗,在新环境里称得上一帆风顺了,你应当发挥激情,使人受教益。"戈梅兹投给里奇一个阴沉的目光,仿佛反驳道:"乐坏了?你才乐呢,因为你可以卸掉我这个包袱了。"

他心里根本不领情。

"乐坏了,"他说,"难说呀。"

里奇脸上略有愠色,问道:

"你不高兴?"

"走着瞧吧。"戈梅兹冷笑着说。

他又把前额贴着窗玻璃,凝望草坪,心头贪欲和厌恶交织在一起。直到今天早上,谢天谢地,色彩未使他心烦意乱,他早已把在巴黎游荡时期的情景埋葬,那时他满脑子幻觉,心比天高,不可一世,每天上百次自夸:"我是画家。"但现在拉蒙给了钱,戈梅兹喝了智利白葡萄酒,三年来第一次谈起毕加索。拉蒙说:"我不知道毕加索之后画家还能干什么。"戈梅兹微微一笑,说道:"我知道,"顿时心中重新升起烈火。走出餐馆的时候,他的眼睛好像刚切除了白内障:各种色彩添光斗艳,扑面而来,就像一九二九年的盛大舞会、狂欢节、幻想曲音乐会;人与物变得充血似的绯红,长裙的紫罗兰色变得红紫,杂货店的红门变成玫瑰红,万物变得色彩绚烂,鲜艳夺目,仿佛脉搏在疯狂地跳动,血管在扩张,浑身颤动,直至爆裂;万物即将崩裂,众人即将中风;喊叫和咒骂交织在一起,活像庙会。戈梅兹耸了耸肩:当他对自己的前途失去信心的时候,有人使他恢复对色彩的感觉;应当做的事情他心里是明白的,不过得由别人去做。他拽着里奇的胳膊,加快步伐,眼光发直,但五光十色从侧面向他袭来,仿佛血泡和胆泡在他眼中爆裂。里奇把他推进陈列馆,他现在身处馆内,却注视馆外,透过玻璃窗眺望自然的绿色,未完成的绿色,含混的绿色,某种有机体的分泌,如同蜂蜜、鲜奶那样的分泌物;这种绿色可以摄取,我吸收它并使它变得绿莹莹明灿灿……但那又有什么用,我已不再作画了。他心里叹道:"一个艺术批评家领了薪水就不该注视野草,而要思考别人的思想。在他的背后,别人的色彩展示在画布上,体现着萃取物,体现着精华,体现着思想。这些色彩有幸得以完成,因为它们得到充实、提炼,被推至极致,终于大功告成,只需在美术馆永久保存了。如今,别人的色彩成了他分内的事了。"

"得了,"他说,"我得靠本事挣这一百美元。"

他转过身去,只见蒙德里安①的五十幅画挂在诊所似的大厅的白墙上:消过毒的油画挂在有空调的大厅里;没有任何可疑的东西,不受细菌和激情的侵袭。他走近一幅画,长时间地细看。里奇观察戈梅兹的面部表情,没等他开口便笑了。

"我看不出什么名堂。"戈梅兹悄声说道。

里奇的笑容收敛了,但显得非常能体谅人的样子。

"当然喽,"他很有涵养地说,"不能一下子就恢复过来,你需要重新投入。"

"重新投入?"戈梅兹恼火地重复道,"决不重新投入这玩意儿。"

里奇顺势转过脸看那幅画。灰的底色上显现一条黑色垂直线,拦腰横插两条细线,上面一条线的左端顶着一个蓝色圆盘。

"我以为你喜欢蒙德里安。"

"我自己也以为喜欢。"戈梅兹说。

他们在另一幅画前停下,戈梅兹仔细瞧着,竭力勾起回忆。

"你真的必须就此写文章吗?"里奇不安地问。

"必须?不,但拉蒙要求我就此撰写第一篇评论。我想他认

---

① 蒙德里安(1872—1944),荷兰画家,抽象主义画派创始人之一,主张以几何形体构成"形式的美",摒弃艺术的客观形象和生活内容。

为这才郑重其事。"

"但要谨慎,"里奇说,"别一开始就尖锐批评。"

"为什么不可以?"戈梅兹生气地问。

里奇带着温厚的讥讽笑着回答:

"看得出你不了解美国的公众。美国人特别不喜欢别人危言耸听。你先要使自己有点名气,说些简单明了、合乎情理的事情,说得让人听起来顺耳。如果你一定要抨击某个人,那无论如何不要选择蒙德里安:他是我们的上帝。"

"见鬼,"戈梅兹说,"他提不出问题。"

里奇摇了摇头,舌头咔嗒作响好几下,以示不同意。

"他提出许许多多的问题。"

"是的,但不是叫人发窘的问题。"

"嗨!"里奇说,"你想说有关性欲或生活的意义或贫困的问题吗? 不错,你在德国留过学,具有'彻底性',嗯?"他边说边拍戈梅兹的肩膀,"你不认为这有点过时了吗?"

戈梅兹没作出反应。里奇继续说:

"本人以为艺术本来就不该提出令人发窘的问题。假设有人来问我是否对我母亲动过欲念,我会把他赶出门外,除非他是来作科学调查的。在这种情况下,我看不出为什么要允许画家们公开讯问我的情结。我跟大家一样,"他用和解的语气补充道,"我有我的问题。不过,受到问题折磨的日子,我不去美术馆,而打电话给精神分析学家。每人都有自己的本行:精神分析学家使我产生信心,因为开始谈话时他先作自我精神分析。只要画家们不认真作自我精神分析,那么他们无论讲什么都是乱弹琴,所以我不要求他们让我面对我自己。"

"那你要求他们干什么?"戈梅兹漫不经心地说,他怀着忧郁的执着仔细看画,心想:"这是用清水画的。"

"我要求他们纯洁无邪,"里奇回答,"这幅画……"

"嗯?"

"天使般的纯洁,"他忘情地说,"我们美国人,我们接受为幸福的人或为争取幸福的人所作的画。"

"我不幸福,"戈梅兹说,"在我的伙伴们蹲监狱或遭枪杀的时候,我若争取幸福,那我便是坏蛋。"

里奇又一次打响舌头,他说:

"老兄,我非常理解你那男子汉的焦急。法西斯主义,盟国的失败,西班牙,你的妻子,你的孩子,当然喽!但有时超脱这一切是好事呀。"

"一刻都不行!"戈梅兹说,"一刻都不行!"

里奇脸有点发红,委屈地问道:

"那么你从前画什么呢?罢工?屠杀?戴大礼帽的资本家?向人民开枪的士兵?"

戈梅兹不觉莞尔,他说:

"你知道,我从来不大相信革命的艺术,如今完全不信了。"

"本来嘛,这不,"里奇说,"咱们一致了。"

"也许吧,不过我突然寻思我是否连艺术本身也不信了。"

"是连革命本身也不信了吗?"里奇问道。

戈梅兹不回答。里奇又和颜悦色地说:

"你们这些欧洲知识分子,你们叫我觉得好笑:你们面对行动总有一种自卑感。"

戈梅兹突然转身,抓住里奇的胳膊说道:

"走吧!这些画我瞧够了,对蒙德里安已烂熟于心了,总能凑出一篇文章来。上楼吧。"

"去哪儿?"

"去二楼,我想看看其他人的画。"

"其他什么人?"

他们穿过三个展厅,戈梅兹推着里奇直往前走,根本不看各个展厅的画。

"到底其他什么人?"里奇很不高兴地重复问道。

"所有其他人。克莱,鲁奥①,毕加索,提出令人发窘的问题的人。"

他们走到楼梯脚下。戈梅兹停步,困惑地盯着里奇,有点不好意思地说:

"这是我自一九三六年以来第一次看画。"

"自一九三六年以来!"里奇惊愕地重复道。

"就在那一年我去了西班牙。那个时期我搞铜版画,其中一块图版没来得及完成,一直留在我的工作台上。"

"自一九三六年以来!是在马德里吗?普拉多博物馆的藏画呢?"

"装箱了,藏匿了,分散了。"

"你一定很难过吧?"里奇点点头说。

"不。"戈梅兹粗鲁地笑道。

里奇不胜惊讶,惊讶中夹着责备,他说:

"我本人从未碰过画笔,但所有的画展我必去,这是一种需要。一个画家怎么能够四年不看画呢?"

"别忙,"戈梅兹说,"等一等。一分钟之后,我就知道我还是不是画家。"

他们爬上楼梯,进入一个展室。左边墙上挂着一幅鲁奥的画,红和蓝为主色。戈梅兹在画前停下脚步。

---

① 克莱(1879—1940),德国画家;鲁奥(1871—1958),法国画家。

"这是三王①中的一个。"里奇说。

戈梅兹没有搭理。

"我呀,不怎么欣赏鲁奥,"里奇说,"你自然很喜欢喽。"

"别说话好不好?"

他又细看了一会儿,然后低下头说:

"咱们走吧。"

"你若喜欢鲁奥的画,"里奇说,"展厅尽头有一幅我觉得美多了。"

"不必了,"戈梅兹说,"我变成睁眼瞎了。"

里奇望着他,半开嘴巴,说不出话来。戈梅兹耸耸肩膀。

"不该朝人开枪哪。"

他们下楼梯,里奇直挺挺,装出一副严肃的神情。戈梅兹心想:"他觉得我可疑。"里奇是天使,毫无疑问,从他明亮的眼睛中看得出天使们的执着,他的曾祖辈们也是天使呀,曾在波士顿的各个广场上烧死不少巫师。"我冒汗,我贫穷,我的思想可疑,净是些欧洲人的思想,美丽的美国天使们终将把我烧死。大洋彼岸是集中营,此岸则是烧死罪人的柴堆,太难选择了。"

他们来到设在大门附近的售货处,戈梅兹漫不经心地浏览一本复制品画册,其艺术手法是乐观主义的。

"我们成功地拍摄了精彩的照片,"里奇说,"瞧瞧这色彩,简直是逼真的油画。"

一具士兵的尸体,一个喊叫的妇人:倒影映在一颗安宁的心上。艺术手法是乐观主义的,痛苦显得理所应当,因为痛苦被用来展现美。"我不安宁,我不愿为我目睹的痛苦辩解。巴黎……"他

---

① 三王,基督教传说中耶稣降生时从东方来朝拜的三博士,此处指戈梅兹崇拜的画家。

猛地转身对里奇说：

"如果绘画不是一切，那便是开玩笑。"

"此话怎讲？"

戈梅兹粗暴地合上画册，说道：

"人们是不会画邪恶的。"

里奇的目光发呆，大感不解，呆头呆脑地打量戈梅兹。突然他直爽地笑了笑，用手指点了点戈梅兹的胁部：

"老兄，我明白，参战四年，是得重新受教育呀。"

"不必了，"戈梅兹说，"反正我准备当批评家了。"

沉默片刻后里奇急促地说：

"你知道地下室有个电影厅吗？"

"我从没来过。"

"他们放映古典影片和纪录片。"

"你想看吗？"

"我得留在这附近，"里奇说，"我五点钟有个约会，离这儿七站地。"

他们走近一块上了漆的木板广告牌，看上面的节目海报，里奇说：

"《西行的车队》，我已看了三遍，"里奇说，"看看在德兰士瓦①开采钻石，可能很有趣的，"他有气无力地问道，"你看吗？"

"我不喜欢钻石。"戈梅兹说。

里奇好像松了一口气，满脸堆笑，嘴张得大大的，拍了拍戈梅兹的肩膀。

"再见吧。"他用英语告别，好像他同时重获母语和自由。

"这是感谢他的时刻。"戈梅兹心想。但他说不出一句话，只

---

① 德兰士瓦，南非（阿扎尼亚）东北部省份。

是默默地握了握他的手。

户外烈日炎炎,无数的章鱼吸盘黏住他,豆大的汗珠从毛孔沁出,一下子湿透他的衬衫,他眼前仿佛有一块烧至白热的金属片在移动。不要紧!不要紧!他仍然感到高兴,因为他刚离开博物馆:炎热虽然毒辣灼人,却是真实的。摩天大楼刺向天际,比欧洲所有的大楼要高出许多,印第安的天空虽然蛮荒,却是真实的。戈梅兹信步街头,砖房虽然难看,根本没有人会想到把它们画下来,但它们是真实的,远处那幢高楼宛如克洛德·洛兰①笔下的船:一叶轻舟;高楼是真实的,克洛德·洛兰的船只则不是真的:图画是幻象。他想起马德雷山脉的那座村庄,曾在那里从早晨一直战斗到傍晚:大路上洒着真实的红色。"我永远不再作画",他毅然作出决定,心中升起一股带涩味的欢快。而今他处在山脉的此面,恰恰在这儿,在烫人的人行道上,被这火炉炙烤得狼狈不堪。真实在他周围筑起高高的围墙,堵住所有的视线,世上只剩下这炎热,这些砖头,要不然便是幻象。他拐弯进入第七大街,人群潮水般向他逼近,后浪推前浪,浪峰闪烁,一束束目光,明亮而无生气;人行道在颤抖,滚烫的彩色光焰溅了他一身,人群像烈日下的湿被单一样直冒蒸汽。微笑与青睐,not to grin is a sin②,茫然或明确的眼神,敏捷或迟缓的目光,无论哪种都是无生气的。他试图继续演滑稽戏,扮演真正的男子汉,可惜,办不到!眼看一切都在他手里失败了,喜悦顿时无影无踪;行人们的眼睛就像长在画像上似的。他们知道巴黎失陷了吗?他们想到此事了吗?他们个个行色匆匆,与他擦肩而过时只用眼白瞟他一下。戈梅兹心想:"他们不是真实的,形似

---

① 克洛德·洛兰(1600—1682),法国画家,擅长历史风景画。他革新古典风景画,开创以表现大自然的诗情画意为主的新风格,对欧洲风景画的发展有一定的影响。
② 见本书第862页注①。

而已。那么真实的他们在哪儿呢？在别处，但不在这里。此地没有一个人是真实的，包括我自己，也不比别人真实多少。"与我戈梅兹形似的人在乘巴士，看报纸，向拉蒙微笑，谈论毕加索，细看蒙德里安的画。而真实的我大步走遍巴黎城：王府街空无人迹，协和广场人迹罕至，一面德国国旗飘在众议院屋顶，纳粹党卫队的一个团通过凯旋门，天空布满飞机。砖墙倒塌了，人群钻入地下，唯有戈梅兹只身一人在巴黎行走。在真实，唯一的真实中，在巴黎城里，在血泊中，在仇恨中，在失败中，在死亡中，行走。"法国人真浑！"他捏紧拳头，喃喃自语，"他们没能坚持住，兔子似的狼狈逃窜，我早已心中有数，早知道他们完蛋了。"他向右拐弯，进入五十六街，在一家法国酒楼前停步。他望了望红绿相间的门面：店号为风情女郎，犹豫片刻后推门进屋，他很想看一看法国人拉长的嘴脸。

室内光线昏暗，但颇凉爽：窗帘拉上了，点着灯哩。

戈梅兹看到非自然的光线很高兴。尽里的大屋一片昏暗和寂静，那是餐厅。酒吧间坐着一个大汉，留着平头，戴夹鼻眼镜，两眼发呆，脑袋不时往前跌落，但随即十分庄重地重新抬起。戈梅兹在酒吧柜台前一张高脚圆凳上坐下。他有点认识男招待。

"双份苏格兰威士忌酒。"他用法语说，"您没有今天的报纸吗？"

男招待从抽屉里取出《纽约时报》递给他。这个金发小伙子愁眉苦脸，但一丝不苟，要不是一口勃艮第乡音，很可能当他是里尔人。戈梅兹装作浏览《纽约时报》，突然抬起头。男招待没精打采地等着他发话。

"消息不妙呀，唵？"戈梅兹说。

男招待摇摇头。戈梅兹接着说：

"巴黎失陷了。"

男招待忧伤地叹息一声,倒一小杯威士忌,再把酒倒入一只大玻璃杯里,然后重复一次,把大玻璃杯推到戈梅兹面前。戴夹鼻眼镜的美国人转过身来朝他们望了望,懒懒地点点头,算是跟他们打招呼。

"加苏打水吗?"

"是的。"

戈梅兹不气馁,转回话题:

"我看法国完蛋了。"

男招待又叹了一口气,没有答话。戈梅兹幸灾乐祸,心想他太伤心了,连话都说不出来。他几乎亲切地问道:

"您不这样认为吗?"

男招待往戈梅兹的玻璃杯里倒苏打水。戈梅兹的眼睛一直盯着他那张没有血色的、哭丧的脸,抓住时机,换了一种口气对他说:

"你们为西班牙做了些什么?好了,现在轮到你们倒霉啦。"

男招待抬起头举起手,突然打破沉默,粗重的嗓音缓慢而平静,鼻音颇重,勃艮第口音非常明显,他说:

"什么都有报应。"

戈梅兹冷笑着说:

"是的,什么都有报应。"

男招待边说话边比画,在戈梅兹面前手舞足蹈起来。原来满不是那回事,他根本不伤心。

"法国嘛,"他说,"很快就会知道她抛弃天然盟国所付出的代价喽。"

"怎么回事呀?"戈梅兹心里不胜惊讶。

他正准备尽情发泄怨恨,却在男招待的眼睛中蓦然发现自己想要表现的得意神情。

他想摸摸底细,试探着说:

883

"当捷克斯洛伐克……"

男招待耸耸肩膀,打断他的话头,轻蔑地说:

"捷克斯洛伐克!"

"怎么?"戈梅兹说,"你们拱手把捷克斯洛伐克断送的。"

男招待微微一笑,说道:

"先生,要是在路易十五统治下,法国就没有犯错误的余地了。"

"哦!"戈梅兹说,"您原来是加拿大人哪?"

"我来自蒙特利尔。"男招待答道。

"早该说了嘛。"

戈梅兹把报纸放在柜台上,过了一会儿才问道:

"你们这儿从不来法国人吗?"

男招待用食指点了一下戈梅兹背后的一个地方。戈梅兹转过身去,只见一张铺白台布的桌旁坐着一位老人正对着手中的报纸出神。一个真正的法国人,脸部衰老下陷,布满皱纹和道沟,眼睛明亮而冷峻,小胡子灰白。与戴夹鼻眼镜的美国人那饱满的面颊相比,他的面颊好像用蹩脚的材料切割而成。一个真正的法国人,心中充满真正的绝望。

"噢!"戈梅兹说,"我没有注意到他。"

"那位先生来自鲁昂,"男招待说,"是这里的常客。"

戈梅兹一口气喝光威士忌酒,跳到地板上,心想:"你们为西班牙做了些什么呢?"老人见他过来并不诧异。戈梅兹到桌前站定,急切地打量老人的面孔。

"您是法国人吗?"

"是的。"老人回答。

"我请您喝一杯。"戈梅兹说。

"不,谢谢,今天不是时候。"

戈梅兹的心因残忍而扑通扑通直跳。

"就因为这个?"他问道,一边用手指点着报上的大标题。

"就因为这个。"

"正因为这个我才请您喝一杯,"戈梅兹说,"我在法国住了十年,我的妻子和孩子还在那儿。威士忌酒吗?"

"好吧,不加苏打水。"

"一杯苏格兰威士忌不加苏打水,另一杯加水。"戈梅兹点了酒。

他们相对无言。戴夹鼻眼镜的美国人坐在圆凳上转来转去然后默默地望着他们。

老人突然问:

"您,至少不是意大利人吧?"

"不,我不是意大利人。"戈梅兹微笑道。

"意大利人是坏蛋。"①老人说。

"那么法国人呢?"戈梅兹问道,但声音变得温和了,他接着问道,"您在那边有亲人吗?"

"在巴黎没有,我的侄儿们住在穆兰。"

老人关切地瞧着戈梅兹说:

"我看得出您来这里不久吧?"

"您呢?"戈梅兹问道。

"我一八九七年就在这里定居了,已经好久了。"他补充道,"我不喜欢他们。"

"那为什么留在这里?"

"赚钱哪。"老人耸耸肩膀。

---

① 意大利人袭击了法国,以确保德国取胜,罗斯福总统称这种袭击为"背后捅刀子"。

"您是商人?"

"理发师。在离这里两片房屋的地方开一爿理发店。每三年我去法国住两个月。我本应该今年去的,但出了问题。"

"出了问题。"戈梅兹重复道。

"今天早上开门以来,"老人接着说,"来店里的顾客足有四十之多。有些天就这么顾客盈门。而且他们要求各项服务:刮胡子,剪头发,香波洗头,电吹风。您也许以为他们会跟我谈论我的祖国?休想!他们埋头看报纸,一声不吭,我给他们刮脸时瞥见报上的标题。他们之中有的是我二十年的老顾客,但他们没有任何表示。我没有刮破他们的脸,算他们运气:我的手都发抖了。最后我扔下手里的活计,跑到这里来了。"

"他们才不在乎呢。"戈梅兹说。

"倒不完全不在乎,但他们说不出令人欣慰的话。巴黎,对他们来说是颇有分量的城名。他们闭口不谈,恰恰因为他们的心被触动了。他们就是这种脾气。"

戈梅兹想起方才第七大街上的人群,他说:

"街上那些家伙,您认为他们都在想巴黎吗?"

"从某种意义上讲,是的。不过,您知道,他们的思维方式跟咱们不一样。对美国人来说,思考伤脑筋的事情,最好的办法是不去想它。"

男招待端上酒来,老人拿自己要的那份,举起杯子,说道:

"来!祝您健康。"

老人凄然苦笑着说:

"都不知道该共祝什么了,唉?"他沉思片刻后改口说道,"得了,我为法兰西干杯!还是为法兰西干杯吧。"

戈梅兹不愿意为法兰西干杯,他说:

"为美国参战干杯!"

老人淡然一笑,说道:

"这,您真是痴心妄想哪。"

戈梅兹喝干酒,转身对男招待说:

"同样的再给我们来一杯。"

喝酒。刚才他以为只有他一个人关心法国,巴黎的失陷是他的事情:既对西班牙不利,也让法国人受到合情合理的惩罚。此刻他知道法兰西在酒吧间徘徊,以模糊而抽象的形式在六百万居民当中游荡。令他几乎难以忍受的是,他与巴黎的个人联系被切断了,他只是个初来乍到的移民,像许许多多人那样,被一种集体的顽念所困扰。

"我不知道您是否明白我的意思,"老人说,"我在这里生活了四十多年,直到今天早上我才真正感到生活在国外。我了解他们,对他们不抱幻想,这一点可以向您保证。但我仍旧相信会有人向我伸出手来或对我说一句话的,"他的嘴唇颤动起来,重复道,"毕竟是二十年的老顾客。"

"这是地道的法国佬,"戈梅兹心想,"管我们叫 Frente crapular① 的人。"但他还是高兴不起来,因为作出了判断,"他太老了。"

老人茫然凝望,不大有把握地说:

"请注意,这也许是谨慎的判断。"

"嗯!"戈梅兹哼了一声。

"可能吧,"老人说,"非常可能,跟他们打交道,什么都可能呀。"老人以同样的语气接着说,"我在鲁昂有一幢房子,本打算到那里度晚年。如今想到我将死在这儿啦,对事情的看法也就变了。"

"当然,"戈梅兹琢磨他的话,心想,"当然,你将死在这儿啦。"

---

① 西班牙语:浑蛋阵线。

他转过脸,很想扭头就走,但打消了这个主意,突然脸涨得通红,盯着老人的眼睛,用带嘘声的嗓音问道:

"您曾赞成干预西班牙内战吗?"

"什么干预?"老人惊愕地反问,他关切地打量戈梅兹,"您是西班牙人?"

"是的。"

"你们也蒙受许多苦难哪。"

"法国人没有怎么帮助我们。"戈梅兹声调平淡地说。

"是的,不过您瞧,美国人也没有帮助我们哪。民众和国家一个样:人人为自己。"

"不错,"戈梅兹说,"人人为自己。"

他没有为保卫巴塞罗那出力,巴塞罗那失陷了,如今巴黎也失陷了,我们俩都在流亡中同病相怜。男招待把两杯酒放在桌上,他们同时拿起酒杯,彼此仍看着对方。

"我为西班牙干杯。"老人说。

戈梅兹犹豫了一下,低声道:

"我为法国解放干杯。"

两人相对无言。可怜哪,他们就像残臂断腿的木偶扔在纽约的酒吧间里无人过问,居然为法国为西班牙干杯。可悲呀!老人细心地把报纸折好,站起身说:

"我该回到店里去了,最后一巡由我付账。"

"不,"戈梅兹说,"不,不。招待,全部由我付账。"

"那么谢谢啦。"

老人走到门口时,戈梅兹发现他是瘸腿,不禁心动:"可怜的老人。"他对男招待说:

"再给我来一杯。"

坐在圆凳上的美国人跳下来,跟跟跄跄向他走来。他说:

"我醉了。"

"哦?"戈梅兹搭腔。

"您没有发现吗?"

"没有,瞧您说的。"

"您知道不知道我为什么喝醉?"他问道。

"与我不相干。"戈梅兹回答。

美国人打了个响嗝儿,跌坐在老人刚离开的椅子上。

"因为汉斯们①占领了巴黎。"他的脸变得阴沉了,补充道,"这是自一九二七年以来最坏的消息。"

"一九二七年发生了什么事?"

美国人用食指摁着嘴唇说:

"嘘!个人的事情。"

说罢,他把脑袋搁在桌子上,好像睡着了。男招待离开柜台,走近戈梅兹,对他说:

"请照看他两分钟,他的时辰到了,我得去替他叫出租车。"

"这家伙干什么的?"

"他在华尔街工作。"

"他喝醉真的因为巴黎失陷?"

"他既然这么说,大概是真的吧。不过,上星期,因为阿根廷的事情;再上星期,因为盐湖城遭灾。反正每星期六醉倒一次,他总说得出理由。"

"他太容易动感情了。"

男招待急匆匆出了屋。戈梅兹双手捧头,两眼凝视墙壁,仿佛又清晰地看见他留在工作台上的那块雕刻板。左边本应当镂出一片昏暗,这样才能明暗有致。也许,一片灌木丛。对,一片灌木丛。

---

① 指德国人,日耳曼人中有许多叫汉斯的。

他眼前重现版画、工作台、大窗户，不禁呜呜抽泣起来。

六月十六日，星期日

"在那儿！在那儿！就在树梢上空嘛。"

马蒂厄熟睡着，战争已经失败，即便在梦中，失败也成定局了。人声把他惊醒：他朝天躺着，双眼紧闭，两臂抱着身子，他打了败仗。他记不大清身处何地，但知道打了败仗。

"在右边！"夏尔洛激动地说，"就在树梢上空，我对你说了嘛！你有眼无珠吗？"

马蒂厄听到尼佩尔慢腾腾地回答：

"噢！噢！原来是这样！原来是这样！"

我们在哪儿？在草地上。八个城里人待在田野里，八个穿军服的老百姓，两个两个裹在行军被里，躺在菜园中央一块帐篷帆布上。我们吃了败仗。人们委托我们打仗，但我们失败了。战争从他们手中溜掉，溜到北方某个地方，稀里哗啦地输了。

"噢！原来是这样！原来是这样！"

马蒂厄睁开眼睛，望见天空，珠灰色的，没有云彩，没有底色，一派空蒙。早晨缓缓来临，阳光一点一滴地洒落大地，渐渐满地金光。德国人占领巴黎，我们输了这场战争。一天开始，一个早晨。新世界的第一个早晨，如同所有的早晨，一切有待去完成，全部的未来写在天上。他从被窝里伸出一只手，搔搔耳朵：未来是属于别人的。在巴黎，德国人举目遥望天空，望见天上写着他们的胜利及其结果。我，没有前途了。晨风吹拂他的脸颊，轻柔凉爽，但他腰部右侧感到尼佩尔的热气，而左腿感到夏尔洛的热气。还有几年要活，还有几年要熬。这个刚开始的凯旋日叫人不得不一分钟一分钟地熬过去,尽管白杨树林里晨风伴着金霞,尽管麦浪上日轮当午,尽管傍晚热腾腾的大地散发芳香,入夜后,德国人照样俘虏我们。嗡嗡声越来越响,他看见旭日升处出现飞机。

"这是一架意大利飞机。"夏尔洛说。

睡意蒙眬的声音向天空咒骂。他们习惯于德国飞机没精打采的声音,习惯于一场厚颜无耻、废话连篇、无甚大碍的战争:这是他们的战争。意大利人可不是闹着玩的,他们扔炸弹哪。

"意大利飞机?噢,我想不是,"吕贝龙说,"你听不见马达声呀,转得那么灵巧。这是一架梅塞施米特,没错,三七型的。"

被窝下一阵轻松,他们仰着脸向德国飞机微笑。马蒂厄听见几下闷声闷气的爆炸,随后空中形成四小块云团。

"狗娘养的!"夏尔洛骂道,"现在他们倒朝天上的德国人开炮了。"

"这会给咱们引来杀身之祸呀。"隆然怒不可遏地说。

"伙伴们还蒙在鼓里呢。"施瓦兹轻蔑地补充道。

又有两声爆炸,然后杨树上空出现两块棉絮般的晦暗的云团。

"狗娘养的!"夏尔洛重复道,"狗娘养的!"

皮内特用一只臂肘撑起上半身,英俊的巴黎人小脸蛋红扑扑的,气色极好。他傲慢地瞧着伙伴们,冷冷地说:

"他们干自己的行当。"

"如今不是多此一举吗?"施瓦兹耸耸肩膀说。

高射炮停止射击,云团渐渐消散,只听得一阵凯旋的、有规律的嗡嗡声。

"看不见飞机了。"尼佩尔说。

"看得见,在那儿,沿着我手指的方向看。"

一个葱根似的手指从地里钻了出来,指向飞机:夏尔洛赤身裸体裹在被窝里。

"安稳点儿,"皮埃内中士不安地说,"你会使咱们暴露目标的。"

"瞧你说的!这个时辰,人家还以为咱们是花菜呢。"不过,飞机掠过他头顶时,他还是把手臂缩了回来。伙伴们微笑着目送那个裹着阳光的耀点,算是早晨的消遣吧,也是这天的第一个事件。

"它遛早儿哪。"吕贝龙说。

他们这拨在一起吃败仗的共有八人:五个文书,两个观测员,一个气象员,一个挨着一个睡在大葱和胡萝卜地里。他们输掉战争如同人们失去时光:不知不觉地输掉①了。八个人中,施瓦兹原先是铅皮匠,尼佩尔是银行职员,隆然是税务员,吕贝龙是证券推销员,夏尔洛·罗克劳是修阳伞和雨伞的,皮内特是巴黎地区公共运输车辆的查票员,最后马蒂厄和皮埃内两人是教员。他们在一起混了九个月,时而在杉树林里,时而在葡萄园里。突然有一天,波尔多传话过来宣告他们战败了,这时他们才明白他们错了。一只手笨拙地碰了一下马蒂厄的脸颊。马蒂厄翻身问夏尔洛:

"你想干什么,小家伙?"

夏尔洛侧睡着,马蒂厄看到他饱满的脸颊红红的,嘴巴张得大大的。

"我想知道,"夏尔洛低声说道,"今天咱们开拔吗?"

在他快活的脸上,一缕焦急的神情在盘旋,惶惶然不知所谓。

"今天?不知道。"

他们十二日离开莫斯布罗恩,乱跑了一阵子后,突然停下,待到现在。

"咱们在这里干啥?你能告诉我吗?"

"他们说咱们等步兵。"

---

① 法语中,"输掉"和"失去"是同一个词(perdre)。

"要是步兵老爷不能脱身,那也不该为此让咱们跟他们一起给逮住呀。"夏尔洛谦卑地补充道,"我是犹太人,你明白吧?况且有个波兰姓氏。"

"我知道。"马蒂厄难过地说。

"别说话,"施瓦兹说,"你们听!"

那是低沉而持续的滚动声。前一天和再前一天这种声音从黎明延续到夜晚,没人知道谁开火和向什么开火。

"大概离六点钟不远了吧,"皮内特问,"昨天,他们从五点四十五分就开始了。"

马蒂厄把手腕举到眼睛上方,然后转过手腕看表:

"现在是六点五分。"

"六点五分,"施瓦兹说,"我想今天不会开拔了。"他打了个呵欠,接着说,"得了,又得在这穷乡僻壤泡上一天了。"

皮埃内中士也打了个呵欠,他说:

"行了,该起床啦。"

"是的,"施瓦兹附和道,"是的,该起床啦。"

但谁也没动窝。一只猫从他们附近快速而曲折地经过,突然蜷缩趴下,好像准备一跃而起,然后又好像忘记了原先的计划,懒散地走开了。马蒂厄用肘支撑起来,眼睛不离猫的一举一动。突然他瞥见一双用卡其布裹绑的腿八字排开着,抬头一看,原来是乌尔曼中尉站在他们面前,交叉手臂,扬起双眉,横目而视。

"你们在干什么?喂,你们在干什么?你们全疯了吗?请告诉我,你们在干什么,唵?"

马蒂厄等了片刻,看到没有人回答,他便开口了,但没有站起来。他说:

"我们更乐意睡在露天,中尉。"

"瞧瞧你们!敌人的飞机在本地区飞行,你们乐意!可这会使我们付出高昂的代价,你们可能把敌机引来轰炸师部。"

"德国人很清楚我们在这儿,因为我们的转移全是在白天进行的。"马蒂厄耐心地说。

中尉好像没有听见,他说:

"我不允许你们这么做,不允许你们离开谷仓。你们在上司面前这么躺着成什么体统!"

八个人这才无精打采地忙乱起来,他们从铺地的帆布坐到被子上,睡眼惺忪,不停地眨眼。赤身裸体的夏尔洛用一块手绢遮掩生殖器。清晨挺凉的,马蒂厄打了个寒战,赶紧从身旁找来上衣披在双肩。

"您,皮埃内,您也在里面呀!一个军士,不害臊吗?您应当做出榜样嘛。"

皮埃内紧抿嘴唇,一声不吭。

"难以置信,"中尉说,"给我说明白为什么离开谷仓,唵?"

他说此话时信心不足,声音虽然厉害,但是疲乏;他的眼圈发黑,红润的面色变暗了。

"我们太热了,中尉,我们睡不着觉。"

"太热?你们想要什么?一间有空调的房间?今天晚上,我把你们打发到学校去睡,跟其他人混在一起。难道你们不知道我们在打仗吗?"

隆然打了个手势,脸上露出奇怪的微笑,他说:

"战争已经结束,中尉。"

"战争没有结束,说这话您应当感到害臊,因为离这里三十公里就有伙伴们在战斗,为掩护咱们而牺牲哩。"

"可怜的家伙们,"隆然说,"别人在签订和约,却命令他们去送死。"

中尉脸涨得通红。他说:

"不管怎么说,你们还是战士。只要还没有遣返回家,你们就是战士,就得服从上司。"

"即使在战俘集中营里?"施瓦兹问道。

中尉没有理睬,他望着士兵们,神情既轻蔑又为难;士兵们直视着他,不急不躁,毫无顾忌,几乎因感到不怕上司而获得新的愉悦。僵持片刻后,中尉耸耸肩膀,转身时扭着头说:

"请你们给我赶快起身。"

他昂首挺胸,迈着轻松的步子走开了。马蒂厄心想:"他轻松的步子快到头了,过几个小时德国牧羊犬就会将我们像羊群似的赶向东方,届时乱作一团,还有什么军衔差别可言。"施瓦兹打着呵欠哭泣起来,隆然点燃一支香烟,夏尔洛一把把拔身边的杂草。他们都害怕起身。

"你们听见了吗?"吕贝龙问,"他说:'我让你们睡到学校里去。'可见咱们不走了。"

"他这么说说而已,"夏尔洛说,"他知道得不比咱们多。"

皮埃内中士突然发作,问道:

"那么谁知道呢?究竟谁知道呢?"

没有人回答。过了一会儿,皮内特跳起来说:

"咱们洗一洗吧!"

"好,我乐意。"夏尔洛边答话边打呵欠。

他站起来,马蒂厄和皮埃内中士也站了起来。

"喂,小娃娃!"隆然喊道。

夏尔洛一丝不挂,雪白鲜嫩,面颊红扑扑的,小肚皮鼓鼓的,在朝霞的沐浴下,金煌煌的,活像法兰西最美的娃娃。施瓦兹照例像每天早晨那样,蹑手蹑脚地从他后面过来挠痒痒。

"你起鸡皮疙瘩了,娃娃,起鸡皮疙瘩了。"

夏尔洛又笑又叫,扭作一团,但没有往常那么开心了。皮内特转身问别着脸抽烟的隆然：

"你来吗？"

"干吗？"

"洗脸呗。"

"洗个屁！"隆然执拗地说，"洗给谁看哪？给德国佬看？让他们把我这个模样俘虏去好啦。"

"他们不一定能抓住你。"

"得了吧，得了吧。"

"咱们总有办法脱身的，活见鬼！"皮内特说。

"你相信圣诞老人？"

"即使让他们抓住，也没有理由邋里邋遢呀。"

"我不愿意为他们洗得干干净净。"

"真浑，你说的是浑话！糊涂透了！"皮内特骂道。

隆然冷冷一笑，不再搭理，他深陷在被子里，摆出占了优势的神情。吕贝龙也没有动窝，他假装熟睡。马蒂厄拿起背包，走近饮水处。水从石头食槽中的两根生铁管子流出来，清凉而洁净，像皮肤那般滑溜；一整夜，马蒂厄只听见它喁喁细语，充满希望的细语，幼稚的絮絮发问。他把头伸进水槽，水声仿佛最简单的歌曲，流到鼻眼和耳孔化成无声而明亮的清新，好似一束湿漾漾的玫瑰或水花，沁人心脾，使他联想到在卢瓦尔河中的沐浴，灯芯草，绿色小岛，童年。他抬起头来时，看见皮内特使劲擦着抹了肥皂的脖子，朝他笑笑：他很喜欢皮内特。

"隆然，他真糊涂，"皮内特说，"即使德国佬来了，咱们也得干干净净哪。"

他往耳朵里插进一个手指，用力转动。

"你那么爱干净，"隆然在原位置上大声对他说，"把你的脚也洗洗吧。"

皮内特朝他投去怜悯的目光,说道:

"脚,别人又瞧不见。"

马蒂厄开始刮胡子。刀片用钝了,刮得他皮肤生疼:"一旦被俘,我就让胡子乱长。"太阳冉冉升起,长长的光线斜着射向草地,满地金光;树下的草鲜嫩鲜嫩的,早晨睡够了懒觉,头脑特别清醒。大地和天际充满征兆,希望的征兆。杨树叶丛中无数的鸟儿按照某个隐形的信号一起放声歌唱,一时间百鸟齐鸣,像一阵飓风穿过树林,好不热闹,但不久啼鸣神秘地停止了。翁郁苍翠中,瓜田菜畦里,浮泛着一圈圈焦虑,就像夏尔洛脸上的那种焦虑,却始终飘忽不定,无处栖止。马蒂厄仔细拭干刀片,把它放回背包。其实他的心与黎明、露水、阴影息息相通,内心深处一直等待着节庆。他早起,刮脸,好像为了庆祝什么:花园里将举行庆祝活动,如初领圣体或婚礼,草坪上放着桌子,林荫小径出现美丽的喇叭长裙,采蜜的胡蜂狂热地嗡嗡作响。吕贝龙终于起身,走到篱笆边撒尿;隆然夹着被子走进谷仓,然后出来,没精打采地靠近饮水处,把一只手指浸到水里,露出嘲弄和无所事事的神情。马蒂厄不必看他苍白的脸便知道不会有什么开心的表情,现在不会有,永远也不会有。

老农场主从住所出来,他边抽烟斗边瞧他们。

"您好,老爹。"夏尔洛说。

"好!你们好!"农场主点点头,"噢,你们好!"

他朝前迈了几步,到他们跟前站住:

"怎么?你们还没有开拔?"

"没错,正如您瞧见的。"皮内特生硬地说。

老人冷冷一笑,不给好脸色看。

"我早对你们说过,你们走不了的。"

"可能吧。"

老人朝自己两脚之间吐了一口痰,摸了摸小胡子。

"德国鬼子?他们是今天来吗?"

"也许今天来,也许今天不来,"吕贝龙说,"我们像您一样,也等候他们哩,我们正打扮得漂漂亮亮的,准备接待他们。"

老人神情古怪地望着他们,他说:

"你们,那可不一样,你们死里逃生喽。"

他抽了一口烟,接着说:

"我嘛,我是阿尔萨斯人。"

"我们知道,老爹,"施瓦兹说,"说点别的吧。"

"这是一场奇怪的战争,"老人点点头说,"如今是老百姓送死,当兵的却幸免于难。"

"行了,行了!您心里很清楚他们不会杀您。"

"我对你说我是阿尔萨斯人嘛。"

"我也是阿尔萨斯人,我。"施瓦兹说。

"很可能,不过,我离开阿尔萨斯时,阿尔萨斯还是属于他们的。"

"反正他们不会难为您,他们是跟咱们一样的人哪。"

"跟咱们一样,"老人突然愤慨地说,"他妈的,见鬼!你下得了狠心砍断孩子的双手,你?"

施瓦兹哈哈大笑,向马蒂厄挤挤眼睛说:

"他跟咱们吹上次战争的牛皮呢。"

他拿起毛巾,擦干肌肉发达的粗臂,转身向老人解释道:

"瞧您说的,他们又不是疯子!他们哪!会送给您香烟,是的,还有巧克力,这叫做宣传。不过您只管收下好啦,不碍事的。"他仍旧笑着补充道,"我对您说吧,老爹,现如今哪,生在斯特拉斯堡比生在巴黎强多了。"

"我这把年纪可不想成为德国人哪,"农场主说,"他妈的,见鬼!我宁愿他们把我毙了。"

施瓦兹拍了拍大腿,模仿老人的语气说:

"你们听见了?他妈的,见鬼!我呀,宁愿当个活着的德国人也不愿当个死了的法国人。"

马蒂厄生气地抬头瞪他,皮内特和夏尔洛也瞪他。施瓦兹停止说笑,脸红起来,晃了晃肩膀。马蒂厄把视线移开,他没有兴趣充当评判者,再说他喜欢这个壮实的大汉,又安分又吃苦耐劳,他不想使伙伴更难堪。谁也没说什么,老人摇摇头,用记恨的目光依次扫视在场的人。他说:

"哎!这场战争不该输呀,不该吃败仗。"

大家不作声了。皮内特咳嗽一声,走近饮水处,样子傻乎乎地摸摸拍拍水龙头。老人把烟斗的灰倒在砾石路面上,用脚跟扒个小洞,把烟灰埋起来,然后转过背,慢步回到住所。长时间沉默。施瓦兹直挺挺地站着,双臂叉开,过了一会儿才如梦初醒。他难堪地笑着说:

"我那么说是为了捉弄他。"

伙伴们不约而同地盯住他,不接话茬。然后又仿佛什么事也没有发生,突然某种情绪平息了,出现缓和,某种静止的松散,聚集在他周围的愤怒的小团伙自动解散了。隆然用小刀剔牙缝,吕贝龙清嗓子,夏尔洛天真无邪地哼起小曲儿,除了涉及休假或伙食外,什么也不能使他们激愤起来。马蒂厄忽然闻到一丝苦艾和薄荷的清香:继群鸟之后,花草也睡醒了,散发出阵阵的芳香,仿佛迸发着阵阵的呼唤。他心想:"对啦,还有清香。"新鲜而悦人的清香还是涩涩的、酸酸的,然后随着天空越来越蔚蓝,随着德国坦克越来越临近,清香逐渐变得甜甜的、浓浓的、女性的。施瓦兹用鼻深深吸气,望着他们昨晚拖到房墙边的长凳,自言自语:

"好吧,好吧,好吧。"

他走过去坐在长凳上,双手垂在双膝之间,两肩缩成拱形,但头仍抬得高高的,目光正视前方,神态严峻。马蒂厄犹豫了一下,走过去坐在他身边。不一会儿,夏尔洛离开大伙儿,跟过去站在他们面前。施瓦兹抬眼凝视夏尔洛,神情严肃。他说:

"我得洗衣服了。"

沉默片刻。施瓦兹仍盯着夏尔洛。"这场战争,不是我打输的……"

夏尔洛颇不自在,笑了笑,但施瓦兹明白他的意思,"倘若大家都像我那样干,这场战争也许打赢了。我没有什么好自责的。"他不好意思地挠挠腮帮子,接着说,"好古怪!"

好古怪,马蒂厄琢磨着,是的,好古怪。他望着空处,心想:"我是法国人",他生平第一次感到此话古怪。好古怪。法兰西,我们向来视而不见:我身在其中,感觉到空气的压力,地球的引力,空间,能见的范围,确信无疑世界是为人创造的;我是法国人,这太自然了,这是使自己感到万能的最简单最经济的手段。没有什么好解释的,让别人,让德国人、英国人、比利时人去解释他们遇到什么厄运或出了什么乱子才没有完全变成文明人。如今,法国四脚朝天躺下了,我们却看得清清楚楚,看到一部巨大的机器失灵了,这才想到,"原来如此。"所谓如此,指的是地面出现一次高低不平,历史出现一次意外事故。我们仍然是法国人,但不再是理所当然的了。只需一次偶然事件就使我们明白我们是偶然的产物。施瓦兹想到他是偶然的产物,便摸不着头脑了,对自己困惑不解;他琢磨着:"怎么会成为法国人呢?"进而想到,"运气好一点的话,我很可能生下来就是德国人了。"于是他显露严峻之色,竖起耳朵谛听他备用的祖国向他隆隆驶来,等待着光照人间的部队开来向他祝贺,他翘首盼着他能用我们的失败换取他们的胜利,届时他就觉得自己理所当然是胜利者和德国人了。

施瓦兹打着呵欠站起来说:

"好了,我去洗衣服了。"

夏尔洛转身去找正跟皮内特谈话的隆然。马蒂厄独自一人坐在长凳上。

吕贝龙也大声打起呵欠来,脱口说道:

"这儿腻味死人了!"

夏尔洛和隆然一起打呵欠,吕贝龙看到他们打呵欠,自己又打了个呵欠。他说:

"这儿缺的是一家妓院。"

"你满可以早晨六点钟拨弄你的鸡巴嘛。"夏尔洛愤慨地说。

"我?什么时辰都可以拨弄。"

"而我不行,我不想做爱,更不想让人踢屁股。"

吕贝龙冷笑。

"要是你结婚了,你就会学着做爱,不需要什么愿望,笨蛋!做爱时的好处在于你什么也不想。"

他们不再往下说了。杨树簌簌抖动,古风依旧的太阳在枝叶间颤悠,远处传来大炮温和的隆隆声,每天如此,声音又如此叫人放心,就像是大自然的一种声音。空中有什么东西掉下来似的,原来是一只胡蜂俯冲而下,落在他们中间。

"听!"吕贝龙说。

"什么?"

什么也没有,一种出奇的安静,周围好像空落落的。鸟儿在歌唱,公鸡在家禽棚里啼鸣;远处有人在有规律地敲打一块生铁,然而人们还是感到寂静,因为炮声停止了。

"哎!"夏尔洛说,"哎!停了!"

"是的。"

他们竖起耳朵细听,仍旧你望着我我望着你。

"这种事总是这样开始的,"皮埃内说,语气冷淡,"在某个时刻,整个战线一片寂静。"

"什么战线?根本没有战线。"

"那么就说到处一片寂静吧。"

施瓦兹向他们靠近一步,怯声怯气地说:

"你们知道,我认为首先应当有军号声。"

"去你的吧!"尼佩尔说,"联络都断了,他们签字画押已有二十四小时,咱们却在傻等。"

"也许战争从昨夜十二点就结束了,"夏尔洛说,笑中充满希望,"停火总在子夜进行。"

"或在中午十二点。"

"不,小鬼,在子夜,即零点,明白吗?"

"别争啦。"皮埃内说。

大家不作声了。皮埃内细听着,心里烦躁,不时噘嘴蹙眉,夏尔洛老张着大嘴,透过伴着飒飒树叶声的寂静,他们谛听着和平。一个没有钟声、没有鼓声、没有号声的不光彩的和平,一个好似死亡的和平。

"他妈的!"吕贝龙骂道。

隆隆炮声重新响起,似乎更沉闷、更逼近、更凶险。隆然交叉长长的十指,拧得咯咯作响。他牢骚满腹地说:

"嘿,上帝啊!他们还等什么呢?难道他们认为我们挨打挨得还不够?死的人还不够多吗?难道要等到法国彻底完蛋他们才肯决定停止残杀?"

他们烦躁,萎靡,因无能为力而气愤,脸色铁青,那是因生气而特有的脸色。只需从天边传来一阵战鼓声,便足以重新激起他们打仗的热情。皮内特猛地转向隆然,眼睛充满怒火,一手紧紧抓住水槽边。他说:

"什么残杀?什么残杀?嗯?死伤的人,他们在哪儿呢?你若亲眼见了,是你的造化。而我,只瞧见像你这样的胆小鬼,吓破了胆,抱头鼠窜。"

"嗬,小鬼,你怎么啦?"隆然假作关心地问道,"你身体不舒服吗?"他意味深长地扫视其他在场的人,接着说,"我们的皮内特是个好小伙儿,我们喜欢他,因为他和我们一样借故偷懒,每当需要一名敢死者时,总不见他站出来。现在战争结束了,他却怀念战争了,遗憾哪。"

皮内特的眼睛射出愤怒的光芒。

"我不怀念战争,去你的,浑蛋!"

"你怀念战争!你想扮演小战士。"

"这总比你吓得屁滚尿流强吧。"

"你们听听,我说了句法军挨打,就是屁滚尿流了。"

"你说,你怎么知道法军挨了打?"皮内特愤怒得结巴起来,"你得到魏冈将军①的机密了?"

隆然傲慢而疲乏地笑了笑,他说:

"不需要魏冈的机密:一半兵员已经溃败,另一半就地被困,这还不够叫你明白吗?"

皮内特做了个不容置辩的手势:

"我们将在卢瓦尔河重新集结,与北方军团会师索缪尔。"

"你信吗?你这个小狐狸?"

"是中尉对我讲的,你问丰泰纳好啦。"

"好啊!不过,北方军团得赶快哟,因为德国鬼子就在屁股后面跟着呢,懂吧。至于咱们,我不大相信有什么会师。"

皮内特低着头,眼睛向上瞟隆然,气急跺脚,拼命摇动双肩,仿佛要摆脱猎犬群的追咬。他被逼急了,最后说:

---

① 魏冈将军于1940年5月接替加默兰将军任法军最高司令官。

903

"即使退到马赛,即使全法国无处可退,还有北非呢。"

隆然交叉双臂,轻蔑地一笑:

"为什么不退到圣皮埃尔岛及密克隆岛,傻瓜?"

"你自以为了不起吗?说呀,你自以为了不起?"皮内特说着向他逼近。

夏尔洛赶紧插入他们中间说:

"得了!得了!你们真的想吵架吗?大家都同意战争不解决任何问题,永远不该打仗。他妈的!"他满怀信心地重复道,"永远不再打仗!"

他目光尖利地逼视他们,激动得直哆嗦。他满怀激情,想使所有的人和解:皮内特和隆然,德国人和法国人。他用几乎恳求的语气说:

"不管怎么说,咱们得设法跟他们和睦相处,他们总不会把咱们吃了吧。"

皮内特一下子把火气转到他身上:

"战争要是失败,应由像你这样的家伙负责。"

"又多了个不明事理的人,如此而已。"隆然冷笑道。

大家沉默了,然后不约而同地慢慢把脸转向马蒂厄。他早有思想准备:每次争论之后,大家都让他裁断,因为他受过教育。

"你是怎么想的?"皮内特问。

马蒂厄低下头,不回答。

"你聋了?人家问你的想法呢。"

"我什么想法也没有。"马蒂厄回答。

隆然穿过小路,站到他跟前:

"不可能吧?教师嘛,任何时候都在思考。"

"这不,你瞧,不是任何时候。"

"不管怎么说,你不是糊涂蛋,你明知道抵抗是不可能的。"

"我怎么知道?"

皮内特也走了过来,站在马蒂厄的另一边,这样马蒂厄夹在一个好天使和一个坏天使中间。

"你不是胆小鬼,"皮内特说,"你不可能希望法军不拼个死活就放下武器。"

马蒂厄耸耸肩膀:

"假如是我打仗,我可能发表意见。而现在是别人在挨打,卢瓦尔河一带将有战事,我不能对他们说三道四。"

"你听明白了吧?"隆然用嘲弄的神情打量皮内特,"咱们对别人的战事不起决定作用。"

"我可没这么说呀。"马蒂厄不安地瞧着他们俩说。

"怎么,你没这么说?刚才还说来着。"

"如果还有一次机会,"马蒂厄说,"哪怕很小很小的机会……"

"怎么讲?"

"说不好哇!"马蒂厄摇摇头说。

"这是什么意思?"皮内特问。

"这就是说,"夏尔洛解释道,"只有等待,尽量不要太焦急。"

"不!"马蒂厄喊道,"不!"他猛地站起来,紧握双拳,"我从幼年一直等到现在了!"

大家瞧着他,不明白他的意思,但他终于平静下来,对大家说:"咱们决定什么或不决定什么,管什么用哪,谁征求咱们的意见了?你们意识到咱们的境况吗?"

大家着慌了,吓得往后退。

"行了,"皮内特说,"行了,咱们心中有数儿。"

"你说得对呀,"隆然说,"一个小兵没有发言权。"

他的冷笑和流涎叫马蒂厄恶心。

"一个俘虏更没有发言权。"马蒂厄冷冷地顶了他一句。

然而,一切都在要求我们发表意见。一切。一个大问号把我们团团围住:一场闹剧。别人向我们提出问题,把我们当作人看待;别人想使我们相信我们还是人。不,不,不。多么大的笑话呀,一场影子似的战争向光有表象的人提出影子似的问题。

"这样的人即使有想法又有什么用处?又不是你作出决定。"

他不作声了,蓦然想到:"应当活下去。"活下去,日复一日地采摘发霉的失败之果,为他今天所拒绝的整体性选择背一屁股债。"我的上帝,这场战争,这次失败,我真不愿意接受,人家耍了什么花招迫使我不得不承受呢?"他仿佛一头掉进陷阱的野兽,怒火中烧。他抬起头,发现伙伴们的眼睛里也闪烁着相同的怒火。让我们大家一起向天怒吼吧:"我们与这些倒霉的事毫不相干!我们是无辜的!"感情冲动过后,在早晨的阳光里自然弥漫着无辜的气氛,甚至在草坪上都感觉得出来。然而,无辜的氛围只是一种假象,其实是难以觉察的共同过失感,是我们的过失感。幽灵般的战争,幽灵般的失败,幽灵般的犯罪。马蒂厄依次瞧瞧皮内特和隆然,摊开双手:他不知道他想帮助他们还是请他们帮助。他们也瞧瞧他,然后转身走开了。皮内特呆望自己的脚,隆然哑然失笑,笑得勉强和尴尬;施瓦兹和尼佩尔单独待在一旁,他们用阿尔萨斯语交谈,好像已经串通一气;皮埃内痉挛地张开和合拢右手。马蒂厄自忖:"我们已经变成这副样子了。"

同日十四时,马赛

当然,对垂头丧气他也严厉谴责,但一旦忧伤起来,鬼知道如何自拔。他寻思:"我的个性大概就是多愁善感的。"然而他有许多理由欢天喜地,特别感到庆幸的是他避免了腹膜炎,现已康复。但他高兴不起来,心想:"我死里逃生,不如死了痛快。"心里不痛快的时候,喜悦的理由也变得凄楚,令人转喜为哀。他想:"再说,我和死人差不多了。"如果由他自己决定生死,那么四〇年五月就在色当送命了,如今的麻烦是苟全性命于乱世。他又长吁短叹起来,眼睛盯着在天花板上爬行的大头绿苍蝇,暗自推断:"我是个没出息的人。"这个想法使他非常不愉快。迄今为止,鲍里斯自己规定永不盘问自己,他自我感觉良好;从另一方面看,反正要痛痛快快送死,有没有出息无关紧要,没出息的人反倒无可留恋。可是现在一切都变了:别人准备让他活下去,他便不得不承认他既无志向又无才能和金钱。总之,除了身体健康之外,没有任何所需的优点。他担心:"我将活得多么腻味!"他深感窝囊。苍蝇嗡嗡叫着离开了,鲍里斯把手伸进衬衣,抚摸齐腹股沟的肚子上一条疤痕,他喜欢用手指抚摸细肉沟的触感,他望着天花板,摸着疤痕,心情沉重。弗朗西永进屋,在没有人的床铺之间慢慢走着,靠近鲍里斯时突然停下,故作惊讶。他说:

"我在院子里找你哪。"

鲍里斯没有搭理。弗朗西永交叉双臂生气地说:

"下午两点了,你还在床上!"

"我闷得慌。"鲍里斯说。

"你忧伤?"

"我不忧伤,我烦闷。"

"不要紧的,"弗朗西永说,"一切都会过去的。"

他在鲍里斯的床头坐下,动手卷纸烟。弗朗西永长着一双大眼睛,眼珠好像随时会掉出来似的,鼻子像鹰嘴,他的样子叫人害怕。鲍里斯很喜欢他,有时候看他一眼就忍不住笑。

"快了!"弗朗西永说。

"几天?"

"再熬四天①吧。"

鲍里斯屈指计算着说:

"这么说,是十八日喽。"

弗朗西永没好气地表示同意他的计算,用舌尖舔封口涂胶水的烟纸,点燃香烟,俯身秘密地问鲍里斯:

"这里没有人吗?"

所有的床上空无一人,伙伴们要么在院子里,要么进城了。

"你自己瞧吧,"鲍里斯说,"除非床底下有奸细。"

弗朗西永更凑近鲍里斯说:

"十八日晚上,是布兰值班。飞机将停在机场跑道上准备出发。布兰让我们午夜溜进去,两点钟起飞,七点钟就到伦敦了。你看怎么样?"

鲍里斯没有吭气,他摸摸疤痕,心想:"他们走运呀,"他越来越垂头丧气,"他要问我做什么决定。"

"嗯? 嗯? 你怎么想呀?"

"我想你们好走运。"鲍里斯说。

"怎么,走运? 你只要跟我们一起走就行了,到时候别说我们不关照你。"

"不会的,"鲍里斯承认,"我不会这么说的。"

"那好,你怎么决定呢?"

"我决定个屁。"他闷闷不乐地回答。

"你总不至于留在法国吧?"

"我说不好。"

"战争并没有结束,"弗朗西永固执地说,"那些声称战争已结

---

① 根据上下文,这个数字不对,因为说话时是六月十六日。

束的人是胆小鬼和谎言家。你应当到有战斗的地方去,无权留在法国。"

"你对我讲这一套。"鲍里斯辛酸地说。

"那又怎么样?"

"不怎么样。我在等一个女友,对你说过的。我要等到跟她会面后才决定。"

"跟女友不相干,这是男人们的事。"

"相干的,就这样。"鲍里斯冷冷地说。弗朗西永显得惶惑不安,不作声了。"他要是以为我胆小怕事呢?"鲍里斯想从他的眼里探测个究竟,但弗朗西永对他微微一笑,信任之色使他放下心来。

"你们七点钟就能到吗?"鲍里斯问。

"没错,七点钟。"

"清晨的英国海岸一定美得不得了,多佛尔那边有白色的悬崖峭壁,很壮观。"

"啊!"弗朗西永叹道。

"我从来没有乘过飞机,"鲍里斯说时把手从衬衣下抽出来,"你有时是否忍不住挠疤痕?"

"不。"

"我老想挠它,真叫人心烦。"

"由于我的疤痕所处的位置,"弗朗西永说,"很不好意思在众人面前挠痒痒。"

两人沉默片刻后,弗朗西永问道:

"你的女友什么时候到?"

"不知道。她得从巴黎赶来,你想想!"

"她得赶快哟,"弗朗西永说,"咱们男人可等不及的。"

鲍里斯长叹一声,翻身俯卧,弗朗西永则冷淡地继续说:

"我的女友,她却蒙在鼓里,尽管我每天见她。到了出发那晚,给她留个字条,等她读到,我们已经在伦敦了。"

鲍里斯直摇头,但没有辩驳。

"你让我莫名其妙!"弗朗西永说,"塞尔金,你让我莫名其妙!"

"你不懂。"鲍里斯说。

弗朗西永不说了,伸手拿起一本书。他们将于拂晓飞越多佛尔的悬崖上空。想也甭想,鲍里斯不相信圣诞老人的奇迹,他明知道洛拉不会同意的。

"《战争与和平》,"弗朗西永念书名,"这是一本什么书?"

"一本写战争的小说。"

"关于一九一四年的战争?"

"不,另外一次。反正都一样。"

"是的,"弗朗西永笑道,"反正都一样。"

他随手翻开一页,皱起眉头,满面愁容地专心阅读。

鲍里斯又倒卧在床上,心想:"我不能对她干那样的事,不能再一次不征求她的意见就一走了之。我若为她留下,这便是爱情的标志。好啦,瞧吧,多么奇怪的爱情标志。"但是人们可以为一个女人而滞留吗?弗朗西永和加贝尔当然认为不可以。他们还太年轻,不懂什么是爱情。鲍里斯自忖:"我希望别人对我说,这种行为不是什么爱情:我吃了苦头才明白。这是应得的结果。难道我们有权为使一个女人幸福而滞留吗?如果这么看待问题,那么我会认为不行的。但如果这会造成某人的不幸,难道有权出走吗?"他想起马蒂厄的一句话:"如果有必要,我不会胆怯到不敢伤害别人。"话虽这么说,真的付诸行动,马蒂厄自己则总是背道而驰,他从来没有勇气叫人受苦。鲍里斯转而念及:"假如这只是一时的心血来潮呢?假如我出走的愿望来自纯粹自私的动机,即害怕平民生活无聊呢？也许我是个冒险家。也许沙场送命比活下去更容易些。假如我滞留是因为贪图安逸，因为胆怯，因为有个女人可支配？"他为自己的想法感到吃惊，不敢再往下想。他回头看见弗朗西永满腹狐疑地俯身专心阅读，好像他决计识破作者的谎言。"如果我对他能说出：我跟你们走。如果此话说得出口，我就说。"他清一清嗓子，微微张开嘴唇，静静等候。"但这句话就是上不来，我何必强迫它说出来呢。"鲍里斯明白自己不愿意不征求洛拉的意见就出走。"她必定会说不同意，那样事情就解决了。但她要是不及时赶到呢？"他心里突然一惊，又想，"如果她十八日赶不到呢？我必须自个儿做决定吗？假设我留了下来，假设她二十日到达，并对我说：'我会让你走的。'那样我挺有面子。另一种假设：我出走了，她十九日到达，自杀身亡。噢！那就糟啦。"他脑子里一片混乱，不由得闭上眼睛，养起神来。

"塞尔金，"贝尔热在门口喊道，"有个妞儿在院子里等你。"

鲍里斯跳将起来，弗朗西永抬头说：

"是你的女友吧。"

鲍里斯伸腿下床，擦擦头皮，捋捋头发，打着呵欠说：

"那就太好了，但不会的，今天是我姐姐来看我的日子。"

"哎！是你姐姐来看你的日子，"弗朗西永傻乎乎地重复道，"就是上次跟你在一起的妞儿？"

"是的。"

"她长得不错。"弗朗西永说时并不热情。

鲍里斯裹上绑腿布，穿上外套，向弗朗西永行了二指礼，穿过房间，吹着口哨下楼梯。在楼梯半道的台阶上，他突然停下，不禁失笑，心想："好古怪！我忧伤的时候好古怪。"他不乐意这个时候见依维什，"人家忧伤的时候，她帮不了忙，只会添乱。"

依维什在医院的院子里等他，遛弯儿的士兵们在经过时盯着

911

看她,而她并不在意。她老远见着鲍里斯便笑着喊道:

"你好,小家伙!"

士兵们见鲍里斯下楼来,又笑又嚷,他们挺喜欢他。鲍里斯向他们招手致意,但他发现没有人向他喊"你好走运呀"或"我情愿把她抱到床上而后遭雷",心里挺不痛快。确实,依维什自从流产后老多了,丑多了。当然鲍里斯仍旧为她感到骄傲,但出于另外的原因。

"你好,小鬼。"他边问候边用手指尖轻触依维什的脖子。

如今她身边总散发着狂热的气息和花露水的香味,他不偏不倚地打量她,对她说:

"你的脸色不好。"

"我知道。我很难看。"

"你不再涂口红了。"

"不涂了。"她生硬地回答。

他们一时找不到话题。依维什穿一件牛血色紧腰宽下摆外衫,高领,典型俄国款式,相映之下,她的脸色显得更加苍白。如果她乐意露一点肩膀或胸脯,倒还显得端庄丰腴,但她硬是把衣衫上部扣得高高的,把裙子弄得长长的,仿佛为自己的胴体感到羞耻。

"咱们待在这儿?"依维什问。

"我可以外出,允许的。"

"汽车在外面等咱们。"依维什说。

"他没来吧?"鲍里斯着慌了。

"谁?"

"你公公呗。"

"亏你想得出。"

他们穿过院子,跨出大门。鲍里斯看见斯蒂雷尔的绿色比克牌大轿车,心里很不痛快,他说:

"下回叫车停在街角上。"

他们钻进汽车,里面大得出奇,坐在里面显得空荡荡的。

"这里面可以捉迷藏了。"鲍里斯低声说。司机回头朝鲍里斯笑笑,这家伙膀大腰圆,蓄灰色胡子,一副巴结的样子。他问道:

"我该送夫人上哪儿?"

"你说呢?"鲍里斯问。

"我想去人多的地方。"依维什想了想说。

"那么去大麻田大街吧,怎么样?"

"大麻田大街?好吧,好吧,随你。"

"开到大麻田大街尽头的堤岸吧。"鲍里斯说。

"是,塞尔金先生。"

"懒汉!"鲍里斯心里骂道。汽车开动,鲍里斯朝窗外观看,他不想说话,因为司机听得见。

"洛拉呢?"依维什问。

他转过脸,见她非常自在,他用一只手指按住嘴,但依维什照样大声说话,好像司机只是一根煮熟的萝卜。

"你有洛拉的消息吗?"

他耸耸肩膀,没有回答。

"喂!"

"没有消息。"他说。

鲍里斯在图尔治疗时,洛拉专程赶来住在他附近。六月初,他被疏散到马赛,洛拉北上巴黎去银行取钱,以备不测,然后南下与他会合。此后出现"突发事件",他什么也不知道了。车子一个颠簸把他抛向依维什,他们俩在比克汽车后座上所占的地方那么小,鲍里斯不由得想起他们刚到巴黎的那段时光,他们扮演流落首都的两个孤儿,其乐无穷,两人常常像现在这样紧紧偎依在圆顶酒家或穹顶咖啡馆长椅上。他抬起头想跟她讲讲此刻的回忆,但见依

维什神色沮丧,便简单地问道:

"巴黎失陷,你见到了?"

"是的,我见到了。"依维什不动声色地回答。

"你丈夫呢?"

"也没有消息。"

她俯身在鲍里斯耳边急速而低声说:

"我希望他把命送掉。"

鲍里斯瞥了司机一眼,发现他从后视镜中注视他们,便捅了一下依维什的胳膊肘,依维什不作声了,但嘴上仍挂着不善而认真的微笑。汽车在大麻田大街低处尽头停下。依维什跳到人行道上,颐指气使地对司机说:

"您五点钟到里什咖啡馆来接我。"

"再见,塞尔金先生。"司机和气地告别。

"再见,"鲍里斯悻然回答,心想,"我乘有轨电车回去。"

他挽住依维什的胳膊,两人朝北返回大麻田大街。一些军官迎面而来,鲍里斯向他们致意,他们好像没有注意到。鲍里斯很恼火,因为女人们纷纷回头打量他。

"你不向军官敬礼了?"依维什问。

"干吗要敬礼?"

"女人们都在瞧你哩。"她又说。

鲍里斯没有搭理,一个褐发女人朝鲍里斯微笑,依维什回头生气地说:

"是呀,是呀,他很英俊。"她冲着褐发女人的后背嚷道。

"依维什!"鲍里斯恳求道,"咱们别引人注目。"

什么英俊,老一套。一天早上有人对他说他英俊,此后人人都对他说同样的话,弗朗西永和加贝尔管他叫"小白脸"。鲍里斯自然不吃这一套,但这叫人恼火,因为英俊不是男子汉的长处。他倒宁愿丑老婆子们统统只顾自己卖俏,而男人们在经过时向依维什献点殷勤,不用太过分,足以使她觉得自己漂亮就行。

里什咖啡馆的露天餐桌几乎座无虚席,坐着漂亮的褐发妓女、军官、潇洒的士兵、双手油污的老人。姐弟俩好不容易找到座位,所有这些人虽然无甚大碍而思想正统,却留着无用,不如把他们杀了,但让他们无痛而死。依维什开始揪扯发卷,鲍里斯问她:

"不舒服吗?"

她耸了耸肩膀。鲍里斯伸开双腿,发现自己心里厌烦。

"你想喝什么?"

"他们的咖啡怎么样?"

"一般。"

"我真想喝咖啡,那边的咖啡糟透了。"

"两杯咖啡。"鲍里斯对服务员说,然后转过脸来问依维什,"与公婆相处得怎么样?"

依维什脸上的热情立即消失了,她说:

"还行,我跟他们没有区别了。"她笑嘻嘻地补充道,"婆婆说我很像她。"

"整日里你干些什么?"

"拿昨天来说吧,我十点钟起床,尽可能慢地梳洗,拖沓到十一点半,开始看报……"

"你一向不会看报。"鲍里斯严厉地说。

"是的,我瞎看。吃午饭的时候,大家谈论战争,斯蒂雷尔老妈想起亲爱的儿子便掉眼泪。她哭泣的时候,双唇一噘一噘,我总以为她会破涕为笑。饭后,我们打毛衣,她给我讲女人的私房话,说什么乔治小时候身体很弱,八岁的时候得了肠炎,想想看,让她在儿子和丈夫之间作选择,太可怕了,不过她情愿让丈夫死掉,她当母亲比当妻子更合适。然后她跟我讲她的疾病,子宫、大小肠、膀胱,据她说,糟糕透了。"

鲍里斯想起一则绝妙的笑话,就在嘴边,好像在什么书里读到的,否则不会这么记忆犹新。其实不是书上看到的。"女人跟女人交谈总离不开她们的内务或她们的内脏。"这句话的形式不免有点学究气,很像拉罗什富科的某句格言:"一个女人,得让她讲她的内务或她的内脏。"或者:"一个娘儿们不讲她的内务,必讲她的内脏。"是的,八九不离十,差不多……他自问要不要把这句玩笑告诉依维什。但如今依维什越来越听不懂笑话。于是他只说了一句:

"明白了。然后呢?"

"然后我上楼回房,一直待到吃晚饭。"

"在房里干什么?"

"什么也不干。晚饭后听收音机广播的新闻,然后评论新闻。听起来好像什么也没失去,应当保持镇静,法兰西经历过更糟糕的时刻。最后,我上楼回房,用电炉煮茶。我把电炉藏起来,因为三回中有一回烧了保险丝。我不得不坐在扶手椅里等他们睡着后再干。"

"结果呢?"

"我终于松了一口气。"

"你应该订一份东西读读。"

"我一读东西,字母便在我眼前跳舞,"依维什说,"我老想着乔治,情不自禁地希望收到他阵亡的消息。"

鲍里斯不喜欢姐夫,始终不明白依维什怎么会于三八年九月离家出走,一头栽进瘦高个儿的怀抱。不过他乐于承认此人不错:当乔治得知依维什怀孕了,表现得非常合乎情理,是他坚持要娶依维什的。但为时已晚,依维什恨他让她怀上孩子。她说自己变成了丑八怪,躲到乡下藏起来,甚至不愿见自己的兄弟。如果她不是特别怕死,肯定自杀了。

"糟透了!"

鲍里斯吓了一跳。

"什么?"

"这!"她指了指她那杯咖啡。

鲍里斯尝了尝咖啡,平静地说:

"确实不怎么样!"他想了想又说,"还会越来越糟的,我猜。"

"战败国呗!"依维什说。

鲍里斯谨慎地环视左右,没有人注意他们,大家都在谈论战争,神态体面而严肃,好似刚从葬礼上回来。服务员托着空盘经过。依维什把乌黑的眸子转向他,劈头便说:

"难喝死了!"

服务员瞧了瞧她,不胜惊讶:他蓄着灰胡子,依维什可以当他女儿。

"这咖啡,有股臭味儿,"依维什说,"把它拿走吧。"

服务员好奇地打量她:黄毛丫头吓唬不了他。当他明白对手是谁,便不客气地笑着说:"您想喝木哈咖啡①吗?您也许不知道时下在打仗吧?"

"我也许不知道,"她生气地回答,"不过我兄弟刚受过伤,他肯定比您知道得更清楚。"

鲍里斯不好意思地涨红了脸,转过眼睛去。依维什变得大胆放肆,而且善于应对。想当初她动不动生闷气,长发盖脸,但不怎么惹麻烦,鲍里斯不免惋惜失去的时日。

"在德国鬼子开进巴黎的日子,为一杯咖啡发牢骚,找错日子了吧。"服务员咕哝着,气恼地离开了。

---

① 木哈咖啡,原产于阿拉伯的上等咖啡。

917

依维什跺了跺脚说：

"他们口口声声说战争，可没完没了地让别人去打仗，还为此感到自豪。但愿他们吃败仗，彻底被打败，省得再啰唆。"

鲍里斯强忍住一个呵欠，他对依维什的发作已经不觉得好玩了。她还是小姑娘的时候，看着她扯头发、顿脚、斜瞪眼挺有趣，可以叫你一整天乐呵呵。如今她的眼睛黯淡无光，好似怨气郁结。这样的时刻，她很像他们的母亲。鲍里斯不满之余暗想："她是出嫁的女人，嫁给了在前线的丈夫以及公婆和家用汽车。"他望着依维什，心乱如麻，转过眼睛去，因为预感到她会叫他十分难堪。"我出走算了！"他突然挺直上身，下定决心，"一走了之，我跟他们一起出走，我不能再滞留法国。"依维什还在说话。

"什么？"他问。

"我说父母哪。"

"怎么啦？"

"我说他们本应留在俄国，你没听我说话。"

"如果他们留在那里，那他们早就蹲监狱了。"

"不管怎么说，他们不该让咱们加入法国籍，否则咱们还可以回家。"

"咱们的家在法国。"鲍里斯说。

"不，在俄国。"

"在法国，既然他们让咱们入了法国籍。"

"不错，"依维什说，"正因为如此，他们不该那么做。"

"是的，但他们已经做了。"

"这个，我毫不在乎。既然他们不该那么做，那就像他们什么也没有做。"

"如果你待在俄国，"鲍里斯说，"你会吃苦头的。"

"我不在乎，因为俄国是个伟大的国家，我为之感到骄傲。而在这里我每时每刻感到耻辱。"

她暂不作声了,好像拿不定主意。鲍里斯望着她,假装温和的样子,压根儿不想跟她争辩,乐观地自忖:"她迟早会住嘴的。我看不出她还能讲些什么。"但依维什别出心裁,她举起一只手,在空中做了个滑稽的跳水动作,好像她跳入水中。她说:

"我厌恶法国人!"

坐在他们旁边的一位先生,正在看报,突然抬头,困惑不解地凝视他们。鲍里斯直逼他的眼睛,与他对视。但那位先生很快站了起来,原来有一位年轻的女士朝他走来,他上前恭敬地迎接,让她坐下,他们微笑着拉拉手。鲍里斯这才放下心来,转脸望着依维什。看来少不了要大吵一架了,她连连嘟哝:

"我厌恶他们,我厌恶他们!"

"你厌恶他们,因为他们的咖啡煮得不好!"

"他们的一切我都看不顺眼。"

鲍里斯本希望风波自行平息,现在发现他估计错了,他不得不勇敢地针锋相对。他说:"我倒挺喜欢他们。现在他们吃了败仗,大家都埋怨他们,而我在前线亲眼见到他们,我向你肯定,他们尽了一切努力。"

"瞧你!"依维什说,"瞧你!"

"我怎么啦?"

"为什么你说:他们尽了一切努力?你要是觉得自己是法国人,你会说:我们。"

其实鲍里斯没说"我们"是出于谦虚。他摇摇头,紧锁双眉说:"我既不觉得自己是法国人,也不觉得自己是俄国人。我在那边跟其他士兵在一起时,觉得很开心。"

"那是些兔崽子。"她说。

鲍里斯装作从反面理解她的意思。

"是的,了不起的兔崽子。"

"不,不,撒腿就跑的兔崽子,像这个样子!"她边说边用右手在餐桌上做逃跑的样子。

"你跟所有的女人一样,"鲍里斯说,"只欣赏军事上的英勇气概。"

"不是的,但既然他们想打仗,这场战争,他们就得打到底。"

鲍里斯抬手做了个疲乏不堪的动作:"既然他们想打仗,他们就得把这场战争打到底。"当然。前一天他还跟加贝尔和弗朗西永说过同样的话。他无精打采地把手放了下来:某人与你想法不同时,向他证明他错了是困难的,累人的。然而,某人与你意见一致时,硬要向他解释他搞错了,那非把人搞糊涂不可。

"放过我吧。"鲍里斯说。

"兔崽子们!"依维什狞笑着说。

"跟我在一起的人不是兔崽子,"鲍里斯说,"有的人甚至胆大得出奇。"

"你对我说过他们怕死。"

"你呢?你就不怕死?"

"我,是女人嘛。"

"不错,他们怕死,他们也是人嘛,"鲍里斯说,"他们知道为什么冒险,这叫做勇气。"

依维什望着他,露出猜疑的神色。

"你不会对我说,你,也怕死?"

"我不怕死,因为我相信参战等于送死。"他盯住自己的手指甲,满不在乎地接着说,"可笑的是,我仍旧心惊肉跳。"

依维什大吃一惊:

"什么缘故?"

"不知道。也许因为巨大的响声。"

其实这只发生在最初的进攻时刻,不过十分钟,也许不到二十分钟。但他不在乎依维什把他看作胆小鬼,这对他是个教训。她望着兄弟,神色不定,惊异一个俄国人,一个姓塞尔金的人,她的亲兄弟,居然会害怕。话音未落,他感到羞愧,赶紧补充道:

"不过,我并不总是害怕的。"

依维什脸上绽露笑容,如释重负,鲍里斯闷闷不乐地想:"我们没有任何共同的想法了。"他们俩一时相对无言。鲍里斯喝了一口咖啡,差点没吐出来,好像他所有的苦楚一下子涌到嘴里,但他想到他即将出去,心中也就好受一点了。

"现在你准备干什么?"依维什问。

"我想他们会让我复员,"鲍里斯回答,"实际上我们几乎所有的人都康复了,但他们让我们待在这里,因为他们不知道该把我们怎么办。"

"将来呢?"

"我……将要求一个教师的职位。"

"你没有取得教师学衔呀。"

"没有,不过我可以当初中老师。"

"你喜欢教课吗?"

"不,不喜欢,"他激动地说,脸涨得通红,谦恭地补充道,"我不是这种材料。"

"那么你是什么样的材料,我的小兄弟?"

"我也说不好。"

依维什突然目光闪烁:

"你要我告诉你咱们是什么材料吗?是当富翁的材料。"

"不对!"他恼火了。

他盯视她片刻,双手紧捧杯子,重复道:

"不对!"

"那是什么材料?"

"起先我信心百倍,"鲍里斯说,"后来别人让我死里逃生。我什么也不会,什么天赋也没有,什么兴趣也提不起来。"

他叹了口气,不作声了,很不好意思谈论自己,他的言外之意是:问题在于我不甘心庸庸碌碌过一辈子。说到底,与依维什刚才讲的意思差不多。

依维什一直保持自己的想法,她问:

"洛拉没有钱了吗?"

鲍里斯跳起来,敲了一下桌子:她竟有本事看透兄弟的思想,并用使人难以接受的词语表达出来。

"我不要洛拉的钱!"

"为什么?战前她给你钱的嘛。"

"是的,可她不会再给了。"

"那么咱俩自杀吧。"她激动地说。

他叹息一声,心烦意乱:"她又来劲了,这与她的年龄很不相称。"依维什笑着瞅瞅他说:

"咱们在老港租个房间,把煤气打开。"

鲍里斯只用右手的食指晃了晃,以示拒绝。依维什没有坚持,低下头,揪她的发卷,鲍里斯明白她有事求他。过了片刻,她眼睛望着别处说:

"我曾想……"

"唉!"

"我曾想你带着我,咱们一起靠洛拉的钱生活。"

鲍里斯咽下一口唾沫,差点儿没哽住。他说:

"嗬!你这么想过。"

"鲍里斯,"依维什突然情绪激昂地说,"我不能再跟那些人生活下去了。"

"他们虐待你?"

"相反,他们宠我惯我,你想想,我是他们儿子的妻子嘛。但我厌恶他们,厌恶乔治,厌恶他们家的用人们……"

"你也厌恶洛拉。"鲍里斯顶了一句。

"洛拉嘛,不一样。"

"不一样,因为她在远方,还因为你两年没见到她了。"

"洛拉唱歌、喝酒、漂亮……鲍里斯!"她大声道,"他们是丑八怪。你若不让我逃出他们的手掌,我就自杀,不,我不会自杀,那样更糟。你得知道,我觉得自己老了,有时候很刻薄!"

"破罐破摔了。"鲍里斯心想。他喝了一点咖啡,以帮助唾沫滑进喉咙,自忖:"不能一下子得罪两个人吧。"依维什停止揪头发。她苍白的宽脸泛起红潮,巴望的神色坚定而焦虑,此刻她有点像从前的依维什了。也许她还会变得年轻?也许还会变得漂亮?他说:

"但有个条件,你得替我们做饭,小鬼。"

她抓起他的手,尽全力紧紧握住:

"你真的乐意?噢,鲍里斯!你真的乐意?"

"我将去盖雷当教师,不,去盖雷不行,那边是一所高中。去卡斯泰诺达里吧。我将娶洛拉为妻:一个中学教员不可以跟一个姘妇住在一起,从明天起我就开始备课。"他把手插进头发,慢慢揪住一绺,拽了拽,想知道头发是否还长得结实,下定决心,"现在还挺结实,将来肯定是秃顶,在我死以前,头发将脱得精光。"

"当然,我真的乐意。"

他仿佛看见一架飞机在黎明的天空盘旋,心里重复着:"悬崖峭壁,美丽的白色悬崖峭壁,多佛尔的悬崖峭壁。"

同日十五时,帕杜

马蒂厄坐在草地上,眼睛盯着墙头上的滚滚浓烟,时不时一团火焰腾空而起,把黑烟染得血红,然后凌空爆炸,火星四溅,火花纷纷落下。

"他们会惹出火灾的。"夏尔洛说。

蝴蝶似的烟炱在他们周围飘荡,皮内特抓住一片烟炱,若有所思地用手指把它捏碎。

"一张万分之一的地图只剩下这么一点点了。"他说时出示布满烟炱的拇指。

隆然推开栅栏门,走进花园,他满面泪水。

"隆然哭了!"夏尔洛说。

隆然擦掉眼泪,骂道:

"这些浑蛋!他们差点没要我的命。"

他倒坐在草地上,捧着一本封面撕破的书。

"他们让我用风箱把火弄旺,他们自己往里面扔纸。浓烟直冲我的脸。"

"搞完了?"

"去你的。他们把我们赶出来,因为他们要烧毁秘密文件。你说我知道什么秘密,还说我搞到什么密令。"

"这气味难闻极了。"夏尔洛说。

"一股焦味儿。"

"不,听我说,他们烧档案,是臭味儿。"

"对,对,有臭味儿,也有焦味儿,我说得没错嘛。"

他们一起笑了。马蒂厄指着书问道:

"什么地方搞到的?"

"那边。"隆然含糊地说。

"那边是哪儿?学校里吗?"

"是的。"他说。

他把书紧捧在怀里,显得非常不放心的样子。

"还有别的书吗?"马蒂厄问。

"还有别的书,但管后勤的家伙们用来生火了。"

"这是什么书?"

"一本历史书。"

"什么历史书?"

"我不知道书名,"他瞥了一眼封面,不情愿地说,"《法国两次王政复辟史》①。"

"谁写的?"夏尔洛问。

"沃……拉……贝尔。"隆然读着。

"沃拉贝尔是谁?"

"我怎么知道?"

"借我看看好吗?"马蒂厄问。

"等我看完吧。"

夏尔洛在草地上悄悄溜过去,从隆然手上夺过书一看:

"哦!这是第三卷。"

"这有什么关系?帮我集中注意力就行。"隆然把书夺回来。他随手翻开书,装作阅读的样子,以便进一步证明这本书是属于他的。书的归属程序完成后,他抬起头说:

"上尉把妻子的来信全烧了。"

---

① 全名为:《查理十世一八三〇年下台前的两次王政复辟史》,作者是阿希尔·德·沃拉贝尔。

他望着大家,耸起眉毛,神态天真,眼睛和嘴唇已提前表明他期待引起语惊四座的效应。皮内特打破沉思,不再怄气,转过身来,关切地问道:

"真的吗?"

"真的,他把老婆的照片也烧了,我亲眼看见的,她在火焰中飞舞,长得挺漂亮的。"

"别瞎扯!"

"我说的我担保。"

"上尉说什么来着?"

"他什么也没说,看着照片焚烧。"

"其他人呢?"

"也没说什么。有个叫乌尔里希的,他从公文包中取出一些信件,也往火里扔。"

"奇怪的主意。"马蒂厄咕噜着说。

皮内特转过身来问马蒂厄:

"你呢?不把嫂夫人的照片烧掉?"

"没有什么嫂夫人。"

"噢,原来如此。"

"你把老婆的照片烧了吗?"马蒂厄反问。

"我要到小德国佬出现在眼前才烧。"

他们不作声了。隆然埋头读起书来。马蒂厄瞥了他一眼,好羡慕,他站了起来。夏尔洛把手搭在皮内特的肩膀上,问道:

"再比赛?"

"如果你乐意。"

"你们玩什么?"马蒂厄问。

"玩五子棋。"

"可以三个人玩吗?"

"不行。"

皮内特和夏尔洛跨坐在长凳上,皮埃内中士在膝盖上写字,他挪动身子,为他们让出点地方。

"你写回忆录?"

"不,"皮埃内回答,"我在做物理题哪。"

夏尔洛和皮内特开始玩五子棋。尼佩尔朝天躺着睡觉,双臂交叉,张着嘴向外呼气,好像从檐槽喷口流出的水声。施瓦兹单独坐在一旁,冥思遐想。谁也不说话,法兰西仿佛已经死亡。马蒂厄打呵欠,望着秘密文件化为烟尘在空中消散,望着蔬菜空隙中露出的黑色沃土,头脑空空,好像已经死去。这个白色的、死气沉沉的下午是一座坟墓。

吕贝龙走进花园。他在吃东西,睫毛在患白化病的大眼睛下颤动,双耳和双颚同时蠕动。

"你吃什么?"夏尔洛问。

"一小块面包。"

"哪儿搞到的?"

他指了一下外边,没有回答,继续咀嚼。夏尔洛突然停止发问,心惊胆战地望着他;皮埃内中士停下手中的铅笔,抬起头,也望着他。吕贝龙还在不慌不忙地咀嚼,马蒂厄注意到他很神气的样子,明白他带来了消息,一时和大家一样也害怕起来,不禁往后退了一步。吕贝龙平静地咽下嚼物,双手在裤子上擦了擦。"他吃的不是面包。"马蒂厄心想。施瓦兹也走过来,大家静静等待。

"得,妥了!"吕贝龙说。

"什么?什么?"皮埃内急躁地问道,"什么妥了?"

"妥了。"

"停……"

"是的。"

晴天掠过金箭似的电光,万籁俱寂;蓝蓝的天,絮般的云,突然闪电一晃,划破长空。没有响声,没有气流,时间凝固了,战争消退了。刚才,他们还在战争笼罩下寻求保护,还可以相信奇迹,相信永存的法兰西,相信美国的援助,相信弹性防御,相信俄国参战,如今战争在他们背后了结了,完成了,输掉了。马蒂厄最后的希望成了希望的回忆。

隆然首先恢复镇定,他伸出细长的手,仿佛谨慎地探测消息。他怯生生地问道:

"这么说……已经签订了?"

"今天清晨。"

皮埃内整整九个月盼望和平。不惜代价的和平。如今他发呆了,苍白,冒汗,由震惊转为狂怒。他喊道:

"你怎么知道的?"

"吉切奥利刚告诉我的。"

"他怎么知道的?"

"无线电广播。他们刚才听无线电广播来着。"

他学着广播员耐心的平淡的声音,津津有味地装作严酷无情。

"那炮声呢?"

"停火协定于子夜生效。"

夏尔洛脸涨得通红,眼睛闪闪发光:

"别瞎扯!"

"有细节吗?"皮埃内站起来问道。

"没有。"吕贝龙回答。

"咱们呢?"夏尔洛清了清嗓子问道。

"什么咱们?"

"咱们什么时候回家?"

"我对你说了,没有细节。"

大家不吭声了。皮内特一脚把一块石子踢进胡萝卜地里,他怒吼:

"停战!停战协定!"

皮埃内摇摇头,左眼皮跳动起来,在灰白的脸上,好似有风的天气晃动的护窗板。他得意地冷笑道:

"条件一定非常苛刻。"

大家齐声冷笑起来。隆然说:

"怎么不是呢!怎么不是呢!"

施瓦兹也在冷笑,夏尔洛转向他,惊异地盯住他。施瓦兹停住笑,脸涨得通红。夏尔洛盯住他不放,好像第一次见他,和和气气地对他说:

"此时此刻,你已是德国佬了。"

施瓦兹做了一个激烈而含糊的手势,猛地转身,离开了花园。马蒂厄感到疲惫不堪,跌坐在长凳上,说道:

"天气真热。"

总有目光盯住我们。越来越多的人瞧着他们吞食历史的苦果,随着年龄的增长,时间的推移,人们会不断地窃窃私语:"由于一九四〇年的战败者,打败仗的士兵,我们才戴上锁链。"他们在不断变化的目光注视下,一成不变地被钉在这个不可磨灭的日子里,被审判,被评议,被解释,被指控,被原谅,被判决,被囚禁,他们淹没在苍蝇的嗡嗡声和大炮的隆隆声中,淹没在热气腾腾的草木气味中,淹没在胡萝卜地颤抖的空气中,他们在子孙万代的眼中永远永远是有罪的,永远永远是一九四〇年的战败者。马蒂厄打呵欠,成百万人瞧见他打呵欠:"他打呵欠,不像话,一个一九四〇年的战败者竟敢打呵欠!"他突然中止数不尽的呵欠,心想:"我们并不孤立。"

他望着伙伴们,他短暂的目光在他们身上触及永恒的、令人吃惊的历史目光:他们生平第一次和重大事件有了关联,他们是一场输掉的战争的传奇式士兵。他们被定型了!"我的上帝,我读过书,打过呵欠,高谈阔论过种种问题,我下不了决心选择,其实我早已选择了,选择了这场战争,选择了这场失败,我注定与这个日子相遇。一切必须重做,但又没有什么好做。"这两种想法相反相成,却又同时抵消,剩下的只有虚无的表面平静。

夏尔洛摇头晃肩,说说笑笑,时间又开始流逝。他嬉笑怒骂,取笑历史,取笑被塑造的形象来自我解嘲;他狡黠地望着大家,说道:"伙伴们,咱们脸上有光哪,这样光彩得很哪。"

大家莫名其妙,惊愕地转向他,接着吕贝龙也嬉笑怒骂起来。他难堪地皱起鼻子,笑声从鼻孔发出:

"你可以这么说!想一想他们把我们打得多惨哪!"

"痛打一顿,"夏尔洛痴狂似的说,"脱光咱们的裤子,打屁股!"

隆然跟着起哄:

"一九四〇年的士兵或短跑王子!"

"马路巨人。"

"奥林匹克赛跑冠军。"

"你们不用担心,"吕贝龙说,"咱们回老家时会受到热烈欢迎的,人家将通过决议赞扬咱们。"

隆然兴奋得发出嘶哑的喘气声:

"他们会到火车站迎接咱们,带上军乐队和体操队。"

"可我是犹太人,怎么得了!"夏尔洛笑出眼泪,"你们想想看,我那个区的反犹主义者们!"

马蒂厄不由自主地跟着笑起来,尽管觉得这种笑很不愉快,他经历了一个难以忍受的时刻:人们把他裹进冰凉的被单,尽管他烧得发抖,等他变成永久的塑像之后又被砸碎了,化作碎片般的嬉笑。他们嬉笑怒骂,恶棍似的拒绝伟大所带来的义务,什么伟大不伟大,不必为它担忧,只要身体健康,能吃能喝,管他娘的东半球,去他妈的西半球;他们也以严肃、清醒的头脑拒绝伟大所带来的慰藉,甚至逃避接受痛苦:我们连悲剧人物都不是,连历史人物都不是,我们只是蹩脚的喜剧演员,连一滴眼泪都不值,更不是什么生来命运不凡的人,世界是一种偶然。他们嬉笑怒骂,把头撞击荒诞之神和命运之神又被反弹回来,四处碰壁;他们嬉笑怒骂,为的是惩罚自己,净化自己,报复自己,为的是拿世人出气,无论是人道的还是不人道的世人,无论是充满希望的还是陷于绝望的世人。一张张嘴巴还在向蔚蓝的天空吐露内心创伤的积怨;尼佩尔仍在打鼾,他张着嘴巴打鼾也是一种喊冤叫屈。笑声渐渐变得滞涩、稀疏,在几个抽搐之后停止了:仪式终于结束,停战协定已被认可,他们正式了结。时间缓慢地流逝,太阳把时间这剂汤药晒得温温的:必须重新开始生活。

"就这样吧!"夏尔洛说。

"对,就这样吧!"马蒂厄说。

吕贝龙悄悄从口袋抽出一只手,放在嘴唇上,张嘴咀嚼起来,嘴巴在一双兔眼下不停地跳动,一边连连说道:

"就这样吧,就这样吧,就这样吧。"

皮埃内摆出扬扬得意的样子,吹毛求疵地说:

"我早对你们说什么来着?"

"你对我们说过什么呀?"

"你们别装傻。德拉鲁,你记得芬兰被占领之后我说的话吗?还有纳尔维克被占领之后,你记得吗?你说我是不吉利的人,由于你比我能说会道,你把我弄糊涂了。"

他的脸红得像玫瑰,镜片后面的眼睛闪着仇恨和胜利的光芒。

"这场战争,本不应该发生,我一直说不应该打仗:不打仗,我们不会落到这般田地。"

"会更糟糕。"皮内特说。

"不会更糟糕,没有比战争更糟糕了。"

皮埃内美得直搓手,脸上漾出无辜的神采:他搓双手,仿佛要把战争从手上清洗掉,他没有发动这场战争,甚至没有经历;他怄气十个月,不看不说不听,一味神经兮兮地反对各种命令,执行命令时漫不经心,烦躁不安,高傲超脱。现在,他的苦楚得到了报偿。他的双手是纯洁的,他的预言实现了,战败者不是他,而是他人,是皮内特、吕贝龙、德拉鲁等人。皮内特嘴唇颤抖起来,声音断断续续地说:

"这么说,万事如意喽?你高兴了吧?"

"高兴?"

"你的失败,你得到了吧!"

"我的失败?瞧你说的,失败嘛,是我的也是你的。"

"你希望失败,所以它是你的。而我们不希望失败,所以不想剥夺你的失败。"

皮埃内感到未被理解,苦笑一下,耐心回答:

"谁对你说我希望失败呀?"

"你自己呀,刚才还说来着。"

"我说我预见到失败。预见失败和希望失败,是两码事,不是吗?"

皮内特望着他没搭腔,整个脸下沉,嘴噘得老高,漂亮的大眼睛不停地转动,被糊弄住了。皮埃内乘胜直追:

"我为什么希望失败?你能告诉我吗?难道我是第五纵队的,唵?"

"你是和平主义者。"皮内特吃力地说。

"那又怎么样?"

"一路货色。"

皮埃内耸耸肩膀,沮丧地摊开双手。夏尔洛跑到皮内特跟前,用胳膊围住他的脖子,好心劝说:

"得了,你们别吵了。争来争去有什么用处?反正失败了,咱们谁也没有过错,谁也不用自责。咱们倒了霉,如此而已。"

隆然露出政治家的微笑:

"是不是倒霉呀?"

"是的!"夏尔洛用和解的语气说,"公道一点嘛,要说倒霉,真是倒霉呀,倒了大霉了。但这是没有办法的事,我对自己说,大家轮着倒霉吧,上回是咱们赢了,这回是他们赢了,下回又会是咱们赢的。"

"没有下回了。"隆然说。

他举起手指,摆出爱唱反调的样子说:

"我们经历的这场战争是最后最后的战争,千真万确。胜者或败者,这是一回事:一九四〇年的小青年赢得了他们的父辈所输掉的东西。各民族完了,战争也完了。今天咱们跪在地上,明天将轮到英国人:德国佬占有一切,到处发号施令,节节推进,直至建立欧洲合众国。"

"狗屁的合众国,"皮内特说,"我们只是希特勒的仆从。"

"希特勒?希特勒是什么东西?"隆然傲慢地说,"当然他算个东西。但如果你让各国自由,那你怎么能让他们和睦相处?国家就像人一样,必定各行其是。不过,一百年后谁还会谈起你那个希特勒?他早就归天了,纳粹主义也跟着归天了,对吧?"

"混账王八蛋!"皮内特嚷道,"这一百年,谁去度过呢?"

隆然显得很生气,他说:

"不应当这样看问题,小笨蛋,别只看到自己的鼻子尖,稍为看远一点,应当想到后天的欧洲。"

"后天的欧洲能让我吃饱肚子吗?"

隆然举手在阳光下来回摆动,以示和解:

"唔!唔!唔!车到山前必有路,总有办法的。"他主教似的把手搁在夏尔洛的头上,摸摸他卷曲的头发,问道,"你不同意我的看法?"

"我?"夏尔洛说,"我坚持自己的看法:既然我们不得不签署这个停战协定,那就赶快签订,这样可以少死一些人,德国佬也来不及大发雷霆。"

马蒂厄不胜惊讶地望着夏尔洛。所有的人,一个个相继展示在他眼前:施瓦兹闷声不响,尼佩尔埋头大睡,皮内特怒气冲冲,皮埃内一脸无辜受害的样子,吕贝龙躲在一旁大嚼,嘴里塞得满满的,好似脸上七孔都堵塞了,隆然飘然离开本世纪而去。他们中间每个人都急于摆出如何活下去的势态。马蒂厄猛地挺直腰板,大声说:

"你们叫我恶心!"

他们打量他,并不惊异,只带着苦涩而凄凉的微笑,其实他倒比他们惊异,这句话还在自己耳际回荡便自问怎么脱口而出的。他又想表示惭愧又想表示愤慨,犹豫片刻后,决定表示愤慨:他一个急转身,推开小门,穿过马路。大路上阳光炫耀,空荡无人行走。马蒂厄跳入荆棘,不顾荆棘缠刺裹腿,他跑下小树林斜坡,一直走到小溪旁。"他妈的!"他大声骂道。他瞧着小溪,莫名其妙地连声骂道:"他妈的!他妈的!"离他百米远的地方,一个士兵光着上身,披着道道金光,在洗衣服;他吹着口哨,悠然自得,揉洗衣服如同揉捏面团;他打输了战争,却并不知道。马蒂厄坐下,感到羞愧:"谁给我权利对人如此严厉?他们刚获悉被葬送,由于不习惯,便尽力寻求解脱。而我,习以为常了,我并不比他们强多少呀。总之,我自己也选择了逃避,选择了出气。"他听见轻轻的噼啪声,原来皮内特跟他来到水边坐下,他朝马蒂厄笑笑,马蒂厄也朝他笑笑,两人好长时间待着没说话。

"瞧那边的小伙子,"皮内特说,"他还蒙在鼓里哪。"

那士兵俯身水面,埋头洗衣服,其顽强的动作已经没有用处了。一架错过时机的飞机在他们头顶上空隆隆作响。士兵抬头透过叶丛仰望天空,惧怕的神色引他们发笑:这个小小的场景用来再现历史的真实倒很别致。

"咱们告诉他吗?"

"噢,得了,"马蒂厄回答,"随他去吧。"

他们不吭声了。马蒂厄把手伸进水里,抖动手指。他的手在水里变得苍白、银白,周围有一轮天蓝的光晕。水泡浮上水面。一根细枝被一个局部的涡流冲到他的手腕周围打转,不时撞击他的手腕。马蒂厄把手从水中抽了出来,说道:

"天真热。"

"是的,"皮内特说,"叫人想睡觉。"

"你还想睡?"

"不,但还是想试一试。"

皮内特朝天躺下,合起双手垫在颈背,闭上眼睛。马蒂厄把一根枯枝插入小溪,不断搅动。片刻后皮内特睁开眼睛。

"他妈的!"

他坐了起来,双手搔头,把头发弄得像乱草似的。

"我睡不着。"

"为什么?"

"我恼火。"

"没有坏处,"马蒂厄说,"这有益健康。"

"我恼的时候,"皮内特说,"我要打要砸,否则,我闷得慌。"他好奇地望着马蒂厄问,"你不恼火吗?"

"也恼火。"

"我连一枪都没打过。"皮内特俯身解鞋带,苦涩地说。

他脱掉袜子,露出孩子似的细嫩的小脚,布着条条脏痕。他说:

"我洗一下脚。"

他把右脚泡入水中,用手抓住,开始搓洗。污垢脱落,变成一个个小团团。他突然倒着瞧马蒂厄,问道:

"他们会抓我们吗?"

马蒂厄点头表示肯定。

"把我们押送到他们那边?"

"很可能。"

皮内特气冲冲地搓脚。

"不签订停战协定的话,他们没那么容易制服我。"

"你能干些什么?"

"我打他个稀巴烂。"

"小牛犊!"马蒂厄说。

他们互相笑笑,但皮内特突然满面愁容,眼中布满疑云:

"你说我们叫你恶心。"

"我不是冲着你说的。"

"你冲着大家说的。"

"所以你想揍我?"

皮内特低下头不回答。

"揍吧,"马蒂厄说,"我也想大打出手,或许打一打会使我们平静下来。"

"我可不敢伤害你。"皮内特闷闷不乐地说。

"那不就得了。"

皮内特的左脚水淋淋的,在阳光下闪闪发亮。他们不约而同把目光盯住这只脚,皮内特活动着脚指头。

"你的脚很有趣。"马蒂厄说。

"很小是吗?我可以夹着一个火柴盒,把它打开。"

"用你的脚指头?"

"是的。"

他笑了笑,突然怒气冲冲,猛地用力抓住自己的踝骨:

"我连一个德国佬都没毙掉!他们却堂而皇之地开来,我只得坐以待毙。"

"不错,是这样。"马蒂厄说。

"这不公平。"

"无所谓公平不公平,事情就是这样。"

"这不公平:咱们为其他人付出代价,为科拉和加默兰军团的人付出代价。"

"假如咱们在科拉军团,也会像那边的伙伴们那样干的。"

"瞧你说的!"

他张开两臂,深深吸气,握紧双拳,挺起胸脯,威风凛凛地瞧着马蒂厄说:

"难道我像见了敌人便抱头鼠窜的吗?"

"不。"马蒂厄朝他笑着。

皮内特使劲凸出金黄色的双臂上的二头肌,欣赏着自己的青春、力量、勇气,自我陶醉了片刻。他露出微笑,但眼睛依旧晦暗,眉毛依旧低垂。

"我会死在战场上的。"

"像那么回事儿。"

皮内特笑笑,仿佛一颗子弹穿透他的心脏,阵亡了。牺牲而后得意扬扬,他转身向着马蒂厄,俨然是一尊为祖国牺牲的皮内特雕像。他重复道:

937

"我会死在战场上的。"

话音刚落,愤怒和活力再次使这个僵化的躯体热血奔腾。

"我没有罪过,人家叫我干什么我就干什么。他们对我使用不当,可不是我的过错。"

马蒂厄温存地望着他,皮内特在阳光下呈半透明状,生命力在他血管的蓝色枝杈里迅速上升,下降,循环,他大概觉得自己清瘦、健康、轻巧,自我感觉之好,很难想象无痛的疾病已经开始侵蚀他,将使他年轻的身躯在西里西亚的土豆地里或在波美拉尼亚的高速公路上变得腰弯背曲,将使他年轻的身躯疲惫不堪,充满忧愁,迟钝滞重。失败,是慢慢学会的。

"我从不求人什么,"皮内特说,"我安分地干我的工作;德国佬嘛,我不反对,还没见过一个长尾巴的;纳粹主义,法西斯主义,我甚至不知道是什么东西;至于但泽①,对不起,生平第一次在地图上看见这地方时,我已经被动员入伍了,且不说战争是达拉第宣告的,是加默兰输掉的。而我,这跟我有什么相干?我错在哪里?你也许以为他们征求过我的意见?"

马蒂厄耸耸肩膀说:

"这场战争酝酿十五年了。应当及时努力避免或设法取胜。"

"我又不是议员。"

"你投过票呀。"

"当然。"皮内特没有把握地说。

"投过谁的票呀?"

皮内特沉默不语。

"你瞧,这不得了。"马蒂厄说。

"我被迫服了兵役,"皮内特没好气地说,"后来我又病了一

---

① 但泽,即今波兰的格但斯克。

场,好像我只投过一次票。"

"这次呢?你投票了吗?"

皮内特不回答。马蒂厄笑了笑,温和地说:

"我也没有,我也没有投票。"

上游那个士兵拧干几件衬衫后,把衣服裹在一块红色的毛巾里,吹着口哨上路走了。

"你听出他吹的曲子吗?"

"没有。"马蒂厄回答。

"《我们将在锡埃格弗里德防线上晾衣服》。"

他们哑然失笑。皮内特好像轻松些了,说道:

"我以前干的活很苦,不总是吃得饱肚子。后来我在巴黎地区联合运输公司找到这份差使,娶了老婆,我得养活她,对吗?你知道,她是大家闺秀,开始时我们相处不太顺利。后来,"他激动地补充道,"后来顺利地对付过去了,不过实话对你说吧,面面俱到是不可能的。"

"是难哪!"马蒂厄说。

"我能干别的什么事吗?"

"不可能。"

"我无暇顾及政治,回到家里累坏了,而且还有鸡声鹅斗。再说,你要是结了婚,那就得每天晚上和老婆亲热,不是吗?"

"我能想象。"

"那有啥办法?"

"没办法。正因为这样才输掉这场战争。"

皮内特又一次气得跳起来:

"你的话叫我笑掉大牙!即使我关心政治,甚至搞政治,这又能改变什么呢?"

"你总可以尽力而为嘛。"

"你这样做了吗?"

"没有。"

"如果你这样做了,你能认为你没有输掉这场战争吗?"

"不能。"

"怎么样?"

马蒂厄不吭气了,他听到一只蚊子哼哼,随手朝额上挥动了一下,蚊子不叫了。"这场战争,一开始我也以为哪儿出了毛病。多么愚蠢!其实毛病出在我身上,出在皮内特身上,出在隆然身上,出在我们当中的每个人身上;这场战争是我们形象的反映,罪有应得。"皮内特长长地吸着气,目光一刻不离马蒂厄。马蒂厄觉得他一副傻相,顿时怒火中烧,怒气直往嘴里眼里冒:"够了!够了!我讨厌充当那种洞察一切的人!"蚊子又围着他的前额嗡嗡作响,仿佛给他戴上一顶可笑的桂冠。"假如我投入了战斗,假如我扣动了扳机,说不定会倒下个把……"他猛地一抬手,朝自己的太阳穴一大巴掌,然后并指放下,只见食指上一小条弯弯曲曲的血迹,有如一个家伙倒在碎石路上,躺在血泊中;太阳穴上一巴掌,食指扣动扳机,万花筒中五彩缤纷的玻璃碎片停止移动,血如花边似的装饰着小径的野草。我腻味透了!腻味透了!投入一次不明不白的行动有如闯进一座森林。一次行动。一次把你卷入又叫你永远弄不太明白的行动。他亢奋地说:

"如果能干点什么……"

"什么呢?"皮内特兴致勃勃地瞧着他问。

"无事可做。目前没有任何事情可做。"马蒂厄耸耸肩膀回答。

皮内特穿上袜子,浅淡的眉毛耸得高高的,皱缩在一起。他突然问道:

"我给你看过我老婆的照片吗?"

"没有。"马蒂厄回答。

皮内特挺直身子,在上衣口袋里找了找,从钱夹里掏出一张相片。马蒂厄见到一个相当漂亮的少妇,神色冷峻,两边唇角有浓汗毛的影子。照片中央横着她的手迹:"戴妮丝献给她的布娃娃,一九三九年一月十二日"。皮内特红着脸解释道:

"她就这么叫我的,没法让她改变习惯。"

"她总得给你起个名儿嘛。"

"那是因为她比我大五岁。"皮内特庄重地说。

马蒂厄把照片还给他时说:

"她不错嘛。"

"在床上,"皮内特说,"她妙极了。你很难想象的。"他更加脸红了,手足无措地补充道,"她是大家闺秀。"

"你对我说过了。"

"是吗?"皮内特惊讶地说,"我对你说过了?我说过她父亲是绘图教师?"

"是的。"

皮内特小心翼翼地把照片放回钱夹。

"真叫我烦透了。"

"什么事叫你这样烦?"

"像这样回家会叫她伤心的。"

他双手交叉抱着膝盖。

"哦!"马蒂厄不以为然。

"她父亲是一九一四年的英雄①,"皮内特说,"得过三次嘉奖,十字军功章。他老挂在嘴上。"

"那又怎么样?"

---

① 指第一次世界大战。

"唉,像这样回家会叫她伤心的。"

"可怜的小傻瓜,"马蒂厄说,"你不会很快回家的。"

皮内特的怒气消了,伤心地摇摇头说:

"但愿如此。我根本不想回家。"

"可怜的小傻瓜。"马蒂厄重复道。

"她爱我,"皮内特说,"但她脾气不好,自以为了不起。她母亲也一样,老摆架子。一个娘儿们,得让她尊重你,不对吗?否则家里就乱套了。"

他霍地站起来说:

"我在这儿待够了。走吗?"

"上哪儿?"马蒂厄问。

"不知道,找其他伙伴去。"

"随你便。"马蒂厄无精打采地说,他也站了起来。

他们上坡回到大路上。

"瞧,"皮内特说,"吉切奥利。"

吉切奥利叉开双腿,一手像帽檐似的遮在眉毛上,乐呵呵地瞧着他们说:

"好得很嘛。"

"什么?"

"好得很嘛。你们走起路来活像鼓手。"

"究竟什么好得很哪?"

"停战的消息呀。"吉切奥利乐个不停。

皮内特喜上眉梢。

"是胡扯吗?"

"有那么一点!"吉切奥利说,"那个吕贝龙来跟我们纠缠,他打听新闻,我们就随便给他一些。"

"这么说,"皮内特来劲了,"没有停战?"

"屁停战协定都没有。"

马蒂厄用眼角睨视皮内特,问道:

"这就改变局势了吗?"

"大大改观了,"皮内特说,"你走着瞧吧,局面会大不一样的。"

同日十六时

圣日耳曼林荫大道空无一人,丹东街也没有人影。铁门帘都没来得及卸下,玻璃橱窗闪闪发光,人们把大门上了闩便拔脚跑了。这是星期日,已持续三天的星期日,巴黎一周只剩下一个日子了——星期日,现成的,随便哪个日子,比平时的星期日稍为有点叫人吃不消,稍为多些火药味,寂静得出奇,已经充满隐蔽的腐臭。丹尼尔走进一家呢绒布料大商店,堆成金字塔形的五颜六色的线球正在发黄,看上去像旧的;在毗邻的商店里婴儿衣着用品和儿童罩衫变得暗淡褪色。每家商店的柜台上积满一层面粉般的尘埃,橱窗玻璃上出现一条条白色长条污迹。丹尼尔暗忖:"玻璃橱窗在哭泣呢。"橱窗好不热闹:成千上万只苍蝇嗡嗡飞舞。星期日。等巴黎人回来时,他们将发现死城上发霉的星期日。如果他们回来的话! 丹尼尔自早晨一直在街上游逛,他真想仰天大笑,尽情宣泄一番。如果他们回来的话!

圣安德烈艺术小广场尽管阳光灿烂,却死气沉沉,大白天有如漆黑的夜晚。太阳好似人造的,好似遮盖黑夜的镁闪光,二十分之一秒之内就要熄灭却一直没有熄灭。他把前额贴在阿尔萨斯酒吧的大玻璃橱窗上,心想:我和马蒂厄在这里吃过饭,二月份他休假的时候,里面挤满了英雄和天使。他定睛细看,发现半明半暗中有些模糊的脏点，好像室内蘑菇，原来是纸桌布。英雄在哪儿？天使在哪儿？两把铁椅子留在露天座上，丹尼尔抓住其中一把的靠背，把它挪到人行道边缘，像吃利息的人那样坐下，在战时的天空下，在白日的炽热里，不禁想起许多童年旧事。他感到背上受着寂静的磁性压力，望着空荡荡的桥，河滨道上了锁的售书箱，没有时针的大钟，心想："他们本应对这一切袭击一下，扔几个炸弹给我们瞧瞧。"塞纳河对岸一个人影沿着警察局溜过，仿佛乘着电动人行道。确切地说巴黎不是一座空城，众多的散兵游勇不时在各个角落冒出来，却很快消失，仿佛被这永恒的阳光吸收了。丹尼尔思忖："城市是空心的。"他感觉出脚下地铁的通道，背后、面前、头上方，布满空间的悬崖似的大楼：天地之间有着成千上万的路易·菲利普款式的客厅，帝国款式的餐厅，带摆设架的长沙发，因无人照管而摇摇欲坠。丹尼尔猛地一转身，看见有人撞击玻璃橱窗。他久久凝视大玻璃窗，却只看见自己的影像。他站起来，某种奇怪的焦虑使喉咙发紧，但不太忧伤：大白天产生夜间的恐惧倒蛮有趣的。他走近圣米迦勒喷泉，望着发绿的龙状喷头，心想："一切可随心所欲。"他可以在黑乎乎的窗户玻璃注视下脱下裤子，可以挖一块铺路石扔向啤酒店的大玻璃窗，可以高喊："德国万岁！"不会有任何问题。最多某幢大楼的七层有张惊惶失措的脸贴着玻璃窗向外探望，但不会出事。他们连愤慨的精力都没有了：楼上那位好好先生会转过脸对妻子客观地报告："广场上有个家伙适才脱掉裤子。"妻子在房间尽里头回答："别站在窗口，谁知道会发生什么事情呢。"丹尼尔打了个呵欠。砸碎玻璃窗？得了！等他们抢劫的时候，也许看得更清楚些。他想："我真希望他们把这里搞成火海和血海。"他又打了个呵欠：感到有一种巨大而无用的自由。不时，这种快活使他恶心。

他离开时，一行成群结队的人从拉于歇特街出来。"他们现在结队转移了。"这是他自早晨所遇到的第十个列队。丹尼尔数了数,共九人:两个挎布提包的老太太、两个小姑娘、三个蓄小胡子的男人,干瘪而僵硬,跟在他们后面的是两个年轻妇女,一个美丽而苍白,另一个挺着怀孕的大肚子,嘴唇上挂着微笑。他们走得很慢,谁也不说话。丹尼尔咳嗽一声,他们不约而同地转过脸向着他:眼睛里既没有好感也没有责备,仅有不信任的惊异。两个小姑娘中的一个俯向另一个时眼睛仍不停地注视丹尼尔,轻声说了几句话,两人惊喜地笑了:丹尼尔自己也觉得失去常态,好像一只岩羚羊首次用迟钝的目光凝视登山运动员。他们结队而过,荒诞而不合时宜,沉湎于孤独之中。丹尼尔穿过马路,走到圣米迦勒桥入口,凭着石栏杆眺望。塞纳河金波闪烁,远处,西北角上,一股浓烟在屋宇上空袅袅腾腾。突然,他觉得眼前的景色令他难以忍受,转过身去走回头路,又回到林荫大道。

结队而行的人们消失了。寂静和一望无际的空旷:一个横向的无底洞。丹尼尔无精打采,街道仿佛漫无目的地延伸着,没有行人的街道全是一个模样。圣米迦勒林荫大道昨天还是通向南边的黄金巨流,今天却成了一条死鲸鱼,肚皮朝天。丹尼尔在这空心的、鼓胀的大肚子上把脚步踩得咯噔作响,强迫自己宣泄快乐,他大声喊道:"我讨厌巴黎!"没有反响,没有任何生机,除了满眼青翠,除了栗树巨大的绿臂。他仿佛觉得走在矮树林里,兴味索然,故寻温馨。厌倦的、不洁的翅膀已经逼近他,幸好他瞥见贴在栅栏上的一张红白相间的海报。他走近一看,上面写道:"我们必胜,因为我们是最强大的。"他张开双臂,嘻嘻一笑,如释重负:他们逃跑,他们逃跑,他们没完没了地逃跑。他抬起头,把微笑冲着天空,深深呼吸着:二十年来一直在审查间谍,连床底下都查遍了。每个行人或是原告证人,或是审判者,或集两者于一身,他所说的一切反过来又可能用来指控他。结果一下子全线溃退。他们逃跑,证人、审判者、正直的人们,一起在太阳下逃跑,蓝天在他们头顶上空下蛋似的产出一架架飞机。巴黎的城墙还那么自命不凡,吹嘘自己的伟业:我们是最强大的,最有德行的,是民主的表兄弟、波兰的捍卫者、人类尊严的捍卫者、异性之爱的捍卫者,铁路将中断,我们将在齐格飞防线上晾衣服。巴黎各处墙上的海报还在吹嘘荣耀,不过已经降温了。而他们,他们,他们逃跑,怕得发疯似的,他们俯伏在沟渠里,他们请求宽恕。当然是体面的宽恕,除了体面之外,一切都失去了,体面地拿走剩下的一切吧:喏,这是我的屁股,体面地踢吧;您若留我一条命,我就舔您的屁股。他们逃跑,他们爬行。我,罪魁祸首,我统治着他们的城市。

他低垂着眼向前走,兴致勃勃,突然听得汽车在紧靠他的街面缓缓行驶,心里继续在想:"玛赛儿在达克斯替她的孩子擦屁股,马蒂厄大概当了俘虏,布吕内很可能被打死了,我所有的证人死的死了,散的散了,我得到了补偿……"突然,他问自己:"什么汽车?"他猛一抬头,心怦怦跳到太阳穴,终于看见他们了。他们站着,整洁而严肃,每辆车上十五或二十个,长长的汽车伪装着,徐徐驶向塞纳河;他们笔直地站着缓缓滑行,没有表情的目光从他身上掠过,一批接一批,模样完全相同的天神,连瞧他时的模样也完全相同。丹尼尔听到从远处传来一阵军乐声,仿佛觉得天空充满旗帜,他一时难以支撑,不得不靠在一棵栗树上。他独自一人在这条长长的大街上,他是唯一的法国人,唯一的老百姓,所有的敌军都瞧着他,他不害怕,信心十足地任凭这几千双眼睛注视:"我们的胜利者!"他被欢乐所围困,但他大胆地回击他们的目光,贪婪地注视他们金黄的头发、黝黑的面孔、冰湖般的眼睛、细挑的身材、修长且肌肉发达得难以想象的双腿。他喃喃自语:"他们多么英俊哪!"他仿佛飘离地面,他们将他抱起,紧紧搂在怀里,紧贴他的肚皮。什么东西从天上滚落下来:原来是古老的法则。审判者的社会崩溃了,判决取消了,穿上黄色军装的矮小丑陋的士兵溃不成军,人权和公民权的捍卫者们抱头鼠窜。"何等地自由呀!"他思量着,眼睛湿润了。他是大难之后唯一的幸存者。顶天立地的汉子孤身一人面对这些仇恨与愤怒的天神,这些灭绝种族的天神,他们的目光使他返璞归真了。他想:"喏,新的审判者;喏,新的法则!"在他们头顶柔和的天空出现了奇迹,小片积云无意地显灵了,这是鄙视的胜利、暴力的胜利、欺诈的胜利、地上人间的胜利,其实这种种奇迹都是过眼烟云。一辆坦克缓缓开来,威风凛凛,掩盖着枝叶,发出不太大的隆隆声。一个非常年轻的小伙子跟在坦克后面,上衣搭在肩上,衬衣的双袖卷至肘部,交叉着漂亮的赤臂。丹尼尔朝他微笑,年轻人久久盯视他,神色冷峻,眼睛闪闪发光,突然,坦克离去时,那人脸上露出笑容。小伙子很快从裤子口袋摸出一小包东西扔过来。丹尼尔在空中接住,原来是一包英国香烟。丹尼尔捏得太紧,香烟好像在他手中粉碎了,但他仍旧笑容可掬,一阵既难受又刺激的慌乱从大腿一直升到太阳穴,他一时眼花看不清楚,喘着气重复道:"他们进巴黎如入无人之境,容易得好比切割黄油。"其他人的面孔在他湿漾漾的目光前通过,一批接着一批,都是那么英俊。他们将损害我们,邪恶的统治即将开始,够呛!他真想变成一个女人向他们扔鲜花哩。

喊叫声,谩骂声,催促声,一片喧闹;堆在街道齐边地的锅盆器皿敲得震天价响,一道钢铁闪光掠过天空,但街面却空无行人,夏尔洛紧靠着马蒂厄,在谷仓的阴处冲着飞机喊叫:他们在两排房子中间超低空飞行。贪婪而懒散的海鸥在村镇上空超低回旋,寻觅食物,然后从一个屋顶跳到另一个屋顶,叽叽嘎嘎地乱噪了一阵之后飞走了;有人谨慎地探出头来,一些家伙从谷仓从房屋走出来,另一些从窗户跳出来,一时间街上挤满了人,简直像赶集,但声息全无。所有的人全出来了,不发任何声音,有一百来人:工兵、无线电报务员、气象探测员、电话接线员、文书、观测员,全体人员,除了昨晚以来一直守候在汽车方向盘前的司机。他们就地停留(有什么好戏可看?):有的人石匠似的坐在街面上,反正道路已经不通,不再有汽车开来,有的人坐在人行道边上,坐在窗户上,有的人站着,背靠房屋的门面。马蒂厄坐在食品杂货店前的小长凳上,夏尔洛和皮埃内走过去跟他待在一起,但谁也不说话,只是为了待在一起,面面相觑。他们心照不宣,看清眼前的处境:大集市,人群,冷静得太过分的人群,一百个人一百张灰色的脸。街道受太阳的烧烤,天空像被捅破的火炉,街面烫得变形,烫脚跟烫屁股,可他们听凭炙烤。将军住在医生家,二层第三个窗户,那窗口是他的眼睛,但他们根本不在乎将军,彼此有数,怒目相视。他们担心开拔回家,谁也不提起,但浑身不舒服,就像胸膛受到猛击,双臂双腿乃至全身疼痛不适,心头十五个吊桶打水,七上八下。一个伙伴叹了一口气,像正在做梦的狗,说着梦话:"在军需处有牛肉罐头。"马蒂厄心想:"是的,但他们让宪兵把守大门。"吉切奥利脱口而出:

"唉!傻瓜,他们派了宪兵把门呢。"

另一个伙伴也在白日做梦,用失真的声音,无精打采地说:

"跟面包商一路货色,那商人明明有面包,我敢肯定,我亲眼看见圆形大面包,可他硬是紧闭铺子。"

马蒂厄继续瞎想,但不说话,他梦见一块腓里牛排,馋涎欲滴;格里莫直起一点身子,指着护窗板紧闭的几排房子说:

"他们关着门偷偷干什么?穷乡僻壤,昨天他们还跟咱们聊天,今天却全藏起来了。"

房屋昨天还像牡蛎似的半开着,今天却关上了。男人和女人躲在屋里装死,缩在暗处出汗,对他们恨之入骨。尼佩尔说:

"不该因为吃了败仗咱们就成了鼠疫患者。"

夏尔洛的胃咕咕直叫,马蒂厄说:

"你的胃在咕咕叫。"

"不是咕咕叫,而是哇哇大喊。"夏尔洛回答。

一个皮球飞到他们中间,拉泰克斯从空中截住了,一个五六岁的小女孩走出来,胆怯地望着他。

"这是你的球吗?"拉泰克斯问,"过来拿呀。"

大家一起看着小姑娘,马蒂厄很想把她抱在膝盖上;拉泰克斯尽量使嗓门变得柔和:

"好嘛,来吧,来吧,来坐在我膝盖上。"

一时间四面八方都向她发出轻轻的呼唤:

"来呀!来呀!来呀!"小女孩站着不动,"来呀,小宝贝。过来吧,过来吧,小心肝,过来吧!"

"我的上帝,"拉泰克斯说,"这年头,咱们叫孩子们见了害怕。"

大家哄然大笑,对他说:

"是你吓着她啦,瞧你的嘴脸!"

马蒂厄也笑了。拉泰克斯用悦耳的嗓子重复道:

"来呀,小心肝!"突然,他发火了,大声道,"你再不过来,我就把它没收了。"他把球举到头顶上方让她看清,然后装作把球放进口袋的样子,小姑娘哭喊起来,大伙儿一起站起来同声朝他嚷道:

"还给她,浑蛋,你竟欺负一个孩子。你敢把球放进口袋!你敢把它扔上屋顶!"

马蒂厄站着用手势责怪他。吉切奥利气得眼睛冒火,拨开马蒂厄,走到拉泰克斯跟前:

"把球还给她,你他妈的,咱们又不是野蛮人!"

马蒂厄怒不可遏,气得直跺脚。倒是拉泰克斯先平静下来,低下头说:

"你们别发火嘛,把球还给她就是了。"

他把球扔过去,但扔得不准,击在一堵墙上弹了回来,小姑娘赶紧扑过去,捡了球便逃走了。寂静。大家重新坐下,马蒂厄也跟着坐下,闷闷不乐,但心平气和了,心想:"我们不是鼠疫患者。"他心里只记着这件事,想着大家所想的事,仅此而已。有时候,他只是个焦虑不安、脑子空空的人,有时候则集大伙儿的思想于一身,等他的忧虑平息后,大伙儿的思想便大滴大滴地在他的脑子里涌现,然后从他的嘴里滔滔不绝地滚出来:我们不是鼠疫患者。拉泰克斯摊开双手,伤心地瞧着自己的手说:

"我对你们说吧,我有六个孩子,最大的才七岁,我从没对他们动过手。"

他们重新坐下,浑身发臭,饥肠辘辘,模样灰溜溜,在这有人居住的一方天地里,面对着充满仇恨的门窗紧闭的一排排房子,默不作声,这帮糟蹋六月晴朗日子的下流寄生虫只好默不作声。忍!歼灭者将来到,将经过弗利-托克斯所有的街道。隆然指着护窗板说:

"他们等着德国佬来清除咱们哩。"

"可以打赌,他们对德国佬会客气得多。"尼佩尔说。

"当然喽!与其这么被占,"吉切奥利说,"还不如被胜利者占哩。那样会快乐得多,还可以做生意。咱们这些人哪,是不祥的人物。"

"六个孩子,最大的才七岁,"拉泰克斯重复道,"我从来没有把他们吓哭过。"

"咱们不受欢迎哪。"格里莫说。

一阵脚步声使大家抬起头来,但即刻又低下头去,原来是少校普拉在他们的脑壳间穿行。谁也没向他敬礼,他在医生的房前停下,大家又把头抬起来,目光一齐对准少校那垫料鼓鼓的双肩,见他掀起铁门环,敲了三下。门微微打开,他从窄口溜了进去。从五点四十五分到五点五十六分,参谋部所有的军官一个接一个在沉默的士兵中间穿行,神色生硬而尴尬:士兵们在他们经过时低头猫腰,等他们过后,立即挺起身子。帕延说:"将军家在过节呀。"夏尔洛转过脸问马蒂厄:"他们在搞什么名堂?""别说话。"马蒂厄回答。夏尔洛瞧了瞧他,不吭气了。自军官们经过,伙伴们更加阴暗,更加泄气,更加消沉。皮埃内望着马蒂厄感到又惊讶又不安,心想:在我的面颊上他无意中发现他自己的苍白。

突然传来歌声,马蒂厄吓了一跳,歌声越来越近:

只要罐子里有屎,

房间里就有臭气。

三十来个汉子从街角拐过来,醉醺醺的,没带枪支,没穿上衣,没戴军帽,他们大大咧咧地招摇过市,唱着歌,乱腾腾,闹哄哄,由于阳光和酒精的缘故,个个脸色通红。当他们瞥见这一大堆灰不溜秋、半死不活的东西贴近地面蠕动,向他们伸出无数的头颅,他们突然驻足,停止唱歌。一个大胡子胖子朝前迈了一步,他上身裸露,皮肤黝黑,肌肉发达,脖子上挂着一条金项链。他问道:

"你们是死人吗?"

没有人搭理,他转身,吐唾沫,摇摇晃晃站不稳。

夏尔洛眯着眼睛,像近视眼似的瞧他们,问道:

"你们不是我们部队的吧?"

"这玩意儿,是我们部队的吗?"大胡子拍着裤裆中间反问,"他妈的,不,我们不是你们部队的,这叫我难过呀。"

"你们从哪儿来?"

大胡子做了个含糊的手势:

"从那上边。"

"上边,打响了?"

"他妈的,打响个屁,刚有点儿火药味,我们的上尉就溜了,所以我们也溜,上行下效呗,但方向不同,免得遇见他。"

大胡子后面的家伙们起哄嬉笑,其中两个汉子放肆地唱起来:

> 亮出你长长的鸡巴,
> 伙伴,用手托着它!
> 咱们都去打仗,
> 找婊子玩玩吧。

所有的人都掉头面向将军住所的窗眼,夏尔洛着慌了,挥手喊道:

"别唱了!"

歌手们不唱了,目瞪口呆,摇摇晃晃,疲乏得一下子垮了似的。

"我们的头头在那儿呢。"夏尔洛指着将军住所解释道。

"我才不在乎你们的头头哩。"大胡子高声说道。他的金项链在阳光下闪烁,他低头瞥一眼坐在路面上的士兵,补充道,"如果他们找你们麻烦,伙计们,那么你们只要跟着我们就行了,他们就管不着你们了。"

"跟我们来吧!跟我们来吧!"他后面的人有节奏地高喊,"跟我们来吧!跟我们来吧!"

沉默。大胡子的目光停留在马蒂厄身上。马蒂厄把眼睛转向别处。

"怎么样?谁跟我们走?我数三下:一,二,三。"

谁也没动窝。大胡子轻蔑地断定:

"你们不是男子汉,是些胆小鬼。咱们走吧,伙计们,我可不愿意泡在这里发霉,他们叫我恶心。"

他们迈开步子重新上路,士兵们腾出地方让他们过去,马蒂厄把脚缩到长凳下面。

　　亮出你长长的鸡巴……

　　士兵们注视着将军住所的窗眼：几张脸贴着玻璃窗，但军官们没有伸出头来。

　　咱们都去打仗……

　　他们消失了，谁也没说什么，歌声最后也消失了。马蒂厄这才缓过气来。

　　"首先，"尼佩尔说时眼睛不看伙伴们，"谁也证明不了咱们不走。没有一个证据！"

　　"已经证明了。"隆然回答。

　　"凭什么证明？"

　　"已经证明不走了。"

　　"为什么？"

　　"没有汽油了。"

　　"供军官们用的汽油总有的吧，"吉切奥利说，"油箱满满的。"

　　"咱们的卡车没有油了。"

　　"当然。"吉切奥利冷笑一声。

　　"我告诉你们吧，咱们被出卖了！"隆然提高尖细的嗓子嚷道，"被出卖了，卖给德国人，给卖了！"

　　"别逼我们。"梅纳尔厌倦地说。

　　"别逼我们，"马蒂厄附和着说，"别逼我们！"

　　"不过也真他妈的没劲，"一个电话接线员说，"别老念叨开拔，走着瞧吧。反正挨打屁股。"

　　马蒂厄想象着那些大兵在大路上边走边唱，也许还边采花。他感到耻辱，但这是共同的奇耻大辱。因此，他反倒不觉得太扫兴了。

"胆小鬼,"拉泰克斯说,"那个小浑蛋骂咱们是胆小鬼。咱们都是一家之主。你瞧见他脖子上的项链吗?去他的吧,小畜生!你倒说说看。"

"听!"夏尔洛说,"你们听呀!"

只听得一阵飞机的嗡嗡声,有人厌倦地悄声说:

"躲一躲吧,伙计们。他们又出动了。"

"自早晨已是第十次出动了。"尼佩尔说。

"你计算次数了?我连数也懒得数。"

他们不紧不慢地站起身,把身体紧贴大门,鱼贯进入走廊。一架飞机齐屋顶掠过,嗡嗡声减弱,他们又纷纷走出来,仔细观察天空,然后重新坐下。

"这是一架歼击机。"马蒂厄说。

"当心!当心!"吕贝龙说。

从远处传来机枪的哒哒声。

"高射炮?"

"高射个屁!是飞机在射击!"

他们面面相觑。

"今天这日子在大路上溜达可不舒适。"格里莫说。

大家没吭声,但眼睛发出会意的亮光,嘴角露出一丝微笑。片刻后,隆然只说了一句:

"他们还没走远呢。"

吉切奥利站起来,双手插进口袋,下蹲三次,活动膝部,仰脸望一下天空,神色茫然,嘴角出现浮躁的皱纹。

"你去哪儿?"

"兜一圈。"

"哪儿?"

"那边。我去看看他们怎么样了。"

"当心吃子弹!"

"别担心。"

他懒洋洋地走了。大家真想跟他去。但马蒂厄没敢起身。沉默许久后,大家脸上又有了血色,互相招呼,又活跃起来了。

"能像和平时期那样在大路上溜达一会儿该多美呀。"

"他们想干什么?一直步行到帕纳姆?有些家伙还信心十足哩。"

"如果可行的话,咱们早就干了,不用等他们来。"

他们不作声了,烦躁而紧张,但还在等候,一个瘦高个儿背靠食品杂货铺的铁窗帘,急得双手发抖。不一会儿,吉切奥利回来了,依旧踩着懒洋洋的步子。

"怎么样?"马蒂厄大声问。

吉切奥利耸耸肩膀,伙伴们用手撑起身子,目光炯炯地盯视他。

"被消灭了。"他说。

"全部吗?"

"我怎么知道?又没有数数。"

他脸色苍白,无声的嗳气使他的嘴唇一鼓一鼓的。

"他们在哪儿?在大路上?"

"他妈的!你们这么好奇,自己去看好了。"

他坐下,脖子上一条金项链闪闪发光,他用手抚摸,用手指转动,然后突然松开手,似乎勉强地说:

"我通知担架队了。"

可怜的家伙们!金项链闪闪发光,勾魂摄魄。谁在说"可怜的家伙们"呢?仿佛挂在所有人的嘴上。谁在假惺惺地说:"可怜的家伙们"呢?不过,这谈得上虚情假意吗?金项链在褐色的脖子上闪闪发亮。残暴、可怖、怜悯、积恨笼罩我们的心头,既难以忍

955

受又令人快慰。我们是害虫的梦:我们的思想越来越迟钝,越来越没有人性;思想长出毛和爪,到处奔跑,从一个脑袋跳入另一个脑袋。害虫快睡醒了。

"德拉鲁,他妈的!你聋啦?"

"德拉鲁是我的姓氏。"他猛地转身,只见皮内特在远处向他微笑:他看见了德拉鲁,"嗳!"

"来呀!"

马蒂厄浑身发抖,突然觉得自己是孤单单赤条条一个人。"我。"他做了个手势想把皮内特赶走,却来了一群人跟他作对,他们瞪着害虫的眼睛驱逐他,严肃而惊异地盯着他,好像从未见过似的,好像透过玻璃花瓶的厚底瞧见了他。"我不比他们好多少,我无权背弃他们。"

"快来呀。"

德拉鲁站起来。怪里怪气的德拉鲁,严以律己的德拉鲁,教书先生德拉鲁,他慢步上前与皮内特会合,仿佛背后有沼泽,有二百只脚爪的大虫,又仿佛背后有二百双眼睛:他感到背脊上毛骨悚然。再一次出现焦虑。这种焦虑开始时轻轻掠过,好似抚摸,然后安置下来,不起眼地、随便地躲在上腹窝。没有什么不舒服,只觉得空空的。身心空空的,周围空空的。他仿佛在稀疏气体中漫步。诚实的士兵德拉鲁抬一抬橄榄帽,诚实的士兵德拉鲁把手插进头发,诚实的士兵德拉鲁朝皮内特苦笑了一下,问道:

"什么事,小家伙?"

"你跟他们待在一起开心吗?"

"不。"

"那为什么待着不动窝?"

"大家都一样嘛。"马蒂厄说。

"谁跟谁一样?"

"他们和我们哪。"

"怎么讲?"

"反正大家待在一起总好些吧。"

皮内特的眼睛顿时充满怒火,他把头朝后一仰,说道:

"我跟他们是不一样的!"

马蒂厄不吭声。皮内特说:

"走吧。"

"上哪儿?"

"邮电所。"

"去邮电所? 这儿有邮电所?"

"是的,在村镇下端有个辅助收税所,兼办邮政。"

"你想去邮电所干什么?"

"别操心嘛。"

"肯定关门的。"

"对我来说大门总是开的,"皮内特说,他把胳膊塞在马蒂厄的胳膊下,连拉带推,补充道,"我找到个小妞儿。"

他说时眼睛闪烁狂喜的光芒,脸上露出优雅的微笑:"我想让你见见她。"

"干什么?"

"你是我的哥们儿,是不?"皮内特严肃地瞪视他,反问。

"那还用说?"马蒂厄回答。他又问:"你的小妞儿,是邮电所职员?"

"是电话接线员。"

"我以为你不乐意跟女人纠缠呢。"

皮内特强笑了一下说:

"既然不打仗,总得消磨时光呀。"

马蒂厄转脸直视他,发现他神态不凡。

"喃,小伙子,对你得刮目相看了。是爱情使你变样了?"

"唉!唉!"皮内特说,"唉!唉!我运气不错。你去瞧瞧她的乳房,美极了。而且受过教育,地理呀算术呀,可以跟你比高低哪。"

"那你老婆呢?"马蒂厄问。

"去她的吧!"他粗鲁地说。

他们来到一所二层楼的小房子前面,护窗板紧闭着,大门上了闩。皮内特敲了三下门,喊道:

"是我呀!"他转身对马蒂厄笑着说,"她怕遭到强奸。"马蒂厄听见钥匙的声音。

"快请进屋。"一个女人的声音说。

他们闻到一股墨水、糨糊、纸张的气味。一条长凳上装着一排栅栏,把屋子一分为二。马蒂厄发现尽里头有一扇敞开的门。女人一直朝后退到门里,随手把门关上,而后传来上插销的声音。他们俩待在专供顾客使用的窄走廊里,片刻后,邮电所女职员出现在营业窗口后面,处在安全之中。皮内特俯身把前额贴着窗口说:

"您把我们关起来了?不大客气吧。"

"嗨,得谨慎点呀。"她回答。

她的嗓子很好听,热情而凄婉。马蒂厄发现她的黑眼睛炯炯有神。

"怎么,"皮内特问,"对我们害怕啦?"

"不害怕,但也不轻信哪。"她笑着回答。

"因为我朋友的缘故?说来也巧,他跟您一样,也是公职人员;您处在熟人中间,该放心了吧。"他说话的声音很优美,微笑也挺优雅,"行了吧,至少从窗口伸个指头过来,只伸个指头。"

她从窗口伸出葱根般的指头,皮内特吻了吻她的手指甲。

"放开,"她说,"要不然我抽回来了。"

"这不礼貌吧,"他说,"应该让我的朋友拉拉手吧。"他转向马蒂厄,"请允许我向你介绍不愿透露姓名的小姐,她是个勇敢的法国姑娘:她本可以撤退的,但她不愿意离开工作岗位,别人可能需要她。"

他说时摇动肩膀,笑容可掬,自始至终脸上堆着笑。他的说话声软绵绵的,唱歌似的,略带点儿英国口音。

"您好,小姐。"马蒂厄说。

她从窗口伸出手指打招呼,马蒂厄用手指钩了钩。

"您是公务员?"她问道。

"我是教师。"

"我是邮电所职员。"

"我看出来了。"

马蒂厄感到闷热又无聊,心里只想着留在他背后一张张灰色的、迟钝的脸。

"是这位小姐负责递送本村的全部情书。"皮内特说。

"嗨!你们知道,"她谦虚地说,"情书嘛,这里……""换了我呀,"皮内特说,"要是我住你们村,我就给这里所有的姑娘写情书,让每封情书经过您的手。那样您就成了爱情信使了。"他傻笑着重复道,"爱情信使!爱情信使!"

"那就糟了,"她说,"那样我的工作就加倍了。"

沉默许久。皮内特仍嬉皮笑脸,但神色紧张,东张西望,发现一支笔杆系在营业窗上,他拿起笔杆,往墨水里蘸了蘸,在邮政汇单上写了几个字。

"喏。"他把汇单递给她。

"这是什么?"她问道,没有接过去。

"拿着呀!您是邮政职员嘛,干您的本行吧。"

她终于接过去,读道:

"向无名氏小姐送上一千个吻……哎呀!"她说时又好气又好笑,"瞧他糟蹋了一张邮政汇票。"

马蒂厄厌烦透了,他说:

"行了,我走了。"

"你要走?"皮内特着慌了。

"我得回到那边去。"

"我陪你回去,"皮内特急忙说,"不行,不行,我得陪你回去。"他转身对女职员说,"我过五分钟再来,您给我开门吗?"

"哦!他真叫人受不了,"她抱怨道,"一会儿进一会儿出的,总得拿定主意呀!"

"那好,那好!"他说,"我留下,不过您得记住,这回是您要求我留下的。"

"我什么也没要求。"

"要求了!"

"没有!"

"真他妈的无聊!"马蒂厄低声自言自语,他转身对姑娘说,"再见,小姐。"

"再见。"女职员颇冷漠地回答。

马蒂厄出来后,头脑空空的。夜色已经降临,士兵们仍旧像刚才他离去时那样坐着。他走进他们中间,听见有人从地上问他:

"有什么消息吗?"

"没有消息。"马蒂厄说。

他回到长凳旁,在夏尔洛和皮埃内之间坐下,他问:

"军官们还在将军家里吗?"

"还在。"

马蒂厄打呵欠。他伤心地望着淹没在昏暗中的伙伴们,自言自语:我们。但这与他已不相干了,他感到孤独。他抬头后仰,遥

望第一批星星。天空温柔得像个女人,人间所有的爱都升到天上去了。马蒂厄眯着眼睛说:

"伙伴们,一颗流星。许个愿吧。"

吕贝龙放了个屁,说道:

"这就是我许的愿。"

马蒂厄又打了个呵欠,他说:

"好吧,既然如此,我去睡觉了。夏尔洛,你去吗?"

"我再考虑考虑:有时夜里开拔,我宁愿时刻准备着。"

"榆木脑袋!"马蒂厄粗鲁地笑道。

"好吧!好吧!"夏尔洛急忙说,"我去。"

马蒂厄回到谷仓,和衣倒在干草上。他困死了:倒霉的时候总是发困,只觉得有个红球在旋转,一张张女人的脸伸出阳台,也在旋转。马蒂厄梦见自己变成天空,从天国的阳台俯视地球。绿色的地球有个白色的肚皮,像跳蚤似的一蹦一蹦。他琢磨:"千万别让它碰着我。"但它伸出五个巨大的手指,一把抓住他的肩膀:

"起来!快起来!"

"几点钟了?"马蒂厄问,他感到一股热气喷在他脸上,听到吉切奥利的声音:

"十点二十分。起来,悄悄走到门口,别探出身子,仔细瞧瞧。"

"发生什么事了?"马蒂厄坐起来,打个呵欠。

"军官们的汽车停在大路上,离这里一百米。"

"那又怎么样?"

"照我说的办,你自己瞧吧。"

吉切奥利走了,马蒂厄揉了揉眼睛,低声喊道:

"夏尔洛!夏尔洛!隆然!隆然!"

没有人回答,他站起来,睡眼惺忪,踉跄走到门口。门大开着,有人藏在暗处。

"谁?"

"是我。"皮内特说。

"我以为你正在干好事呢。"

"她扭扭捏捏摆架子,一两天内弄不到手了,他妈的,"他叹道,"我强笑得嘴唇都酸了。"

"皮埃内在哪儿?"

皮内特指了指街对面一个黑洞洞的门廊。

"在那儿,跟隆然和夏尔洛在一起。"

"这儿发生什么事了?"

"不知道。"

他们默默地等待。月光下,夜色明朗,凉气袭人。他们正对面的门廊下有一大片人影隐隐约约地移动着。马蒂厄扭头望了望医生的住所:将军的窗户紧闭着,但门下射出一束淡淡的灯光。我,守候在这儿。时代连同它可怖的未来会倾覆,它只剩下一小段摇摇晃晃的有限时间。再也没有和平也没有战争,没有法国也没有德国,只有也许即将打开的大门底下的那一束淡淡的灯光。大门将打开吗?其他一切都无关紧要了,马蒂厄只有这一点点希望与他相干了。一种喜欢冒险的兴奋激荡着他枯萎的心房。大门将打开吗?这关系重大,他觉得大门打开时会给他一个答复,以解决他一生中所提出的一切问题。一阵喜悦从他的腰窝升起,他不禁打了个寒战。马蒂厄不好意思起来,全神贯注地对自己说:"我们已经打了败仗。"顿然时间复原了,那一点点希望融化在无限的、不祥的未来之中。过去,也可以说无限的未来,从法老时代延伸到欧罗巴合众国。他的喜悦消失了:门下的灯光熄灭了,随着嘎吱一声,门慢慢打开,门口一片昏暗。人影在门廊下跳动,街道像森林似的发出一阵噼啪声,然后又恢复寂静。太晚了,没有发生意外事件。

过了一会儿,几个黑影出现在台阶上,军官们一个接一个走下阶梯,先下来的站在路中央等候后下来的。街道顿时大变样,好似一九一二年雪天驻防的街道,时辰已晚,将军府上的晚会结束了。英俊潇洒的中尉索坦和卡迪纳臂挽着臂,普拉少校把手搭在莫隆上尉的肩上,他们昂首挺胸,面带笑容,在月亮的"镁光灯"下,和蔼地摆出架势,作最后一次亮相。马蒂厄心想,我要把参谋部全体成员拍摄下来,铭记在心,一了百了。普拉少校以脚跟为轴心旋转着,他仰望天空,向空中伸出两个指头,好像为村镇祝福。将军终于出来,一位上校在他背后把门轻轻关上。此刻师参谋部全班人马到齐,一共二十来个军官,使人想起某个白雪皑皑的夜晚,天空明净,官兵跳舞直至午夜,留下最美好的驻防回忆。小股人马蹑手蹑脚地出发了。二层楼上一扇窗无声地打开,一个白色的人影俯身窗外,望着他们离去。马蒂厄既感到罪孽深重,又感到心灵上的罪恶已涤除。

"真有其事!真相大白!"

莫隆上尉迟疑了一下,他听见什么了吗?他那颀长的身躯虽有些驼,却风度不减,此刻晃了晃,转过身来向谷仓张望,马蒂厄看清他明亮的眼睛。皮内特低声埋怨,恨不得一个箭步冲出去,但立即被马蒂厄抓着手腕,牢牢拽住。上尉用目光又在黑暗中搜索了一会儿,然后转过脸满不在乎地打呵欠,一边用戴着手套的指尖轻轻拍打嘴唇。将军走过去了,马蒂厄从未离这么近见过他。将军身材高大、臃肿,重重地倚着上校的臂膀,面孔像片岩似的。勤务兵跟随其后,扛着旅行箱;一群少尉走在最后,交头接耳,只管叽叽咕咕说笑。

"这算什么军官!"皮内特几乎大声喊道。

马蒂厄心想:"称他们希腊诸神更为合适。"诸神在人间小住之后返回奥林匹斯。眼前奥林匹斯诸神的队伍消失在黑暗中,一支手电筒射出的亮光在大路上一圈一圈地跳跃,然后也熄灭了。皮内特脸转向马蒂厄,他英俊的面庞在月光映照下露出绝望的神态。

"算什么军官呀!"

"不像话。"

皮内特的嘴唇抖动起来,马蒂厄担心他会号啕大哭,便说:

"得了!得了!小家伙,不要这样激动。"

"得亲眼看见才相信,"皮内特说,"这是违反常情的。"

他紧紧抓住马蒂厄的手,握住不放,好像还保留着最后一线希望。他说:

"也许司机们会拒绝离开?"

马蒂厄耸耸肩膀,只听得马达发动的呼噜声,好比从黑夜深处很远的地方传来一阵悦耳的蝉鸣。不一会儿,汽车开走了,随后马达声也消失了。皮内特交叉双臂,叹道:

"算什么军官呀!这一下我开始相信法兰西完蛋了。"

马蒂厄转过头去,只见影影绰绰的东西一串串从围墙往外拥,原来士兵们默默地成群走出小巷,走出通车辆的大门,走出谷仓。没错,是士兵们,二等兵,穿着不整齐,歪歪斜斜的,沿着白蒙蒙的街面屋移动。顷刻之间,街上挤满了人。他们是那样愁眉苦脸,马蒂厄不禁心中发痛。他对皮内特说:

"走。"

"上哪儿?"

"到外面看看伙伴们哪!"

"去他妈的蛋!"皮内特说,"我想睡觉,没有心思聊天。"

马蒂厄犹豫不决,他发困,剧烈的感情波动使他脑袋发木,他很想蒙头大睡,什么也不去想。但士兵们垂头丧气,他看到他们的背影在月光下起伏不定,觉得自己是他们的一分子。

"我,很想聊天,"他说,"晚安。"

他走到街上,淹没在人群中。白垩似的月光映照在呆如石板的脸上,谁都不说话。突然,大家清晰地听见马达声。

"他们回来了!"夏尔洛说,"他们回来了!"

"不对,傻瓜!他们取道省级公路。"

然而他们仍怀着朦胧的希望谛听着。隆隆声减弱了,消失了。拉泰克斯叹道:

"完了。"

"孤立无援!"格里莫说。

谁也没有笑。有人焦急地低声问道:

"咱们该怎么办呢?"

没有任何回答,伙伴们对他们该干什么毫不在乎,他们有另一种忧虑,某种隐痛,难言的隐衷。吕贝龙打了个呵欠,沉默许久后说道:

"傻待着于事无补。睡觉,伙伴们,睡觉。"

夏尔洛做了个泄气的大手势,说道:

"好吧,我去睡觉,但心里难受极了。"

伙伴们惴惴不安,面面相觑,根本不想分开,但也没有任何理由待在一起。突然人群中迸发出一句话,一个凄厉的声音:

"他们从来没有爱过我们。"

这个人说出了大家的心里话,大伙儿立即响应说:

"没有!没有!没有!这,你说得好,说得对,千真万确。他们从来没有爱过我们,从来没有,从来没有,从来没有!他们的敌人不是德国佬,而是咱们。整个这场战争,大家并肩作战,现在他们把咱们抛弃了。"

此刻,马蒂厄跟着其他人重复道:

"他们从来没有爱过我们!从来没有!"

一阵心慌意乱的喊喊喳喳淹没了他的声音,他的话说得不大合时宜。如今应当挑破脓肿,直诉衷肠:"谁也不爱我们。没有任何人怜惜我们:老百姓责怪我们未能保卫他们,我们的妻子为我们感到不光彩,上司们抛弃了我们,村民们憎恨我们。德国佬夜里长驱直入。"应当说:"我们是替罪羊,战败者,胆小鬼,害人虫,世间的渣滓。我们吃了败仗。我们丑陋,我们有罪,世上没有人,没有人,没有人爱我们。"马蒂厄说不出口,但拉泰克斯在他背后用客观的语气说:

"咱们是贱民。"

话音未落,响应四起,一致生硬地、无情地重复道:

"贱民!"

说话声停止了。马蒂厄瞧着隆然,无缘无故地瞧着,就这样瞧着,因为正好面对他,隆然也瞧着他。夏尔洛和拉泰克斯面面相觑,大家都面面相觑,似乎等着对方说点什么,好像还有什么要说的。然而没有什么好说的了。突然隆然朝马蒂厄笑了笑,马蒂厄也笑了笑,以示回报;夏尔洛笑了笑,拉泰克斯笑了笑。月亮使众人的嘴上绽开一朵朵苍白的花。

六月十七日,星期一

"走呀,"皮内特说,"喂,走呀!"

"不。"

"行了,行了!走吧。"

他注视马蒂厄时的神色既是哀求的又是诱人的。

"别去纠缠人家。"马蒂厄说。

他们俩在广场中央的树下,面对着教堂。村公所在右边。夏尔洛坐在村公所前第一级台阶上冥思遐想,膝上摊着一本书。士兵们或三五成群或单独一个慢步溜达,他们不知道如何使用他们的自由。马蒂厄的脑袋又沉又痛,好像喝醉酒似的。

"你好像情绪不好哇?"皮内特说。

"是情绪不好。"马蒂厄回答。

伙伴们之间有一种令人陶醉又令人疲乏的友谊,晚上月光融融,他们却火烧火燎,这种情境值得经历一番。然后火把熄灭,他们便去睡觉了,因为他们没有别的事情可干,因为他们还没有习惯互相爱护。今天是欢庆过后的第一天,人们恨不得互相残杀。

"现在几点?"皮内特问。

"五点十分。"

"他妈的,我迟到了。"

"那就赶快呀,去吧。"

"我不想单独去。"

"你怕她吃掉你?"

"不是的,"皮内特说,"不是的……"

尼佩尔从他们旁边走过,却没有看见他们,他两眼发呆,出神入定。

"带尼佩尔去吧。"马蒂厄说。

"尼佩尔?你疯了吧?"

他们目送尼佩尔,为他的盲人状和独舞步感到惊讶。

"我说他去教堂,你拿什么打赌?"皮内特问。他等了一会儿,拍着大腿喊道,"他进教堂了,他进去了!我赢了。"

尼佩尔不见了。皮内特转向马蒂厄,彷徨无主地凝视他说:"听说从早晨开始进去五十多人了,不时有人出来小便,然后又回到里面去。你认为他们在干什么?"

马蒂厄没有回答。皮内特搔着头顶说:
"我很想进去瞧一眼。"
"你去幽会吧,已经耽搁了。"马蒂厄说。
"去他妈的幽会吧。"皮内特回答。

他无精打采地离开了,马蒂厄走近一棵栗树。大路上丢着一个大盒子,这是师参谋部扔下的,哪个村庄都有这种情况,德国佬每经过一个村庄便捡走。"上帝啊,他们在等什么呢?让他们赶快行动吧!"失败与日俱增,太阳、树木、时尚依旧,人心却暗暗滋生死亡的欲望;但他嘴里还剩下昨天的博爱的滋味,尽管已经冷却了。辎重队长走过来,两个炊事员跟在左右。马蒂厄凝望他们,借着月光,看见他们向他笑了笑,但很快笑容消失。他们严峻而刻板的面孔表明必须提防月光的迷惑和午夜的陶醉:人人为自己,上帝为大家,人活在世上不是为了嘻嘻哈哈。他们也处在欢庆过后的第一天。马蒂厄从衣兜掏出小刀,着手削栗树的树皮。他想把自己的名字刻写在世上的某个地方。

"刻写你的名字?"
"是的。"
"哈哈!"

他们哈哈笑着走开了,后面紧跟着另一些士兵,马蒂厄从未见过。这些家伙胡子拉碴,眼睛放光,模样滑稽,其中一个一瘸一拐。他们穿过广场,走到面包店前的人行道坐下。接着一批又一批的士兵来到,马蒂厄从未见过,他们没有武器,也不裹绑腿。脸色如灰,鞋上积着污泥。这些人本来可以得到爱护的。皮内特回到马蒂厄身边,朝他们投去恶意的目光。

"怎么样?"马蒂厄问。
"教堂里挤满了,"他沮丧地补充道,"他们在唱歌哪。"

马蒂厄收起小刀。皮内特问:

"你在刻写名字?"

"我想刻,"马蒂厄说时把小刀放进衣兜,"但太费时间了。"

一个大汉在他们身旁停下,脸有倦色,线条模糊,敞开的领子上方灰蒙蒙的。

"伙计们,你们好。"大汉面无笑容地问好。

皮内特盯着他看。

"你好。"马蒂厄说。

"这边还有军官吗?"

皮内特扑哧笑出声来,他问马蒂厄:"你听见了没有?"然后对那家伙答道,"没有,老兄,没有。没有军官了,我们共和了。"

"我看得出来。"那家伙说。

"你是哪个师的?"

"四十二师的。"

"四十二师?"皮内特咕哝,"没听说过。你们在哪儿?"

"厄皮纳尔。"

"那你来这儿干吗?"

大汉士兵耸耸肩膀,皮内特突然不安地问道:

"你们师要开到这里来吗?官老爷以及随从?"

大汉听了哈哈大笑,指着坐在人行道上的四个伙伴说:

"喏,那就是我们师。"

"厄皮纳尔乱得厉害吗?"皮内特问道,眼睛闪烁。

"乱得很,现在大概平静了。"

他说完便转身去找伙伴们了。皮内特目送他离去。

"四十二师!你想想!你,你知道这个四十二师吗?时至今日从未听说过。"

"但也没有理由向他摆绅士架子。"马蒂厄说。

"老有人来来去去,"皮内特耸耸肩膀,轻蔑地说,"不知道他们从哪儿冒出来的。你简直像在异国他乡。"

马蒂厄没有搭理,凝视着栗树干上刮削过的地方。

"喂!"皮内特说,"走吧!咱们三人到田野去,眼不见为净,多好哇。"

"你让我夹在你和你那位妞儿中间干什么呢?干你们要干的事,你们不需要我嘛。"

"我们不干什么呀,"皮内特可怜兮兮地说,"需要聊聊。"他突然中断自己的话,"你瞧瞧!瞧瞧吧,又是一个外来的。"

一个士兵向他们走来,他五短身材,步履僵硬,头上裹一块血迹斑斑的布条,蒙住右眼。

"我们也许处在一次大战役的中心,"皮内特说时嗓音响亮,充满希望,"也许会一塌糊涂。"

马蒂厄没有接茬。皮内特呼唤那个头缠布条的家伙:

"喂!"

那人停住脚步,用剩下的一只眼睛瞧他。

"那边交火了吗?"

那家伙光瞧着他,不给回答。皮内特转身对马蒂厄说:

"什么也问不出来。"

那人继续前行,走不到几米又停下,背靠一棵栗树,不由自主地滑倒,坐在地上,双膝碰着下巴。

"他不行了。"皮内特说。

"走!"马蒂厄说。

他们走近时,皮内特问道:

"不舒服吧,老兄?"

士兵不回答。

"喂!不舒服吗?"

"我们帮你一下。"马蒂厄对士兵说。

皮内特俯身准备托他的腋窝,但很快直起身子说:
"不必了。"
那人坐着不动,眼睛翻白。嘴巴微开,但面容温和,含笑。
"不必了?"
"嗨! 你瞧他嘛。"
马蒂厄蹲下,把耳朵贴住士兵的上衣。他说:
"确实不行了。"
"那么,应当把他的眼睛合上。"皮内特说。

他用指尖给他合上眼睛,然后把脑袋扶正,把向前移的下唇推上,他的动作干净利索。马蒂厄目不转睛地望着皮内特而不看死人:人死了,不算数了。

"看上去你干了一辈子这个行当。"他说。

"哦,死人嘛,我见得多了。"皮内特说,"不过自参战以来倒是第一回见识。"

死者闭着眼睛,面带微笑沉思着。看起来死并不困难,容易得很嘛,而且颇为快活。"既然如此,为什么活着?"万物在空中浮动起来。活人、死者、教堂、树木。马蒂厄吓了一跳,原来一只手碰了一下他的肩膀,就是刚才那位面部线条模糊的大汉。他用浅色的眼睛瞧着死者问道:

"出什么事了?"
"他死了。"
"这是热兰,"大汉解释道,他朝东转过身去喊道,"喂,伙计们! 你们快来呀!"

那四个士兵站起身,跑了过来。
"热兰死了!"大汉朝他们喊道。
"他妈的!"
他们围着死者,满腹狐疑地望着他。

"他没有倒下,这很滑稽。"

"有时候是这样的,有的人死的时候还站着哩。"

"你肯定他死了?"

"是他们说的。"

他们一起弯腰扑向死者,一个抓住他的手腕,另一个听他的心脏,第三个从衣兜掏出一面镜子搁在他的嘴边,就像侦探小说里所发生的那样。他们直起身来,满意了。

"这个浑蛋!"大汉摇头骂道。

"这个浑蛋!"他们四个人一起摇着头重复道。

其中一个矮胖的家伙转身对马蒂厄说:

"他走了二十公里。假如他悠着点劲儿,也许还活着呢。"

"他不愿意让德国佬抓住吧。"马蒂厄为死者开脱道。

"那又怎么样?德国佬有救护车。我在路上跟他谈过。他不停地流血,像头猪似的,可你无法让他明白。这位先生一意孤行,只说要回家。"

"他家在哪儿?"皮内特问。

"在卡奥尔。他是那边的面包商。"

"不管怎么说,他走错路了。"皮内特耸耸肩膀说。

"是呀。"

他们不吭声了,尴尬地呆望着死者。

"咱们拿他怎么办?把他埋了吧?"

"没有别的办法了。"

他们从腋窝和膝部把他抬起来。他仍朝他们微笑,但很快变得僵死了。

"我们帮你们一把。"

"不要了吧。"

"要的!要的!"皮内特兴奋地说,"反正我们没事可做,让我们散散心吧。"

大个子士兵坚定地瞧着他说：

"不要。必须由我们自己处理。他是我们方面的人，应当由我们埋葬他。"

"你们打算把他埋在哪儿？"

矮胖的士兵摆了一下头，示意北边说：

"那边。"

他们抬着尸体走了，他们的神色和死人也差不多。

"很可能这个伙计信教吧？"皮内特问。

他们惊愕地望着他。皮内特指着教堂说：

"里面有的是信徒。"

"不，不，不。必须由我们自己处理。"大个儿士兵举起手，样子庄严而凶狠。

他掉头不顾，跟着其他人走了。他们穿过广场，慢慢消失了。

马蒂厄转过身来看见夏尔洛抬着头望他，身边的台阶上放着一本书。

"那人死了。"

"晦气！"夏尔洛说，"我连看也不想看，他们把他抬过时我才瞧见。他不是我们方面的人吧？"

"不是。"

"那就好。"夏尔洛说。

他们互相走近。从村公所的窗户传出歌声和可怕的叫声。

"里面发生什么事了？"马蒂厄问。

"乱套了。"夏尔洛简单地回答。

"你读得进书呀？"

"不怎么读得进。"夏尔洛谦卑地说。

"是什么书？"

"就是那本沃拉贝尔写的书。"

"我以为隆然还在读呢。"

"隆然!"夏尔洛含讥带讽地说,"唉!得了,他哪儿读得进书呀,隆然。"他用拇指点了点肩后的房子,"他在里面灌呢,像头猪。"

"隆然?他只喝水呀。"

"得了吧,去瞧瞧,准保灌醉了!"

"几点钟了?"皮内特问。

"五点三十五分。"

皮内特转身问马蒂厄:

"你不去吗?肯定?"

"肯定,我不去。"

"那你一边待着吧。"他低下好看的近视眼,凑近夏尔洛说,"真让人烦透了。"

"什么事让你心烦,小傻瓜?"

"他找了个娼妇。"马蒂厄说。

"假如她惹你,那你就把她交给我。"

"不行,"皮内特说,"她可喜欢我哪。"

"那你自想办法吧。"

皮内特做了个诅咒的手势,转身走了。夏尔洛目送他离去,笑着说:

"他讨女人喜欢。"

"是的。"马蒂厄说。

"我可不羡慕他,"夏尔洛接着说,"这时候我恨不得崩掉这个娘儿们……"他好奇地望着马蒂厄加添道,"听说害怕使人眼睛迷糊。"

"是吗?"

"我的情况不同,我认为害怕使人蜷缩。"

"你害怕吗?"

"害怕?不。不过我的胃上好像有东西顶着。"

"我明白了。"

夏尔洛突然揪住马蒂厄的衣袖,压低声音说:

"坐下,我有事要对你说。"

马蒂厄坐下。

"有人在胡说八道。"夏尔洛低声说。

"什么胡说八道?"

"你知道,"夏尔洛局促地说,"纯粹的胡编乱扯。"

"说说看。"

"那好,有个叫卡贝尔的下士说,德国佬将把咱们阉了。"

他边说边笑,但目光一刻不离马蒂厄。

"嗨,还用说,"马蒂厄回答,"确实是胡说八道。"

"我也不相信,"夏尔洛仍旧笑着说,"想想看,这对他们来说太费事了。"

他们不作声了。马蒂厄拿起沃拉贝尔的著作翻阅着,暗自希望夏尔洛让他把书带走。夏尔洛漫不经心地说:

"犹太人呢?在他们国家是不是遭阉割?"

"不,没有的事。"

"有人跟我说起过。"夏尔洛以同样的语气说。

突然他抓住马蒂厄的双肩。马蒂厄不忍心看这张魂飞魄散的脸,低头盯住自己的双膝。

"他们会把我怎么样?"夏尔洛问。

"无非像对其他人那样呗。"沉默片刻后,马蒂厄接着说,"把你的军籍簿撕掉,把你的军人身份牌扔掉。"

"早就这么干了。"

"那不就得了嘛。"

"看着我。"夏尔洛说。

马蒂厄下不了决心抬头。

"我对你说看着我!"

"好,我看着你,"马蒂厄说,"那又怎么样?"

"我的模样像犹太人吗?"

"不,"马蒂厄说,"不像。"

夏尔洛感叹唏嘘。一个士兵从村公所踉踉跄跄地走出来,下了三级阶梯,第四级踏空,从马蒂厄和夏尔洛之间滚了下来,跌倒在马路中央。

"他怎么啦?"马蒂厄问。

那家伙趴在地上,用两肘支起上身,呕吐起来,然后脑袋又垂下去,不动弹了。

"他们在后勤处偷了些酒,"夏尔洛解释道,"你大概看见他们拿着长颈大肚瓶走过吧,谁知道他们从哪儿搞来的瓶,还有满满一大盆酒!真恶心!"

隆然从底层一扇窗口探出头来,连连打嗝。他两眼通红,一边面颊弄得乌黑。

"你这副模样真体面呀!"夏尔洛严厉地向他喊道。

"德拉鲁!"

"干吗?"

"我丢人现眼了。"

"你走开不就得了。"

"我一个人走不开。"

"我来。"马蒂厄说着站起来,把沃拉贝尔的著作压在胸前。

"你心眼真好。"夏尔洛说。

"总得打发日子吧。"

他登上两级台阶,夏尔洛在他后边喊:

"喂,把我的书还给我。"

"嗏,喊什么呀。"马蒂厄败兴地说。

他把书扔给夏尔洛,推门走进一条两边白墙的走廊,突然止步,心中一阵酸楚,只听得一个迟钝而刺耳的声音在唱《梅斯的炮手》。歌声使他想起一九二四年他去鲁昂精神病院看望姨妈的情景:姨妈是寡妇,忧郁成疾,神经错乱了;疯子们凭窗高歌。走廊左墙的布告栏里贴着一张海报,他上前一看,原来是《总动员》,心想:"我那时还是老百姓哩。"歌声时而昏昏沉沉,快入睡似的;时而好像哗啦哗啦往外吐,惊醒后大喊大叫。"我当时还是老百姓哪,陈年往事了。"他瞧着布告上两面交叉的小旗,想起羊驼毛上衣和硬领。他虽然从未穿过,这却是他想象中老百姓的模样。他思忖:"我讨厌又去当老百姓。再说,一个种族都要毁灭了。"他听见隆然高喊"德拉鲁",看见左边有一扇门开着,便走了进去。太阳已经西下,长长的夕阳光芒带着尘埃把房间切割成两半却未给房间带来光明。一股强烈的酒味刺激马蒂厄的嗓子眼儿,他不由得眨了眨眼睛,这才首先看清一张地图,它挂在白墙上好似一摊污迹,接着看见梅纳尔坐在一个小柜顶上,两条腿下悬,一边在殷红的夕阳残辉中挥动他的旧皮鞋。原来是他在唱歌,狂喜的眼睛在张开的嘴巴上方如痴似癫地转动,声音仿佛从他的嘴里自然发出,是他生命的一部分,有如一个巨大的寄生虫吮吸他的五脏和血液之后化为歌曲;他有气无力地晃着胳臂,麻木地望着唱歌的虫儿从嘴里跳出来。没有其他家具,桌子和椅子大概早已让人抢走了。突然屋里响起一个表示欢迎的声音:

"德拉鲁!你好!德拉鲁!"

马蒂厄垂下眼睛,看见几个人。一个家伙倒在自己的呕吐物中,另一个直挺挺地躺在地上打鼾,第三个背靠墙头,像梅纳尔那样张着嘴巴,却不唱不哼,灰白的大胡子长了半脸,夹鼻眼镜后面双眼紧闭。

"你好,德拉鲁!你好,德拉鲁!"

在他右边还有几个家伙,狼狈的程度稍好一些。吉切奥利坐在地板上,两腿叉开,当中放着一个盛满酒的饭盒;拉泰克斯和格里莫像土耳其人似的蹲着,格里莫捏着金属杯的柄就地击节叹赏梅纳尔的歌唱,拉泰克斯的手整个儿塞在敞开的裤裆里。吉切奥利说了几句话,但完全被歌声淹没了。

"你说什么?"马蒂厄问时用手在耳边做了个小号角。

吉切奥利抬头用发怒的眼睛瞪梅纳尔:

"闭一会儿嘴吧,他妈的。你把我们耳朵都震聋了。"

梅纳尔停下不唱了,但可怜兮兮地说:

"我停不下来呀。"

不一会儿,他喉咙痒痒,又拉开嗓子唱了,这回唱的是《卡玛雷的女儿们》。

"我们又倒霉了。"吉切奥利说,他其实并不是真的不高兴,望着马蒂厄得意地说:

"嗨!这说明他是乐天派。我们这儿全是乐天派。我们是无业游民,无法无天、敢于打破坛坛罐罐的歹徒!"

格里莫点头表示赞成,笑呵呵像讲外语那样用心说:

"我们确是乐天派。"

"我看得出来。"马蒂厄说。

"你想喝一口吗?"吉切奥利说。

屋子中央摆着一个铜盆,里面盛着从后勤处弄来的红葡萄酒。酒里漂着什么东西。

"这果酱盆,"马蒂厄说,"你们从哪里弄来的?"

"你甭管,"吉切奥利说,"要喝就喝,不喝拉倒。"

他说话很吃力,几乎睁不开眼睛,但保持着好斗的样子。

"不喝,"马蒂厄说,"我来是带隆然出去。"

"带他去哪儿?"

"呼吸新鲜空气。"

吉切奥利双手捧起饭盒喝了一口说:

"我才不阻止你带他走哩。他三句话不离他的兄弟,叫人腻烦透了。记住我们这里是一伙爱说爱笑的人,不接纳醉后闷闷不乐的家伙。"

马蒂厄拉起隆然的手臂说:

"行了,走吧!"

"等一等,让我定一定神。"隆然挣脱开,生气地说。

"行呀,不着急。"

马蒂厄说着转身走近柜子瞧一眼,透过玻璃橱门,瞧见一些布面精装的大本书籍。有东西可读了,他什么都想读,哪怕《民法典》。但柜子是上锁的,他试着打开,没有成功。

"砸开玻璃。"吉切奥利说。

"那不行。"马蒂厄生气了。

"为什么不砸?等着瞧吧,德国佬可不会不好意思。"他扭头对其他人说,"德国人到处放火,德拉鲁却不愿砸开柜子。"

伙计们哄堂大笑。

"布尔乔亚!"格里莫轻蔑地骂道。

"喂,德拉鲁,来瞧。"拉泰克斯拉拉马蒂厄的衣服。

"瞧什么?"马蒂厄转过身去问。

拉泰克斯从裤裆里掏出生殖器,对他说:

"瞧瞧!脱帽致敬吧!我用它搞了六个。"

"六个什么?"

"六个胖娃娃。你知道,个个又白又胖,每次过磅,都在二十斤①左右。我不知道现在谁养活他们。"他俯身对着阴茎多情地说,"你还会给我们生出更多的孩子,生得出一打!"

马蒂厄转过脸去不理他。拉泰克斯火了,吼道:

"脱帽致敬,见习生!"

"我没有戴帽子。"马蒂厄说。

拉泰克斯扫了周围的人一眼,说道:

"八年中生了六个,还有更好的吗?"

马蒂厄回到隆然身边问道:

"怎么?你走不走?"

"我不喜欢别人催我。"隆然愁眉不展,瞧着他说。

"我不催你,是你叫我来的。"

"我不大喜欢你,"隆然用手指着马蒂厄的鼻子,"我从来没有非常喜欢你。"

"我也没有,咱们扯平了。"马蒂厄说。

"很好!"隆然很满意,"这样咱们就相安无事了。现在首先请告诉我,"他狐疑地望着马蒂厄问道,"为什么我不该喝酒呢?不喝酒对我有什么好处?"

"你酒后闷闷不乐。"吉切奥利插话。

"不喝酒更糟糕。"梅纳尔唱道:

> 如果我死了,我希望
>
> 把我埋在有好酒的地窖。

马蒂厄瞧着隆然说:

"你爱喝多少就喝多少。"

---

① 指法国古斤,每斤380至500克不等。

"是吗?"隆然嘟哝了一句,很失望。

"我说你爱喝多少就喝多少,"马蒂厄吼道,"关我屁事!"

他心想:"我一走了之得了。"但他拿不定主意。他弯腰细看,一股酒气扑鼻而来,这种浓郁的、带甜味的气息来自他们的酒醉也来自他们的不幸。他想:"我去哪儿?"他不由得晕头转向。他并不讨厌他们,这些失败者只不过彻底承受失败。如果他讨厌谁的话,那便是他自己。隆然俯身去取带柄的金属杯,身不由己,双膝跪倒在地,骂道:

"他妈的!"

他爬到铜盆跟前,把胳膊伸进酒里直至肘部,取出湿淋淋的军用杯,低头便喝。酒从他颤抖的嘴巴两角流到大盆里。他说:

"我不好受。"

"设法吐出来。"吉切奥利建议。

"怎么吐法?"隆然问道,他苍白呆滞,呼吸困难。

吉切奥利往自己的嘴里塞进两指,侧身弯腰,发出嘶哑的喘气声,吐出几口黏液。

"就这样。"他说着一边用一只手背擦嘴。

隆然仍旧跪着,把杯子换到左手,腾出右手塞进喉咙。

"喂!"拉泰克斯喊道,"你别吐到酒盆里。"

"德拉鲁!"吉切奥利喊道,"推开他,快推开他!"

马蒂厄推了隆然一下,隆然一屁股坐在地上,手指还塞在嘴里。大伙儿都用鼓励的眼光望着他。最后隆然抽出手指,打了个嗝。

"别换手,"吉切奥利说,"就要上来了。"

隆然咳嗽,脸涨得通红,边咳嗽边抗议:"根本不行。"

"足见你是脓包!"吉切奥利怒气冲冲地喊道,"不会呕吐,喝什么酒呀。"

隆然把手伸进衣兜,重新跪直,然后蹲到盆边。

"你干什么?"格里莫大声问道。

"我给自己做个湿敷料。"隆然边说边把泡入酒中的手绢湿漾漾地取出,然后把它敷在自己的额上,奶声奶气地说:

"德拉鲁,请帮个忙,把手绢系在我脑后。"

马蒂厄捏住手绢的两端,在他脑后打个结。

"哎,"隆然说,"好受多了。"

手绢遮住他的左眼,红葡萄酒几条细流从他的两颊滴到脖子上。

"你这模样挺像耶稣基督的。"吉切奥利笑着说。

"算你说对了,"隆然说,"我是耶稣基督类型的人。"

他把军用杯递给马蒂厄为他盛酒。

"哦,不,"马蒂厄说,"你喝得够多的了。"

"照我说的办,"隆然喊道,"照我说的办,他妈的!"他唉声叹气,补充道,"我愁死了。"

"行了,行了,"吉切奥利说,"快给他喝吧,要不然他又要叨叨他的兄弟了。"

"我心里乐意的话,为什么不可以说说我的兄弟?"隆然傲慢地望着他说,"你管得了我?"

"嗬!那就放过我们吧。"吉切奥利说。

隆然转过脸对马蒂厄解释道:

"我的兄弟,他在奥斯戈尔。"

"他没有当兵?"

"想到哪儿去了,他是个歹徒。他陪年轻的妻子在松树林里散步常念叨:'可怜的保尔运气不好。'他们搂着抱着,心里却想念我。而我,根本不在乎他们叹一声'可怜的保尔'。"他沉思片刻,做出结论,"我不喜欢我的兄弟。"

格里莫笑得直流眼泪。

"你笑什么?"隆然生气地问。

"难道你禁止他笑不成?"吉切奥利愤然责问。他慈父般地对格里莫说,"继续笑吧,小伙子,笑个痛快,咱们就图个高兴嘛。"

"我因为想到老婆才笑的。"格里莫说。

"我才不在乎你的老婆呢。"隆然说。

"你叨叨你的兄弟,我总可以说说我的老婆吧。"

"你老婆怎么啦?"

格里莫翘起一根手指压着嘴唇:"嘘——"然后俯身凑近吉切奥利,秘密地说:

"我老婆的脸丑得像屁股。"

吉切奥利想申明己见。

"别说什么!"格里莫急切地说,"像屁股,一点不假。等一等。"他抬起一点身子,左手从屁股底下往上摸裤子后袋,接着说,"我让你瞧瞧她的脸,准叫你恶心。"他怎么也摸不着后袋,几次努力失败后又倒下了,"总而言之,她的脸丑得像屁股,相信我说的,准保没错儿,我不会对你说谎,没有好处嘛。"

"她真的很丑吗?"隆然听得津津有味,问道。

"我说了嘛,丑得像屁股。"

"怎么丑法?"

"什么都丑。乳房挂下来碰得到双膝,屁股塌下来碰得到脚后跟,大腿嘛,更糟糕了!附带说一句,她尿床。"

"这样的话,"隆然笑着说,"你应该把她让给我,这种女人对我合适。我只跟丑婆娘干好事,标致的娘儿们,让给我兄弟。"

格里莫狡黠地眨了眨眼睛。

"哟!那不行,才不让给你呢,小伙伴。因为,我把她让给你,不等于说我找得到另一个女人,明摆着的,我自己也不漂亮。"他

983

叹了一口气,做出结论,"这就是生活。知足常乐嘛。"

梅纳尔唱道:

> 这就是修道士的生活,
> 舒适懒散的生活。

"这就是生活!"隆然说,"这就是生活!我们就像是死人在回忆他们的生活。他妈的,咱们的生活可不是美丽的生活。"

吉切奥利把饭盒朝他脸上扔过去。饭盒擦过隆然的面颊,掉进盛酒的大盆里。

"换一换话题,"吉切奥利狂怒道,"我也有烦恼呀,可我不用自己的烦恼去烦别人。咱们是爱说笑的人,明白吗?"

隆然转向马蒂厄,睁着绝望的眼睛低声道:

"带我离开这儿吧,带我离开这儿吧!"

马蒂厄弯腰夹住他的腋下,隆然却像游蛇似的扭动,摆脱了他的搀扶。马蒂厄说:

"我厌烦了,你到底走还是不走?"

隆然干脆朝天躺下,狡黠地望着他说:

"你很想让我走,是不?你很想。"

"我不在乎。我只想让你做出决定,这样或那样的决定。"

"那好吧!"隆然说,"先喝上一口。趁你喝酒的时候,我再想想。"

马蒂厄没搭理他。格里莫仍递给他军用杯:

"喏。"

"不,谢谢。"马蒂厄说时做了个拒绝的手势。

"你为什么不喝?"吉切奥利莫名其妙,"够大家喝的,不必客气嘛。"

"我不渴。"

"他说他不渴。倒霉鬼,"吉切奥利嬉皮笑脸地说,"你不知道吧,我们这帮人是今朝有酒今朝醉。"

"我不想喝酒。"

"为什么你不像这样喝个痛快?为什么?"吉切奥利耸着眉毛问道,他严肃地盯视马蒂厄,"我本以为你入乡随俗。德拉鲁,你叫我失望。"

隆然用一只肘支着挺起身子说:

"你们看不出他瞧不起我们吗?"

大家沉默不语。吉切奥利抬头用审讯的目光凝视马蒂厄,之后,他突然蜷成一团,闭上眼皮,苦笑了一下,闭着眼睛说:

"瞧不起我们的人,让他们走好了。我们不挽留任何人,知己者留。"

"我没有瞧不起任何人哪。"马蒂厄说。

他不往下说了,心想:"他们酩酊大醉,我则是清醒的。"他不禁为由此产生的优越感而羞愧。他为自己不得不用宽容的语气跟他们说话而感到羞愧。"他们烂醉如泥,因为坚持不住了!"但谁也不能分担他们的不幸,除非跟他们一样喝得烂醉。他心里嘀咕:"我不该来这儿。"

"你瞧不起我们,"隆然重复时怒不可遏,"他站在那里好像看电影,看着醉鬼们胡说八道觉得挺有趣。"

"去你的吧!"拉泰克斯说,"我没有胡说八道。"

"哎!算了吧。"吉切奥利厌倦地说。

格里莫若有所思,望着马蒂厄说:

"假如他瞧不起我们,我就往他头上撒尿。"

"我们往你头上撒尿,我们往你头上撒尿。"吉切奥利笑嘻嘻地重复道。

梅纳尔已经停止唱歌,他从柜顶上慢慢滑下来,神色惊惶地张望四周,等觉得放心后,如释重负地叹了一口气,昏昏沉沉倒在地板上。谁都没有注意他,大家直瞪瞪地望着前方,不时凶狠地瞪马蒂厄一眼。马蒂厄不知如何是好,他原先进来是为了帮助隆然,没有恶意。他本该预见他进来的同时也带来羞愧和愤慨。由于他的到来,这些家伙产生了自省意识;他跟他们不再有共同语言,不自觉地成了他们的评判者和见证人。这个盛满葡萄酒和脏物的大盆叫他恶心,但同时,他责备自己产生这种厌恶感:"我的伙伴们烂醉如泥时,我却拒绝喝酒,我是何许人?"

拉泰克斯直愣愣抚摸着下腹部,突然他扭头对着马蒂厄投去一道挑衅的目光,接着把双腿间的饭盒移到裤裆下,掏出生殖器泡在酒里。

"我把它泡一下,滋补滋补它。"

吉切奥利扑哧一声笑了出来。马蒂厄转过脸去,却遇见格里莫讥讽的目光。

"你心里在想掉进什么窝里了?"格里莫说,"嘘——你了解我们,老伙计,跟我们在一起,什么事情都可能发生。"他朝前欠身,眨着串通一气的眼睛,大声问道:

"喂,拉泰克斯,敢不敢把这酒喝下去?"

拉泰克斯回他一个会意的目光,说道:

"我不大好意思呀。"

他说着双手捧起饭盒,咕嘟咕嘟喝下去,一边注视着马蒂厄。隆然哧哧冷笑,大伙儿也莞尔一笑。马蒂厄心想,他们做得这么过分是因为我的缘故。拉泰克斯放下饭盒,打响舌头咂着嘴说:

"嗨,增加了些味道。"

"怎么样?"吉切奥利问道,"你觉得怎么样?我们是不是很有趣?是不是乐天派?"

"这算得了什么,"格里莫说,"还有好看的哪。"

他用颤抖的手竭力解开裤裆。马蒂厄俯身对吉切奥利和气地说:

"把你的饭盒给我,让我跟你们一起乐一乐。"

"掉进盆里了,"吉切奥利没好气儿地说,"你去捞起来就是了。"

马蒂厄把手伸进盆,在酒里移动手指,触摸盆底,捞出盛满酒的饭盒。格里莫停下双手,瞧了瞧,重新伸进衣兜,然后直勾勾望着马蒂厄。

"啊!"拉泰克斯平心静气地说,"我早知道你会憋不住的。"

马蒂厄喝酒。酒里有一些软软的、无色的小颗粒,他把它们吐掉,然后又舀了一盒。格里莫笑逐颜开,他说:

"谁瞧见我们,都禁不住跟着我们喝。啊!咱们叫人羡慕哇。"

"叫人羡慕总比叫人怜悯好吧。"吉切奥利嬉皮笑脸地说。

马蒂厄及时救起一只在酒里挣扎的苍蝇,然后继续喝酒。拉泰克斯以行家的神色瞧着他说:

"他不是想喝醉,而是在自杀。"

饭盒的酒喝光了,马蒂厄说:

"我很不容易喝醉。"说罢,他舀了第三盒酒。酒的味道浓重,略带甜滋滋的怪味儿。马蒂厄满腹狐疑地问:"你们没有把尿撒在里面吧?"

"你有神经病吧?"吉切奥利生气地说,"亏你想得出来,我们会糟蹋酒吗?"

"哦,我也不在乎。"马蒂厄说,他一饮而尽,然后喘了口粗气。

"怎么样?"吉切奥利关切地问,"感觉好些了吗?"

"还没有什么感觉。"马蒂厄摇摇头说。

他咬着牙,弯腰伸出饭盒,正当俯身盆上舀酒时,听见背后隆

987

然在冷嘲热讽：

"他想向我们显示他的酒量比我们大。"

"不对！我想一醉方休。"马蒂厄转过身去说。

隆然重新坐了起来,直僵僵的,敷头的手绢滑到鼻子上,敷料上方两只空茫茫的眼睛瞪得圆圆的。他说：

"德拉鲁,我不大喜欢你！"

"你已经说过了。"

"伙伴们也不大喜欢你,"隆然说,"你叫他们望而生畏,因为你受过教育,但别以为他们喜欢你。"

"他们为什么要喜欢我？"马蒂厄喃喃低语。

"你做什么事情都跟大家不一样,"隆然接着说,"甚至喝醉了也跟我们不一样。"

马蒂厄呆望着隆然,茫然不知所措,突然一个急转身,把饭盒扔向柜子的玻璃门,吼道：

"我喝不醉呀,喝不醉。你们看到了吧？我喝不醉的。"

谁也不吭声了。吉切奥利把落在他膝上的一大片碎玻璃放在地板上。马蒂厄走近隆然,狠狠拽住他的胳膊,硬把他拉了起来。隆然喊道：

"什么事呀？我惹什么事啦？管你自己的屁事去吧,贵族老爷。"

"我是来领你出去的,"马蒂厄说,"我非把你带走不可。"

隆然拼命挣扎。

"让我安静点,我对你说,放开我。放开我,他妈的,要不然我不客气了。"

马蒂厄开始把他往屋外拖,隆然举起手,试图用手指抠他的眼睛。

"浑蛋！"马蒂厄骂道。

他撒开手,却对准隆然的下巴打了两个不太重的勾拳。隆然顿时软塌塌的,身不由己地转圈,马蒂厄趁势拽住他,把他像麻袋似的扛在肩上。

"你们瞧见了吧?"他说,"我呀,真动起手来,也不含糊哩。"

他厌恶他们。他扛着重负出门走下台阶,夏尔洛见了哈哈大笑,说道:

"这位兄弟,他扛着什么呀?"

马蒂厄穿过街面,把隆然放下,让他靠着一棵栗树。隆然睁开一只眼睛,想说什么,却哇的一声吐了起来。

"好受一点了吧?"马蒂厄问道。

隆然再次呕吐。

"好受一点了。"他说时连打两个嗝。

"好了,你就这么待着吧,"马蒂厄说,"等你吐完了,设法好好睡上一觉。"

马蒂厄到达邮政所时,已是上气不接下气。他敲门。皮内特出来开门,一见之下,喜形于色,说道:

"嗬,你终于决定来了。"

"终于决定了。"

女职员站在皮内特背后的暗处。

"小姐今天不害怕了,"皮内特说,"去田野走走吧。"

姑娘朝马蒂厄投来一个忧郁的目光,马蒂厄对她笑笑,心想:"她对我没有好感。"但他根本不在乎。

"你身上有酒味儿。"皮内特说。

马蒂厄笑笑,不予回答。女职员戴上黑手套,双保险锁上大门,跟他们一起上路了。她把手搭在皮内特的胳膊上,皮内特挽着马蒂厄的胳膊,一路上受到士兵们的致意。

"我们进行节日散步。"皮内特朝他们大声说。

"咳！军官们走光了，天天是节日。"他们附和着说。

阳光下出现明月般的寂静，粗糙的石膏人像在荒凉的城中围成一圈，将使未来的人们联想起现今的人类①。被遗弃的高大白色建筑流着一条条黑色的眼泪，诸如西北边的凯旋门、北边的罗马神殿、南边有桥相连的另一座神殿；一个池子的水因不流动而腐败了，一根刀形石柱刺向天空。到处是石头。石头浸泡在历史的糖水里。罗马、埃及、石器时代，正是一个著名的广场所剩下的。他重复道："所剩下的一切。"不过乐趣有点减淡了。没有任何东西比一场灾难更单调乏味了。他开始习惯了。他靠着铁栅栏，还挺愉快，但疲乏了，嘴里有一种夏日的燥热感，他走了一整天，现在两腿难以支撑了，但必须继续走下去。在一座死城中，人们必须行进。他对自己说："我应该得到一个小小的意外收获。"无论什么都行，哪怕街角上为他一个人冒出一束盛开的鲜花。但是什么也没有。到处一片荒凉，即使高大建筑物上的小动物，那些黑色和白色的鸽子，古远的鸟类，由于不断啄雕塑为食，也变成石头鸟似的了。在石景中唯一有点令人愉快的气氛，那就是飘扬在克里永大厦上的纳粹党旗。

啊，像肉血似的国籍旗飘扬在北冰洋如绸似花的海面上。②

在血色的布料上有个白色的圆圈，好似映照在我儿时被单上的幻灯光圈；在圆圈中央有黑蛇的盘结，这是邪恶的缩写词，我的缩写词。每秒钟在旗帜的褶痕里凝聚一粒红色的珠子脱落下来，

---

① 作者故意把这句话换成异体字，好似引用名家之言，其实是作者杜撰的，无非插入一点文绉绉的笔调。
② 引自兰波《彩图集》中的《野蛮人》。"像肉血似的国籍旗"系指丹麦船的国籍旗，大红底色上饰有白色十字。纳粹党旗底色一般为白色，上有红色或黑色卍字。

掉在碎石路上:美德在流血!他喃喃自语:"美德在流血!"但这已不完全像昨天那样让他觉得有趣了。三天来他没有跟任何人说话,他的喜悦凝固了;一时间疲乏使他眼花目眩,他自问是否要回家。不,不能回家:"到处需要我露面。"行进。每当天幕出现伴随巨响的裂缝,他总以宽慰的心情予以接纳:飞机在阳光中闪烁,这是换防,死城有了另一个见证人,它向别的眼睛抬起千万个死亡的脑袋。丹尼尔笑了:飞机在群墓之间寻找的正是他。"飞机为我一个人而来。"他真想跑到广场中心,挥动手绢。假如他们扔下炸弹!死城便复活了,城市将响彻锻炉的声响,就像以前工作繁忙时那样,美丽的寄生花草将爬满铺面。飞机过去了,丹尼尔周围又恢复行星般的寂静。行进!在这冷却了的星球表面不停顿地行走。

他拖着脚继续往前走,鞋沾满灰尘,变白了。突然他吓了一跳:他把额头贴近某店玻璃橱窗,发现一个逍遥自在的战胜国将军背着双手在观察他这个本地人迷失在巴黎的古建筑群里。所有的窗户都成了德国人的眼睛,他直起身子,矫健地迈开步伐,腰部一扭一扭,嬉笑着说:"我是大公墓的看守人。"杜伊勒里花园,杜伊勒里宫河滨大道。在穿越马路之前,他习惯地朝左看一下朝右看一下,只看见一长条葱葱茏茏的绿色隧道。他即将跨上索尔费里诺大桥时突然止步,心怦怦直跳:意想不到的收获。一个寒战从膝弯一直传到颈窝,双手和双脚顿时冰凉,他待着不动,屏住呼吸,整个生命都汇集在眼睛里:他贪婪地望着无意之间背朝他的瘦长的年轻人,他正俯身凝望水面。"不可思议的相遇!"即使晚风变成声音呼唤他,抑或淡紫色的天幕上云彩绘出他的名字,他也不会如此激动,显而易见这个小伙子专门为他而出现在此的,伸出丝袖口的那双又长又宽的手仿佛在说着秘密的语言:"他是天赐给我的。"小伙子修长,文气,金黄色的头发蓬散,圆圆的肩膀几乎是女性的,胯骨狭窄,臀部坚实,小耳朵秀气,他约莫十九或二十岁。丹尼尔瞧着这双秀气的耳朵,心想:"不可思议的相遇。"他几乎害怕起来。整个身子僵住了,就像昆虫面临危险时那样:"对我来说,最糟糕的危险,是姿色。"他的双手越来越冰凉,脖子仿佛让铁钳夹住了。姿色,最阴险的陷阱,笑容可掬地袒露着,默契似的让人有唾手可得之感,此刻正给他频送秋波,看上去正等候着他哩。弥天大谎:这个袒露的颈项不等待任何东西也不等候任何人,它在衣领上自我抚摸,自得其乐;那双热乎乎、金灿灿的长腿在灰色法兰绒裤子里觉得温暖如春,其乐无穷。他凝望着河流,眼里只有河流,心里想着什么:怪诞和孤独恰似一棵棕榈。"他是属于我的,但他并不认识我。"丹尼尔焦急如焚,感到一阵恶心,顷刻之间,天旋地转,一切颠倒了:小伙子变成小小孩,退得远远的,从深渊谷底呼唤他,英俊的小伙子在呼唤他。英俊少年,我的命运之神。他转念一想:"一切将重新开始。"一切:希望、不幸、耻辱、疯魔。再说,他突然想起法国已经完蛋了:一切都是允许的。一股热流从腹部传至指尖,他的疲劳消失了,血涌向太阳穴:"我们俩是人类唯一看得见的代表,一个消失的民族仅有的幸存者,打个招呼说个话是不能回避的,难道还有比这更自然的吗?"他向已经被他命名为奇迹的小伙子跨近一步,不禁觉得自己年轻和善良了,深深感到从小伙子身上得到令人振奋的启示。但几乎立即停下脚步:他注意到这个奇迹般的小伙子四肢发抖,浑身抽搐,时而朝后仰,时而朝前扑,趴在栏杆上,伸出脖子俯身水上。"小糊涂虫!"生气的丹尼尔心里骂道。小伙子与这个异乎寻常的时刻极不相配,他没有意识到他是在与人约会,幼稚的烦恼抽打了他的心灵,使其没有接纳好消息的余地。"小糊涂虫!"突然,"奇迹"抬起右脚,动作古怪而勉强,好像要跨过栏杆。丹尼尔正准备一跃而上,当下小伙子心慌意乱,侧过身来,腿仍举在半空中。他瞥见丹尼尔,这时丹尼尔才看见他灰白的脸上狂澜激荡的眼睛。小伙子犹豫片刻,脚擦着石栏杆放了下来,之后,他懒洋洋迈开步子朝前走,一边手摸着栏杆的边缘。"你,你想自杀!"

丹尼尔的惊喜一下子凝固了。原来是个神志不清的浑小子,承受不了自己所干蠢事的后果。一股性欲弄得他的生殖器热乎乎的,他开始紧跟在小伙子的后面,心中怀着猎人冷却的喜悦。他把狂喜冷处理后如释重负,觉得自己正正当当,所以气势汹汹起来。其实他更喜欢如此,但他乐于恼恨小伙子:"你想自杀,小傻瓜?你以为这很容易吗?比你聪明的人有的是,都没有死成哩。"小伙子意识到背后有人跟着,于是抬高了腿,硬邦邦跨大步子。到达桥中央他猛地发现自己边走边用右手轻轻碰栏杆,胳膊一端的手直僵僵的不听指挥,他用力地把手放下,把它塞进衣兜,拱肩缩颈继续朝前走。丹尼尔暗自盘算:"他形迹可疑,这种人我就喜欢他们这样。"年轻人加快步伐,丹尼尔紧紧跟上,唇边漾开了狞笑:"他痛苦,急于了此一生,但他办不到,因为我跟在他后面。行了,行了,我钉住不放了。"小伙子到达桥尾时犹豫了一下,然后走多尔塞河滨道。当他走到一条通往河堤的台阶口时,驻足停步,转身不耐烦地盯视丹尼尔,等着不动。刹那间,丹尼尔看清一张秀色可餐的脸,尽管是苍白的,一只小巧的鼻子,一张懦弱的小嘴,一双傲慢的眼睛。他伪善地垂下眼皮,慢慢走近,超过小伙子时看也没看他一眼,走出几步之后回头一望:小伙子不见了。丹尼尔赶紧俯身岸边护墙,伸出头望见小伙子低着头站在河堤上,出神地望着一个系泊环,一边沉思一边用脚踢系泊环。必须尽快下去,引起他的注意。幸好二十米外有另一个台阶,狭窄的铁扶梯,被护墙的一个凸出部分遮挡了。丹尼尔慢慢地、悄悄地走下扶梯,觉得开心得要命。走下扶梯后,他立即背靠护墙,只见小伙子在河堤的另一终端凝望河水。塞纳河似绿非绿,泛着硫黄色水光,顺流冲走软绵绵黑乎乎的怪状杂物,跳进这么一条污秽的河里可不那么有趣。小伙子弯腰捡起一块石子扔到河里,然后又开始他古怪的静观。"得了,得了,今天拉倒吧。需要给他足够的时间吗?躲在一旁等他确信自己卑劣而离去时才发出哈哈大笑?这可说不准,弄不好我会让人憎恨一辈子。如果我立即扑上去,好像阻止他跳水自尽,他会感激我以为他敢于寻短见,即使让他表面上埋怨几句也无妨,但必须避免跟他四目相对。"丹尼尔用舌头舔了一下嘴唇,深深吸了口气,从藏身处一跃而出。年轻人惊恐万状地转过身来,差一点跌倒,如果丹尼尔不及时抓住他胳膊的话。他说:

"我给您……"

但他立刻认出丹尼尔,显得放心了;他眼里惊恐让位于狂怒。他怕的是另一个人。

"干什么?"他傲慢地问。

丹尼尔一时回答不上来,情欲使他喘不上气来。

"那喀索斯①!"他吃力地说,"那喀索斯!"片刻后他又说,"那喀索斯俯身过度了,小伙子,他落水了。"

"我不是那喀索斯,"小伙子说,"我有平衡感,不需要你帮助。"

"他是大学生。"丹尼尔心想,粗暴地问,"你想自杀吗?"

"您疯了吗?"

丹尼尔哈哈大笑,小伙子脸涨得通红,神色沮丧地说:

"让我安静!"

"那要看我高兴不高兴。"丹尼尔说时紧紧从后面拥抱他。

小伙子垂下美丽的眼睛,丹尼尔及时后退一步,才躲过他用脚后跟踢来的一脚。"用脚踢我!"丹尼尔站稳之后心里嘀咕,"用脚

---

① 那喀索斯,希腊神话传说中的美少年,他爱恋自己在水中的倒影,最后落水而死。

乱踢,连瞧也不瞧我一眼。"他心醉神迷。他们俩默默地喘气。小伙子仍低着头,丹尼尔欣赏着他那一头非凡的细发。

"怎么?咱们像娘儿们似的踢脚撒泼?"

小伙子左右晃着脑袋,好像怎么也抬不起头似的。过了一会儿,他才故意粗鲁地说:

"快滚开吧。"

他说话的口气固执多于自信,但最后还是抬起头,大着胆子直视丹尼尔,但胆量慢慢退却了,眼睛移向一旁,丹尼尔尽情观赏这张忧郁而漂亮的脸蛋,好像它是专供观赏的。他想:"傲慢而软弱。自欺欺人。一张布尔乔亚的小脸蛋因陷进抽象的误区而惊恐失色;相貌迷人,却不肯慷慨施与。"就在这一刻,他腿肚上挨了一脚,不禁做了个痛苦的怪脸,骂道:

"该死的小脓包!我不知道怎么会鬼使神差,没狠狠揍你一顿屁股。"

"请试试看!"小伙子说时眼睛闪烁发光。

"让我试试看?"丹尼尔破口大骂,"假如我一时高兴,当场把你的裤子扒下来,你以为你阻挡得了吗?"

"我才不怕您呢。"小伙子脸红到耳根,却失声大笑。

"该死的!"

丹尼尔骂时一把抓住他的颈背,往前摁,让他低头。

"不,不!"小伙子绝望地喊道,"不,不!"

"那你还用脚踢我不?"

"不了,但放开我。"

丹尼尔松手让他站直。小伙子默不作声,一副走投无路的神情。"你尝到嚼子的滋味了吧,小公马?在下出力把你驯化一下。是父亲?是叔叔?是情人?不,不是情人,以后咱们会喜欢谈情人的事情的,但眼下咱们是纯洁的少女。"

"喂,你想自杀。为什么?"他穷究不放。

小伙子死不开口。

"你想赌气就赌个痛快,关我屁事!"丹尼尔说,"不管怎么说,你失败了。"

小伙子脸上露出一丝苍白而狡黠的微笑。丹尼尔生气了,心想:"我们停滞不前,应当走出死胡同。"

他又开始摇晃年轻人,问道:

"你为什么笑?你说说看。"

"您不应该总这么纠缠我。"年轻人直视他的眼睛。

"很对,"丹尼尔说,"我这就放开你,"他把双手松开,伸进衣兜,问道,"往下说吧?"

小伙子站着不动,脸上仍带着笑容。"他嘲笑我。"

"好好听着,我是游泳好手,已经救过两个人,其中一个是在海里,而且遇上坏天气。"

小伙子像姑娘似的笑了,是那种假痴假呆的笑,含讥带讽的笑。

"这么说是一种癖好?"

"也许是吧,"丹尼尔说,"也许是一种癖好吧。往下跳哇!"他说时张开双臂作跳水状,"你想跳就跳哇。我让你先喝个够,你瞧着吧,这滋味可好哇。然后我不慌不忙地脱下衣服,跳进水里,把你打昏了,再把你拖上岸,那时你已半死了。"他哈哈笑起来,接着说,"你应当知道,一个自杀未遂的人,极少再次自杀的!等我把你救活,你再也不想自杀了。"

小伙子朝他逼近一步,好像上前揍他:

"您哪儿来的权利对我用这种语气说话?您哪有这种权利?"

丹尼尔始终笑容满面。他说:

"哈哈!我哪儿来的权利?找呀!好好找一找呀!"他猛地抓

住小伙子的手腕,"只要我在场,你就甭想自杀,哪怕你想得要命。我掌握着你的生死大权。"

"您不会总待在这儿。"小伙子神色古怪地说。

"那你搞错了,"丹尼尔说,"我将始终在场。"他喜悦得浑身打战,因为他无意中发现小伙子漂亮的浅褐色眼睛出现了好奇的闪光。

"即使我真的想自杀,关您什么事呢?您甚至不认识我。"

"你说过,这是一种癖好,"丹尼尔乐呵呵地回答,"我有阻止别人干他们想干的事的癖好。"接着满怀好意地瞧着他问,"事情就这么严重吗?"

小伙子没有回答,他竭尽全力不让自己哭出来。丹尼尔激动得眼泪夺眶而出。幸亏小伙子出神入定,没有发觉。丹尼尔好不容易克制住抚摸小伙子头发的欲望,但只持续了几秒钟,他的右手不由自主地伸出口袋,像瞎子似的摸索着伸向金黄色的头顶。但他像被火烫着似的把手缩了回来:"太早了!这是个笨拙的举动……"小伙子使劲摇头,沿着河堤走了几步。丹尼尔屏住呼吸等待着:"太早,笨蛋,为时太早。"他愤恨自己鲁莽,警告自己说:"如果他离开,我就不加阻止地放他走。"但丹尼尔一听到他失声哭泣,便跑向他,搂住他。小伙子倒在丹尼尔的怀里。

"可怜的小家伙!"丹尼尔神魂颠倒,"可怜的小家伙!"

如果能安慰他或跟他一起哭泣,他情愿砍下右手。过了片刻,小伙子抬起头,他不哭了,但两滴眼泪还在他秀色可餐的脸上滚动,丹尼尔真想用舌头舔两下,喝下去,让痛苦的咸味留在嗓子眼里。小伙子满腹狐疑地望着他,问道:

"您怎么到这儿来的?"

"我路过。"丹尼尔回答。

"这么说您不是士兵?"

997

"我对他们的战争不感兴趣,"丹尼尔听到这个问题心里不大痛快,很快转了话题,"我给你提个建议吧。请问,你仍然决心自杀?"

小伙子不回答,但神情变得阴沉和坚决。

"很好,"丹尼尔说,"那么听着。我吓唬你是为寻开心,其实我根本不反对自杀,如果自杀是经过深思熟虑的话,我把你的死看作一种厄运,因为我不认识你。我看不出为什么要阻止你自杀,如果你有充分的理由。"

他高兴地发现小伙子的脸色变了,心想:"你以为了事啦?"

"瞧瞧,"他接着说时展示他戒指上的宝石,"在这个底盘里有烈性毒药。我总戴着这个戒指,甚至夜里,假如我陷入某种自己的尊严无法忍受的境地,那就……"

他说到这里打住了,拧开戒指底盘。小伙子看见两粒褐色锭剂,又怀疑又厌恶。

"给我讲一讲你的事情。假如我断定你的动机可以接受,那么这两粒药丸中的一粒就属于你了,这总比泡凉水要适意些吧。你立即想要吗?"

他最后这么问,好像突然改变了主意。小伙子用舌头舔了一下嘴唇,没有回答。

"你想要吗?我把它给你,当着我的面吞下去,我不离开你。"他抓住小伙子的手补充道,"我握住你的手,你闭上眼睛吧。"

小伙子摇摇头,吃力地问道:

"我凭什么肯定这是毒药?"

丹尼尔发出一阵轻快的笑声:

"你害怕这是泻药?吞下去,你就知道了。"

小伙子不回答,他面色苍白,眼珠睁得大大的,但他斜睨着丹尼尔,露出狡黠的、卖弄风情的微笑。

"这么说,你不想要?"

"等等再说。"

丹尼尔重新拧上戒指底盘,冷冷地说:

"随你便吧。对啦,你叫什么名字?"

"有必要告诉你我的名字吗?"

"只说名不说姓。"

"那好吧,我叫菲利普。"

"行啊,菲利普,"丹尼尔说时胳膊挽住年轻人的胳膊,"既然你坚持作出解释,那上我家去吧。"

丹尼尔把他推上扶梯,敏捷地拉他上了台阶,然后臂挽臂地沿河滨道走去。菲利普执拗地低着头,浑身颤抖,但紧靠着丹尼尔,每走一步,髋部便碰他一下。小伙子脚踏漂亮的美洲野猪皮鞋,几乎还是新的,尽管至少是一年前的产品,穿一身裁剪得很好的法兰绒套服,蓝色丝衬衫,白色领带。他的发型是一九三八年蒙巴那斯流行的款式:精心梳理的蓬乱,很能表现自恋的气派。为什么他没有当兵?太年轻了吧,也许,但他很可能比他看上去年长,孩子气在受压抑的孩子身上持续的时间较长。不管怎么说,决不会是贫困把他推向自杀。当他们经过亨利四世桥边时,他突然发问:

"你想投河是因为德国人的缘故?"

菲利普流露出惊讶的神情,摇了摇头。啊,他美如天使。丹尼尔满怀激情地暗自许愿:"我会帮助你的,我会帮助你的。"他决意拯救菲利普,让他成为男子汉。"我将把我的一切献给你,你将知道我所知道的一切。"中央菜市场已经空荡荡黑洞洞了,菜场的气味已经消散了。然而,城市换了新颜,一小时前还是世界末日,丹尼尔觉得自己已经作古。此刻,街道慢慢恢复原来的样子,丹尼尔好似在战前星期日散步,正好处在这样一个转折的时刻:周末即将结束,太阳正在西沉,一个崭新的、美好的星期将要开始。某种东西行将开始：一个新的星期,一则新的爱情故事。他抬起头,微笑了,一面映得火红的玻璃橱窗反射着夕阳余晖,这是一种征兆;一股捣草莓的美妙香味突然扑鼻而来,这是另一种征兆;远处,一个人影跑过蒙马特尔街,这又是一种征兆。每每福星高照,在路上巧遇天使般容光焕发、眉清目秀的小伙子,他便觉得天和地都在向他挤眉弄眼。他昏昏然,心醉神迷,每走一步都觉得喘不上气,但他久已习惯在生龙活虎的年轻人身旁默默行走,没想到他最终醉心于需要持久耐性的鸡奸。"我窥伺你,在我眼里你是赤条条一丝不挂,我凭嗅觉和视觉远距离占有你,而不给予我的任何东西;我猜得到你那呈凹形的胁部,我不用动手便可抚摸,我已进入你的体内,你甚至没有觉察出来。"他俯身闻一闻垂着的颈背所散发的香味,不料嗅到一股浓郁的樟脑丸味儿。他立即直起身子,十分扫兴,却觉得挺有趣儿:他喜欢这种激动和冷漠的交替感,喜欢神经紧张,他满怀喜悦地自忖:"让咱们瞧瞧我是不是好侦探。眼前有位青年诗人,在德军进入巴黎时想投河,为什么？唯一的,但重要的线索,是他穿的这套衣装散发着樟脑丸味儿,这证明好久不穿了。为什么在自杀的日子要改换行头？因为他不能再穿昨天穿的衣服了。这么说,那是一套军装,容易让人认出他,抓住他。所以,他是一名士兵。那么他怎么会在这儿呢？如果他应征加入炮兵或空军,那他早就跟别人一起逃到图尔去了。怎么样？清楚了,非常清楚了。"丹尼尔停步指着通车辆的大门说:

"就在那儿。"

"我不去。"菲利普突然说。

"什么？"

"我不愿意上去。"

"你宁愿德国人把你逮去？"

"我不愿意嘛,"菲利普重复道,眼睛盯着自己的脚,"我没有什么好对您说的,我又不认识您。"

"嘀,原来如此!原来如此!"丹尼尔说,他双手捧住菲利普的头,用力把它抬起来,说道,"你不认识我,我却认识你呀。我可以把你的故事讲给你听。"他边说边直勾勾地盯住菲利普的眼睛,"你原是北方军团的,部队惊惶失措,溃不成军,你便开小差了。后来,你再也无法找到部队,我猜,你便回家了,但你家的人早已走空。于是,你换上老百姓的服装,直奔塞纳河准备自尽。并非因为你特别爱国,而是你不能忍受你是懦夫这一想法。难道我搞错了吗?"

小伙子站着不动,但两眼睁得更大了。丹尼尔口干舌燥,感到焦虑像潮水般涌上来。他重复道:

"难道我搞错了吗?"

这次语气粗暴多于自信。菲利普发出一声轻轻的埋怨,身体放松了;丹尼尔的焦虑顿时消退,快乐得喘不过气来,他暗自狂喜,心里怦怦直跳。他轻声说:

"上楼吧,我有灵丹妙药。"

"治什么的?"

"包治百病。我有许多东西要教你哩。"

菲利普神情疲倦,却轻松多了。丹尼尔把他推进大门,他在蒙马特尔或蒙巴那斯追逐过许多漂亮小伙子,但从来不敢把他们带回家。如今女看门人和大部分房客正在蒙塔日吉和吉恩之间的大路上拼命奔跑,所以今天是好日子。他们默默上了楼。丹尼尔把钥匙塞进锁眼时没有放开菲利普的手臂,等打开门才闪过一旁说:

"请进。"

菲利普懒洋洋地跨进屋子。

"正对门那间是客厅。"

他转身背朝菲利普,锁上门,把钥匙塞进衣兜。他回到菲利普身边时,小伙子正站在饰物架前,兴致勃勃地观看一个个小雕像。

"这些小雕像太棒了!"

"不错吧,"丹尼尔说,"确实不错。尤其因为它们是真品。我亲自从印第安人那里买来的。"

"这个呢?"菲利普问。

"这个嘛,是死亡儿童的肖像。在墨西哥,死了人,便请画师来画像。画师安顿停当,对着尸体画出活人的容貌。这幅肖像就是这样画出来的。"

"您到过墨西哥?"菲利普问道,略带几分敬意。

"我在那边待过两年。"

菲利普忘情地望着肖像:美丽的小男孩苍白而高傲,以死神的目光自负而认真地回视着他。丹尼尔心想:"他们俩很像,两人都是金发,都那么放肆和脸无血色,一个在画的这边,另一个在画的那边,想死的孩子和已死的孩子面面相觑,四目对视,中间有死神把他们隔开,死神就是虚无,就是画的平坦的表面。"

"太棒了!"菲利普重复道。

突然,丹尼尔感到极度疲乏,支持不住了。他叹了口气,坐倒在扶手椅上。玛尔维娜立即跳上他的双膝。

"好啦! 好啦!"他抚摸着猫说,"乖一点,玛尔维娜,你真漂亮。"他转过脸对菲利普无力地说,"酒柜里有威士忌,不,右边那个中国柜子,那儿,对。你再从里面拿几个玻璃杯,给咱俩斟酒,当一下女主人吧。"

菲利普斟了两杯,递给丹尼尔一杯,规矩地站在他面前。丹尼尔一饮而尽,顿时感到精神振奋。

"如果您是诗人,"他突然以您相称,"您就会感觉得出咱们的相遇是异乎寻常的。"

"谁对您说我不是诗人呢?"小伙子古怪地傲然笑着。

他正面逼视丹尼尔:自从进了屋子,他的模样和举止都变了。丹尼尔心里不快:"他怕的是作为一家之主的父亲们。他不再怕我了,因为他看出我没有当父亲。"他假装犹豫不决,若有所思地说:

"我在寻思你是否引得起我的兴趣。"

"您早一点这样寻思就好了。"菲利普说。

"还来得及嘛,"丹尼尔微笑着说,"假如你让我讨厌,我就把你赶出门外。"

"那就不必这么麻烦了。"菲利普说,一边朝门走去。

"留下吧,"丹尼尔说,"你很清楚你需要我。"

菲利普若无其事地笑了,他回来坐在一把椅子上。波佩经过他身旁,他顺手抱起它,把它放在自己的膝盖上,波佩没有提抗议。他抚摸它,轻轻地,带着性感抚摸。

"你得了一个好分,"丹尼尔惊讶地说,"它第一次让人抚摸。"

菲利普这次微笑良久,笑得含蓄,笑得自命不凡。他垂下眼睛问道:

"您有多少只猫?"

"三只。"

"您也获得一个好分。"

他轻搔波佩的头顶,波佩发出呼噜声。丹尼尔心想:"这个小无赖看上去比我还自在,他知道我喜欢他。"他想让小伙子窘迫一下,突然发问:

"说说好吗? 到底怎么回事?"

菲利普分开双膝,放开波佩,小猫跳到地上,逃跑了。

"哎,您已经猜到了,"菲利普说,"没有什么可说的了。"

"你原先在哪儿?"

"在北方。一个叫帕尼的村子。"

"怎么啦?"

"没怎么,我们坚守了两天,后来出现坦克和飞机。"

"一起出现的?"

"是的。"

"你害怕了?"

"说不好,或者说不是人们想象中的害怕。"他的脸部线条显得突出了,显得成熟了。他呆望着空处,神色疲乏,"伙伴们乱跑,我也跟着他们乱跑。"

"以后呢?"

"我徒步行走,后来搭乘一辆卡车,再后来又行走,前天才到这里。"

"你行走的时候想些什么?"

"什么也不想。"

"为什么等到今天才自杀?"

"我想跟母亲再见一面。"菲利普回答。

"她不在家吧?"

"不在,她走了。"

他抬起头,睁着明亮的眼睛凝视丹尼尔,斩钉截铁地说:

"您若把我当作懦夫那就错了。"

"真的?那你为什么逃跑?"

"我逃跑,因为其他人都跑了。"

"不过你确实想自杀。"

"是的,不假,我想自杀。"

"为什么?"

"讲起来太费事了。"

"着什么急嘛,"丹尼尔说,"喂,再给你自己斟一杯威士忌。"

菲利普自斟自饮,双颊红润了。他轻声笑道:

"我若只身独处,就不在乎什么懦夫不懦夫了。我是和平主义者。军人的美德是什么东西?是缺乏想象力。战场上勇敢的人都是些乡巴佬,不折不扣的粗人。不幸我出生在一个英雄世家。"

"我明白了,"丹尼尔说,"你父亲是职业军官。"

"预备役军官,"菲利普说,"他死于战争后遗症,但缔结停战协议前一个月中了毒气。他死得光荣,使我母亲对军人更有浓厚的兴趣:一九三三年她改嫁给一位将军。"

"她可能会失望的,"丹尼尔说,"将军们通常死在床上。"

"这一位可非同小可,"菲利普充满仇恨地说,"他跟巴雅尔①差不多:做爱,杀戮,祈祷,但没有思想。"

"他在前线?"

"不在前线在哪儿?他大概亲自操作机关枪或者带头领着部队爬向敌人。他会坚持到让自己的人员死剩最后一个。"

"我想象他是黑皮肤,长浓毛,留胡子。"

"猜对了,"菲利普说,"女人们喜欢他,因为他有公山羊的味儿。"

他们互相看了看,哑然失笑。

"你看上去不大喜欢他。"丹尼尔说。

"我讨厌他。"菲利普说。

他脸红起来,直盯盯地看着丹尼尔。

"我有恋母情结,典型的通例。"

"你爱的是母亲?"丹尼尔问道,没有轻信。

菲利普没有回答,摆出了不起却注定倒霉的样子。丹尼尔朝他俯身温和地问:

---

① 巴雅尔(1475—1524),法兰西贵族,二十岁便建立战功,当了将军还亲临战场,最后在一次掩护战中受重伤。这位骁勇善战的将军有个雅号:无所畏惧又无可指责的骑士。

"恐怕你爱的是继父吧?"

菲利普吓了一跳,脸涨得通红,定神后哈哈大笑,直盯着丹尼尔的眼睛说:

"亏您想得出来!"

"怎么不!好好听着!"丹尼尔也笑了起来,"不管怎么说,你是因为他的缘故才想自杀的吧?"

"完全不是,"菲利普捧腹不止,说道,"绝对不是。"

"那因为谁的缘故?你奔向塞纳河,因为你缺乏勇气,而你又宣称你不在乎勇气。你害怕他的蔑视吧?"

"我害怕母亲的蔑视。"菲利普说。

"母亲的蔑视?我肯定她会对你宽大为怀。"

菲利普咬着嘴唇不回答。丹尼尔说:

"当我把手搭在你肩上时,你惊惶失措了。你以为是他,对不对?"

"他曾经……"菲利普站了起来,眼睛闪闪发亮,"他曾经把手搭在我身上。"

"什么时候?"

"不满两年前吧,从那时起我老觉得他在我身后。"

"你从来没有想过你赤身露体地倒在他怀里?"

"您疯了。"菲利普说,由衷地发火了。

"不管怎么说,有一点是肯定的,那就是他占有了你。你像一匹母马,趴在地上,他从后面上身跟你交媾。你从来不是你自己:时而你想他所想,时而你逆他所想。什么和平主义,上帝知道,你根本不在乎,假如你继父不是当兵的,你大概想都想不到。"他站起身来,抓住菲利普的双肩,问道,"你愿意我帮你解脱吗?"

菲利普挣脱出来,又起了疑心:

"您有什么办法?"

"我对你说了,我有许多东西要教你。"

"您是精神分析学家?"

"差不多吧。"

"就算是真的,"菲利普摇摇头问道,"您出于什么原因对我感兴趣呢?"

"我是心灵爱好者,"丹尼尔微笑着说,接着他激动地补充道,"你的心灵一定美好卓绝,只要把束缚它的东西解除就行。"

菲利普没有反应,但露出得意的神色。丹尼尔搓着手走了几步,兴高采烈地说:

"应当从清除一切价值观念着手。你是大学生吗?"

"曾经是。"菲利普回答。

"法律系的?"

"文学系的。"

"很好。那么你明白我想说的,即有系统的怀疑,嗯?也就是兰波的有系统的失常。我们摧毁一切,但不通过言辞,而通过行为。那样,你所假借的一切将烟消云散。而剩下的却是你自己。同意吗?"

菲利普好奇地望着他。丹尼尔接着说:

"按你目前的处境,你有什么可担心的吗?"

"什么也没有。"菲利普耸耸肩膀。

"很好,我选中你了,"丹尼尔说,"那咱们立即下地狱吧。"他投去一个锐利的目光,补充道,"可别把感情转移到我身上哟。"

"没有这么笨。"菲利普说时回他一个瞪眼。

"当你把我像破皮烂壳那样扔掉时,你就痊愈了。"丹尼尔说时眼睛一直盯视他。

"不用担心。"菲利普说。

"像破皮烂壳那样!"丹尼尔笑了笑。

1007

"像破皮烂壳那样!"菲利普重复道。

他们俩同时笑了,丹尼尔为菲利普斟一杯酒。

"咱们坐那儿吧。"姑娘突然说。

"为什么坐那儿?"

"比较软和呗。"

"瞧瞧,"皮内特说,"邮政小姐们喜欢软和的东西。"

他脱下自己的上衣,扔在地上,对她说:

"喏,坐在我的衣服上软和软和。"

他们在一块麦地边的草地上坐下。皮内特紧握右拳,眼角注视姑娘,他把拇指插入嘴里,假装吹气;二头肌顿时鼓出来,好像用唧筒打足了气,姑娘轻轻笑了笑。

"你摸摸看。"

她用手指怯生生地碰了碰皮内特的手臂,二头肌即刻消失了,皮内特学着气球跑气的声响。

"哦!"姑娘不由得喊出声来。

皮内特转过脸对马蒂厄说:

"你想象得出吗?要是莫隆见我脱了上衣坐在路边,他会说什么?"

"莫隆?"马蒂厄说,"他还在跑呢。"

"让他快跑吧,我讨厌恶心他!"他说罢俯身对女职员解释道,"莫隆是上尉。他投入大自然的怀抱了。"

"大自然的怀抱?"她问道。

"他认为这对他的健康更有好处,"皮内特冷笑着说,"如今咱们自己当家做主,没有人指手画脚了,咱们爱干什么就干什么,你若愿意,咱们可以到学校的楼上睡在上尉的被窝里,村子由咱们掌管了。"

"管不了多久。"马蒂厄说。

"那就更有理由去享受一下。"

"我宁愿待在这儿。"姑娘说。

"为什么?我对你说了,谁也不会说三道四的。"

"村子里还有人呢。"

"对啦,你是公务员,"皮内特傲慢地打量着她说,"必须小心谨慎,注意行政作风。而我们呢,"他笑嘻嘻朝马蒂厄递了个串通的神色,"我们对谁都不用顾忌,我们漂泊无定,无法无天。我们是匆匆的过客,而你们,你们将留下来。我们匆匆而来,匆匆而去,像旅鸟,像流浪汉。唵?我们是豺狼,是猛兽,我们是大灰狼,哈!"

他随手拔了一株草,拨弄姑娘的下巴;他深深地注视着姑娘,满面笑容地唱道:

谁怕大灰狼?

姑娘脸红了,笑了笑,皮内特接着唱:

不是我们!不是我们!

皮内特喜形于色,神不守舍地继续唱道:

哈哈!少女!美丽的少女,美丽的少女,少女小姐!

他突然不唱了。天上晚霞绯红,地上一片幽蓝,凉气习习。马蒂厄感到他手心下、屁股下有青草、昆虫和大地混杂的生命,好比一大片长满虱子的粗糙而湿润的头发,这就是他手心里所感到的焦虑,赤裸裸的焦虑。坐以待毙!从孚日山脉到莱茵河,几百万人坐以待毙,因为没有办法做人了。这片平坦的森林将继他们之后存活下去,好像人在这个世上活不下去了,除非变成景色、草场或任何不具人格的东西。在他的手心下,青草引诱人去自杀。芳草萋萋,夜幕茫茫,被紧紧束缚住的思想在夜幕中像脱缰的野马飞奔疾驰,一只盲蛛在他的鞋边晃悠,突然张开所有的巨爪仓皇出逃。姑娘叹了口气。

"怎么啦,宝贝?"皮内特问。

姑娘没有回答。她的小脸长得端正且充满热情,长长的鼻子,薄薄的嘴唇,下唇微微凸出。"怎么啦?嗯,怎么啦?告诉我,怎么啦。"

她默不作声。离他们一百米处,在夕阳和麦地之间,出现四个士兵,在金色霞光中显得影影绰绰。其中一个停了下来,转身向着东方,顿时被霞光吞没,在夕阳红霞中呈现的不是黑色,而是淡紫色,他光着头;后面一个上去撞了他一下,催他快走:他们在麦浪中鱼贯而行,好似船只;再后一个举着双臂徐徐而行;最后一人用细棍敲打麦穗。

"又犯傻了!"皮内特说,他托起姑娘的下巴瞧她,只见她眼泪汪汪,"喂,你真没劲!"

他竭力用军人粗暴的语气跟她说话,但他缺乏自信,话语从稚气的嘴里出来变得软绵绵的。

"我控制不住自己。"她说。

"不应当流泪,瞧瞧,"皮内特把她拉到怀里,笑着说,"咱们哭哭啼啼吗?"

她任凭自己的头靠在皮内特的肩上,皮内特抚摸她的头发,样子十分得意。

"他们会把你们带走的。"她说。

"得了!得了!"

"他们会把你们带走的。"她哭着重复道。

"我不需要别人怜悯。"皮内特把脸一沉说。

"我不要他们把你们带走嘛。"

"谁告诉你他们将把我们带走?你将看到法国人是如何战斗的,你将是此事最好的见证人。"

她抬起头,睁着大眼睛,惊恐失色,一时哭不出来。她说:

"不应该交战。"

"得,得,得。"

"不应该交战,战争结束了。"

他觉得挺有趣儿,仔细打量她,嘴里一边哼哼哈哈:

"哦!哦!哦!"

马蒂厄转过脸去,他很想走开。

"咱们昨天才认识。"她说时垂下长脸,下唇微微颤抖,她的模样庄重,惊恐,忧伤,像一匹易惊的马。她叹道,"明天。"

"嗨!今天到明天……"皮内特说。

"今天到明天只有一个夜晚。"

"不错,一个夜晚,"他眨着眼睛说,"刚好可以快活一下。"

"我可没心思寻快活。"

"你不想快活一下?真的不想快活一下?"

她望着他,不回答。他又问:

"你心里不痛快吗?"

她半张着嘴巴,直愣愣望着他。

"因为我的缘故?"他再问。

皮内特俯身搂她,温存中有点惊慌,但几乎立即挺直身子,扭动嘴唇,神色难看。他说:

"行了,行了!不要多愁善感,宝贝,会有其他人来的,失掉一个,找回一打。"

"我对其他人不感兴趣。"

"你亲眼见了就不会这么说了。你知道,那是些怪家伙。身材匀称!肩膀这么宽,胯骨这么大!"

"您说的是谁?"

"德国佬呗!"

"他们不是人。"

"怎么讲?"

"对我来说,他们是畜生。"

皮内特客观地微微一笑,从容不迫地说:

"你错了。他们是漂亮的小伙子,善战的士兵。他们虽说不如法国人,但他们是不错的士兵。"

"对我来说,他们是畜生。"她重复道。

"别老这么说,等你改变主意的时候,就后悔不及了。他们是胜利者,你懂吧?一个刚打了胜仗的彪形大汉,是抵挡不住的,你得俯首帖耳,最后你心痒难熬。不信,去问问巴黎女郎!此时此刻,巴黎女郎们玩得可开心哩。哈哈!她们大腿朝天了。"

"您叫我恶心。"姑娘突然挣脱了他。

"您来什么劲了,小妞儿?"皮内特问。

"我是法国人!"姑娘说。

"巴黎女郎也是法国人,这不碍事呀。"

"别说了,我想走了。"她说。

皮内特一下子脸刷白,冷笑起来。

"别生气嘛,"马蒂厄说,"他这么说是激您一下。"

"他太过分了。"她说,"他把我当什么人了?"

"吃了败仗日子不好过呀,"马蒂厄温和地说,"需要时间去适应呀。您不知道,他平时是多么和气,像只羔羊。"

"哈哈哈!"皮内特哼哼哈哈。

"他忌妒了。"马蒂厄说。

"忌妒我?"姑娘问,她平静下来了。

"当然,他想到往后那些家伙向您献殷勤求爱,而那时他却在敲石子做苦工。"

"或者入土归天了。"皮内特仍冷笑着说。

"我不允许您去送死。"她大声说道。

"你说起话来像个妻子,"皮内特笑着说,"不,像个小姑娘,像个小妞儿。"他边说边搔她痒痒。

"你坏!"她经不住痒痒,扭曲着身子说,"你坏!你坏!"

"您不必太为他担心,"马蒂厄恼火了,"事情会简单了结的,再说我们没有弹药了。"

他们不约而同转过脸来瞪了马蒂厄一眼,两人的目光都带着憎恨和醒悟,好像马蒂厄阻止了他们做爱。马蒂厄严厉地盯视皮内特,不一会儿,皮内特低下头,赌着气拔掉双膝间的一丛草。大路上仍有几个士兵在溜达,其中一个带着枪,把枪像大蜡烛似的竖得笔直,一边做着滑稽的动作。

"我就敢。"一个褐发矮胖子说,他走路时膝朝外翻。

矮胖子大兵双手抓住步枪筒,像使高尔夫球杆似的摆动着,用枪托狠狠把一块石子击到二十米之外。皮内特愁眉紧锁,瞧着他们活动。他说:

"有的人马上要胡作非为了。"

马蒂厄没有反应。姑娘拉住皮内特的手放在她膝盖上玩弄。

"你戴着结婚戒指。"她说。

"你刚发现?"皮内特问道,手的肌肉有点收缩。

"我早发现了。您结婚了?"

"既然我戴着结婚戒指。"

"是的。"她郁闷地说。

"瞧我怎么处理我的戒指。"

他做着鬼脸拉了拉手指,取下结婚戒指,把它扔进麦地里。

"哦!别这样。"姑娘怒冲冲地说。

依维什流血了,他拿起餐桌上的刀子,狠狠在自己的手心扎了一刀。① "姿态,除了姿态还是姿态,小小的毁坏,于事无补,而我却把它视为自由。"马蒂厄打了个呵欠。

"它是金的吗?"

"是的。"

她抬起上身,轻轻吻了吻皮内特的嘴唇。马蒂厄挺直上身,坐起来说:

"我先走了!"

"再待一会儿。"皮内特不安地央求道。

"你们不需要我了。"

"待着吧,忙什么嘛……"皮内特说。

"她可不大乐意我待在这儿。"马蒂厄笑了笑,指着姑娘说。

"她?当然乐意,她挺喜欢你。"他俯身盯住姑娘,急切地说,"他是我的好伙伴。你挺喜欢他,是吗?"

"是的。"姑娘说。

"她讨厌我。"马蒂厄心里嘀咕,但他留了下来。时间似乎凝聚在这片橙红色的平原上,微微颤动着。一个过猛的动作都会使马蒂厄觉得牵动筋骨似的,好像风湿病发作了。他朝天躺下。天空,粉红的、空荡荡的天空,我们能掉进天空里该多好哇!毫无办法,我们是天空下的造物,一切不幸皆来自此呀。

他看见沿麦地行进的那四个士兵转了一圈又回到大路上,然后鱼贯进入牧场。他们是工兵部队的,马蒂厄不认识。走在前头的下士长得很像皮内特,没有穿外套,也像皮内特那样敞着衬衣,露出毛茸茸的胸脯。紧跟其后的那个,褐色头发,黝黑皮肤,上衣脱下披在肩上,左手拿着一支麦穗,右手剥着麦粒,然后张开手,凑

---

① 这是本书第一卷《不惑之年》的一个场景。"他"便是主人公马蒂厄。

到嘴边,摆动一下脑袋,伸出舌头舔舔这些金色的小锤体。第三个,比较高大,比较年长,不时用手指理一理金黄色头发。他们慢慢走着,漫不经心,像老百姓那样轻松随便。金黄头发的士兵把搔头发的双手往下移,慢慢经过脖子和肩膀,仿佛玩弄在阳光下从丑陋的军装伸出的骨骼。他们几乎一个接着一个驻足停步,遥望马蒂厄。在他们这种另一个时代似的目光注视下,马蒂厄觉得自己化为野草,他是一块被畜生注视的草地。褐发士兵说:

"我把皮带丢了。"

说话声并没有打扰这温和而无情的世界,好像不是一句话,而仅仅是静谧中一个轻微的响声,这样的响声过后,世界显得更加宁静。同样的声音从金发士兵嘴唇发出:

"不用担心,德国佬会捡去的。"

第四个士兵不声不响地跟在后面,他站住,仰起头,脸上映着上天的虚空。

"哎!"他突然喊道。他蹲下采摘一朵丽春花,衔在嘴里。他站起来的时候,瞥见皮内特搂着姑娘,笑着说:

"不容易弄到手吧?"

"相当不容易。"皮内特承认。

"天气凉爽了,唵?"

"好像是吧。"

"凉爽点好哇。"

四个人以法国人那种机敏,心照不宣地点点头,机敏地消失了,他们又优哉游哉,晃悠着脑袋,如闲云野鹤。马蒂厄心想:"他们生平第一次如此悠闲。"

他们休息了,告别了强行军、军容检查、操练、等待、希望,告别了战争以及先前的心力交瘁:和平。麦地里,树林旁,村镇上,三五成群的人们也在休息,犹如正在康复的病人,成群结队漫步乡间地头。

"哦,哦,皮拉尔!"下士惊喊。

马蒂厄循声转过身去,但见莫隆上尉的勤务兵皮拉尔站在大路旁小便,他是布列塔尼农民,麻木,粗鲁。马蒂厄愣愣地望着他:晚霞染红了他土色的脸,他的眼睛睁得大大的,失去了平日猜疑和狡猾的神情;他也许生平第一次凝视天上显现的征象和太阳神秘的密码。一道清澈的水柱从他两手之间涌出,而他的手似乎是被遗忘在裤裆旁的。

"哦,皮拉尔!"

皮拉尔吓一跳。

"你在干什么?"下士问。

"我纳凉呢。"皮拉尔说。

"你撒尿,蠢猪!这儿有小姐哪。"

皮拉尔低头瞧瞧自己的双手,做出惊讶的神态,赶紧重新扣上纽扣。他说:

"不是故意的。"

"没有关系。"姑娘说。

她蜷缩在皮内特的怀里,对下士微微一笑,衣裙下摆翻起,也想不到把它放下:他们沉浸在天真烂漫之中。他们瞧她的大腿,并无恶意,只是赞叹的目光中夹着惆怅;他们是好人,目光淡淡的好人。

"好吧,那么再见!"褐发士兵说,"我们继续散步。"

"饭前开胃的散步。"金发大个儿笑着说。

"祝你们胃口好。"马蒂厄说。

他们失声大笑,因为谁都知道村子里没有什么东西可吃了,军需处的储备物一清早就抢光了。

"缺的不是胃口哇!"

他们站着不动,停住了笑,一丝焦虑重新在下士眼里出现,仿佛他们害怕离开似的。马蒂厄差点儿没叫他们坐下。

"走吧!"下士说,声音平静极了。

他们再次迈开步子走向大路,他们的离去好似在清凉的傍晚划开一道裂口,从这个裂口流逝了一些时间,德国人趁机朝前跳了一大步,五根铁指头紧紧揪住马蒂厄的心。之后,出血止住了,时间再次凝结,只剩下一片田园,天使们在这里闲逛。马蒂厄暗自叹喟:"多么空旷!"某个巨人突然出逃了,把大自然留给二等兵们看守。一个声音在古代的阳光下震响:潘死了。人人感到茫然若失。① 这一次谁死了?法兰西?希望?地球和田地慢慢返回原始无用的境地。人们在不能耕作不能保卫的田地里倍感没有生存的依据。一切似乎是新的,然而傍晚已被即将来临的黑夜包围,待到夜深时恐怕有颗彗星坠落地球。他们将轰炸吗?不久便可见分晓。那是世界的诞辰还是世界末日?麦子、丽春花,眼看着被夜幕逐渐笼罩,一切似乎同时诞生和死亡。马蒂厄扫视着这宁静的混沌,心想:"这是绝望的天堂。"

"你的嘴唇很凉,"皮内特说,他俯身吻了吻姑娘,问道,"你冷吗?"

"不冷。"

"你喜欢我吻你吗?"

"是的,非常喜欢。"

"那为什么你的嘴唇这么凉?"

---

① 潘,希腊神话中的畜牧神。相传提柏里乌斯统治罗马帝国时期,有一艘海船从伯罗奔尼撒驶向意大利,途中突然听到空中有喊声:"伟大的潘死了!"皇帝提柏里乌斯正式向全民发布这一消息。在近代文学作品中这句话不仅用来象征伟大人物的逝世,还用来象征一个时代的结束,如海涅听到七月革命的消息时说:"伟大的多神教的潘死去了!"意思是说:"波旁王朝倒台了。"

"他们强奸妇女是真的吗?"她问。

"你疯了。"

"吻我吧,"她多情地说,"我什么也不愿意想了。"

姑娘双手捧住他的头,一边拉向自己,一边自己朝天躺下。

"宝贝,"他说,"宝贝!"

他压在她身上,马蒂厄只见一些头发露出草丛。但皮内特几乎立刻抬起头来,恼恨、傲慢的面具已经脱落,柔和、茫然的双眼望着马蒂厄却视而不见,孤独之色溢于眉宇之间。

"亲爱的,来呀,来呀。"姑娘轻声唤道。

皮内特的头仍僵着不动,空茫茫的眼睛如同瞎子。马蒂厄望着这双呆滞的目光,心想:"他正在干男子的行当。"皮内特整个身子压着姑娘,把她平压在地里,让她与土地和游移不定的野草融为一体;她在呼唤他,她的腹部紧贴着他的腹部,身体下面的草倒了一片。她是水,是女人,是镜子;她用自己的整个平面照出未来战役的英雄,照出雄性,照出光荣和胜利的士兵;大自然仰面朝天,气喘吁吁,宽恕他所遭受的一切失败,低声呼唤:"亲爱的,来呀,来呀。"但他要把男子汉的角色扮演到底:他用手掌支撑着上身,叉开的双臂肩头就像两个翅端,头高高仰起,君临着百依百顺的酥体,希望得到来自下面的仰慕、映照、欲求,希望不知不觉地、无声无息地不去理会从地上传到他身上的那种荣耀,就像对待从动物身上传来的温暖,希望从虚无中、焦虑中浮现进一步的思索:"今后怎么办?"姑娘用手臂钩住他的脖子,将他的颈背往下压。他的头终于扎进荣耀和爱情中,与草地合拢了。马蒂厄悄悄站起来,走开了。他穿过草场,成了大路上溜达的散兵游勇。马路还是敞亮的,但两旁的杨树已影影绰绰。那一对男女消失在昏暗的草丛中;士兵们一路上采摘花朵,其中一个边走边把花束凑近面孔,鼻子扎进花束,嗅着鲜花,以度闲暇,以消愁闷,以解无聊,有口难辩的无聊。暮色吞噬了叶丛,吞噬了面孔:大家成了一个模样。马蒂厄心想:"我和他们相像。"他又朝前走了一会儿,看见一颗星亮晶晶地出现在天边,他和一个吹着口哨的人擦肩而过。马蒂厄同这个散步的人素昧平生,但当他回头时,四目相视,两人都笑了,这是似曾相识的微笑,友好的微笑。

"有点凉了。"那人说。

"是呀,"马蒂厄回答,"开始凉了。"

他们没有其他的话可讲,那人离开了。马蒂厄目送他离去,是不是非得失去一切甚至失去希望才在人的眼中表现出终将取胜?皮内特正在做爱,吉切奥利和拉泰克斯酩酊大醉,正在村公所的地板上打滚,至于沿田间小径漫步的散兵游勇,他们正在把苦恼撒向田野,马蒂厄心想:"谁都不需要我。"他跌坐在路边,因为他不知道该去哪儿。夜色从嘴巴从眼睛从鼻孔从耳朵进入他的脑袋,他什么人物也不是,什么东西也不是,只有不幸和黑夜。"夏尔洛!"他心头一怔,跳了起来;他想到夏尔洛只身一人在担惊受怕,感到有些愧疚:"我跟那些醉鬼干蠢事的时候,夏尔洛孤身一人胆战心惊,我本可以帮助他的。"

夏尔洛仍坐在原来的地方,俯在书上。马蒂厄走近他,用手抚摸他的头发。

"你这样看书可伤眼睛哪。"

"我没有看书,"夏尔洛说,"我在想事情。"

他抬起头,厚厚的嘴唇绽露笑容。

"你在想什么?"

"想我的商店。我担心他们已经把它洗劫一空了。"

"不大可能吧,"马蒂厄说,他指着黑洞洞的村公所窗户问道,"他们在里面干什么?"

"不知道,"夏尔洛回答,"有一个时辰没听见动静了。"

马蒂厄找了一级台阶坐下。

"不大好受吧,嗯?"

夏尔洛苦笑了一下,反问:

"因为我的缘故你才赶回来的?"

"我感到无聊,心想你也许需要有人陪伴。更确切地说,这样对我挺合适。"

夏尔洛摇摇头,没有接话茬儿。

"你希望我走开吗?"马蒂厄问。

"不,你并不妨碍我,"夏尔洛回答,"但你帮不了我。你能说些什么呢?说德国人不野蛮?应当鼓起勇气?我什么都懂。"

他叹了口气,小心翼翼把书放在身旁,说道:

"你非得是犹太人才行,否则不会明白。"他把手放在马蒂厄的膝上,以抱歉的口气说,"不是我害怕,而是我的种族在我的心里惊惶失措,谁也没有办法消除的。"

马蒂厄不吭声了,他完全是多余的。他们默默地并肩而坐,不知所措,等待着黑暗把他们吞没。

天光翳翳,夜雾低垂,这个时分万物脱离自身的轮廓,进入浑然一色的苍茫;万家窗户悄悄地一长排一长排溜进昏暗,房间恰似驳船,逛来荡去;威士忌酒成了阿兹特克人①的天神。菲利普像一株长长的灰色植物,并不令人生畏。爱情,不光光是爱情;友谊,不完全是友谊。丹尼尔在一旁高谈友谊,不见其人,只闻其声,热情而平静的声音滔滔不绝。等到他停下喘口气的时候,菲利普赶紧插话:

"天这么黑了!您不认为可以开灯了吗?"

---

① 阿兹特克人,墨西哥的印第安人,相传酗酒成性。

"如果电没有被掐断的话。"丹尼尔冷冷地回答。

他好不情愿地站了起来:承受光明考验的时刻已经到来。他打开窗户,俯身窗外,呼吸寂静的气味,这气味是紫色的。"多少次,就在这个地方,我想自我逃避,可我总听见脚步声,越来越响的脚步声总在我的脑海回响。"夜是温柔的,也是孤僻的;夜的肉体有多少次被撕裂又有多少次愈合。一个饱满的、处女的夜,没有男人的、美丽的夜,无籽的红瓤柑橘,秀色可餐。他勉强拉上百叶窗,扭动开关,房间陡然从黑暗中蹦了出来,一切东西恢复了原来的模样。菲利普的面孔跃入丹尼尔的眼帘,丹尼尔觉得这个清晰的大脑袋在自己的目光中游动,这刚刚砍下的,仰面朝天的大脑袋,惊呆的两眼入迷地盯着他,好像第一次看见他似的。丹尼尔暗自盘算:"必须不让他看出破绽。"他局促不安地举手一挥,打消眼前的幻景,用手指夹了夹上衣的卷边,莞尔一笑:他担心被察觉了。

"你为什么这样看着我?觉得好看吗?"

"非常好看。"菲利普不动声色地回答。

丹尼尔转过身子,照着镜子,美滋滋地发现自己的面庞确是英俊的。菲利普垂下眼皮,用手捂着嘴痴笑。

"你笑起来像个女寄宿生。"

菲利普停止了笑。丹尼尔追问:

"你为什么笑?"

"不为什么。"

菲利普迷迷怔怔,一半因为酒意,另一半因为困惑和疲乏。丹尼尔琢磨:"他到火候了。只要不停地嘻嘻哈哈,像中学生的闹剧,小伙子就会倒在沙发上,任凭哄弄,听其耳根被亲吻,只用情不自禁的笑来自卫。"丹尼尔猛地转身背朝他,在房里走了几步,"太早了,太性急了,别干蠢事!明天他会去自杀或试图把我干掉。"在回到菲利普身边之前,他扣好上衣的纽扣,把下摆拉至腿部,以掩饰其明显的迷乱。

"总算了结了!"他说。

"了结了。"菲利普随声附和。

"看着我!"

他直勾勾盯住菲利普的眼睛,满意地点点头,慢腾腾地说:

"你不是懦夫,我肯定。"他伸出食指,戳了戳菲利普的胸部,"你,难道会望风而逃吗?得了吧!你不像那种人。你只是离开而已,一走了之,让那种事情自行了结。你为何没有为法兰西战死沙场?唵?为什么?因为你根本不把法兰西放在心上,对吧?你根本不在乎,小无赖!"

菲利普点了点头,丹尼尔又在房间里踱来踱去,兴致勃勃地接着说:

"一切都结束了。结束了,了结了。你运气不错,这种运气我在你这个年纪是没有的。没有的,没有的,"他激动地打着手势重复道,"没有的,没有的,我指的不是咱俩的相遇。你的机遇是历史性的巧合:你想破坏资产阶级道德观念吗?这不,德国人来帮你的忙了。哈!你将看到横扫一切的力量,你将看到家长族长们在地上爬行,你将看到他们舔别人的皮鞋和撅着大屁股让别人乱踢,你将看到你的继父趴着对别人俯首帖耳,他才是这场战争的大输家,你将可以堂而皇之地鄙视他。"

他说着大笑起来,笑出了眼泪,多次重复"横扫一切!",然后他突然转向菲利普说:

"必须喜欢他们。"

"喜欢谁?"菲利普着慌了。

"德国人呗。他们是咱们的盟友。"

"喜欢德国人,"菲利普机械地重复道,"可、可我……我不认识他们呀。"

"会认识的,不要害怕,咱们将到德国区长们甚至德国陆军元帅家里吃晚饭,他们将请咱们乘坐他们的梅塞苔丝黑色大轿车兜风,而巴黎人只好以步代车了。"

菲利普强压住一个呵欠,丹尼尔抓住他的两肩摇了摇,声色俱厉:

"必须喜欢德国人,这将是你的首次精神训练。"

小伙子并没有怎么动心,丹尼尔松开手,大展双臂,恶作剧地夸张道:

"杀人犯的大好时光来到了。"

菲利普又打了个呵欠,丹尼尔瞥见他尖尖的舌头。

"我困了,"菲利普不好意思地说,"我两夜没合眼了。"

丹尼尔真想发火,但他也疲惫极了,每次与新人相遇之后必定疲惫不堪。由于对菲利普不断产生性欲,他觉得腹股沟沉甸甸地发胀。他陡然急于只身独处,便说:

"那好吧,我不打搅你了,衣柜抽屉里有睡衣,随便挑吧。"

"不用了。"小伙子有气无力地说,"我得回家去。"

丹尼尔笑了笑,望着他说:

"随你的便,不过你恐怕会遇上巡逻队,天知道他们会拿你怎么样,你漂亮得像个姑娘,德国佬个个是鸡奸者。再说,即便你安然到了家,你将再次见到你想避开的东西。墙上有你继父的照片吧,嗯?你母亲的香水味儿还在她房里飘溢吧?"

菲利普好像没听见他的话,用力站了起来,但又倒在沙发上,迷迷糊糊地哼哧:

"哦,哦,哦!"他呆望着丹尼尔,茫然微笑着说,"我想最好还是留下吧。"

"那么晚安。"

"晚安。"菲利普打着呵欠说。

1023

丹尼尔走到房间的另一边,经过壁炉时按了一下槽板,一排书橱立即转动起来,显现出一排黄皮书籍①。他说:

"这些书,便是地狱。你以后慢慢读,里面讲的正是你。"

"讲的是我?"菲利普莫名其妙。

"是的,总之,讲的是你的症状。"

丹尼尔把书柜推回原来的样子,打开橱门,取下挂在橱门上的钥匙,扔给菲利普,含讥带讽地说:

"你若怕有鬼或小偷,就把门锁上。"

他回到自己的房间,随手关上门,摸黑走到尽头,打开床头灯,坐在床上。终于独个儿待着!走了六小时,为这个混世魔王当了四小时的保镖:"我累坏了。"他叹了口气,为只身独处感到高兴,为没有人注意他的动静感到高兴,他舒适地哼唧:"我的鸡巴痛极了。"他做了个哭丧的鬼脸,为没有被人看见而高兴。然后,他笑了笑,朝后一仰,像躺在浴缸里,浑身舒坦:他习惯于长时间搞抽象的性兴奋,听任阴茎偷偷勃起而没有结果。他凭经验知道躺着比较好受些。床头灯照在天花板上,映出一圈亮光,枕头清清爽爽。丹尼尔死人似的瘫着动不了窝,可满脸笑容,他在休息。"安心吧,安心吧,我把大门锁上了,钥匙就在我口袋里,再说他快累得瘫倒了,一觉睡到明天中午。哼,和平主义者,你信他的!总之,他露出了马脚。肯定有线可牵住他的手脚,我还没有发现罢了。"丹尼尔可以包揽纳塔纳埃尔们、兰波们,②但对新的一代,他困惑不解:"多么奇怪的混合体:自我陶醉和社会观念混在一起,两者没有共同的含义。"不管怎说,大体上事情还算顺利:小伙子就在隔壁,被

---

① 指英国作家,诗人王尔德(1854—1900)的长篇小说《道林·格雷的肖像》以降的颓废派作品,黄皮书象征世纪末颓废风气的艺术观。

② 纳塔纳埃尔是安德烈·纪德代表作《地粮》的主人公,19世纪末资产阶级文化传统的叛逆者,同性恋者;大诗人兰波也是同性恋者。

锁在屋里了。在拿不稳的情况下,彻底打出系统性错乱这张牌也不错嘛。这总能触动一下,而且讨好。他心想:"我将征服你,我的天使,把你的道德准则清洗干净。社会观念!你将明白这是什么玩意儿!"这种冷却的热忱积压在他心口,他想施展一下玩世不恭的把戏将它扫除:"倘若我能把他久留在身边,那是一笔好买卖:我必须放弃寻欢作乐的生活,因此家里需要有人陪伴。露天赈济游艺会,①格拉夫与托托,翁弗勒尔的婶婶,马里于斯,②此巷禁止通行,他不打算去了;东火车站周围也不再去等待了,不再理睬休假的军人:他们粗俗下流,脚臭熏天。我循规蹈矩,再也不用担惊受怕了。"他在床上坐了起来,开始脱衣服,暗自下定决心:"这将是一次严肃的私情。"他困倦了,但内心平静;他站起来取睡衣,察觉自己内心平静。他琢磨:"很奇怪,我不恐慌。"当下他觉得背后有人,猛一转身,没见任何人,可吓了个半死。"又来了!又来了!"一切又重新开始,他知道得清清楚楚,他可以预见一切,可以一秒一秒地叙述未来苦难的年头,漫长无聊的岁月,毫无指望的岁月,最后是可耻而痛苦的结局:一切在意料之中。他瞧了瞧紧闭的房门,长吁短叹,心想:"这一次,我必定自掘坟墓。"他嘴里已经感觉出未来苦果的涩味了。

"烧得好旺呀!"一位老人说。

士兵们,老人们和姑娘们,大家都拥在大路上。小学教员举起手杖指着地平线,循手杖望去,远处升起一轮假太阳,火球般转动着,四周映射着鱼白色的曙光:这是罗贝维尔在燃烧。

"烧得好旺哟!"

---

① 在《不惑之年》中,丹尼尔经常去塞巴斯托波尔林荫路的露天赈济游艺会,跟年轻小伙子调情。

② 这四处咖啡馆或游艺场所都是同性恋者经常出没的地方。

"真旺呀！真旺呀！"

老人们倒背着手,身体微微摇摆,声音深沉而平静:"真旺呀!真旺呀!"

"真是不幸!"夏尔洛松开马蒂厄的胳膊说。

"农民的命苦哇,"有位老人搭腔,"没有战争的时候,不是冰雹便是霜冻,对于农民来说,世上没有和平。"

士兵们的手在昏暗处触摸姑娘们,引起一阵阵笑声;马蒂厄听见从背后传来孩子们的嬉闹声,他们在村镇废弃不用的小巷里玩耍。一个抱着孩子的妇人走过来问道:

"是法国人放的火吗?"

"小妈妈,您脑子糊涂啦?"吕贝龙说,"是德国佬哇。"

"德国佬?"一个老人摇摇头,表示怀疑。

"是的,德国佬,就是德国鬼子呗。"

老人仍保持怀疑的神态,他说:

"德国鬼子嘛,他们在上次战争已经来过。他们没有干什么坏事,是些不错的汉子。"

"我们为什么放火呢?"吕贝龙气愤地说,"我们又不是蛮子。"

"那他们为什么放火呢?烧光了,他们去哪儿驻扎?"

一个大胡子士兵举手说:

"咱们部队的一些笨蛋想卖弄一番,他们开了枪。德国佬若死一人,他们便放火烧村庄。"

那妇人转向吕贝龙,不安地问道:

"你们呢?"

"我们怎么?"

"你们不会干蠢事吧?"

士兵们哈哈大笑起来,其中一个满怀信心地说:

"嗨!对我们,放心好了,你们可以高枕无忧。我们会生活。"

"我们会生活。我们唱歌,"大家互相使眼色,会心地笑道,"你们想想,和平即在眼前,难道我们会去撞德国佬的枪口吗?"

那妇人抚摸怀里孩子的脑袋,声音犹豫不决地问道:

"和平了?"

"对,和平了,"小学教员有力地说,"和平了。这才是咱们应该说的。"

人群中即刻产生一阵轻微的震动。马蒂厄听见背后一片几乎是快乐的叽叽喳喳声。

"和平了,和平了。"

他们遥望熊熊燃烧的罗贝维尔,却互相传告战争结束,和平实现。马蒂厄望着大路,望着从黑暗逃脱的一段大路,长达二百米,恰似白蒙蒙的大河一直流到他脚下,然后流经他身后关着护窗板的房屋。大路朝天,危险的大路,致命的大路,单向的大路,像古代的河流那样凶猛暴戾,明天将载着一船船杀人凶手来到这座村镇。夏尔洛长吁短叹,马蒂厄紧扼他的手臂,什么也没说。

"他们近在眼前,就在那儿!"有人冒出一句。

"唵?"

"我说的是德国佬,他们就在那儿!"

有人在昏暗中移动,一些抱着枪的士兵成散兵线移动,他们一个接一个从黑色的汪洋中冒出来,慢慢地、谨慎地行进,随时准备射击。

"他们来了! 他们来了!"

马蒂厄被推来撞去,周围的人群纷纷骚动,吕贝龙喊道:

"伙伴们,快逃吧!"

"你疯了吗? 他们瞧见咱们了,就这么等他们来吧。"

"等他们? 他们会向咱们开枪的,是的。"

人群吓得倒抽了一口气,小学教员尖厉的声音划破夜空:

1027

"妇女们朝后站,男人们有枪的话立即放下,大家把手举起来。"

"一群浑蛋,"马蒂厄怒不可遏,喊道,"你们眼睛瞎了,他们是法国人。"

"法国人……"

一时大家愣住了,待在原地没动,接着有人将信将疑地问:

"法国人?他们从哪儿冒出来的?"

他们确是法国人,由一名中尉指挥的小分队,十五六个人。他们严酷的脸上黑乎乎的。村民们退到路的两旁。冷冰冰地看着他们走过来。法国人,是的,不过是一些来自陌生而危险地区的法国人。荷枪实弹。在天色全黑的时分。从昏暗和战争中走出来的法国人,正把战争带到这个已经和平了的镇子。这些法国人,也许是巴黎人或者波尔多人,反正不大像德国人。他们从两排怯懦的、怀着敌意的人墙中间经过,如入无人之境,得意扬扬。中尉发出一道口令,随从的分队立即停下。他问道:

"这里属于哪个师?"

中尉没有专门对哪个人发问。一片寂静,他重复了问题。

"六十一师。"一个伙伴不情愿地回答。

"你们的首长呢?"

"逃走了。"

"什么?"

"逃走了。"那士兵十分得意地重复道。

中尉歪了歪嘴巴,不再追问。

"村公所在哪里?"

乐于助人的夏尔洛站出来说:

"左边,路端。劳您驾,往前走一百米。"

军官猛地转身,上下打量着他说:

"怎么这样跟上司讲话？不能纠正一下姿势吗？说一声：我的中尉,会噎死吗？"

几秒钟的静场。军官直勾勾逼视夏尔洛,马蒂厄周围的伙伴们都盯着军官。夏尔洛随即做立正姿势：

"遵命,我的中尉。"

"这还差不多。"

军官轻蔑地环视了一下在场的人们,打了个手势,小分队立即继续行进。伙伴们望着军官消失在夜幕中,一声未吭。

"军官们有完没完？"吕贝龙难堪地问。

"军官们？明摆着的嘛,他们不把咱们烦死决不罢休。"有人接话茬儿,声音烦躁而凄厉。

"他们不会在这儿打仗吧？"一个妇人突然大声问道。

人群里发出一阵笑声,夏尔洛声音温厚地说：

"亏您想得出来,小妈妈,他们又不是疯子！"

再次静场。所有的人都把脑袋转向北方。罗贝维尔孤立无援,但不会再受伤害了,已经成为历史传说了,如同边界线那边的外国遭到了厄运。吵架,打仗,火灾,对罗贝维尔顶合适,这些事情不会落到我们头上。士兵们慢慢地、懒懒地离开人群,朝村子走去。他们回营房美美地睡上一觉,以便精神抖擞地迎候德国佬黎明时驾临。马蒂厄暗自骂道："缺德透顶！"

"得了,我去了。"夏尔洛说。

"你去睡了？"

"去聊聊天。"

"你要我陪陪你吗？"

"不必了。"夏尔洛打着呵欠说。

他走了,马蒂厄一人留下,心想："我是奴才,是的,奴才。"但他不责怪伙伴们,这不是他们的过错,他们苦苦服役十个月,如今

1029

政权更迭,他们即将落到德国军官的手中,向副官和上尉敬礼;前后没有多大差别,军官的社会等级是国际性的,士兵的苦役一如既往,不会变更。他琢磨:"我责怪的是我自己。"但他又自责不该与自己过不去,因为那是一种把自己凌驾于他人之上的方式。宽以待人,严以律己,这是自己以为了不起的一种诡计。无辜和有罪,太严与太宽,无能为力与责任感强,离群索居与被人抛弃,完全清醒与彻底受骗,奴才与君主:"我和大家没有两样,唉!"有人紧紧抓住他的胳膊,原来是邮政所女职员。她目光灼灼地盯着他的脸说:

"请阻止他,如果您是他朋友的话。"

"什么?"

"他想打仗,快阻止他。"

皮内特跟在她后头,脸色苍白,眼睛呆滞无神,嘴上挂着狞笑。

"你到底想干什么,小傻瓜?"马蒂厄问。

"我对您说了,他想打仗,我亲耳听见的。他刚才去找上尉了,并对上尉说他要求打仗。"

"什么上尉?"

"刚才带着人经过这儿的那个呗。"

皮内特双手抄在背后,冷笑着说:

"不是上尉,是中尉。"

"你真的想打?"马蒂厄问他。

"你们真是烦人。"他答道。

"您瞧见了!您瞧见了吗?"女职员说,"他说他要求打仗,我听见的。"

"但是谁告诉您他们准备打仗?"

"您难道没有瞧见他们吗?他们的眼睛杀气腾腾,而他,"她说时伸出手指着皮内特,"瞧瞧他吧,他叫我害怕,他的样子可怕

1030

极了!"

"您想叫我干什么?"马蒂厄耸耸肩膀。

"您难道不是他的朋友吗?"

"是又怎么样?"

"如果您是他的朋友,您就应当对他说他不再有权去送死。"她双手揪住马蒂厄的两肩,"他不再有这种权利了。"

"为什么?"

"您心里明白。"

皮内特露出残忍而萎靡的笑容,他说:

"我是战士,我得打仗,士兵的本分就是打仗。"

"那你本不应该来找我。"

她抓住他的胳膊,用颤抖的声音加添道:

"你是属于我的。"

"我不属于任何人。"

"不,你属于我,"她说罢转身对马蒂厄怒冲冲地质问,"您,对他说呀! 告诉他呀,他不再有权去送死! 您有责任对他这么说。"

马蒂厄没有吭声,她逼近他,脸上火辣辣的:马蒂厄第一次觉得她富有性感。

"您自称是他的朋友,能见死不救吗? 您不在乎吗?"

"怎么会不在乎呢?"

"那您觉得他拿鸡蛋去碰石头很好吗? 一个男孩去对付一支军队? 于事无补嘛! 您心里明白谁也不打了。"

"我知道!"马蒂厄说。

"那您等什么? 还不快跟他说。"

"得让他征求我的意见哪。"

"亨利,我求你啦! 征求他的意见吧,他比你年纪大,他大概知道怎么办。"

1031

皮内特挥手准备拒绝,但转念一想,又把手臂放了下来,眯缝起眼睛,神态莫测高深。这副样子马蒂厄还从未见过。

"你愿意我跟他商量商量?"

"是的,既然你不爱听我的话。"

"那好,我同意。不过你走开一下。"

"为什么?"

"我不好当着你的面跟他谈。"

"为什么?"

"不为什么,这不是娘儿们的事情。"

"这是我的事情,既然这跟你有关。"

"噢!你老缠个没完。"他恼火了。

皮内特用肘捅了捅马蒂厄的肋骨,马蒂厄会意,赶紧帮腔:

"您不必走开,我们沿大路走走,您在这里等一下好啦。"

"好的,那你们快回来哟。"

"你疯了!"皮内特说,"我们会上哪儿去呢?只离你二十米,你总看得见我们。"

"如果你的朋友对你说不要打仗,你会听他的?"

"当然,"皮内特说,"我总按他说的做。"

她上前吊住皮内特的脖子:

"你向我发誓你立即回来?即使决定去打?即使你朋友劝你打仗?只要再见到你,我什么都愿意。你向我发誓?"

"是的,是的,是的。"

"你说呀,你说:我向你发誓!"

"我发誓。"皮内特说。

"您呢?"她对马蒂厄说,"您发誓把他给我带回来?"

"当然。"

"别待久了,别离远了。"她说。

他们在大路上朝罗贝维尔方向走了几步,灌木和路树不断从昏暗中出现。走了一会儿,马蒂厄转脸探望,只见女职员直挺挺地站着,几乎被夜幕吞没,她正竭力在黑暗中辨认他们。再往前走一步,就完全见不着她了。当下她大嚷起来:

"别再走远了,我见不着你们了。"

皮内特咯咯嬉笑,双手围着嘴唇做成喇叭形,喊道:

"喔喔! 喔喔喔!"

他们继续往前走,皮内特仍笑个不停,他说:

"她想让我相信她是处女,所以才这样。"

"噢!"

"是她说的,你知道,我没有觉察出来。"

"有些姑娘就是这个样子,你以为她们对你撒谎,其实她们真的是处女。"

"没这回事!"皮内特冷笑着说。

"有这种情况。"

"你倒说得好! 就算确有其事,又正好让我碰上,那也是个奇怪的巧合。"

马蒂厄笑笑,没有吭声。皮内特突然把头一晃,说道:

"再说,喂,我没有强奸她呀。严肃的姑娘,你追了半天,却弄不到手。拿我老婆来比方吧,我们俩想对方想得要死,可在新婚之夜以前却没有办法。"他一挥手,斩钉截铁地说,"别胡扯了,这娘儿们,是为了让她那个地方舒服,我想是我给她帮了忙。"

"假如你给她弄出个孩子来呢?"

"我?"皮内特吃惊地说,"哎呀呀! 你不了解我。我是守规矩的汉子。我老婆不要孩子,因为我们太穷,我学会了控制自己。不,不,这娘儿们得到了快活,我也快活了一下,我和她谁也不欠谁了。"

"如果真的是第一次,很难说她会有什么快活。"马蒂厄说。

"那她活该!"他无情地说,"在这种情况下,是她失足了。"

他们不说话了。过了一会儿,马蒂厄抬起头,在昏暗中寻找皮内特的眼睛。

"那帮人真的想打吗?"

"真的。"

"就在村里?"

"不在村里在哪儿?"

马蒂厄心头一怔,接着突然想起在树下呕吐的隆然,躺卧在地板上的吉切奥利,对着熊熊燃烧的罗贝维尔大喊"和平了"的吕贝龙。他狞笑起来。

"你为什么笑?"

"想起了伙伴们,他们将大吃一惊。"马蒂厄回答。

"怎么不是呢!"

"中尉肯接纳你吗?"

"如果我有一支枪。他对我说:'有枪的话就来吧。'"

"你下定决心了?"

皮内特狠巴巴地笑了笑。

"不过……"马蒂厄接着说,但突然被皮内特打断。皮内特冲着他说:

"我是成年人,不需要别人的主意。"

"好,那好,咱们回去吧。"马蒂厄说。

"不!往前!"皮内特说。

他们走了几步,皮内特突然说:

"跳到沟里去。"

"什么?"

"快!跳!"

他们一起跳进沟里,再爬上另一面路堤斜坡,进入麦地。

"往左边走,"皮内特解释道,"有一条小路也通村子。"

马蒂厄绊了一跤,一膝跪倒,他骂道:

"他妈的!你搞什么鬼名堂,嗨?"

"我不愿意再看到她了。"皮内特回答。

他们听见从大路上传来一个女人的呼喊:

"亨利!亨利!"

"她老纠缠不休!"皮内特说。

"亨利!别撇下我呀!"

皮内特拉了拉马蒂厄的胳膊,两人俯伏在麦地里,听见女职员在大路上奔跑。一支麦穗的芒刺擦着马蒂厄的面颊滑过,一只小虫从他的手中逃走。

"亨利!别撇下我,你爱怎么样就怎么样,可别撇下我,回来吧。亨利,我什么也不做主,我向你保证,回来吧,别这样离开我!亨利利利!不要没吻我就离开我!"

姑娘气喘吁吁地经过他们旁边。

"幸亏月亮还没有升起来。"皮内特喘息道。

马蒂厄闻到一股浓郁的泥土味儿,手下的土地是湿润的,松软的。他听见皮内特喘粗气,心里却想着:"他们要在村子里打一仗。"姑娘又呼唤了两次,由于焦急,声音变哑了,突然她转身折回,朝相反的方向奔跑。

"她爱你。"马蒂厄说。

"去他妈的蛋吧!"皮内特回答。

他们重新站了起来。马蒂厄看见东北方向的麦浪上映着一个火球,闪闪烁烁。"德国佬若死一个人,他们便放火烧村庄。"

"怎么样?"皮内特用激将法问他,"你不去安慰她一番?"

"她叫我厌烦,"马蒂厄说,"再说,做爱的事我今天没有兴致。

1035

总之,你不该追她,如果到手之后把她扔下不管的话。"

"他妈的!"皮内特骂道,"跟你争,我总是没有理。"

"喏,小路就在眼前。"马蒂厄说。

他们默默地走了一会儿,皮内特说:

"月亮!"

马蒂厄抬起头,看见另一个火球出现在天边,一个明亮的银盘。

"要真枪实弹大打一场了。"皮内特说。

"我想,无论如何他们明天早晨以前到不了的。"马蒂厄说。过了一会儿,他眼睛看着别处,对皮内特补充道,"你们准备战斗到最后一个人吧?"

"这是战争嘛。"皮内特回答,语气傲慢。

"恰恰相反,"马蒂厄说,"战争已经结束了。"

"停战协定还没有签订。"

马蒂厄抓住皮内特的手,轻轻用手指摁了摁:皮内特的手是冰凉的。

"你肯定你情愿被打死?"

"不是情愿被打死,我是想毙掉个把德国小子。"

"那是一码事。"

皮内特抽出手,没搭腔。马蒂厄真想告诉他:"那是无谓的送死。"但嗫着说不出来。他突然感到发冷,心想:"有什么权利阻止他呢?我又能为他做些什么呢?"他转身望着皮内特,轻轻吹起口哨:他已经超脱了,在最后一个夜晚盲目地行走,只行走而不前进,因为他已到了终点。他的死与生会合了,他在月光下行走,但明天的太阳将照亮他的处处伤口。他停止了自我追求,现在完完整整是他自己,完整的皮内特本人,厚实而封闭的皮内特。马蒂厄叹了一口气,默默地挽住他的手臂,挽住一名年轻的地铁职员的手臂:

他高尚,温和,勇敢和多情,于一九四〇年六月十八日死于枪下。皮内特朝他微微一笑,这笑出自以往岁月的深处;马蒂厄发现他的微笑,但丝毫没有受到感染。"为了砸开把他与我分开的躯壳,必须只接受他的前途而不接受别的前途,只接受他明天最后一次看见的太阳而不接受其他日子的太阳;为了每分每秒跟他风雨同舟,必须自愿以同样的方式去死。"他慢悠悠地说:

"其实我应当代你去送死,因为我,没有生活的依据了。"

皮内特兴高采烈地望着他:他们又成为忘年交了。

"你?"

"我一开始就错了。"

"那好,只要跟我走就行,"皮内特说,"咱们抹掉一切,从头开始。"

"可以抹掉一切,但无法从头开始。"马蒂厄微笑着说。

皮内特抓起他的手臂,围在自己的脖子上,充满激情地说:

"德拉鲁,我的老伙计,跟我走吧,走吧。你知道,我有多高兴,咱俩风雨同舟,其他人,不管他们了。"

马蒂厄犹豫了:拚死,进入这已经死亡了的生活的深渊,两人去拚死……他摇摇头说:

"不。"

"为什么?"

"我不愿意。"

"你害怕了?"

"不。我觉得这样做太浑。"

用刀扎伤自己的手,把结婚戒指扔掉,向德国小子们开火。然后又怎么样呢?砸个稀巴烂,不是解决问题的办法;一时心血来潮,不是自由。能少一点自以为是就好了。

"何以见得浑?"皮内特生气地问道,"我想毙掉个把德国小子,没有什么浑不浑的。"

"你可以毙掉一百个,战争仍将是失败的。"

"我将保全声誉。"皮内特冷笑道。

"在谁的眼里?"

皮内特低头走着,没有回答。

"即使人家给你树一块纪念碑又怎么样?"马蒂厄说,"即使人家把你的骨灰埋在凯旋门下又怎么样?引起烧毁整个一座村庄值得吗?"

"让它去烧好了。这是战争嘛。"皮内特说。

"有妇女和娃娃啊。"

"他们逃到田野里就行了呗。这事非干不可!"皮内特傻呵呵地说。

马蒂厄把手搭在他的肩上,问道:

"你就这么爱你的妻子?"

"把她扯进来干什么?"

"难道不是为了她你才愿意送死的吗?"马蒂厄问。

"别烦我好不好?"皮内特大声说,"我对你这种钻牛角尖的屁话受够了。如果受教育的结果只是得到这些,我庆幸自己没有受过教育。"

他们到达村镇的第一群房屋,突然马蒂厄也提高嗓门吼起来:

"我受够了!我受够了!我受够了!"

"你怎么啦?"皮内特停下脚步盯视他。

"没怎么,"马蒂厄惊愕地说,"我有点精神失常。"

"我得去一下学校,"皮内特耸耸肩膀说道,"枪支放在教室里。"

学校的大门开着,他们走了进去。在门厅的瓷砖地上睡着一些士兵。皮内特掏出手电筒,一圈光亮显现在墙上。

"在那儿。"

枪支成堆地放着。皮内特拿起一条枪,在手电光下仔细察看,然后放下,又拿起另一条,细心检查。马蒂厄对自己刚才失声吼叫感到羞愧:应当耐心等待和保持清醒的头脑,以备时机到来之际有所作为。一时冲动的行为于事无补。他笑着对皮内特说:

"你好像在挑选雪茄烟。"

皮内特满意了,把枪背在肩头。他说:

"我要这条枪了。咱们走吧。"

"把手电筒给我。"马蒂厄说。

他用手电光扫了一遍枪支,但见它们的模样又呆板又讨厌,好像见到打字机那样。难以想象这些玩意儿能置人于死地。他弯下腰,随便拿起一条枪。

"你干什么?"皮内特吃惊地问。

"你瞧,"马蒂厄回答,"我拿起了枪。"

"不行。"那女人说时随手把门对着他砰的一声关上。

他站在台阶上,晃着胳臂,神情压抑,每当他吓唬不了别人的时候便是这副样子。他低声骂道:"老妖婆。"骂声太低,只传到我的耳里,屋里的女人却听不见。不,可怜的雅克,什么都可以骂,但不可以骂"老妖婆"。低头吧,雅克,垂下你的蓝眼睛,瞧一瞧你的脚下:公正,你那美丽的男子玩具,化为齑粉了,拖着你无比痛苦的步子回到汽车那边去吧。我知道,上帝欠你的情,等到最后审判的日子再算账吧:他拖着无比痛苦的步子走向汽车。至于"老妖婆"一说嘛,用错了,他本可以找到别的说法,比如"贱货""破烂""老东西",但不可以说"老妖婆"。我嫉妒他的隐语了吗?不,其实他什么也不用说,人家会给我们敞开大门的,会把他们的床、他们的被单、他们的衬衣让给我们的,那样他就坐在床边,把大手平放在

1039

红色棉被上,红着脸说:"奥黛特,他们把咱们当作夫妻了,"见我不吭声,便改口说,"那我睡在地板上好了。"我说:"不,算了,反正一夜很快就过去;算了,咱们睡一张床吧。"来吧,雅克,来吧,蒙住我的眼睛,压制我的思想,占有我吧,压得重一些,要求高一些,动作猛一些,别让我一个人待着想念心上人。心上人。他来了,走下台阶,如此透明,如此清晰,简直像一个回忆。你竖起右眉嗅了嗅,你拍了拍带风帽的斗篷,你用深邃的目光瞧我。确实。他嗅了嗅,竖了竖眉毛,目光深邃而出神,他俯身在她的上面;夜色浊重,浓得她伸手就可以感觉得出来,他曾在这样的夜里飘浮过,今天又在她眼前飘浮,轻如烟云,熟悉路途,恂恂然颇有古风:我通过他发现重浊而浓密的夜色,发现大路,发现徘徊的狗,除他以外,一切都是新的。他不是一个丈夫,而是一个普通概念,我呼唤他,却得不到他的帮助。她对他微笑,因为微笑总是不可缺少的;她向他奉献大自然的宁静和温馨,奉献幸福女子的乐观和信心。她在他身下与黑夜交融,化为一大片女性的夜色,把马蒂厄隐藏在她心中的某个角落。但他没有笑容,揉了揉鼻子,这是学他哥哥的习惯动作。她吓了一跳:"我想些什么呀,站着睡着了。我还不至于变成玩世不恭的老婆子吧,我白日做梦了。"这些话语被咽了下去,消失在喉咙的夜色里。一切都消失了,表面上只剩下他们两个人,概念意义上的两个人。她快活地问道:

"怎么样?"

"不行呀。他们硬说没有谷仓,而我明明见到了他们的谷仓,就在院子尽头。我毕竟不像拦路强盗吧。"

"你知道,"她说,"咱们赶了十四小时的路程,咱们的模样大概不会太鲜亮吧。"

他仔细打量她,在他的目光下,她感到自己的鼻子像车灯似的发亮,心想:"他将对我说我的鼻子发亮。"但他却说:

"你眼皮底下都有眼袋了,可怜的宝贝儿,累坏了吧?"

她赶紧从手提包取出粉盒,严肃地对着镜子照了照,心想:"我难看得叫人害怕。"在月光下她的脸色像布满黑点的大理石,"难看倒不要紧,但我厌恶邋遢。"

"咱们怎么办?"雅克问道,茫然不知所措。

她取出小粉扑,轻轻地往颧颊和眼皮底下抹了抹。

"随你吧。"她说。

"我征求你的意见哪。"

他就近抓住她拿粉扑的手,面带微笑,却不失威严。"我征求你的意见",总算有这么一次"我征求你的意见",但每次"我征求你的意见",可怜的朋友,你知道得很清楚,你不会听取意见的。只不过需要用别人的想法来明确自己的想法。于是她随口说道:

"咱们继续往前开呗,也许能找到比较客气的人家。"

"谢谢!这次经历叫我受够了。哈!"他加强语气说,"我讨厌农民!"

"那你想开一整夜的车呀?"

"一整夜?"他睁大眼睛反问,"我们明天早晨将到达格勒诺布尔,可以到布莱里翁家休息一下,然后下午再出发,晚上在卡斯泰拉讷过夜,这样后天便可到达儒昂湾。"

"想得美!"他摆出一本正经的样子说,"我太累了,会在驾驶盘上睡着的,等咱们醒来时,已躺在路沟里了。"

"我可以替换你。"

"亲爱的,请牢牢记住,我不会让你夜间开车的。你是近视眼,让你开车简直是谋杀。路上那么多手推车、卡车、汽车,有些人从来没摸过方向盘,却因仓皇失措,盲目上阵。不行,不行,必须具备男人的反应才行。"

这时有人打开护窗板,出现在窗口,粗声粗气地说道:

"这叫别人怎能安睡?离远一点去聊天吧,见鬼!"

"谢谢,先生,"雅克用辛辣的讽刺语调回答,"您非常有礼貌,非常好客呀。"

他说罢钻进汽车,砰地关上车门,猛然开动汽车。奥黛特用眼角注视他,此刻最好保持沉默。他至少以每小时八十公里的速度行进,而且不开车灯,因为他怕招引飞机。幸好月明如昼。她突然被抛到车门上,喊道:

"你干什么呀?"

他几乎没有减速便把车开进一条近便的小路,行驶了一会儿后,陡然刹车,把车停在尽头的树丛下。

"咱们在这里过夜。"

"这里?"

他打开车门下车,没有搭理。她跟在后面慢慢出来,外面的空气凉丝丝的。她又问:

"你想睡在外面吗?"

"不!"

她望着黑黝黝、软绵绵的草地怅然若失,不由得弯下身子,试探水情似的摸了摸草地。

"哦!雅克!咱们睡在这里多好哇,可以把被子和垫子搬出来嘛。"

"不行,"他重复道,并坚决地补充道,"我们睡在车里,这个时候难说会有什么样的人冒出来。"

她望着雅克踱来踱去,双手插在衣兜里,步子轻盈,似翩翩起舞,树林里仿佛有魔鬼在为他拉提琴,他身不由己地按拍子跳动和舞蹈。他愁容满面,老气横秋,眼神游移不定,让人觉得他出了什么问题,又羞于启齿。他回到汽车旁,这神奇机体的青春与活力,仿佛都灌注入他的双腿,因此脚步如此轻捷。"他一向讨厌睡在汽车里。他惩罚谁呢？惩罚他自己还是我？"她感到有种莫名的罪责。

"你为什么板脸？"他问道，"咱们这儿四通八达，出了乱子你就高兴了。"

她垂下眼睛暗想："我本来不想离开，雅克，我才不在乎德国人哩。我只想留在家里，如果战争继续下去，我们会跟马蒂厄断绝音讯，甚至不知道他是否被打死了。"

"我想念我的兄弟和马蒂厄。"她说。

"拉乌尔这时候正在卡尔卡松，躺在床上呢。"雅克苦笑着说。

"但马蒂厄不……"

"我的兄弟嘛，记住他被派往服务部门，"雅克不快地打断她的话，"因此毫无危险。他将成为俘虏，如此而已。可怜的朋友，你不用担心，马蒂厄在某个参谋部当文书，跟在后方一样安稳，也许比咱们此刻更为安稳。他们的行话管这叫做'好差使'。我为他感到庆幸。"

"当俘虏可不好受哇。"奥黛特说时没有抬眼睛。

"别把我没有说的意思强加给我！"他严肃地盯视她说，"马蒂厄的命运使我非常非常担心。但他既强壮又机灵，是的，很有办法，别看他举止漫不经心，好像三脚猫，其实比你想象的要机灵得多；我比你更了解他，不错，他凡事优柔寡断，又好摆架子，像大人物。一旦到了那边，他会想办法谋个好职位，我肯定他会当上德国军官的秘书或炊事兵……这对他再合适不过了！"他笑了笑，得意地重复道，"炊事兵，是的，炊事兵，非常合适！假如你想知道我内心深处的想法，"他说私房话似的加添道，"我认为被俘会使他变得稳重，他将以一副新面孔回到我们身边。"

"被俘的时间会有多长？"奥黛特问道，喉中发紧。

"我怎么知道呢？"他摇摇头补充道，"我能告诉你的是，我认为战争不会继续很久。德军的下个目标是英国……英伦海峡太窄……"

"英国人将奋起自卫。"奥黛特说。

"当然,当然,"他吃力地张开双臂,"我吃不准我们是否应当希望他们自卫。"

那么我们应当希望什么呢?我应当希望什么呢?起初,一切似乎很简单,她以为应当希望获胜,就像一九一四年那样,谁都像她那样有这种愿望。她开始乐呵呵的,就像当年看见母亲得知尼韦尔①发动进攻时那样乐不可支,她一再慷慨激昂地说:"当然,我们必胜哪!必须对自己说我们不可能不获胜。"嘴上这么说,心里却恨自己,因为她厌恶战争,即使取胜了。然而人们光摇头不接话茬儿,好像她说话不知分寸。于是她缄默不语了,甚至使大家忘记她;她听着别人谈论德国、英国、俄国,甚至听不明白他们的意思,心里嘀咕:"要是他在这儿,他会给我解释的。"但是他不在,连信也不写:九个月内只给雅克寄过两封信。他怎么想的?他一定知道,他一定明白。如果他也不明白呢?如果谁都不明白呢?她猛地抬头,很想从雅克身上重新找到泰然自若的神情,那种处之泰然的神情有时还能使她安心;她很想从雅克的眼神里看到万事如意,人们有理由期望,而她往往抓不住期望的依据。期望什么呢?盟国的胜利只能有利于俄国,是真的吗?她讯问这张非常熟悉的脸,突然她发现了全新的东西:雅克的黑眼睛露出惶惑不安的神色,嘴角仅存一丝傲气,却像干坏事的孩子当场被抓住时所表现的那种狂妄的赌气。"他出了什么毛病,不大对劲儿。"自离开巴黎以来,他一直很古怪,时而非常暴躁,时而非常温存。男人们自己觉得有

---

① 尼韦尔(1856—1924),法国将军,第一次世界大战开始时,他领导第四炮兵团,后升为师长和军长,多次指挥反攻获胜。

罪过时,怪骇人的。

"我真想抽烟。"雅克说。

"你没有香烟了?"

"没有了。"

"喏,"她说,"我这里还有四支。"

他见是德雷斯克香烟,噘了噘嘴,带着疑惑取出一支。

"简直像麦秸!"他说时顺手把香烟塞进自己的衣兜。

他抽第一口,奥黛特便闻到烟味了,嗓子痒痒,直想抽烟。在她不再爱他之后的很长时间里,每当他在她身旁喝酒她便口渴,每当他吃饭她便饥饿,每当他熟睡她看着便发困,她乐此不疲,心里踏实:他摄取她的欲望,认可她的欲望,并替她得到满足,其程度更刚强有力,更发自内心,更具决定性。如今……

"至少给我一支呀。"她轻声一笑说。

他望了望她,不明其意,然后耸起眉毛说:

"哦,对不起,可怜的宝贝儿,我这是机械动作。"他说着从衣兜掏出香烟。

"你留着吧,给我一支就行。"她说。

他们默默地抽着烟。她害怕情不自已,清楚记得当姑娘时那种使她神魂颠倒的渴望,是那样强烈和不可抗拒。也许这种渴望如今还会死灰复燃。他咳了两三声,清了清嗓子。"他想跟我说话,但总这样不紧不慢。"她耐心抽着烟,心想,"他进入话题好比螃蟹行进,横向插入。"他挺直身子,做出适当的表情,严肃地注视她,叹道:

"唉,可怜的奥黛特!"

她朝他淡淡一笑,这种微笑在任何情况下都适用。他把手搭在她肩上说:

"你现在应当承认咱们这次行动就像一次闲逛。"

"是的,"她附和着说,"是的,是一次闲逛。"

他仍直盯盯望着她,把烟头掐灭在汽车踏板上,然后用脚踩碎。他走近她,好像为了使她信服,对她强调说:

"咱们不担任何风险。"

她没有理会。他用温和而坚决的语气接着说:

"我肯定德国人通情达理,他们一定会注意自己的行为规范。"

她一直是这么想的,但她从雅克的眼中看出他期待她作出的回答,于是说:

"谁知道呢?没准他们已经火烧和血洗巴黎了!"

雅克耸耸肩膀。

"怎么叫你明白呢?全是妇人之见!"他俯身向她耐心解释,"听我说,奥黛特,动动脑筋:停战后柏林肯定立即想把法国列入轴心国的伙伴,也许他们会依靠我们在美洲的威望使美国置身于战争之外。你跟得上我的思路吗?总之,即使作为战败国,我们也握有王牌。"他轻轻一笑,接着说,"我们的政治家们若能审时度势,甚至还有一副好牌可玩哩。好。在这种情况下,德国人若用无谓的暴力去煽动法国舆论反对他们,简直是不可想象的。"

"这正是我的想法。"她生气地说。

"呀!"

他咬着嘴唇盯视她,样子十分难堪,奥黛特赶紧补充道:

"不过怎么能这么肯定没有危险呢?假设有人从窗口向他们开枪……"

雅克的眼睛熠熠生辉。

"如果有危险,我就留下了,我之所以勉为其难地离开,是因为我肯定没有危险。"

她仿佛又看见他强作镇静地走进客厅,用颤抖的手点燃香烟,仿佛又听见他从容不迫地对她说:"奥黛特,打点行李,汽车已在楼下准备停当,三十分钟后咱们出发。"他到底想说什么?他笑了笑,皮笑肉不笑。

"总之,"他作结论似的说,"这就叫做擅离职守。"

"可你没有职位呀。"

"我曾主管岛状住房群,"他说时用手掌推出一种可能存在的异议,"我知道这很可笑,当时在尚普努瓦一再坚持下我才接受的。我本可以有所作为。但我们应该做榜样哪。"

她很不友好地瞧着他,心想:"是呀,是呀,是呀,你本应留在巴黎的,别指望我对你说出相反的意见。"他叹了一口气说:

"得了!木已成舟!如果我们对他们双方只承担可以调和的义务,那就太简单了。我使你厌倦了。"他补充说,"这是男性的顾虑。"

"我想我能理解。"她说。

"当然,我的小宝贝,当然,"他显露一种有男子气概的孤独者的笑容,抓住她的手腕,用使她放心的声音说,"得了,我能出什么事呢?在最坏的情况下,他们把身强力壮的人带到德国去,之后又能怎么样呢?马蒂厄安然无恙。他不像我性情暴躁。你记得吧,那个愚蠢的副官让我退役的时候?"

"记得。"

"我当时气疯了,什么都干得出来,你记得吧?你记得我是怎样大发雷霆的?"

"记得。"

他在汽车踏板上坐下,双手捧着头,空茫茫望着前方。他说:

"沙尔沃留下了。"

"什么?"

"他留在巴黎了。今天早晨我在车库遇见他,对我离开他好像很惊讶。"

"他呀,那不一样。"她机械地说。

"确实不一样,"他辛辣地说,"他是单身汉嘛。"

奥黛特站在他的左边,望着他的头顶,发现他的头发已掩盖不住发亮的秃处,心想:"原来如此!"他目光呆滞,低声说:

"我找不到人肯接受我把你托付给他。"

"我没听清,请再说一遍好吗?"

"我说我不能把你托付给任何人。要是我敢把你一个人留在你婶婶家……"

"你想说你离开巴黎是因为我的缘故?"她问时声音颤抖。

"这是良心问题,"他回答,含情脉脉地望着她,"这些日子你心烦意乱,叫我非常担心。"

她惊得目瞪口呆,心想:"何必如此?为什么他要勉强自己?"

"你总关着护窗板,"他亢奋而焦急地接着说,"咱们成天生活在昏暗中,你囤积罐头食品,我经常踩着沙丁鱼罐头……另外我想吕西安娜对你有很不好的影响,每次她离开咱们家,你都很反常。她非常惊慌,也非常轻信,很相信那些关于强奸和砍手的瞎话。"

"我不想接话茬儿,不想对他说他想要我说出口的话。假如我蔑视他,我在这世上还剩下什么呢?"她心里这么想,脚下往后退了一步。他凝视她,目光如剑,好像逼她说出来:"说呀!快说呀!"在锐利目光的逼视下,在丈夫的目光逼视下,她再次感到有愧:"也许他以为我想离开巴黎,也许我表现出害怕的样子,也许我确实害怕却没有意识到。什么是真的?迄今为止,只要是雅克说的,都是真的。如果我不相信他的话,那该信谁的呢?"她低下头说:

"我不喜欢留在巴黎。"

"你害怕了?"他宽厚地问道。

"是的,我害怕了。"她回答。

等她抬起头,他满脸笑容望着她说:

"得了,所发生的一切没有什么不得了嘛,露天过一夜,虽说不大适合咱们的年龄,但咱们也不老嘛,别有一番情趣哩。"他轻轻抚摸她的颈窝,"你记得一九三六年在耶尔的情形吗?咱们睡在帐篷下,这是一个美好的回忆。"

她没有吭声,抓住车门把手,竭尽全力捏紧。雅克强压着呵欠说:

"很晚了,咱们睡吧,嗯?"

她点了点头。一只夜虫鸣叫起来,雅克在哈哈大笑说:

"挺有田园风情嘛!"他关切地补充道,"你睡后座吧,可以伸伸腿,我就趴在方向盘上睡好了。"

他们爬进汽车。他锁上右车门①,关上左车门转闩。

"你舒服吗?"

"挺好。"

他掏出手枪,有趣地查看着说:

"对眼下的境况,我那位老海盗祖父若在世会喜出望外的。"他兴冲冲补充道,"我们家族个个都有点海盗气质。"

她没有接话茬儿。雅克从座位上扭过身去,托起她的下巴。

"亲我一下,亲爱的。"

她感到他那热烈而张开的嘴贴紧她的嘴,像过去一样用舌头轻轻舔她的嘴唇,她微微打战,同时感到一只手从腋窝伸进来抚摸她的乳房。

"我可怜的奥黛特,可怜的孩子,可怜的小宝贝。"他亲热地说。

---

① 从车内锁车门是不可能的。萨特虽有过驾驶执照,但从未有过汽车。

1049

"我困死了。"她朝后一仰说道。

"那么晚安,我的心肝。"他微笑着说。

他转过身,双臂交叉搭在方向盘上,脑袋搁在手背上。她仍旧坐着,上身直挺挺的,感到透不过气来。她窥伺。两次叹息,还不算入睡,他还在动。只要他还醒着,脑子里装着她的形象,她就不能想任何事情:"他在我身旁,我就一筹莫展。"行了,他呼噜了三声,睡着了。她稍为放松了一些:他现在只是一头牲畜。他熟睡了,战争熟睡了。男人的世界淹没在这个脑袋里熟睡了。奥黛特毫无睡意,直挺挺待在昏暗里,两边的车玻璃窗呈白垩色,仿佛处在月光融融的湖底。她脑子里突然重现很久以前的一个印象:我在一条玫瑰色小径上奔跑。时年十二岁,我突然站住,一种慌乱的喜悦侵袭心头,我大声喊道:"我是不可缺少的。"她重复道,"我是不可缺少的。"但她不知道对什么而言。她试图思考战争,觉得她找得到真理:"战争只会对俄国有利,是真的吗?"她立即放弃这种想法,喜悦变成沮丧,"我弄不大清楚。"

她想吸烟。不真想,是由于烦躁。欲望越来越强烈,扩展到她的胸脯,一种不容置辩的欲望,一往无前的欲望,仿佛回到了她蛮横的少女时期。他把那盒香烟放在上衣口袋里。他为什么吸烟?烟味在他嘴里必定乏味,必定平常,为什么他吸我不吸呢?她向他俯下身子,见他呼吸均匀,便悄悄把手伸进他的衣兜取出香烟,然后卸下转闩,轻轻打开车门,溜出车外。月光从树叶间穿过,洒在路上,形成一汪汪似水的清辉,"这清凉的微风,这嘶嘶的虫鸣,是属于我的。"她点燃一支香烟。战争熟睡了,柏林熟睡了,丘吉尔,莫斯科,政治局,我们的政治家们熟睡了,一切熟睡了,没有任何人看见我的夜晚,我是不可缺少的。食品罐头是为我的战时子弟兵们①准备的。她突然发觉自己讨厌香烟,于是又吸了两口便把它扔了,她甚至不知道为什么想抽烟。树叶飒飒,田野像镶木地板不时噼啪作响。星星好似虎视眈眈的野兽。她感到害怕。他熟睡了,奥黛特仿佛又回到童年的混沌世界,满脑子找不到答案的问题,而他却知道行星的名称,地球至月亮的确切距离,他还知道地区的人口总数、居民的历史和职业。"他熟睡了,我鄙视他,但我一无所知。"她觉得自己陷入这不能利用的世界,这个需要看一看摸一摸的世界。她奔向汽车,想马上把他唤醒,唤醒科学、技艺和伦理。她伸手抓车门把手,俯身车门,透过窗玻璃看见一个张得大大的嘴巴,转念一想:"何必呢?"她在汽车踏板上坐下,开始思念马蒂厄,每天晚上都这样。

中尉急步攀登黑洞洞的楼梯,其他人跟在后面螺旋式地快步爬高。他们在一片黑暗中停下,用颈背顶开一道翻板活门,一股银色的月光直射进来,他们顿时觉得目眩。

"跟我来。"

他们钻出活门,豁然开朗,仰望冷冽而明亮的天空,浮想联翩。突然,在大自然窸窸窣窣的声响中升起一个人的声音:

"谁?"

"是我。"中尉回答。

"立正!"

"稍息。"中尉说。

几个人站在钟楼最高层的方形平台上,平台四角有四根立柱支撑楼顶,立柱之间有约一米高的石栏杆连接。四边直通天空。在月光的映照下,一根立柱向地板投下斜影。

---

① 指战争期间接受代母慰问品的士兵。

"怎么样?"中尉问道,"这里还行吗?"

"还行,中尉。"

三个汉子站在他的面前,三个人都又高又瘦,都背着枪。马蒂厄和皮内特待在中尉背后,惶恐不安。

"我仍待在这里,中尉?"三个轻步兵中的一个问道。

"是的,"中尉回答,他接着说,"我把克洛松和他的四名部下安排在村公所,剩下的人和我占据学校。德雷耶负责联络。"

"有什么吩咐?"

"自由射击。你们可以用尽弹药。"

"这是什么声音?"

从街上传来被捂住的喊叫声和脚拖地面的摩擦声。中尉笑着说:

"我让人把参谋部那些可爱的家伙弄到村公所地窖里。他们可以在那儿避一避,只待一夜,明儿早晨,德国鬼子干掉咱们之后会收容他们的。"

马蒂厄直勾勾地望着轻步兵,他为自己的伙伴们感到羞愧,但三名轻步兵却若无其事。

"哦,对啦,"中尉说,"十一点钟老乡们在广场上集合,可别向他们开枪,我把他们打发到林子里过夜。他们走了以后,不管街上出现什么,你们开枪好了。但不得以任何借口下楼,否则我们将向你们开枪。"

他说完向翻板活门走去。轻步兵们默默地盯视马蒂厄和皮内特。

"中尉⋯⋯"马蒂厄喊住他。

"哦,我把你们忘了,"中尉转过身来说,然后转向轻步兵们接着说,"对啦,这两位自愿参加战斗。他们有枪,我已发给他们一些子弹。如何安排他们,你们瞧着办吧。如果他们的枪法太糟,你们就把他们的子弹收回来。"他友好地瞧了瞧轻步兵们,最后说道,"永别了,伙伴们,永别了。"

"永别了,中尉。"轻步兵们彬彬有礼地回答。

中尉摇摇头,犹豫片刻,然后倒着走下几级楼梯,从头顶上把翻板往下关上。三个汉子瞧了瞧马蒂厄和皮内特,既不好奇,也不友善。马蒂厄倒退两步,靠在一根柱子上。他的步枪弄得他挺不舒服:时而扛得太随便,时而像举大蜡烛似的。最后他把枪小心翼翼地放在地板上。皮内特跟在他后面,他们俩背朝月亮,而那三个轻步兵却完全暴露在月光下。他们仨满脸黑乎乎的胡茬,灰白的脸显得脏污不堪,眼睛则像昼伏夜出的鸟直勾勾盯住你不放。

"咱们好像来做客的。"皮内特说。

马蒂厄笑了笑,那三个汉子却毫无笑容。皮内特贴近马蒂厄,低声道:

"他们对咱们没有好感。"

"当然喽!"马蒂厄说。他们局促不安,一时无话。马蒂厄俯视塔下,只见栗树郁郁苍苍,起伏不定。

"我过去找他们聊聊。"皮内特说。

"待着,安分点儿。"

皮内特却已经向轻步兵们走去。

"我叫皮内特。那一位叫德拉鲁。"他停下等候反应。个儿最高的那位点了点头,却没有一个自报姓名。皮内特清清嗓子,说道:

"我们来是为了作战。"

他们仍没有搭腔。金发高个儿把脸一沉,掉过头去。皮内特六神无主,迟疑起来,问道:

"我们该做什么?"

金发高个儿朝后一仰,打了个呵欠。马蒂厄瞥见他是个下士。

"我们该做什么?"皮内特重复问道。

"无事可干。"

"怎么无事可干?"

"眼下无事可干。"

"以后呢?"

"以后再说。"

马蒂厄笑着对他们说:

"我们打扰你们啦,是吧? 你们情愿单独干?"

金发高个儿满腹狐疑地望了望他,然后转过脸去问皮内特:

"你干什么的?"

"地铁职员。"

下士咯咯一笑,但眼睛却无笑容。

"你以为已经是老百姓了? 还得等一等哩。"

"哦! 你问的是我在这里干什么?"

"是的。"

"观测员。"

"他呢?"

"电话员。"

"辅助人员?"

"是的。"

下士很用心地瞧了瞧马蒂厄,好像难以把注意力转到他身上似的:

"有什么问题吗? 你看上去挺结实……"

"心脏不大好。"

"你们从来没有向人开过枪?"

"从来没有。"

下士转过身瞧瞧自己的两个伙伴,三人一起摇头。

"我们将尽力而为。"皮内特说,声音哽住了。

长时间静场。下士瞧着他们直搔头。最后他叹了口气,似乎拿定了主意。他站起来粗声粗气地说:

"我叫克拉波。必须服从我的命令。他们俩,一个叫沙斯里欧,另一个叫当迪厄,你们只要按他们的吩咐去做就行了,我们已经打了两星期,习惯了。"

"打了两星期?"皮内特怀疑地问道,"怎么回事?"

"我们掩护你们撤退。"当迪厄回答。

皮内特低下头,脸红了,马蒂厄觉得自己的上下颚在打仗。克拉波用比较和解的语气解释道:

"执行拖延任务。"

他们面面相觑,无言可对。马蒂厄非常不自在,心想:"我们永远成不了他们的人。他们接连打了两星期,而我们,净在大路上撤退。假如只需在他们放最后几枪时才追随他们,那就太容易了。永远成不了他们的人,永远。我们的人在下面,待在地窖里,在耻辱和不幸中腐败发臭,我们的位置是在他们中间,我们出于自尊才在最后一刻把他们抛下。"他俯身朝下望,只看见黑乎乎的屋宇、白茫茫的大路,自言自语:"我的位置在下面,我的位置在下面,"心里却明白他再也下不去了。皮内特跨坐在栏杆上,大为了掩饰窘态。

"快下来!"克拉波说,"你会使我们暴露目标的。"

"德国人还远着呢。"

"你怎么知道?我对你说快下来。"

皮内特气鼓鼓地跳到地板上,马蒂厄心里还在嘀咕:"他们永远不会接纳我们。"他对皮内特感到恼火:该退避三舍、屏气敛息的时候,皮内特却指手画脚、喋喋不休。突然一声巨响,模糊而沉闷,震得马蒂厄吓了一跳,耳朵嗡嗡作响。接着第二声响、第三声

1055

响,这是铜的震动声,马蒂厄感到脚下的地板在颤动。皮内特神经兮兮地笑着说:

"你用不着害怕,这是塔楼大钟鸣响。"

马蒂厄偷偷望了望轻步兵们一眼,满意地发现他们跟他一样也吓了一跳。

"现在是十一点钟。"皮内特说。

马蒂厄打了个寒战,感到冷,但没觉得不舒服。他高高在天上,在屋宇的上空,在尘寰的上空;夜色浊重,他感到寒冷,"不,我不再下去,永远不再下去。"

"瞧,老百姓撤离了。"

他们不约而同趴在栏杆上往下张望。马蒂厄仿佛看见密密麻麻的黑兽在叶丛下万头攒动,又似波涛下的海底,连绵起伏。大街上,门户轻轻打开,男人、女人、孩子悄悄出来,大部分人提着包裹或箱子。人们三五成群聚集在街心,好像等候调遣。然后小股人马汇成一条长龙,缓缓向南移动。

"很像出殡行列。"皮内特说。

"可怜的老百姓!"马蒂厄叹道。

"不用替他们担心!"当迪厄冷冷地搭腔,"他们的村庄丢不了,可以回来的。德国人很少放火毁村庄。"

"那边呢?"马蒂厄指了指罗贝维尔那边问道。

"那边不一样,村民们跟我们一起打仗。"

"跟这里大不一样哟!"皮内特失声笑道,"这里的乡巴佬吓得屁滚尿流。"

"你们按兵不动嘛,"当迪厄瞪着他说,"总不该让老乡先动手吧。"

"谁的错,"皮内特怒气冲冲地问,"按兵不动是谁的错?"

"不知道。"

"当官的！是当官的把这场战争给输了。"

"别说当官的坏话，"克拉波说，"你没有资格说坏话。"

"我才不管呢。"

"你不可以在我们面前说他们的坏话，"克拉波坚定地说，"因为，我对你说吧，除了中尉——再说他不是自愿的——我们所有的军官都留在那边了。"

皮内特想申明理由，向克拉波伸出手臂，但随后又把手臂垂下，丧气地说：

"我们谈不到一块儿。"

"你们来这儿干吗？"沙斯里欧好奇地望着皮内特问。

"来打仗呀，我对你已经说过了。"

"但为了什么？你们不必勉强来嘛。"

皮内特像个又懒又笨的学生，冷笑着回答：

"不为什么。好玩呗。"

"那就玩个痛快吧！"克拉波不客气地说，"记住我对你们说的话。"

"听听他们说什么来着，"当迪厄耻笑着插话，"他们来探望我们一下，来玩一玩，看一看怎么打仗；他们想来打靶哪，就像去泥鸽射击场。他们甚至不必勉强来的！"

"你呢？大傻瓜！"皮内特反问道，"谁勉强你打仗啦？"

"我们，不一样嘛，我们是轻步兵。"

"轻步兵又怎么样？"

"如果你是轻步兵，你就参加战斗。"

"如果不是的话，按你的意思，好像我向别人开枪只是为了好玩。"

沙斯里欧瞪视皮内特，眼神中掺杂着惊愕和厌恶。他说：

"你是否意识到你们有生命危险？"

皮内特耸耸肩膀,没有回答。

"因为,如果你意识到了,"沙斯里欧继续说,"那你比外表显露的更加糊涂。不到迫不得已就冒生命危险是不明智的。"

"我们是迫不得已的,"马蒂厄突然插话,"是迫不得已的。我们受够了,再说不知道该怎么办。"他指着钟楼下面的学校说,"对我们来说,要么选择钟楼,要么选择地窖。"

当迪厄颇受感动,脸色缓和了一些。马蒂厄乘势接着说:

"处在我们的位置,你们会怎么干?"

他们没有回答。马蒂厄坚决要求答复:

"你们会怎么干?"

"我也许会选择地窖,"当迪厄摇着头说,"你走着瞧吧,这儿不是好玩的。"

"不错,"马蒂厄说,"但是,别人在战斗,自己却待在地窖,也不是滋味呀。"

"我没有说那滋味好受呀。"沙斯里欧说。

"对,"当迪厄承认道,"我们不该自鸣得意。"

他们的敌意看上去少多了。克拉波不无惊讶地把皮内特打量了一番,然后转过身去,走近栏杆。目光中那样冷酷而急躁的神态消失了,变得温和而茫然:他茫然凝视温柔的夜色和古朴的乡村。马蒂厄看不出是夜色的温柔映照在此人脸上,还是此人脸上的孤独感映衬着夜色。

"喂!克拉波。"当迪厄唤道。

克拉波挺直身子,恢复专家严峻的神态。

"干什么?"

"我去下一层的屋子转一转,里面好像有什么东西。"

"去吧。"

当迪厄掀开翻板活门时,一个女人的喊叫声从下面传来:

"亨利！亨利！"

马蒂厄俯视街道。迟走的人们东奔西跑,活像热锅上的蚂蚁。他望见大路上靠近邮政所有个小小的人影。

"亨利！"

皮内特把脸一沉,但什么也没说。几个妇女生拉硬拽,企图把女邮务员带走,但她又蹦又跳,大喊大叫：

"亨利！亨利！"

她挣开众人,冲进邮政所,关上大门。

"浑透了！"皮内特嘟哝了一声,他情不自禁用指甲抓石栏杆,"她应该跟别人走哇。"

"就是嘛。"马蒂厄说。

"她要倒霉的。"

"怪谁呢？"

皮内特没有答话。突然有人顶开翻板活门,喊道：

"帮我一把。"

大家动手把活门掀掉,当迪厄从昏暗中冒出来,背上扛着两块草垫。

"我找来这玩意儿。"

克拉波脸上第一次露出笑容,满脸喜气地说：

"咱们有窝了。"

"这东西有什么用处？"马蒂厄问。

"草垫能派什么大用场？用来串珍珠？"克拉波奇怪地望着他回答。

"你们准备睡觉？"

"咱们先随便吃一顿。"沙斯里欧说。

马蒂厄瞧着他们从背包取出牛肉罐头,围着草垫忙活,心想："难道他们不明白他们快死了吗？"沙斯里欧找出一把开罐头刀,

1059

以迅速而准确的动作打开三听罐头,然后大家坐下,各自从口袋掏出小刀。

克拉波侧着脸瞥了一下马蒂厄,问道:

"你们饿吗?"

马蒂厄已经两天没吃东西,嘴里直冒口水,但说:

"我,不饿。"

"你的伙伴呢?"

皮内特不吭声,趴在栏杆上俯视邮政所。

"得了,吃吧,"克拉波说,"又不缺食品。"

"参加打仗的人有权吃饭。"沙斯里欧补充道。

当迪厄在背包里摸了一下,掏出两听罐头递给马蒂厄。他接过罐头,拍了拍皮内特的肩膀,皮内特冷不防吓了一跳:

"干什么?"

"喏,给你吃的!"

马蒂厄接过当迪厄递来的开罐头刀,把刀按在马口铁罐头的边缘,用全身的气力往下压,但刀口就是咬不住,从切槽滑了出来,碰到左拇指上。

"你好笨手笨脚哟,"皮内特说,"弄痛了吗?"

"没有。"马蒂厄回答。

"给我。"

皮内特把两听罐头打开,跟马蒂厄一起默默吃起来,他们俩靠近一根支柱站着,不敢坐下。他们用小刀掏牛肉,用刀尖戳牛肉块。马蒂厄细嚼慢咽,但食道麻木了,感觉不出肉味,"也许可能吧。"马蒂厄说。

皮内特已经注意马蒂厄的手好一会儿了,碰了碰他的肘关节,问道:

"你怎么啦?出血了?"

马蒂厄低头看了看自己的手:左拇指拉了个口子。他说:

"嗨,大概是刚才开罐头时拉破的。"

"你就让它这么流血,傻瓜?"

"我一点感觉也没有。"马蒂厄说。

"你呀,没有我在你身边,你怎么办?"

马蒂厄瞧了瞧拇指,惊异自己竟有个躯体:他什么感觉也没有,觉不出肉味,觉不出酒味,觉不出疼痛,心想:"我就像一块冰。"他笑着说:

"有一次在舞厅我拿着一把匕首……"

他突然打住话头。皮内特莫名其妙地望着他问:

"怎么样呢?"

"没什么。我跟切割之类的工具没有缘分。"

"把手伸给我。"克拉波说。

他从背包取出一卷纱布和一瓶蓝色药水,把火辣辣的液体倒在马蒂厄的拇指上,然后裹上纱布。马蒂厄活动了一下包扎好的拇指,微笑着仔细观察,心想如此精心照料,无非阻止血别流得太早了。

"行了!"克拉波说。

"行了。"马蒂厄重复道。

"睡一会儿吧。伙计们,快午夜了。"克拉波瞧了瞧手表说。

大伙儿向他靠拢,他指着马蒂厄对当迪厄说:

"当迪厄,你跟他站岗。"

"是。"

沙斯里欧、皮内特和克拉波肩并肩在草垫上躺下,当迪厄从自己的背包取出一条被子,扔在他们三人的身上。皮内特尽情地伸了伸懒腰,向马蒂厄调皮地眨了眨眼睛,闭上眼皮睡了。

"我,监视这边,"当迪厄说,"你,监视那边。有什么动静,先通知我,不要乱来。"

马蒂厄走到指定的地方,瞭望乡间,心想自己快死了,很不是滋味儿。他望着黑森森的屋顶,望着蜿蜒于青树浓荫间磷光闪烁的大路,望着这一大片壮观而无处栖身的土地,心中叹道:"我死得毫无价值。"一阵轻柔的鼾声惊动了他,回头一看,伙伴们已经熟睡了。克拉波闭上眼睛显得更年轻,他在睡梦中微笑;皮内特也在睡梦中微笑。马蒂厄俯身久久注视他,心想:"太可惜了!"在平台的另一边,当迪厄躬身向前,双手平放在大腿上,摆着守门员的架势。

"喂!"马蒂厄轻声唤道。

"唉!"

"你当过守门员吧?"

"你怎么知道的?"当迪厄转身过来,惊异地问。

"看得出来。"

"挺不错吧?"他接着问。

"运气好的话,我已当上职业运动员了。"

他们互相用手致意,马蒂厄回到自己的岗位上,心想,"我将死得毫无价值。"不禁可怜起自己来。霎时间浮想联翩,宛如一片叶丛在风中飒飒作响,汇集为一句话:"我曾经热爱过生活。"嗓子眼里老堵着一个令人不安的疑问:"我有权抛弃伙伴们吗?有权毫无价值地去死吗?"他挺直身子,双手撑着栏杆,愤怒地摇摇头。"受够了。让下面那些家伙见鬼去吧!让所有的人见鬼去吧!内疚呀,持重呀,约束呀,统统不必要了:再也没有任何人充当我的评判者,没有任何人想念我,没有任何人回忆我,没有任何人为我作决定。"看透了一切,他断然地作出了决定。一旦下定决心,他那审慎而可怜的心顿时急转直下,一落千丈,消失得无影无踪。"我决心让死亡成为我生命的秘诀,我的生存是为了死亡;死亡是为了证明不可能照此活下去；我的眼睛将熄灭世界的光辉，并将永远把它吞没。"

大地仰着脸迎接这位临死的人，天空垂头向他倾注点点星光，但马蒂厄专心警戒，不屑理会这些无用的礼品。

六月十八日，星期二，五时四十五分

"洛拉！"

她醒来时好不厌倦，每天早晨如此，虚弱的身体很不自在，她又一次作了调整。

"洛拉！你还没睡醒？"

"醒了，"她回答，"几点钟了？"

"五点五十五分。"

五点五十五分？我的捣蛋鬼已经醒了？他大变样了。

"过来！"他说。

"不，"她心想，"我不愿意他碰我。"

"鲍里斯……"

我厌恶自己的身子，即使你不厌恶，我也觉得它是一堆金玉其外的败絮，你只知其外，不知其内，否则一定叫你恶心。

"鲍里斯……我很累……"

但他已经搨住她的双臂，爬到她身上。"你知道吧？你将进入的是一道伤口。"以前他摸我，我柔软得像丝绒。如今，我的身子像干土，在他手指的抚摸下，我分崩离析了，可他偏要我有快感。她感到下腹深处一阵撕扯的疼痛：他仿佛用一把刀子往她的腹下捅进捅出，而他的神态恰如天马行空，如醉如痴，又像一个小爬虫，一只苍蝇，顺着窗玻璃往上爬，掉下来再往上爬。她只感到疼痛，

1063

而他气喘吁吁,满身大汗,心满意足了;他从我的血液,从我的痛苦中得到了快感。"得了,他六个月没碰女人,所以做起爱来活像大兵进妓院。"她这么想着,身上似乎有什么东西在蠕动,好似听到拍翼声,不,什么声响也没有。他紧紧贴住她,只有她的乳房在动弹,之后,他猛地离开她,乳房的反弹发出拔火罐的声响,她不禁想笑,但看见鲍里斯那张脸却兴味索然,笑不出来了。他的样子僵硬紧张,做爱好似有意喝醉,肯定是借酒消愁。他终于筋疲力尽,半死不活地瘫在她身上。她机械地抚摸他的颈背和头发,她冷漠而平静,但感觉到从腹部到胸部有个东西在嘣嘣直跳:那是鲍里斯的心脏在她身上扑通扑通地震动。"我太老了,实在太老了。"她觉得这种体操运动整个儿怪诞可笑,于是轻轻把他推开。

"下来。"

"唵?"

他抬起头,莫名其妙地望着她。

"我的心脏吃不消了,"她说,"我的心跳得太厉害,你压得我喘不过气来。"

他朝她微微一笑,从她身上滑了下来,肚子朝下,前额贴着枕头,眼睛紧闭,嘴角上浮现一条古怪的皱纹。她用一肘支着直起身子,直勾勾地看着他,但看不出什么名堂,他的模样太熟悉,太平常,不比细看自己的手看得出更多的名堂。"我什么感觉也没有。"昨天,他在院子里出现,像姑娘似的秀色可餐,可我什么感觉也没有。没有感觉,甚至嘴里感觉不出热吻的滋味,下腹感觉不出毛茸茸的重压。她望着这个非常熟悉的后脑勺儿,心想:"我孤独无援。"小脑瓜儿,小脑瓜儿,经常装着不可告人的秘密,她曾多少次把它紧紧捧在手里,全神贯注,苦苦讯问,真想把它当石榴打开,舔一舔里面的东西。最后秘密暴露了,就像石榴开花,其实只不过是一点带甜味儿的水分。她恼恨地盯视他,恨他撩拨不了她,望着

他嘴角那条苦涩的皱纹,心里嘀咕:"假如他失去了快乐,他还剩下什么?"鲍里斯突然睁开眼睛,微笑着对她说:

"你在我身旁,我真有说不出的高兴,疯婆子。"

她报答他一个微笑:"现在我心里藏着秘密,你甭想让我说出来。"他挺起身子,掀开被单,专心注视洛拉的身子。他用手轻轻掠过洛拉的乳房,她感到不自在。

"滑得像大理石。"他说。

她联想到夜间迅速下崽的畜生,不禁脸红到发际耳根。

"我为你感到骄傲。"鲍里斯说。

"为什么?"

"不为什么。医院里那些家伙,你完全没有把他们放在眼里。"

洛拉嫣然一笑,问道:

"他们没有问你跟我这个老太婆有什么瓜葛?没有把我当作你的母亲吧?"

"洛拉。"鲍里斯以责备的口气制止道。他突然想起什么,高兴得笑出声来,一时间青春再度在他的脸上显现。

"你笑什么?"

"我笑弗朗西永。他的妞儿干好事挺滑稽,还不到十八岁;他对我说:'你要是乐意,咱立即换一换对象。'"

"他倒挺懂礼貌。"洛拉说。

鲍里斯脸上掠过一道阴影,好像想起了什么,眼睛顿时阴沉下来。她瞧着他,很不客气:"得了,得了,你有些小麻烦,咱俩彼此彼此。"我若对他说出我的麻烦,他能怎么样?"你能怎么样?我若对你说:'我子宫里长了个瘤,必须把它切除,可到了我这个年纪,可能会出事的。'你把贼眼珠睁得大大的,对我说:'不会吧!'我对你说会出事的,你说不可能的,说什么吃点药,照一照 X 光便

1065

会好的,说什么我多虑了。我若对你说我回巴黎不是为了钱,是为了找勒古皮尔,他的态度也是很明确的。你会反驳我说,勒古皮尔是个浑蛋,最不应该找他办事,你不答应,你提出异议,你激动得拼命摇头,最后你哑口无言,如丧考妣,恶狠狠朝我直瞪眼。"她抬起赤裸的手臂,抓住鲍里斯的头发,问道:

"行了,小无赖!大胆说吧!告诉我出了什么事?"

"没有什么事。"他假惺惺地回答。

"我不信,你平时可从来不在凌晨五点钟醒的。"

"真的一切顺利。"他坚持道,但口气软下来了。

"我明白了,"她接着说,"你有事要对我说,但又想让我逼你开口。"

他笑了笑,把头搭在洛拉的胳肢窝里,闻了闻,说道:

"你好香哟。"

"打岔吗?你究竟说还是不说?"她耸耸肩膀追问。

他摇摇头,惊慌起来。她不吭声了,像他一样朝天躺着,心想:"不说就算了,即使说了,与我何干?他跟我说话,跟我亲嘴,到头来我还是孤单单地死去。"她听见鲍里斯叹气,向他转过头去,但见他拉长了脸,愁眉不展。她从未见过他这副模样,勉强打起精神想道:"好吧,好吧,我来管管你吧。"她得盘问他,观察他,鉴貌辨色,像她爱吃醋那阵子,费九牛二虎之力才让他说出他很想告诉她的事情。她坐起来说:

"那好,把睡袍递给我,再给我一支烟。"

"为什么穿睡袍?你这样很好嘛。"

"把睡袍递给我。我冷。"

他赤着褐色的裸体跳下床,洛拉转过脸去不看,他捡起床脚下的睡袍递给她。洛拉穿上睡袍,而他犹豫片刻后才穿了裤子在椅子上坐下。

"你找了个小妞儿,准备跟她结婚,对吗?"

他大惊失色,望着她直发愣,弄得她脸红起来。

"得了,得了。"她说。

静场片刻后她又问:

"他们让你自由后你打算干什么?"

"我将娶你为妻。"他回答。

她拿起一支烟,点上火后问道:

"为什么?"

"我必须讲究体面呀。你若不是我的妻子,我就不能把你带到卡斯泰诺达里去呀。"

"你去卡斯泰诺达里干什么?"

"谋生呗,"他一本正经地说,"不是开玩笑,我去当初中老师。"

"那为什么非去卡斯泰诺达里当老师呢?"

"你走着瞧吧,没错,就去卡斯泰诺达里。"

"你想说,我将成为塞尔金太太,将戴上帽子去见校主任的妻子,是吗?"

"不叫校主任,叫校长,"鲍里斯说,"是的,你将去见校长的妻子。而我,每学年期末,将发表授奖演说。"

"嗨!"洛拉用鼻哼了一声。

"依维什将跟咱们一起生活。"鲍里斯说。

"她忍受不了我的。"

"忍受不了就忍受不了,大家凑合呗。"

"是她乐意的?"

"是的。她在婆家腻味透了,变得痴不痴呆不呆的,你肯定认不出她来了。"

双方一时沉默不语,洛拉用眼角观察他,问道:

"你们全安排好了?"

"是的。"

"但要是我不乐意呢?"

"哦,洛拉!你怎么会不乐意呢!"他说。

"因为,只要提起跟你一起生活,你就理所当然地认为我会高兴得不得了。"

她发现鲍里斯的眼睛明亮起来了。

"难道不是真的?"鲍里斯问。

"是真的,"她说,"但你是个小无赖,对自己的魅力太自信了。"

他眼里的亮光消失了,两眼盯着自己的膝盖,洛拉注意到他上下颌不停地蠕动。

"假如我能跟你一起生活,我一定高兴得不得了。"鲍里斯谦恭地说。

"你曾说过你讨厌当教师。"

"现今不当教师,你想叫我当什么?"他反问道,接着又说,"我给你讲一讲现状吧。打仗的时候,我什么也不想。可现在,我却问自己为什么活着。"

"你想写作吧?"

"我从未认真考虑过写作,我无话可说。你知道,我本以为会在部队里待下去,现在我措手不及。"

"你惋惜战争已结束?"洛拉直盯盯地望着他问。

"战争没有结束,"鲍里斯说,"英国人还在打仗,再过六个月美国佬就插手了。"

"不管怎么说,对你来说,战争已结束了。"

"是的,"鲍里斯回答,"对我来说是结束了。"

洛拉仍盯住他不放:

"对你和对所有的法国人都一样。"

"不对!"他激动起来,"有些法国人去了英国,他们将坚持打到底。"

"我明白了。"洛拉说。

她吸了一口烟,把烟头扔在地板上,和气地问道:

"你有办法去那边吗?"

"嘿!洛拉!"鲍里斯突然神采奕奕,神情充满欣赏和感激,"是的,是的,我有办法。"

"什么办法?"

"一架飞机。"

"一架飞机?"她重复道,莫名其妙。

"在马里尼亚克有一个私人飞机场,位于两座山之间。两星期前一架军用飞机因发生故障在这个小机场着落。现在修好了。"

"你不会开飞机呀。"

"我的几个伙伴会开。"

"哪几个?"

"有弗朗西永,我给你介绍过的那个家伙,还有加贝尔和泰拉斯。"

"他们劝你跟他们一块走?"

"是的。"

"结果呢?"

"我拒绝了。"他赶紧回答。

"真的吗?你没有私下答应下来?你暗自盘算:我慢慢让老太婆有思想准备。"

"没有。"他说。

他温存地望着洛拉,她很少见到他的眼睛如此水灵灵,不禁心头一怔:"要是以前他如此亲热地瞧我一眼,我死也乐意。"

"你老了,还有点疯疯癫癫,"他对她说,"我可不能抛下你不管。假如我不在你身旁扶你一把拉你一程,那你净干蠢事。"

"是吗?咱们什么时候结婚呢?"洛拉问道。

"随你便,"他满不在乎地说,"关键是必须在开学以前结婚。"

"开学,是九月份?"

"不,十月份。"

"很好,"她说,"我们时间充裕。"

她站了起来,开始在房间里踱来踱去。地板上到处是带有口红印迹的烟头,鲍里斯弯腰一个个捡起来。

"你的伙伴们什么时候出发?"她问道。

鲍里斯把烟头一个个排放在床头柜的大理石柜面上。

"明天晚上。"他回答时没有回头。

"这么快呀!"

"是呀,得赶紧走。"

"这么快呀!"

她走到窗前,把窗打开,眺望微微摆动的渔船桅杆,冷清的码头,玫瑰似的天空,心里重复:"明天晚上。"还有一根缆绳要砍断,只剩下一根了,一旦把它砍断,她便可转过身来面对现实了,心想:"与其另一个日子还不如明天晚上。"晨光熹微,水波涟涟。洛拉听见远处传来的船舶汽笛声,她等到觉得完全自在之后才转过身来对他说:

"如果你想走,我不会阻拦你的。"

此话很难出口,但一旦说了出来,她感到如释重负,心平气和了。她望着鲍里斯,莫名的怜悯油然而生:"可怜的小东西,可怜的小东西。"鲍里斯猛地站起来,走到洛拉跟前,一把抓住她的手臂,喊道:

"洛拉!"

"你把我弄痛了。"她说。

他放开手,将信将疑地盯着她问:

"不会使你痛苦吗?"

"会的,"她通情达理地说,"会使我痛苦的,但我情愿受这份苦,因为你去卡斯泰诺达里当教师更叫我受不了。"

鲍里斯显得不怎么担心了,问道:

"你也受不了,也不能在那里生活吗?"

"是的,"她回答,"我也受不了。"

他躬肩缩颈,双臂下垂,生平第一次显露浑身不自在。洛拉没见他有喜悦表情,心里感激。

"洛拉!"

他边说边伸手搭在洛拉的肩上,而她恨不得把这只手从她肩上扒掉,但忍住了,朝他微微一笑;她感受到这只手的分量,但已经不属于她了。他的心已经飞往英国,他们俩已经形同路人。

"我原本不答应的,你知道!"他的声音颤抖起来,"我原本不答应的。"

"我知道。"

"我永远不会对你不忠,保证不跟任何女人睡觉。"他说。

她莞尔一笑。

"可怜的小东西。"

他现在已是多余的人了。她真想此刻已经是明天晚上。他突然拍了一下脑门子。

"糟糕!"

"又怎么啦?"她问道。

"我不走了!我走不了的!"

"为什么?"

"依维什!我对你说过她希望跟我们一起生活。"

"鲍里斯,"洛拉发火了,"如果你不是为了我而留下,我也不允许你为依维什留下。"但她的火气发出来就消了,接着说,"我会照顾依维什的。"

"你收留她?"

"为什么不呢?"

"可你们俩合不到一块呀。"

"那怕什么?"洛拉说,她厌倦透了,对他说,"要么穿好衣服,要么睡下,不然你会生病的。"

他拿起一块浴巾擦胸膛,脸上却是一副昏昏沉沉的样子。她心里嘀咕,"真有意思,他就这样决定了自己的终身大事。"她往床上坐下,他在一旁用力擦身子,脸色阴沉。

"还有什么不对劲的?"她问道。

"没什么了,"他说,"我擦出一身汗!"

她吃力地站了起来,揪住他一绺头发,托起他的头,问道:

"瞧着我的眼睛,告诉我你心里有什么疙瘩?"

鲍里斯转过眼睛不看她。

"我觉得你好奇怪。"

"有什么奇怪?"

"你眼看我要走了,却不怎么生气。这叫我心里不痛快。"

"这叫你心里不痛快?"洛拉反问,"这叫你心里不痛快?"

她说完哈哈大笑。

早晨六点钟

马蒂厄骂了一声,坐起来搓搓脑袋:一只公鸡不停地鸣叫,太阳刚刚升起,却已是曈曈生辉。

"好天气。"马蒂厄说。

谁也没有搭理:他们个个跪守在栏杆后面。马蒂厄看了看手表,已是六点整,他听见远处传来一片隆隆声,赶紧爬过去跟伙伴们一起看个究竟。

"什么声音?飞机吗?"

"不,是他们来了,摩托化步兵。"

马蒂厄抬起身子,从伙伴肩上眺望。

"当心,"克拉波说,"赶快隐蔽好,他们有望远镜的。"

村口外二百米处,大路折向西边,消失在青草繁茂的小丘后面,经过面粉厂高大建筑时完全被遮掩,然后斜角沿着村镇往西南方向而去。马蒂厄眺望着摩托车队伍,远处的车队仿佛静止不动,他心想:"定是德国人了。"不觉害怕起来。这是一种稀奇古怪的害怕,宗教般的畏惧,一种神圣的恐惧,仿佛有成千上万只眼睛窥伺着这座村镇:陌生的眼睛,超人的眼睛,虫类的眼睛。马蒂厄恍然大悟,心惊肉跳:它们将目睹我的尸体。他情不自禁地说:

"他们马上到了。"

伙伴们没有搭理他。过了一会儿当迪厄声音沉重而缓慢地说:

"咱们坚持不了多久的。"

"向后退!"克拉波命令。

他们往后退下,四个人一起坐在一块草垫上。沙斯里欧和当迪厄看上去一模一样,皮内特跟他们也差不离儿:脸色发灰,目光温和的眼睛空茫茫无所适从。马蒂厄心想:"我跟他们一样,也像牝鹿。"克拉波在他们跟前蹲下,挺着胸对他们说:

"他们会在村口停下,先派几个摩托手进村侦察,咱们不要向他们开枪。"

沙斯里欧打了个呵欠,马蒂厄也跟着打了个呵欠,轻轻的一个呵欠,好似一阵恶心。他竭力排除焦虑,用愤怒使自己兴奋起来,对自己说:"我们是战士,他妈的!不是受害者!"但这不是真正的愤怒。他又打了个呵欠。沙斯里欧友好地瞧着他说:

"下手的时候心里不好受,干起来之后就好多了,你瞧着吧。"

克拉波自转一圈,蹲下对着他们说:

"只有一条命令:守卫学校和村公所,不得让德国人接近。下面的伙伴会发信号的,一旦他们开枪,咱们便可自由射击。你们记住,只要伙伴们能自卫,咱们只起掩护作用。"

他们望着他,一个个显出服从和认真的神情。皮内特问道:

"以后呢?"

"嘿!以后嘛……"克拉波耸耸肩膀说。

"我不认为咱们能坚持多久。"当迪厄插话。

"难说呀,很可能他们有迫击炮,得设法不让他们到位。咱们处境困难,但说不定他们的处境也不妙,因为大路和广场是成折角形的。"

克拉波双膝跪下,双手着地,爬到栏杆,躲在一根柱子后面观察地形。

"当迪厄!"

"嗯?"

"到这儿来,"他没回头看伙伴们,接着说道,"咱俩,当迪厄,正面对付他们。沙斯里欧,你守右边,德拉鲁守左边。皮内特,你注意,如果他们从后面包抄咱们,你就去守卫后面。"

沙斯里欧把一块草垫拖到西侧顶着栏杆,马蒂厄拖一条被子,蹲在上面。

皮内特发火了。

"让我背朝这帮浑蛋哪。"

"别抱怨,"沙斯里欧说,"我面朝太阳,眼睛睁不开。"

马蒂厄蜷缩在柱子后面,面对村公所,身子略朝右面倾斜,这样他可以看清大路。广场好似一个进得去出不来的黑洞,一个陷阱,吓得他不敢往那儿看。栗树上鸟儿在歌唱。

"当心。"

马蒂厄屏住呼吸:两个头戴钢盔、身穿黑衣的摩托车手闯进大街,好像两个神奇的骑兵。他无法看清他们的脸,他们似乎根本没有脸,只有两个瘦长的身躯,四条平行的长腿,两个又圆又滑的脑袋,没有眼睛也没有嘴巴。他们骑着车一冲一冲前进,就像旧式时钟报时的时候钟面下铰接的人物,直僵僵地一颠一颠。丧钟即将敲响。

"别开枪!"

车手们绕马道转了一圈,发出啪嗒嗒的声响,除了惊动麻雀外,没有引起任何反响:经过特别安排的广场显得死一样的寂静。马蒂厄仿佛魂都被勾去了,心想:"确实是德国人。"他们一冲一冲地经过村公所,来到马蒂厄所在位置的塔楼下,马蒂厄看得见他们戴着皮手套的大手在车把上颤动,他们没有停留,直接进入大街。过了一会儿,他们又出现了,直挺挺一动不动骑在颠簸的坐垫上,按来的路线全速绕了回去。马蒂厄很高兴克拉波禁止先开枪,他觉得德国人是不可战胜的。鸟儿在空中转了一会儿,纷纷飞进树丛。克拉波说:

"看咱们的了。"

一辆汽车嘎的一声刹住,车门咔咔打开。马蒂厄听见说话声和脚步声,他顿时觉得一阵恶心,如昏昏欲睡时那般晕眩,费了很大的劲才得以睁着眼睛继续观察。他眯缝着眼睛眺望大路,不觉心平气和了,心想:我们下楼放下枪械,他们没准会关照我们,也许会对我们说:"法国朋友们,战争结束了。"脚步声越来越近,他们

1075

并没有对我们下手,他们对我们不在意,不想伤害我们嘛。他干脆闭上眼睛,仇恨随之烟消云散:让他们踩着我的尸体踢着我的尸体过去吧。他不怕死亡,怕的是仇恨。

一阵巨响,震耳欲聋,他睁开眼睛一看,街上静悄悄的,空无一人,他以为在做梦。没见谁打枪呀,谁也没……

"一群浑蛋!"克拉波骂道。

"哪些浑蛋?"马蒂厄吓了一跳,问道。

"村公所里那些浑蛋呗,他们过早开了枪。大概气氛太紧张,吓糊涂了,让他们靠近再打就好了。"

马蒂厄的目光吃力地沿着路面往上伸展,仔细搜索每块铺路石以及路石之间的野草,直至大街拐角:空无一人,寂静无声,宛如八月的乡村,村民全下地干活了。但他心里很明白,只有几墙之隔有人在设想如何处死他:"他们千方百计置我们于死地。"心里尽管这么想,却恨不起来,仍温情脉脉地爱着全人类:法国人,德国人,甚至希特勒。他正在迷迷糊糊胡思乱想的时候,突然听见喊叫声,接着一声巨响和窗玻璃哗啦声,然后一阵接一阵的炸裂声。他死劲握住步枪,生怕它掉下来。

"手榴弹,距离太短。"克拉波嘀咕一声。

爆炸声接连不断,德国佬开始射击,接着又是两颗手榴弹爆炸。"但愿停止一分钟让我重新镇定下来。"但是射击声、炸裂声、爆炸声接二连三,愈演愈烈,他脑袋里好像有一个锯齿状的轮子,愈转愈快,每个齿形仿佛是一声枪响。"他妈的!岂有此理,我是个孬种!"他转过身瞧瞧伙伴们,他们一个个蹲着,眼睛发亮而冷峻,克拉波和当迪厄在观察;皮内特背着身子,颈背直僵僵的,双肩不停地上下抖动,仿佛得了舞蹈病或疯笑不止。马蒂厄藏在柱子后面,小心地探身栏外,好不容易睁大眼睛张望,但情不自禁地扭头朝村公所方向观察,极目远望,南方空落落的,一直通向马赛,通向大海，令他神往。突然又是一声爆炸，接着钟楼的板岩哗哗往下掉。马蒂厄圆睁双目，但见大路从塔下全速奔驰，万物也跟着流散，转移，交错，远离，如梦似幻，塔下的大坑愈塌愈深，不断在吸引他陷下去。莫非真的是梦？火轮滚滚，酷似蛋卷小商的转盘，转哪转哪，就像他躺在床上似醒非醒时瞥见一只跃跃欲跳的癫蛤蟆。马蒂厄茫然望着这只扁扁的丑物，还未定睛，不料癫蛤蟆变成一个人。马蒂厄清清楚楚看见此人剃光的颈窝有两条皱褶，看见他的绿上衣、皮带、黑色软皮靴子。"他大概到村外转了一圈，现在正朝村公所爬过来准备扔手榴弹。"那德国人用双肘和双膝匍匐而行，举在空中的右手紧握着一根短棒，棒头是个锅形金属容体，马蒂厄嘀嘀咕咕："得，得，得……"大路凝固了，车轮不转了，马蒂厄跳起来，用肩抵住枪托，眼睛盯着瞄准器，全神贯注地站着，置于一个坚不可摧的世界里，系一个敌人的生命于枪口，若无其事地瞄准其腰部。他颇有点优越感，不由得冷冷一笑：威震四海的德国军队，神兵天将的军队，蚱蜢般一蹦一跳的军队，如今化作这可怜的家伙，理亏心虚太久而后心软下来，不知不觉误入歧途，孩子似的忙个不停，热忱得叫人发笑。马蒂厄不慌不忙地觊觎那个仁兄，他有的是时间：德国军队是有懈可击的。他终于射击了，但见那人双手一伸，滑稽地向前一跳，好像在学狗刨式游泳。马蒂厄觉得好笑，补了一枪，可怜的家伙又狗爬了两三下，手榴弹从他手上滑了下来，滚到街面上，没有爆炸。他趴着一声不吭，动不了窝，恶形恶状，一命呜呼。马蒂厄轻声脱口而出："我镇住他了，我镇住他了！"他望着尸体，心想："他们也是凡夫俗子嘛。"他不由得神气起来。

一只手搭在他的肩上：克拉波过来视察新手的活计，望了望僵死的畜生，点头赞许，之后，他转身叫道：

"沙斯里欧！"

沙斯里欧跪着爬了过来。

"监视一下那边。"克拉波说。

"我不需要沙斯里欧帮忙。"马蒂厄恼火了。

"他们会再来捣乱的,"克拉波说,"要是一来好几个,你就对付不了啦。"

突然传来一阵机关枪声,克拉波耸着眉毛回到自己的位置上说:

"嘿!马上要乖乖地射击了。"

马蒂厄转身兴奋地对沙斯里欧说:

"喂,我想咱们已经给了他们一点颜色,德国佬闻风丧胆了。"

沙斯里欧没有搭理,他神色沉滞,浑噩,几乎快睡着了。马蒂厄生气了,问道:

"你看不出他们拖延时间吗?我本以为他们一转眼就会再来跟我们算账的。"

沙斯里欧惊异地瞧了瞧他,又看了看手表,说道:

"摩托车手过去还不到三分钟。"

马蒂厄虽然感到扫兴,却扑哧笑出声来。沙斯里欧举目监视,马蒂厄却只顾瞧着他打死的那具尸体,咯咯笑个不停。几年来他一直想有所作为,但总是无所作为:每每他采取行动的时候,总被别人抹杀,他无足轻重。然而眼前他这个行动,谁也无法一笔抹杀。他扣动了扳机,终于实实在在有了一点结果,心想:"发生了无可挽回的事情。"不由得笑得更欢。这时传来震耳欲聋的爆炸声、喊叫声,他却充耳不闻,心满意足地凝视他打死的尸体,心想:"这家伙尝到了滋味,他妈的!"他心里有数,"这个家伙是心里有数的!"属于他的尸体,属于他的杰作,属于他的世间足迹。此时,枪杀其他敌人的欲望油然而生,他觉得易如反掌,妙趣横生,他欲置整个德国于死地。

"当心!"

一个家伙手中握着手榴弹,沿墙匍匐而行。马蒂厄瞄准这个令人馋涎欲滴的怪物,心扑通扑通直跳。

"他妈的!"

打偏了。怪物缩做一团,好似迷失方向的人环视四周,感到莫名其妙。沙斯里欧打了一枪,那家伙像松了劲的弹簧,直挺挺地拉高身子,手臂一晃,手榴弹飞了出去,但自己四脚朝天瘫倒在路面中央。一时间窗玻璃炸开了,马蒂厄透过刺眼的蓝色烟雾瞥见几个人影在村公所底层扭来扭去,接着一片昏暗,他眼睛里直冒黄点点。他对沙斯里欧恼火透了,怒不可遏地连声骂道:

"他妈的!他妈的!他妈的!"

"不用担心,"沙斯里欧说,"反正他的手榴弹扔歪了,伙伴们在二楼上哪。"

马蒂厄眨了眨眼睛,摇摇脑袋,企图消除使他眼花的那些黄点点,他说:

"注意,我头晕眼花。"

"一会儿就没事了,"沙斯里欧说,"喂,快瞧那个我打中的家伙,他在挣扎呢。"

马蒂厄探身栏外,看得比较清楚了:德国佬四脚朝天,眼睛睁得大大的,手足乱动。马蒂厄向他瞄准。

"你疯了!"沙斯里欧说,"别浪费子弹!"

马蒂厄很不高兴地放下枪,心想,"这个浑蛋也许逃掉一条狗命!"

村公所的大门突然洞开。一个家伙出现在门口,气宇昂然地朝前走来。他赤裸上身,直至裤带,活像去皮的人体模型。紫红的面颊仿佛刨过,刨花似的肉片往下垂着。他忽然声嘶力竭地大喊起来,二十支枪向他齐发,他晃了晃,直挺挺栽倒在台阶上。

"他不是我们方面的人吧?"沙斯里欧说。

"不对,"马蒂厄气得声音都哽住了,"他是我们方面的人,叫拉泰克斯。"他的手瑟瑟发抖,眼睛生疼,声音颤抖,重复道,"他叫拉泰克斯,有六个孩子。"

说完,他突然俯下身子,瞄准倒下的家伙:那人睁大着眼睛,仿佛在盯视他。

"你该倒霉啦,浑蛋。"

"你疯了!"沙斯里欧说,"我对你说了别浪费子弹嘛。"

"别来烦我。"马蒂厄说。

他不忙射击,心想:"这坏蛋敢盯我,让他吃不了兜着走。"他瞄准那人的头部,一枪崩了脑袋,但那家伙却拼命奔跑。

"浑蛋!"马蒂厄喊道,"浑蛋!"

"当心哪!见鬼!当心哪!往右边跑!"

五六个德国人跑了出来。沙斯里欧和马蒂厄一起射击,但德国人已经改变策略,站到墙角隐蔽起来,伺机反扑。

"克拉波!当迪厄!快过来!要大干啦!"

"离不开呀。"克拉波回答。

"皮内特!"马蒂厄喊道。

皮内特没有理睬。马蒂厄不敢回头。

"当心哪!"

德国人突然跑了出来。马蒂厄射击,但他们已经穿过马路。

"他妈的!"克拉波在自己的位置喊道,"这个时辰树丛里也有德国佬。谁放他们过来的?"

德国人没有理会,照样往树丛里集结。沙斯里欧朝估计的方向射击。

"把他们引出来可麻烦哪。"

学校方面的伙伴们开始射击,但德国人躲在树丛里不还击。

村公所几乎不向外边打枪了。街面上还不时冒点烟尘。

"别往树林里打枪,"克拉波喊道,"浪费弹药嘛。"

这时一颗手榴弹扔到村公所二楼门面上爆炸了。

"他们爬到树上了。"沙斯里欧说。

"要是爬到树上,"马蒂厄说,"咱们就好收拾他们了。"

他的目光朝叶丛扫视,看见一条胳膊伸出来。立即射击。但太晚了,村公所二楼的窗户炸飞了;一股恶浊的黄烟飘来,再一次熏得他睁不开眼睛。他胡乱地放了一阵枪,只听得从树枝上纷纷落下巨大的熟果子,不知道那帮家伙是掉下的还是跳下的。

"村公所一枪不发呀。"克拉波说。

他们屏住呼吸谛听。德国人不停地射击,可村公所就是不还击。马蒂厄不寒而栗。死光了。血淋淋的碎尸横躺在百孔千疮的楼板上,屋子空荡荡的,什么也没有了。

"不是咱们的错,"沙斯里欧说,"他们的人太多了。"

突然,村公所二楼窗口冒出一团团浓烟,马蒂厄看出又红又黑的火焰。有人在里面喊叫,声音尖厉而失真,像女人的声音。马蒂厄顿时觉得自己快死了。沙斯里欧射击。

"你疯了!"马蒂厄对他说,"你在朝村公所开枪!还责怪我浪费子弹呢。"

沙斯里欧瞄准村公所窗户,朝火焰开了三枪。

"是那家伙在尖叫,"他说,"令人听着受不了。"

"他还在叫。"马蒂厄说。

他们听着那叫声,感到彻骨寒心。声音减弱了。

"完蛋了。"

突然,叫声又起,叫得更尖更惨。深沉又巨大的声音变得越来越尖厉。马蒂厄也向那边窗户开枪,但毫无结果。

"他不肯断气呀!"沙斯里欧说。

1081

号叫声终于停止了。

"啊哟!"马蒂厄叹道。

"总算了结了,"沙斯里欧说,"断气了,烧焦了。"

树丛里没有动静,街上也没有动静。阳光把燃烧中的村公所的三角楣染成金黄色。沙斯里欧看了看表。

"七分钟。"他说。

马蒂厄蜷曲着,觉得火烧火燎,透不过气来。他的双手紧贴胸口,好似固定住了,好不容易慢慢往下移到腹部,以便确信自己尚未受伤。克拉波突然喊道:

"屋顶上有人。"

"屋顶上?"

"咱们的正前方,他们朝学校开枪。他妈的,完了!"

"什么完了?"

"他们架起一挺机关枪。皮内特!"克拉波喊道。

皮内特倒滑过去。

"到这边来。学校那边的伙伴们要吃枪子啦。"

皮内特爬过来,茫然失色。他脸色灰白。

"不舒服吗?"马蒂厄问道。

"不,很好。"他冷冷地回答。

皮内特慢慢向克拉波移动,然后跪下。

"开枪吧。"克拉波说,"朝街上打,不让他们安宁。我们来收拾机关枪。"

皮内特一声不吭,开始射击。

"打准点儿,见鬼!"克拉波说,"不要闭着眼睛瞎打。"

皮内特打了个哆嗦,竭力振作起来,双颊又有了些血色,睁大眼睛瞄准。在他身旁,克拉波和当迪厄不停地射击。克拉波发出一声胜利的喊叫。

"中了!"他喊道,"中了!它哑火了!"

马蒂厄侧耳细听,寂静无声。

"是的,"他说,"但伙伴们也不开枪了。"

学校一片寂静。三个德国人从藏身的树丛里飞跑穿过街面,冲到学校,撞开校门。他们进去以后很快出现在二楼窗口,向外打手势和喊叫。克拉波打了一枪,他们立即躲起来。但过了片刻,马蒂厄听到子弹呼啸,这是自早晨以来他们第一次受到射击。沙斯里欧看了看表,说道:

"十分钟。"

"好,"马蒂厄说,"最后的时刻到了。"

村公所在燃烧,德国人占领了学校,仿佛法国第二次被打败了。

"扫射呀,见鬼!"

几个德国人小心翼翼在大街口露面。沙斯里欧、皮内特和克拉波一起开枪。德国人又把头龟缩回去。

"这一打,咱们暴露了。"

又是一阵寂静。一阵长时间的寂静。马蒂厄心想:"他们在搞什么名堂?"在空荡荡的街面近处躺着四具尸体,稍远处还有两具,除此之外什么也看不见。现在应该一了百了:让人打死吧。对于他们来说,这意味着什么?比预定的时间表晚了十分钟罢了。

"朝我们来了。"克拉波突然喊道。

一个又粗又矮的小怪物朝教堂滚动而来,在阳光下闪闪发亮。

"速射炮!"当迪厄喃喃低语。

马蒂厄朝他们爬过去。他们正面射击,但看不见敌人,好像速射炮自动推移似的。他们为了问心无愧才射击,反正还有子弹。他们镇静而疲惫的面庞十分英俊,这是他们最后的形象。

"朝后退!"

一个只穿衬衫的胖家伙突然在速射炮的左边出现。他根本不想躲闪,举起手臂平静地下达命令。马蒂厄猛地直起上身,那个敞胸露怀的小矮个儿强烈激起他的杀机。

"朝后退,肚子贴地趴下!"

炮筒慢慢升起。马蒂厄没有动弹,他仍旧跪着瞄准德国副官。

"你听见吗?"克拉波对他大声说。

"安静!"马蒂厄发火了。

他抢先射击,枪托的反弹把他的肩碰得咯咯作响,接着一声巨响,好像是他放的枪扩大的回声,他气得发狂,但随后听见一阵撕裂软东西的声响。

"没打中!"克拉波说,"他们瞄得太高了。"

德国副官四脚朝天,在地上挣扎。马蒂厄含笑望着他,正准备结果他,但见两名士兵把他架走了。马蒂厄倒退着爬到当迪厄身旁躺一会儿。克拉波掀开翻板活门:

"快,咱们下去!"

"下面没有窗户。"当迪厄摇摇头说。

他们面面相觑。

"咱们不能丢下子弹。"沙斯里欧说。

"你还有许多吗?"

"两弹夹。"

"你呢,当迪厄?"

"一弹夹。"

克拉波放下翻板活门。

"咱们不能丢下子弹,"他说,"你说得对。"

马蒂厄听到身后一阵嘶哑的喘气声,他转过身,只见皮内特脸色苍白,嘴唇毫无血色,呼吸困难。

"你受伤了吗?"

皮内特凶狠地望着他回答：

"没有。"

克拉波关切地对皮内特说：

"小伙子，你若想下去，不必勉强留下。咱们没有愧对任何人。至于我们，你该明白，我们要把子弹用光，不可以丢下子弹哪。"

"活见鬼！"皮内特说，"德拉鲁不下去，我为什么要下去？"

他慢慢爬到栏杆，任意放枪。

皮内特不作回答。子弹从他们头顶上空呼啸而过。

"让他去吧，"克拉波说，"这样，他不闲着也好。"

速射炮又接连放了两炮。他们听到头顶上响起沉闷的撞击声，天花板上的灰泥残片纷纷扬扬往下落。沙斯里欧取出怀表。

"十二分钟。"

马蒂厄和沙斯里欧一直爬到栏杆。马蒂厄蹲在皮内特身旁，沙斯里欧则站在他右边，向前弓着身子。

"坚持了十二分钟，已经蛮不错了嘛，"沙斯里欧说，"已经蛮不错了嘛。"

空气嘘嘘作响，直向马蒂厄扑面而来，突然一股热风如烫粥似的溅了他一脸。马蒂厄一屁股坐在地上。血使他睁不开眼睛；他的双手包括手腕鲜红鲜红的，他揉了揉眼睛，手上的血和脸上的血混在一起。但那不是他的血：沙斯里欧倒在栏杆上，头不见了，血冒着泡从脖子里往外涌出来。

"我不要！"皮内特喊道，"我不要！"

他猛地站起来，奔向沙斯里欧，用枪托敲打他的胸膛。沙斯里欧晃了晃，从栏杆上面翻了下去。马蒂厄冷冷地看着他摔下去，这正是他自己死亡的开始。

"自由射击吧。"克拉波喊道。

广场上突然布满士兵。马蒂厄回到自己的岗位,开始射击,当迪厄紧挨着他射击。

"这是一场屠杀。"当迪厄笑着说。

他突然一松手,枪掉下街面,自己直挺挺倒向马蒂厄,嘴里念念有词:

"老兄呀,老兄!"

马蒂厄用肩膀一拱,把他甩开了。当迪厄朝后倒下,马蒂厄继续射击。甚至楼顶在他头上倒塌时,他还在射击。一根横梁砸在他头上,砸落了他的枪,他怒火中烧,心想:"十五分钟,我无论如何也要坚持十五分钟!"一支枪从断木碎瓦堆露出枪托,他用力抽了出来,枪上布满黏糊糊的血,但里面上着子弹。

"皮内特!"马蒂厄喊道。

没有人回答。楼顶倒塌的碎物把平台的北面全堵死了,瓦砾和横梁压住翻板活门,一条铁杆悬在开口的天花板下,马蒂厄孤身一人。

"见他妈的鬼!"他大声喊道,"总不能说咱们坚持不了十五分钟吧。"

他走近栏杆,直挺挺站着射击。这是一次极大的复仇,每发子弹都是对他过去不敢有所作为的报复。"一枪射向洛拉,因为我不敢偷她的钱;一枪射向玛赛儿,因为我早该甩掉她;一枪射向奥黛特,因为我不敢吻她。这一枪射向我不敢写的书,还有一枪射向我所拒绝的旅行,再有一枪射向全体我原本憎恶却又竭力去理解的人们。"他还在射击,法律被打得满天飞舞;你说爱你的邻人如同爱你自己,"砰"一枪打烂你的臭嘴;你说你永不杀生,"砰"一枪正中伪君子的嘴脸。他向大写的人开火,向德行开火,向世界开火:自由就是恐怖;火在村公所燃烧,火在他头脑里燃烧:子弹在呼啸,自由得如同空气,世界连同我一起爆炸。他开枪射击,他看了看表:十四分三十秒;他别无他求了,只要半分钟的期限,刚好来得及射击那个趾高气扬向教堂跑来的漂亮军官,他向漂亮的军官开火,向地球一切美丽的东西开火,向大街开火,向花朵开火,向花园开火,向他曾经喜爱过的一切开火。美的东西做个下流的姿势便溜走了,马蒂厄还在射击。他开火:他是纯洁的,他是万能的,他是自由的。

十五分钟。

下 篇

黑夜,繁星。北方有一处火光:一座小村落在燃烧。东方和西方,一长条一长条灼热的光,迅猛、耀眼:他们在开炮。他们无处不在,"明天就会抓住我。"布吕内进入沉睡的村庄,穿过广场,随便走近一栋房屋,敲敲大门,没有回音,按了一下插闩,门便打开了。他走进屋子,随手关上大门,眼前一片漆黑。点燃一根火柴。他所在位置是前厅,一面镜子隐约显现,他朝镜子照了照:"我太需要刮胡子了。"火柴熄灭。他已经看清左边有一道往下的扶梯。他摸着黑走近梯子,顺着扶手往下旋转,在转角处瞥见朦胧漫射的微光,再往下旋转,便是地窖。酒香和蘑菇味扑面而来。几个酒桶,一堆干草。一个粗壮的汉子穿着长睡衣和长裤坐在草堆上,旁边的金发女人半裸着身子,怀里抱着一个孩子。他们直勾勾地望着布吕内,三个人张着大嘴,惊惶失措。布吕内走下梯级,汉子始终盯着他。布吕内踏进地窖,汉子突然说道:

"我妻子病了。"

"怎么啦?"布吕内问。

"我不想让她到林子里过夜。"

"你跟我讲这个干什么?"布吕内说,"我才不管呢。"

他站在地窖中央,汉子满腹狐疑地望着他:

"那么您想干什么?"

"在这里睡觉。"布吕内回答。

汉子噘嘴蹙眉,仍盯着他不放:

"您是军士?"

布吕内没有回答。

"您手下的人在哪儿?"汉子更加疑心了。

"死了。"布吕内回答。

他走近草堆时,汉子接着问:

"德国人呢? 他们在哪儿?"

"哪儿都有。"

"我不愿意让他们在这儿发现您。"汉子说。

"听见了。"布吕内回答。

"我有妻子和孩子,我不想为您的蠢事遭殃。"

"不用担心。"布吕内说着坐了下来。

妇人恶狠狠地瞪了他一眼,说道:

"有些法国人在上面打仗,您应当跟他们在一起。"

布吕内把目光集中在她身上,她立即把长睡衣往乳房上拉了拉,嚷道:

"滚出去! 滚出去! 您已经吃了败仗,还想连累我们一起送命。"

"别担心嘛,等德国人到了,你们叫醒我就行了。"

"您想干什么?"

"我去投降呗。"

"卑鄙!"妇人骂道,"不要脸,想一想,有些人却心甘情愿去牺牲。"

布吕内打呵欠,伸懒腰,脸堆笑。他一周来连续作战,没有睡觉,几乎没吃东西,许多次险些送命。现在不打了,打败了嘛,但还有工作要做,有许多工作要做。他躺在干草上,打了个呵欠,便睡着了。

"喂,快起来,他们到了。"汉子说。

布吕内睁开眼睛,看见一张粗大的红脸,听见哒哒声和爆炸声。

"他们到了?"

"是的,干起来了,我不能把您留在我家里。"

妇人没有动窝,依旧把睡着的孩子紧紧抱在怀里,但凶狠的目光一直盯着布吕内。

"我这就走。"布吕内说。

他站起身打了个呵欠,走到气窗口,把手伸进布背包,掏出一面小镜子和一把剃刀。汉子瞧着他,气得发愣:

"您总不至于刮胡子吧?"

"为什么不呢?"布吕内反问道。

"我对您说了,他们要是发现您在这儿,会枪毙我的。"汉子气得满脸通红。

"我很快就刮完。"布吕内说。

"不行,我不干,"汉子抓住他的胳膊往外拽,"我有妻子和孩子,早知道您这副德行,根本不让您进屋了。"

布吕内甩动胳膊,摆脱了拉扯,厌恶地瞪视粗壮的软骨头:他苟全性命,不管什么制度都无所谓,一味低声下气,甘心受愚弄,死心塌地苟且偷安。他又过来拉扯,布吕内一巴掌把他推到墙上:

"让我安静点,否则我揍你。"

汉子老实了,喘着粗气,缩在一旁,转动着酒鬼的昏眼,身上散发着死尸和粪水般的恶臭。布吕内动手刮胡子,没有肥皂没有水,刮得皮肤火辣辣生疼。由于发现身旁的妇人又怕又恨,瑟瑟发抖,布吕内加快了动作,若时间拖太长,她怕是要歇斯底里大发作了。他把剃刀收拾好,放进布袋,心想:赶明儿还可以用两回。

"你瞧,我这不是刮完了吗,何必无事生非呢?"

汉子没有搭理,妇人吼道:

"滚出去!滚出去!"

布吕内行了二指礼,说道:

"不管怎么说,还得谢谢你们。"

他登上黑乎乎的扶梯,穿过前厅,只见大门敞开,户外朝霞满天,机关枪发疯似的哒哒响个不停。屋内昏暗,凉爽。他走近大门,不得不投入光天化日之下。小广场,小教堂,亡灵碑,屋前的粪便,国家公路从两栋房屋之间穿过,满路朝晖。德国人已经到达,三十来个人正在忙碌,工人们紧张施工,德国人用一座迫击炮向教堂开火,有人则从钟楼上朝他们放枪,好不热闹。在双方火力交叉之下,广场上只穿着衬衫的法国士兵们睡眼惺忪,踮着脚碎步急促行走,好像列队赛美。他们苍白的双手,举过头顶,接受阳光的戏弄。布吕内瞧瞧他们,瞧瞧钟楼,瞧瞧他右边正在燃烧的大建筑,感到脸上火辣辣的,随口骂了一声:"他妈的!"他下了三个台阶,立即被捕了。他的双手始终插在口袋里,像两个铅球那么沉重。

"举起手来!"

一个德国人用枪瞄准他。他的脸涨得通红,双手慢慢抬起,一直举过头顶,他暗下决心:"他们将以血来为我雪耻。"他踏进法国人的圈子,跟着他们蹦来跳去,好似演电影,而不是真的,呼啸的子弹似乎打不死人,迫击炮好像在开空炮。一个法国人膝盖一软,倒下了,布吕内从他身上跨了过去。他不慌不忙地从一栋棕色房屋的边缘拐过去进入大马路,就在这时钟楼倒塌了。顷刻之间,德国兵不见了,枪炮声消失了,电影演完了,眼前是芳原绿野,布吕内又把双手插进衣兜,跟法国人聚在一起。这是一群嘈杂的法国人,身材矮小,穿着土黄色军装,邋遢不堪,硝烟熏黑的脸上胡子拉碴,却不停地发笑,打趣,窃窃私语。他们或光脑袋或戴便帽,没有一个戴钢盔的;他们挤做一团接踵而行,活像一群绵羊。大家互相认出

后,互打招呼:

"我九月份在萨韦纳见过你。"

"喂,吉拉尔,你好哇,咱们等到吃了败仗才相遇。莉萨好吧?"

一名德国兵背着枪,没精打采地押送这群吃了败仗的小羊群,他慢悠悠迈着大步,与战俘们急促的碎步形成鲜明的对照。布吕内跟着他们碎步小跑,但他和德国兵一样高大,脸也刮得一样干净。粉红色的大路在草地中间向前延伸,空中没有一丝风,热烘烘使人精神不振。人群散发着难闻的气味,叽里呱啦的议论引起路旁的鸟儿竞相鸣叫。布吕内身旁的大胖子一团和气,他用嘴巴呼吸,气喘吁吁,问道:

"你们从哪儿来?"

"我们嘛,从萨韦纳下来,一路上在农场借宿。"

"我呢,是自个儿跑来的,"布吕内说,"有意思,我以为村民跑光了。"

他瞥见离他两行有个晒得黝黑的金发小伙子,光着上身,肩胛之间露着一大块血红的痂盖。布吕内顿时觉得背后升起一片喧腾:笑声、喊声、脚擦地声,仿佛是自然界的声响,很像风过树林的飒飒声。他猛一回头,仿佛有成千上万的人向他拥来,从田野从村庄从农场从各处被迫向他拥来。布吕内鹤立鸡群,头和肩高高立于万头攒动的人海之上。

"我叫穆吕,"胖家伙说,"是巴尔勒迪克人,"他接着自豪地补充,"我熟悉这个地区。"

路旁一家农场在太阳下燃烧,浓烟滚滚,一条狗汪汪狂吠。

"听见狗叫了吧?"穆吕问旁边的人,"他们把狗关在里面哩。"

他旁边的那个肯定是北方人,金黄头发,高高的个儿,乳色皮肤,很像押送他们的德国佬。北方佬皱了皱眉头,朝穆吕转了转蓝

色的大眼睛:

"唵?"

"狗,被关在里面了。"

"关在里面又怎样,一条狗嘛。"

"哎哟!哎哟!哎哟!哎哟!"

这回可不是狗叫,而是人号了:一个光着脊梁的小伙子在哀号。一个家伙连拖带拽地押着他,用手捂住他的嘴,布吕内正赶上瞥见他苍白的大脸和惊恐的眼睛。

"夏潘看上去快不行了。"穆吕对北方佬说。

"什么?"北方佬似乎没有明白。

"我说你的伙伴夏潘快不行了吧?"

"他总是与众不同。"北方佬笑了笑,露出雪白的牙齿。

大路渐渐升高,晒热的石头和烧焦的树木散发着好闻的气味,背后的狗叫声越离越远了。坡道爬到头,陡然下降。穆吕伸手指着长得看不见尾的队伍,说道:

"嗨!瞧瞧,这么多人,从哪儿冒出来的?"他转身问布吕内,"这有多少人?"

"说不好,也许一万,也许更多。"

"你这么一看就能大致估出个数来?"穆吕望着他,将信将疑。

布吕内想起七月十四日国庆节和五一劳动节,每每派一些人到里沙-勒努瓦林荫大道,根据游行的时间估计游行的人数:摩肩接踵的人群鸦雀无声却热气腾腾,置身其间,心潮澎湃。而眼前的人群虽然喧闹却令人感到冷漠和死气沉沉。布吕内微微一笑说:"我有经验。"

"咱们上哪儿?"北方佬问。

"不知道。"

"德国部队在哪儿?谁指挥?"

没有德国军队,只有十来个德国佬分散在路上,他们押送的人群就像一大片羊群,从坡顶一直延伸到坡底,仿佛受自身的重力悬吊着。

"好滑稽。"穆吕说。

"是的,"布吕内附和说,"好滑稽。"

确实滑稽,他们满可以扑到这些德国人身上,掐死德国人,然后四处逃散。不过又有什么用呢?他们沿着大路一直往前走,到达山坡下的小盆地,现在又要爬一个山坡,他们热极了。穆吕从衣兜里掏出一沓用橡皮筋捆着的信,用笨拙的粗手翻动了一会儿,汗水滴到信纸上,紫色的墨水立即化开。他解下橡皮筋,没有重读便动手撕信;有条有理地撕成小碎片,随后散开,就像撒播似的。布吕内目随飘撒的纸片,大部分纷纷扬扬撒在士兵们的肩上,然后落在他们脚下,其中有一片纸屑在空中飘了片刻,落到一丛草上。草儿顶着纸片微微弯曲,好似罩了个盖子。纸片沿路飘撒,撕碎的,揉皱的,卷拢的,一直飘进路沟,落在断枪和破盔之间。每当纸片较大飘得较高时,布吕内偶尔瞥见片言只字:好好吃饭;别着凉;埃莱娜和孩子们拥抱你,我的心肝。一路纸片,一路被玷污的爱。山坡上趴着一些小怪物,没有眼珠的小怪物,它们呆望着这群残兵败将——这是些防毒面具。穆吕捅了捅布吕内的肘关节,指着一个防毒面具说:

"不管怎么说,咱们还算幸运,没使上这玩意儿。"

布吕内没理睬,他便去找别的知音:

"喂,朗贝尔!"

布吕内前面的一个家伙回过头来,看见穆吕向他指着一个防毒面具,不需任何评论,两人不约而同扑哧一声笑了出来,周围的人也跟着笑开了:他们恨透了这些"懒虫"。先前由于害怕,不得不照料它们。现在它们被踩在脚下,报废了;瞧见它们,他们便想

起战争已经结束了。农民们依旧每天下地干活,支撑在铁锹上望着他们经过。朗贝尔一时高兴,冲着庄稼人喊道:

"老爷子,好吧?我们退役了。"

十种声音,一百种声音一起挑战似的重复道:

"退役了!退役了!我们回老家了。"

农民们没有搭理,好像没有听见。一个像巴黎人的金黄鬈发者问朗贝尔:

"你认为什么时候?"

"快了,"朗贝尔说,"快了,黄毛。"

"真的吗?你肯定?"

"你只要睁眼看看嘛。押送我们的家伙在哪儿呢?要是咱们真的当了俘虏,那早把我们看押得严严实实了。"

"既然如此,他们为什么抓我们?"穆吕问道。

"抓?他们没有抓我们哪,只把我们搁在一边,省得我们碍手碍脚,好让他们畅行无阻。"

"即使如此,"黄毛叹道,"也得拖很长时间。"

"你没疯吧?他们追得没有我们逃得快,"朗贝尔有点放肆起来,冷笑着说,"德国佬才不着急哩,他们优哉游哉,在巴黎弄个小娘儿们,在第戎吃瓶老酒,在马赛喝碗鱼汤。当然喽,到了马赛就完了,再也过不去了,前面是大海嘛。到那时候,他们就会把我们给放了。八月中旬,我们就回老家了。"

"还有两个月,这么长时间哪!"黄毛点点头说。

"你好心急哟,他们总得把路修完,好让火车通过呀。"

"火车,奉送给他们好啦,"穆吕说,"要是因为这个缘故,我步行回家好了。"

"去你的吧,我才不呢!已经走了两星期,受够了,真想歇息歇息呢。"

"你还想找个小娘儿们玩玩吧?"

"说得倒好,我拿什么去玩呢?走得太累了,裤裆里啥也没有啦,只想睡觉,自个儿睡觉。"

布吕内听着他们谈话,望着他们的颈背,心想还有许多工作要做。

杨树接着杨树,过了小桥溪水还是杨树。

"好渴哟。"穆吕说。

"渴得不厉害,"北方佬说,"倒是饿得慌,从昨天到现在还没进食哩。"

穆吕碎步疾走,汗流浃背,气喘吁吁,他脱掉上衣,搭在臂上,解开衬衫纽扣,微笑着说:

"现在咱们可以脱掉上衣,自由自在了。"

前面突然停步。布吕内冷不防把胸部撞在朗贝尔的背上,朗贝尔转过身来:他留着连鬓胡,小眼睛炯炯发光,眉毛又粗又黑。

"你这笨蛋,眼睛不朝前看哪?有眼无珠吗?"他无礼地望着布吕内的军服,说道,"军士长也不管用。没人指挥了。都是老百姓了。"

布吕内瞧了瞧他,没跟他发急,他只好不吭声了。布吕内琢磨这家伙当老百姓时干些什么。小商人?职员?总之,中等阶层呗。像这样的人有好几万,毫无权威意识,也不大自爱。对这种人需要铁一般的纪律。穆吕问道:"为什么停止前进?"

布吕内没理睬他:这也是个小市民,跟那个家伙一路货色,不过更蠢一些,跟这帮人打交道可不容易。穆吕舒坦地叹了叹气,自己扇了扇风:"也许有时间在地上坐一会儿吧。"

他把背包撂在路上,坐在上面。德国兵走近他们,毫无表情地注视他们,他的长脸很好看,蓝眼睛浮现一抹同情的亮光。他一板一眼地说:"可怜的法国人,战争结束了。你们就要回家了,就要回家了。"

"他说什么？说什么？他说我们快回家了，当然我们快回家了，妈的，朱利安，听见了吧？快回家了，问问他什么时候。喂！问他我们什么时候回家，嗯？"

"喂，德国佬，我们什么时候回家？"

他们对他以"你"相称，既卑恭又随便，他们面对的虽然只是个小兵，其背后却是整个胜利的军队。德国人望着空处，重复道：

"你们就要回家了，就要回家了。"

"什么时候，俺？"

"可怜的法国人，就要回家了。"

队伍继续往前走，杨树接着杨树。穆吕哼哼唧唧起来，他又热又渴又累，真想停下来休息，但谁也阻止不了这顽强的行进，虽然无人指挥。一个家伙呻吟道："我脑袋痛。"但他继续往前走。叽里呱啦的议论慢慢沉闷下来，间隔性的沉默越来越长久，他们纳闷儿："这么走下去莫非走到柏林不成？"

他们继续往前走，前拥后挤，一浪推一浪。一座村庄，广场上一堆钢盔、面具、步枪。

"普德鲁，我前天经过这儿。"穆吕说。

"对，我也经过这儿，昨天晚上，"黄毛说，"乘卡车经过的，住户门前站着一些人，他们好像对我们没有好感。"

他们依然站在门口，交叉着手臂，默不作声，其中有老人、妇女：黑头发，黑眼睛，黑长裙。他们睁眼凝望，面对这些见证人，战俘们振作起来，变得厚颜无耻、爱招惹人，他们挥动双手，笑着高喊："致敬，大娘！致敬，大爷！退役了，战争结束了，致敬！"他们边行进边招呼，挤眉弄眼，嬉皮笑脸，然而目击者们却沉默不语，直瞪瞪地望着他们。只有食品杂货店的老板娘挺着胖胖的身子，和气地低气叹道：

"可怜的小伙子们!"

北方佬怡然自得,微微一笑,对朗贝尔说:

"咱们不在北方,还算幸运。"

"为什么?"

"人家会朝咱们脸上扔家具。"

一眼泉水。百十来个弟兄离开队伍去喷泉喝水。穆吕跑了过去,笨手笨脚地弯着身子咕嘟咕嘟地喝水。他们感到惬意解乏,双肩颤动,水涓涓流在脸上。看守仿佛没有发现,对此视而不见:俘虏们要是乐意可以留在村里,当然要有勇气面对村民的目光。不,他们不愿留下,一个个跑回队伍,行色匆匆,好像害怕失去自己的位置。穆吕跑起来像女人,膝部扭个不停。他们互相拥抱,笑着叫着,争先恐后,迫不及待,活像一群被鸡奸的:他们的嘴巴咧得大大的,乐不可支,眼睛却像被打的落水狗,眯成细缝。穆吕抹了抹嘴唇,说道:

"真好喝。"

他惊异地望着布吕内,问道:

"你不喝水?不渴吗?"

布吕内耸耸肩膀,没有回答。很遗憾,这一大群家伙没给五百大兵严密看管,用步枪刺刀戳迟到者的屁股,用枪托揍饶舌者:看你们还敢唠叨多嘴不?他看看右边,看看左边,看看后边,寻找跟他相同的面孔,可他只看见千万张被抑制不住的喜悦所扭曲所陶醉的放纵面孔。同志们在哪儿呢?共产党员,一眼就认得出来。一张特殊的面孔,一张严厉而冷静的面孔,一张男子汉的面孔。可是眼前这帮小子,又急躁又卑劣,低着头往前赶路,急匆匆拖着虚弱而不安分的身子,法国人全部的聪明智慧都外露在他们积满污垢的脸上,上下嘴唇连在一起机械地翻动,鼻翼时而收紧时而扩张,前额堆起层层皱褶,眼睛被虚火烧得通红。他们赞赏、识别、辩论、判断、批评、权衡利弊、领会异议、论证和断定,没完没了地搞形式推论,好像每张脸都是一个命题。他们顺从地走着,在行进中推理;他们心安理得,反正战争结束了,不打了,德国人看上去不太坏嘛。心安理得,因为他们认为一眼就判断出他们的新主子,于是他们的面孔重新散发出聪明智慧:这是一种特殊的法国奢侈品,必要时可以卖给德国佬,换取小恩小惠。杨树,杨树接着杨树,赤日炎炎,已是当午。

"他们来了!"

聪明智慧顿时消失,整个人群迸发出充满快感的呻吟,这不是喊声,也不是叹息,而是一种仰慕引起的倾倒,就如积满雨水的树丛嘘嘘作响。

"他们来了。"

这声音从前面传到后面,好似一个好消息,一传十,十传百:他们来了,他们来了!队伍自行靠拢,朝低处靠边,长毛虫哆哆嗦嗦,而德国人长驱直入,乘着摩托车、卡车、履带装甲车。他们面孔刮得光光的,晒得黑黝黝的,精力充沛,英俊潇洒,沉静得像在高山放牧。他们旁若无人,目不斜视,眼睛只盯着南方;他们进入法国如入无人之境,静静地站在车上,你想想,人们免费运载他们,他们是四个轮子的步兵。这也叫战争,岂有此理,不如让机关枪对准我,让小口径火炮瞄准我!德国人看上去帅极了,怪不得我们吃败仗。俘虏们很高兴德国人如此强大,一见之下更觉得自己无罪:"不可战胜,没有什么好吵的,人家不可战胜嘛。"布吕内望着这帮惊叹不已的残兵败将,心想:"净是这块料,朽木不可雕也,算了,将就着对付吧。"到处都有工作可做,在这批人中间肯定有人可以挽救。德国人过去了,长毛虫离开大路,爬向一个篮球场地,顿时挤得黑压压一片:有的坐下,有的躺下,有的用五月份的报纸顶在头上挡太阳,就像在跑马场的草地或星期天的凡赛纳森林。

"怎么会停下不走呢?"

"不知道。"布吕内回答。

他生气地望着这群东倒西歪的人,不想坐下,但这未免愚蠢,不应该鄙视他们哪,否则只能把事情搞糟,再说谁知道到底去哪儿呢,必须积蓄力量,于是他坐了下来。一个德国兵从他后面走过,接着另一个,他们友好地朝他笑了笑,带着慈爱的讥讽口气问道:

"英国人在哪儿呢?"

布吕内望着他们的黑色软皮靴不回答,他们便走开了,最后面是个副官,他用悲天悯人的语调重复问道:

"英国人在哪儿呢?可怜的法国人!英国人在哪儿呢?"

谁也没理睬他,只见他频频晃动着脑袋。等德国佬走远了,朗贝尔才低声回答他们:

"英国人在我屁股里呢,不管你跑得多快,他们都会跟你捣乱的。"

"哟!"穆吕哼哼。

"唵?"

"英国人嘛,很可能会跟德国人捣乱,但人家也跟他们捣乱哪,不好对付哟,从这里出发没有几公里嘛。"

"不一定吧。"

"肯定的嘛,笨蛋!这是意料之中的。他们装得很厉害,因为他们躲在岛上,走着瞧吧,等德国佬跨过英法海峡,有他们好看的。我对你这么说吧,法国兵没能顶住,确实不假,但英国佬也打不了胜仗。"

同志们在哪儿呢?布吕内感到孤单,十年来从未如此孤单。他又饿又渴,并为感到又饿又渴而羞愧。穆吕转过身来对他说:

"他们会给我们饭吃的。"

"真的?"

"好像副官是这么说的,他们就要分发面包和罐头了。"

布吕内笑笑,他知道分不到任何吃的东西。要让这帮人吃点苦头,让他们吃尽苦头才行。突然一批人站了起来,接着另一批人,最后所有的人全站起来,又出发了。穆吕生气极了,低声抱怨:

"谁说又要开拔?"

谁也没搭理,他大声道:

"别走呀,伙计们,他们就要分东西给我们吃了。"

人群对他的发急和喊叫视而不见,听而不闻,纷纷走上大道,继续往前赶路。一座森林。苍白淡红的阳光透过树叶深入森林,三门七十五毫米口径的大炮虽被丢弃,却依然威胁着东方。大家很高兴,因为有了树荫。一个团的德国工程兵列队经过。黄毛面带狡猾的微笑望着德国部队离去,他乐滋滋眯着眼观察胜利者,仿佛在玩猫捉老鼠的游戏,享用着自己的优越感。穆吕抓住布吕内的胳膊,摇晃着说:

"那儿,那儿!灰色的烟囱。"

"怎么啦?"

"那是巴加拉!"

他踮起脚,双手搁在嘴边做成喇叭形,喊道:

"巴加拉!伙计们,快走呀,到巴加拉了!"

大家都疲乏了,况且太阳刺得眼睛睁不开,随声附和着:"巴加拉,巴加拉。"其实他们根本无所谓。黄毛问布吕内:

"巴加拉出产花边吧?"

"不,"布吕内回答,"出产玻璃制品。"

"哦!哦!"黄毛连哼了几声,茫然的神态中夹杂着敬意,"哦!哦!"

在蔚蓝的天空下,城市显得黑乎乎的,众人的脸色变得阴沉起来,有人伤心地说:

"见到一座城市心里就怪不是滋味。"

他们沿着一条荒废的街下来,只见人行道和街面上到处是玻璃碎片,黄毛冷笑了一下,指着玻璃碎片说:

"喏,这就是巴加拉的玻璃制品。"

布吕内抬头环视:房屋未受损失,但所有的玻璃窗全砸碎了。他背后有人重复道:

"见到一座城市,心头别有一番滋味。"

一座桥梁。队伍突然停下,四万只眼睛转向河流:五个德国佬赤身露体在水中嬉戏,叫着闹着互相泼水。两万名穿着制服灰溜溜汗涔涔的法国人眼睁睁地望着这些光肚皮光屁股的家伙在十个月的大炮和坦克保护之后,现在堂而皇之炫耀裸体,不怕丢人现眼。原来如此,仅此而已,胜利者原是一团白生生、不堪一击的肉。一声低沉的叹息撕扯着众人的心。他们可以忍气吞声接受胜利的军队耀武扬威乘着坦克列队游行,却忍受不了这些德国佬赤条条在水中玩跳背游戏,这是赤裸裸的凌辱。朗贝尔俯向栏杆望着河水,低声说:

"一定非常清凉!"

这声感叹还谈不上是一种欲望,仅仅是一个死者的遗憾。这一大群人已经死了,被遗忘了,被埋葬在一场过期的战争中了,但他们还得打起精神继续往前走,忍受干涩,炎热和尘土。一座门楼的大门嘎吱一声打开了,高墙深院呈现在眼前,布吕内在猎猎清风中看出这是一座兵营,尽管护窗板全关着。他向前走着,后面有人推推搡搡,他转过身说:

"别推嘛,大家都进得去。"

他跨进大门。穆吕愉快地笑道:

"今天总算过去了。"

老百姓、胜利者、杨树、阳光闪烁的河流统统过去,他们即将把这场肮脏的战争埋葬在这座高墙深院里,即将把他们自己在没有证人的情况下蒸熟煮烂。布吕内朝前走,后面总有人推推搡搡,他一直走到院子尽头,停在长长的灰色峭壁脚下。穆吕用肘推了他一下:

"这是别动队的兵营。"

上百扇百叶窗关闭着,三级踏步的台阶连着一扇用挂锁锁上的大门。台阶左边,离营房两米处,有一座高一米宽两米的砖砌壁垒,布吕内走近壁垒,靠在上面。院子里人越来越多,不断有人往里进,把最先到的人挤在营房的墙根下,就这样还有人往里涌。突然两扇沉甸甸的门转动起来,慢慢合拢了。

"行了,"穆吕说,"这下咱们安逸了。"

朗贝尔望着门楼,满意地说:

"还有一大堆臭货进不来,他们只好睡在外边了。"

"睡在院子里或睡在大街上,有什么……"布吕内耸耸肩膀说。

"那大不一样。"朗贝尔打断他说。

"咱们嘛,"黄毛点头赞成,添了一句,"反正不睡大街。"

"咱们虽然没有屋顶,总算有房子吧。"朗贝尔添枝加叶。

布吕内转身一百八十度,背朝营房,察看地形:眼前,院子微微倾斜向下延伸,直至围墙;两个瞭望台相隔一百米,分别耸立在墙的压顶上,台内空荡无物;一排新近打的木桩挂着铁丝和绳子,把院子割成两个大小不等的部分。较小的那部分,即围墙和排桩之间,是一块较窄的空地,还没有被占据,而另一部分,即排桩和营房之间,则挤满了人。大家十分拘束,好像是来参观访问的,没人敢坐下,他们仍旧背着军包、提着布包,脸上淌着汗水,法国人的聪明智慧已荡然无存。阳光照着他们空茫茫的眼睛,一时间他们躲进短暂的、不舒适的迷茫中,以便逃避过去,逃避最近的将来。布吕

1103

内不愿承认他口渴,放下背包,把手插进衣兜,吹起口哨来。一名中士向他行军礼,布吕内朝他一笑,但没有回礼,中士走近问道:

"大伙儿等什么?"

"不知道。"

中士是个瘦高个儿,身板结实,大眼睛由于自命不凡而失去了光泽,瘦削的脸上横着一道小胡子,动作敏捷而冷酷且矫揉造作。他问道:

"谁指挥?"

"会有谁呢?德国佬呗。"

"咱们这边呢?负责人在哪儿呢?"

"快找哇。"布吕内当面嘲笑他。

中士的眼睛燃起蔑视的火焰,他想当指挥官的副手,分享一下发布命令的乐趣,但布吕内根本不想指挥,他的指挥权随着他手下最后一名兄弟倒下已经结束了。现在他脑子里想的是其他事情。中士不耐烦地问道:

"为什么让这些可怜的人站着?"

布吕内没有理睬,中士狠巴巴地瞪了他一眼,只好亲自出马指挥。他神气活现地站了出来,双手搁在嘴边做了个喇叭形,大声喊道:

"大家坐下!让出一条路来!"

一些人转过头来,不安于现状,但身子却没有动窝。

"大家坐下!"中士重复道,"大家都坐下!"

一些人无精打采地坐下,口令波浪似的传开了:"大家坐下!"人群随着口令声纷纷坐下,声波在人头上空盘旋,一直传到院子的另一端,撞到墙上,神秘地反弹回来:

"大家站起来,站着别动,等待命令!"

中士焦急地望着布吕内:他有个竞争者,在那儿,在大门那边。

一些人蓦地站了起来,捡起背包,抱在胸前,惶恐不安地向四处张望。但大部分人仍坐着,渐渐地,站起来的人们又坐了下来。中士自命不凡地扑哧,观赏着自己的杰作。

布吕内瞧了他一眼,对他说:

"坐下,中士。"

中士对他挤挤眼睛,布吕内重复道:

"坐下!命令坐下就得坐下。"

中士犹豫了一下,在朗贝尔和穆吕之间找了个空隙坐到地上,他双臂抱膝,微微张着嘴巴,自下而上打量布吕内。

"而我,站着,因为我是军士。"布吕内加添道。

布吕内不愿意坐下,从腿肚到大腿一阵阵酸痛,但他硬不肯坐下。他望着成千上万的背脊和肩胛,望着抖动的颈窝和惊跳的肩膀,这片频频抽搐的人群在他眼皮底下煮得沸热,嘟嘟颤动,他既非恓恓惶惶,也不兴致勃勃,只有一个想法:"他们就是这块料。"众人直僵僵地等待着,看不出饿得发慌,大概炎热使他们的肠胃紊乱了吧。他们惊魂未定,期待着。但期待什么呢?一道命令,一场灾祸,或黑夜降临,反正只要得到解脱,不管发生什么都行。一个大块头预备役军人脸色苍白,抬头对着一座瞭望台说:

"哨兵为什么不到那上面去?他们干什么吃的?"他停顿了一下,阳光灌满他仰着的眼睛,未了他耸耸肩膀,语气严肃而失望地说,"他们那边也跟咱们这边一样,犯了组织方面的错误。"

只有布吕内一人站着,他望着众人的头顶,心想:"同志们一定混在人群里,就像针掉进草堆,把他们重新组织起来,需要时间哪。"他仰头看了一眼天空和天上黑色的飞机,低下头转身时,发现右边有个大高个儿没有坐下,是一名下士,正在抽香烟。飞机经过时轰隆隆震天响,人群好似被翻耕的土地,一下子变了颜色,从黑色变成白色,成千上万个又硬又黑的头颅仰面朝天,仿佛一朵朵

1105

巨大的山茶花争芳斗艳,眼镜点缀其间,在千枝万朵花丛中闪耀发光。下士没有动弹,他拱着宽大的肩膀,低垂双眼,盯着两脚之间的土地。布吕内欣慰地注意到他剃光了胡子。下士转过身来,也注意到布吕内。下士的大眼睛呆滞,黑圈浓重,除扁鼻子外,他的脸几乎是好看的。布吕内心想:"这张脸在某个地方见过。"什么地方?他怎么也想不起来了,见过的脸太多了!他放弃了追忆,这无关紧要,况且下士不像认出了他。突然布吕内情不自禁地喊了一声:"喂!"那人抬起头应了一声:"喂!"布吕内对自己很不满意,其实根本不想喊他。但见他站着,衣着基本整洁,剃光了胡子……

"过来,"布吕内冷冷地说,"你若想站着,那就过来在小墙上靠一靠吧。"

那人弯下腰,提起背包,跨过一些人的肩膀,来到布吕内身旁。他身强力壮,略微有些发胖,主动打招呼:

"你好,老兄。"

"你好。"布吕内回答。

"就待在这儿吧。"那人说。

"你单独一人?"布吕内问。

"我手下的人全死了。"那人说。

"我的人也死光了。"布吕内说,"你叫什么名字?"

"什么?"那人问。

"我问你叫什么名字?"

"哦,嗯,施内德尔,你呢?"

"布吕内。"

他们相对无言,布吕内看了看手表:五点钟,心想:"我干吗把这家伙叫过来,他会碍事的。"太阳落到营房后面,但天空低沉,没有一片云彩,没有一丝清风,死海似的寂静,整个院子鸦雀无声。布吕内周围的人双臂抱头,试着就地睡一会儿,但忧心忡忡,睡不着,于是又直起身子,或叹息或挠头。

"哎!哎!哎!"穆吕轻声提醒。

布吕内转身循声望去,由一名德国哨兵领路,十来个法国军官从他背后沿墙而过。

"怎么还有哪?"黄毛低声问道,"他们不是全溜了吗?"

军官们默默地离去,眼睛不看任何人。士兵们说说笑笑,却十分拘束。军官们经过时,他们扭过头去,好像双方都害怕打照面儿。布吕内朝施内德尔看看,四目相视,会心一笑。坐在地上的有人喧哗起来,原来是中士和黄毛在争吵,黄毛说:

"统统跑了!乘汽车坐摩托溜了,扔下我们,让我们活受罪。"

"此话说不过去,太叫人遗憾了。"中士交叉着双臂叹道。

"正如德国鬼子所说,"黄毛反驳道,"他们逮住我们时就说过:法国军队是一支没有头头的军队!"

"上次战争,头头们难道没有取胜?"

"头头不一样了嘛!"

"怎么不一样,只是部队不一样罢了。"

"怎么啦?照这么说是咱们这些人打了败仗?是二等兵?你敢这么说,你这个二等兵。"

"我敢说,"中士说,"我说你们见了敌人拔腿就逃,出卖了法国。"

朗贝尔听着他们争吵一直没吭声,此时脸涨得通红,俯身对中士说:

"喂,小老弟,你要是没溜怎么会在这儿呢?你也许以为已经战死沙场,待在天堂里吧?我猜你大概逃得不够快,被他们截住了吧。"

"首先我不是你的小老弟,我是中士,可以当你的老子。其次,我没有逃跑,是子弹打完了才让他们捉住的。"

周围的人向他们聚拢,黄毛让大家作证,笑着说:

"你们听见了吧。"

大伙儿哑然失笑,黄毛转向中士说:

"是呀,老爹,本来嘛,你打中了二十个空降兵,你一个人阻截了一辆坦克。我也可以这么吹,可惜没有证据。"

中士指着上身三块浅色的印痕,目光灼人地说:

"军功奖章,荣誉勋位勋章,十字勋章,是我一九一四年得的,那时候你们还没出世哩,这就是证据。"

"你的超级荣誉勋章在哪儿呢?"

"德国人来时我把它们摘掉了。"

大家围着他起哄,一个个趴在地上,两脚反拱到颈背,活像海豹,他们大声吼叫,争得面红耳赤,中士盘腿而坐,居高临下,以一当十,据理力争。

"喂,蠢货,"有人大声冲着他说,"想想看,贝当老头儿通过电台向我们嚷嚷法国已经要求停战,你说我听了还有心思打仗吗?"

"将军们已经跟德国佬在某个有名的古堡讨价还价,你还想叫我们送死吗?"另一个说。

"为什么不呢?"中士怒气冲冲地说,"战争本来就要死人嘛,不是吗?"

大家气昏了头,一时说不出话来,中士乘机接着说:

"我早就注意你们来着,一九四〇年的小伙子,小畜牲,只会调情做爱,乱发牢骚。谁也不敢跟你们说话,非得上尉亲自出马,先向你们敬礼,然后才向你们发话:'对不起,请原谅,麻烦你们弄一下土豆好不好?'我心里嘀咕:'当心哪!这几天就要打响了,我的上司们,最强硬最顽固的头头会下达什么命令?'熬呀熬,总算到头了:休假。啊!当我得知休假临近,便赶紧收拾行李。休假!应当相信人家认为我们劲头十足,所以赶紧把我们打发回家让孩子们把我们这些胀鼓鼓的皮球放掉一点气。一九一四年也有休假吗?"

"有呀,有休假,肯定有的。"

"你怎么知道,小家伙,你参加了吗?"

"我没有参加,但我家老爷子参加了,是他对我说的。"

"你家老爷子在马赛打过仗吧,因为我们等了两年才轮到休假,而且动不动就被中断。你知道我参战五十二个月总共休假多少天?二十二天,是的,二十二天,我的小伙子,吃惊吧?尽管如此,还有人说我走运哩。"

"得了吧,"朗贝尔说,"别给我们讲你的光荣历史了。"

"我没给你们讲什么光荣历史,只向你们说明我们为什么打赢了那场战争,而你们为什么打输了这场战争。"

黄毛怒目圆睁,反驳道:

"既然你如此内行,也许可以给我们解释一下,为什么你们失去了和平?"

"和平?"中士惊讶地反问。

"是的,和平,和平!你失去了和平。"大伙儿嚷道。

"你们,"黄毛说,"你们这些老兵,你们怎么保卫你们的后代的?你们让德国付出过代价吗?你们解除了德国的武装吗?莱茵区呢?鲁尔区呢?西班牙战争呢?阿比西尼亚呢?"

"凡尔赛条约,"一个脑袋长得像圆锥形糖块的高个儿小伙子插进来说,"是我签字的吗?"

"也许是我签的吧!"中士愤怒地讥笑说。

"是的,是你!没错儿,就是你!你投票了吧?而我却没有,我现在才二十二岁,还从未投过票呢。"

"怎么证明?"

"明摆着的嘛,你糊里糊涂投了票,弄得我们活受罪。这场战争,你曾有二十年的时间,或让它爆发或不让它爆发,你干了些什么?对你直说了吧,老兄,我不比你差,假如我有头头指挥,还有枪支弹药,我也跟你一样英勇作战。可是,我用什么打仗呢?连子弹都没有。"

"谁的过错?"中士问,"谁投票赞成斯大林的?谁为了一块肉骨头闹罢工?谁专门跟老板作对?谁要求涨工资?谁拒绝加班加点?谁要求汽车和自行车?嗯?搞小娘儿们,带工资休假,星期日郊游,青年旅舍,电影院,等等,谁要求的?你们游手好闲,而我,埋头苦干,连星期日也干活,干了一辈子苦力……"

黄毛脸涨得通红,爬到中士身边,冲着他的脸吼道:

"你敢再说一遍,敢说我不干活,敢说我游手好闲!我是寡妇的儿子,浑蛋!我八岁就停学帮母亲干活儿。"

黄毛迫不得已时,可以不在乎吃败仗,但决不容忍人家责怪他游手好闲。布吕内心想:"也许可以从中总结出一点东西。"中士也在地上爬来爬去,跟其他人头对着头互相吼叫。施内德尔俯身打算干预,布吕内一把抓住他的胳膊,说道:

"别管了吧,他们在打发时间哪。"

施内德尔没有坚持,直起身子,向布吕内递了个滑稽的眼色。穆吕说:

"得了,得了!你们总不至于打起来吧!"

"嘿!说得对!"中士重新坐起来,咯咯笑着说,"要打也太晚了一点,他真的想大显身手,让他去找德国人好了。"

黄毛耸耸肩膀,也重新坐好,反驳道:

"去你的,别恶心我了。"

长久的沉默。他们肩并肩地坐着。黄毛拔了几把青草,津津有味地把草编起来,其他人傻呵呵地待了一会儿,又纷纷爬回各自的位置。穆吕伸了个懒腰,笑了笑,用和解的语气说:

"这都是闹着玩的！闹着玩的。"

布吕内怀念同志们：他们吃了败仗，咬着牙节节后退，但在败退中努力走向胜利。他望着穆吕，心想："这号人却没见过。"他需要讲话，施内德尔就在眼前，跟他谈谈吧。

"你瞧，不需要干预吧。"

施内德尔没有回答，布吕内淡然一笑，学着穆吕的口气说：

"这是闹着玩的。"

施内德尔仍没有理睬，他呆滞而英俊的脸没有表情。布吕内不悦，转过脸去，他讨厌消极对抗。

"我想吃东西。"朗贝尔说。

穆吕指了指排桩那边的空间，用缓慢而热忱的声音像朗诵诗似的说道：

"食物将来自那边，栅栏门将打开，一辆辆卡车将开进来，面包将越过铁丝纷纷向我们抛来。"

布吕内用眼角瞟着施内德尔说：

"你瞧，咱们要是感情用事那就错了。失败、战争，这都是闹着玩的。只有食物才是正经事儿。"

一道讥讽的目光掠过施内德尔的眼缝，他不胜怜悯地说：

"他们怎么惹你啦，可怜的老兄？你好像对他们没有好感。"

"他们没有惹我，"布吕内冷冷地回答，"但我听见他们的议论了。"

施内德尔垂下眼睛对着握空拳的右手，盯视指甲，用他的粗嗓子漫不经心地说：

"对人家没有好感是很难帮助他们的。"

布吕内皱起眉头，心想："我的脸经常在《人道报》上亮相，很容易认出来。"嘴上却说：

"谁告诉你我想帮助他们？"

1111

施内德尔脸上蒙上一层阴影,他有气无力地说:

"我们大家都应互相帮助哇。"

"那当然。"布吕内说,心里却很生自己的气:首先他不该发牢骚,其次更怪自己发火,向这个不明事理的蠢货暴露了自己的愤怒。他苦笑了一下,平静下来,笑吟吟地说,"我并不怨恨他们。"

"那么怨恨谁呢?"

"那些蒙骗他们的人。"布吕内注视着施内德尔说。

施内德尔不以为然,强笑着纠正道:

"谁蒙骗咱们呢?咱们大家同在一条船上受苦。"

布吕内觉得又要发火了,赶紧把怒气压下去,宽厚地说:

"你这么说也可以吧。不过你知道,我从不抱幻想。"

"我也一样,"施内德尔说,"现在说什么都没用?被蒙骗或没有被蒙骗,反正我们是这个样子了。"

"以后呢?为什么不随遇而安呢?"布吕内完全平静下来,心想,"有人的地方就有我的位置和工作。"施内德尔不再说什么,转过脸眺望门楼。布吕内对他没有反感,望着他,心里有些纳闷儿:"这位仁兄是何许人?知识分子?无政府主义者?当老百姓时是干什么的?条件太优越!有点自由放任,但总的看来,还正派,也许可以派上用场。"

时至黄昏,围墙蒙上灰色和桃红色,看不见的城镇上空已罩上暮色。大家茫然地对着围墙遥望城镇,脑子里空荡荡的,什么也不想,也不动弹,军人巨大的耐心随着夜幕降落:他们等待着。他们等待过信件,等待过休假,等待过德军袭击,用他们的方式等待战争结束。现在战争结束了,他们依然等待。他们等待满载面包的卡车,等待德国哨兵,等待停战,仅仅期望眼前一点点未来,仅仅期望活下去。远处的夜空响起一阵钟声,仿佛是在遥远的过去。

"喂!朗贝尔!也许是停战的钟声吧。"穆吕笑嘻嘻地说。

朗贝尔也哑然失笑,跟穆吕交换一个会心的眼色,然后面对大家说道:

"咱们本以为到哪儿都可以大吃一顿。"

"等到和平的那天再大摆酒宴吧。"穆吕说。

黄毛觉得这个想法挺有意思,笑眯眯地说:

"和平的日子一到,我一定痛饮两个星期。"

"痛饮两星期,痛饮一个月,"他周围的伙伴们附和道,"一醉方休,醉死过去才痛快哩!"

必须耐心地把他们的希望一一打消,把他们的幻想一一破除,使他们正视当前可怕的状况,使他们讨厌一切,讨厌所有的人,首先讨厌他们自己。然后才可能……这一回施内德尔先注意到他,好像看透了他的心思。一道冷酷的目光。布吕内没有示弱,把他的目光顶了回去。施内德尔说:

"那是很难的。"

布吕内等着下文,眉毛竖得高高的。施内德尔重复道:"那是很难的。"

"什么很难?"

"很难让我们觉悟。我们不是一个阶级,充其量是一群乌合之众。工人比重很小,净是些农民和小市民。我们又不进行工作,净搞些空洞的概念。"

"别担心嘛,"布吕内情不自禁地说,"我们会进行工作的……"

"是呀,不错,但我们只能干苦力活儿,这不能使人获得解放,我们充其量只是陪衬,你能让我们搞什么共同行动呢?一场罢工可以使参加罢工的人意识到自身的力量。而现在,即使所有的法国战俘都不干活儿,德国经济也糟不到哪儿去。"

他们四目相视,冷若冰霜,布吕内心想:"这么说你认出我来了,那么算你倒霉,我就盯住你了。"突然施内德尔脸上浮现憎恶,但很快消失了。布吕内吃不准这种憎恶是针对谁的。

"一个德国兵。"一个惊异而快乐的声音喊道。

"在哪儿?在哪儿?"

大家不约而同抬起头。左边的瞭望台出现一名士兵,头戴钢盔,手握冲锋枪,腰系手榴弹,另一个士兵背着步枪跟在后面出现。

"哟,到这会儿才来管我们。"一个家伙说。

大家如释重负,终于回到有法律、有常规、有禁令的人间社会,这是人类的秩序。众人转过脸去看另一端的瞭望台,依然空无一人,但他们深信不疑,就像等待邮局开门或蓝色火车经过。果然,一个钢盔出现在墙头,接着另一个,两个怪兽似的钢盔共同守着一挺机枪,这挺架在三脚支架上的机枪虎视眈眈地对准战俘们,但谁也不害怕,因为瞭望台里不再无人。哨兵们站在墙头警戒,预示着一个平安的夜晚,决不会下令把他们从梦中叫醒让他们上路,因此他们感到很安全。一个戴着铁架眼镜的大个儿从衣兜掏出日课经,叽里咕噜念了起来。布吕内心想:"他在招摇过市呢。"他面有愠色,但没有往心里去,还是休息吧。十五年来他第一次感到一天的时间拖得很长,在黄昏时分无所事事。孩提时期曾有过这份闲暇,望着天空玫瑰似的晚霞映射在墙面上,天幕低垂,却无法利用。布吕内怯生生地望了望天空,然后低头瞧着他脚边的伙伴们,有的动来动去,有的窃窃私语,有的把背包拆了又打上,总之,大家同在一条船的甲板上漂泊。他想来想去,觉得"这不是他们的过错",他甚至想向他们微笑了。他觉得脚痛,于是在施内德尔身旁坐下,解开鞋带,不由自主地打了个呵欠,感到自己的躯体像天空一样毫无用处,可嘴上却说:"开始凉了。"明天他将开始工作。暮色苍茫,他仿佛听见一阵轻微的咔嗒声,急促而无规律,他竖起耳朵细听,试图找到节奏,有趣地猜想到发电报的声音,但他马上明白了:

"有人牙齿咯咯作响。"他直起身子,发现前面有人赤裸着背部,背上有些黑色的痂盖,是白天在大路上高声叫喊的那个家伙。布吕内爬到他身边,发现他全身起了鸡皮疙瘩。

"喂!"布吕内轻喊一声。

那人没有回答。布吕内从布袋里掏出一件粗毛线衫,又喊了一声,伸手碰了碰光肩膀,不料那人大喊了起来,转身气喘吁吁地望着布吕内,鼻涕从两个鼻孔一直流到嘴里。布吕内首次正面看他,是个很年轻很漂亮的小伙子,但两颊铁青,双眼深陷,睫毛脱落。

"别激动,小伙子,"布吕内温和地说,"给你毛衣哪。"

小伙子胆怯地接过毛衣,顺从地穿上,然后双臂叉开,待着一动不动。毛衣的袖太长,一直拖到手指甲。

"把袖子卷起来。"布吕内笑着说。

小伙子没有动弹,牙齿直打寒战,布吕内拉住他的双臂,替他一一卷起袖子。

"就在今晚发生。"小伙子说。

"瞎想吧?"布吕内劝道,"什么就在今晚发生?"

"大屠杀!"小伙子说。

"得了,得了,"布吕内说着把手伸进小伙子的裤兜,掏出一块手绢,一看是血迹斑斑的脏手绢,赶紧扔掉,从自己口袋掏出一块干净的手绢,递给他说,"先把鼻涕擦了再说吧。"

小伙子擦干鼻涕,把手绢放进自己的衣兜,开始结结巴巴地说话。布吕内轻轻抚摩他的脑袋,就像安慰小猫小狗,口中念念有词:"对的,哦,是的。"小伙子镇静下来,牙齿不打战了。布吕内转身问小伙子周围的人:

"谁认识他?"

一个生龙活虎的小个褐发青年用两肘支起上身,回答:

1115

"他叫夏潘。"

"时不时注意他一下,"布吕内说,"别让他干蠢事。"

"我会看着他的。"年轻人说。

"你叫什么名字?"布吕内问。

"韦尼埃。"

"你以前干什么的?"

"我是排字工人。"

"排字工人,三成是自己人,明天找他谈谈。"

"好,晚安。"布吕内说。

"晚安。"排字工人回答。

布吕内回到自己的位置,坐下来做小结:穆吕,肯定是商人,别想指望他;中士也不行,不可救药,套中人式的人物;朗贝尔,爱发牢骚,目下思想处于崩溃状态,玩世不恭,但可争取;北方佬,是乡巴佬,微不足道,布吕内不喜欢乡巴佬;黄毛,跟朗贝尔一路货色,但黄毛比较聪明,而且尊重劳动,这是十拿九稳的;排字工人,很可能是个年轻同志。布吕内瞥了一眼施内德尔,见他睁大着眼睛,一动不动地抽烟:"此公,还得看一看。"神甫放下日课经,向躺在他身边的三个年轻人布道,年轻人热忱地洗耳恭听。布吕内想到已经有三个人被争取过去了:"他捷足先登,至少一开始就抢在我前面了。这几个人运气好,可以在光天化日之下工作,礼拜天他们便可以做弥撒了。"

"他们今晚来不了啦。"穆吕叹道。

"谁?"朗贝尔问。

"开卡车的呗,天太黑了。"

穆吕平躺在地,把头枕在背包上。

"等一等,"朗贝尔说,"我有一块帐篷布。咱们一共几个人?"

"七个。"穆吕回答。

"七个都可以容得下，"朗贝尔说，"咱们七人都睡在上面。"

他把帆布摊在石阶前，问道：

"谁有盖的？"

穆吕拿出自己的被子，中士和北方佬也打开他们的，黄毛没有被子，布吕内也没有。

"没有关系，"朗贝尔说，"咱们凑合凑合吧。"

一个人从暗处走出来，怯生生地笑着说：

"你们若让我睡在帆布上，我愿拿出被子来。"

朗贝尔和黄毛冷冰冰地看了看不速之客，黄毛说：

"没有位置可分给你了。"

穆吕比较客气地补充道：

"请谅解，我们这些人是伙伴。"

微笑随之消失，被黑夜吞没了。就这样，一个小团体在这一群人中间形成了，偶然形成的团体，没有友情也没有真正的利害关系，但已经团结起来抵御其他人了。布吕内也在其中，施内德尔对他说：

"来吧，咱俩一起睡我的被子。"

"待一会儿再说，我不想睡。"布吕内犹豫了一下说。

"我也不想睡。"施内德尔说。

他们肩并肩坐着，其他人已裹在被子里了。施内德尔吸烟时把烟裹在空拳里，不让哨兵发现。他掏出一包高卢牌香烟递给布吕内：

"抽支烟吗？不过到小墙后面去点烟，别让他们看见烟火。"

"不，谢谢，现在不抽。"他很想抽烟，但拒绝了。他已经不是十六岁了，不玩初中生的游戏，芝麻小事上违抗德国人，等于承认德国人的权力。此时最初的几颗星星闪闪发亮，围墙彼面很远的地方传来有点刺耳的音乐，胜利者的音乐。两万个疲乏的躯体上滚动着熟睡的鼾声,每个躯体好似一个波涛,成千上万个躯体汇成万顷波涛,在昏暗的海面上起伏。布吕内开始对无所事事感到心烦,天空晴朗,一抹淡云轻轻飘过,唉,不如睡觉算了。他打着呵欠转向施内德尔,突然,他目光灼灼,重新坐直,原来施内德尔毫无防备,叼在嘴上的香烟已熄灭,他没有重新点燃,任其吊在下唇上,眼睛忧伤地望着天空,这是了解他脑子里想什么的好时机。

"你是巴黎人?"布吕内问。

"不。"

布吕内装出若无其事的样子接着说:

"我住巴黎,但我是孔布鲁人,离圣艾蒂安不远。"

沉默。过了一会儿,施内德尔勉强地说:

"我是波尔多人。"

"啊,啊,我很熟悉波尔多,"布吕内说,"美丽的城市,不过相当凄凉,对吗?你在波尔多是干什么的?"

"对。"

"你干什么行当儿?"

"我干什么行当儿?"

"是的。"

"文书,诉讼代理人的文书。"

"哟!"布吕内说着打了个呵欠,得想法子瞧一眼他的军人证。

"你呢?"施内德尔问。

"我?"布吕内吓了一跳。

"是的。"

"代理人。"

"代理什么?"

"什么都代理。"

"明白了。"

布吕内沿着小墙往下蹲,直到双膝碰到鼻子,他的声音仿佛来自很远的地方。

"就这样吧。"他好像在入睡前对一天做了总结。

"对,就这样吧。"施内德尔以同样的声调重复道。

"败得真惨哪!"布吕内叹道。

"这是意料之中的。"施内德尔答道。

"败是败定了,"布吕内说,"好在败得很快,流血不多。"

"他们会在短期内给我们放血的,其结果完全一样。"

"我觉得你很像失败主义者。"布吕内瞪了他一眼说。

"我不是失败主义者,我确认失败而已。"

"什么失败?"布吕内反问,"屁失败。"

他打住话头,心想施内德尔要抗议了,但他想错了。施内德尔瞧着自己的双脚,样子像个又懒又笨的学生,烟头仍叼在嘴角。布吕内憋不住了,一定要陈述自己的想法,但此时他的想法已经走样了。如果这个呆子刚才开口向他发问,他早痛快地说给他听了。可现在他又不想说了,跟这么个无动于衷的家伙交谈势必是对牛弹琴。

"法国人从沙文主义出发以为战争失败了,他们总是想象自己是世界上无与伦比的,一旦他们不可战胜的军队挨一顿揍,就以为一切都完蛋了。"

施内德尔鼻子轻轻嗯了一下,布吕内已称心受用了,他接着说:"战争刚开始呀,小老弟,六个月后战争将从好望角延伸到白令海峡。"

"我们呢?"施内德尔嗦嗦笑着问道。

"我们法国人,"布吕内回答,"我们将在其他领域继续进行战斗。德国人想把我们的工业军事化,无产阶级能够而且应当阻止他们搞军事化。"

1119

施内德尔没有任何反应,他那运动员的身躯毫无生气。布吕内看了很不喜欢。令人沉闷和困惑的缄默,这本来是他的特长,自己擅长之处受到了打击,他本想让施内德尔说话,末了他反而说出自己的想法。于是他也缄默不语了,施内德尔继续一声不吭,沉默会持续很久。布吕内惴惴不安起来:施内德尔的脑袋是太空还是太满。离他们不远地方,有个家伙在乱哼哼。这次轮到施内德尔打破沉默,他颇热情地说:

"你听见了吧?他甘愿像狗似的活着。"

布吕内耸耸肩膀,这不是对一个说梦话的家伙发慈悲的时候,别浪费时间了。

"可怜哪,这帮人真可怜!"施内德尔叹道,低沉的声音充满同情。布吕内没吭气,施内德尔接着说,"他们永远回不了家,永远回不了的。"他转向布吕内,恶狠狠瞪了一眼。

"喂,喂,别这么瞪我,这跟我毫不相干哪。"布吕内笑着说。

施内德尔扑哧一笑,脸部表情松弛了,眼睛的怒火也熄灭了:

"当然,当然,跟你毫不相干。"

他们一时无话。布吕内突然产生一个想法,身子靠近施内德尔,低声说:

"如果你真的这么想,为什么不设法逃跑呢?"

"哦!"施内德尔支吾一声。

"你结婚了吗?"

"当然,孩子都有两个了。"

"你跟妻子相处不好?"

"我?哪儿的话,我们相亲相爱。"

"那还犹豫什么?"

"哦!你呢?你不逃吗?"

"我说不好,走着瞧吧。"

他竭力看清施内德尔的表情,但院子里夜色浊重,伸手不见五指,只见两个瞭望台的黑影顶着天空。

"我困了。"布吕内打着呵欠说。

"好,我也困了,睡吧。"施内德尔回答。

他们在帐篷布上躺下,把背包推到墙根,施内德尔打开被子,他们俩裹在一起,互道晚安。

"晚安。"

"晚安。"

布吕内侧过身子,把头枕在自己的背包上,眼睛却睁着,已经感觉到施内德尔的热气,猜想他也睁着眼睛,暗下决心:"我必须搞清楚这个家伙的底细。"他寻思他们俩究竟谁在操纵谁。时不时从满天繁星中掉下一小颗,把天空划出一道坠落的亮光。施内德尔在被窝里轻轻动了动,低声问:"你睡着了,布吕内?"

布吕内没有回答,他等着下文。但过了一会儿,他听见轻轻的鼾声,施内德尔睡着了,只有他醒着,在这两万支熄灭的灯中唯有他这盏灯亮着。他淡然一笑,闭上眼睛,昏昏然仿佛听见小树林里有两个阿拉伯人在嬉笑。其中一个问道:

"阿拉-埃尔-克里姆在哪儿?"

"他不在服装店那才怪哩。"老太太回答。

果然,克里姆正坐在店里的工作台前,拼命喊着:"杀人凶手!杀人凶手!"他边喊边把上装纽扣一个个扯掉,每扯下一个就有一声干巴巴的炸响和一道闪电似的亮光。

"躲到墙后面去,快!"施内德尔喊道。

布吕内猛地坐起来,搔搔脑袋,眼前仍是奇怪的黑夜,但喧哗四起:

"发生什么事啦?"

"快点!赶紧!"

布吕内甩掉被子,跟着施内德尔躲到小墙后面。有人哀号:
"杀人凶手!"
突然传来一声德语喊话,接着一阵迅猛的机枪哒哒声。布吕内冒险探头墙上,在弹火闪烁的映照下,仿佛瞥见一大片枯萎的树木,参天的树枝疙疙瘩瘩,扭扭弯弯,看得他眼睛生疼,头脑发空。他脱口而出:
"受苦受难的人们!"
施内德尔从后面拉了他一把,骂道:
"什么受苦受难的人们,去你的吧,他们正在屠杀咱们哩。"
哭哭啼啼的声音还在哀号:
"像狗一样!像狗一样!"
机关枪停止了射击,布吕内用手摸了摸脑门,这才完全苏醒过来,问道:
"发生什么事了?"
"不知道,"施内德尔答道,"他们打了两阵子枪,第一次大概朝天开的,第二次是动真格的。"
他们周围一片嘈杂声:
"怎么啦?究竟怎么啦?发生什么事情?"
"安静,别说话,别乱动,躺着别动。"临时出现的头头们回答。
瞭望台的黑影伸向乳白色的天际,从里向外窥视的士兵手指扣着扳机。跪蹲在小墙后面的布吕内和施内德尔瞥见远处一支电筒发出的圆光。电筒的亮光在一只看不见的手掌握下越来越靠近。电光扫射着平躺着的灰色无魂的躯体。两个哑嗓子用德语喊话。布吕内脸上正中电筒的照射,他两眼昏花,不由得闭上眼睛,一个口音浓重的声音问道:
"谁叫喊了?"
"不知道。"布吕内回答。

中士站起来,春风得意,在电光的照射下,站得笔直,既有礼貌又保持距离,他答道:

"有个士兵发疯了,他疯喊起来,周围的伙伴们惊惶失措,纷纷爬了起来,于是哨兵开枪射击。"

德国人没听明白,施内德尔翻译成德语,德国人听后低声埋怨了几句,开始问话。施内德尔转身对中士说:

"他们说,问一下有没有被打伤的。"

中士又挺起上身,迅速而准确地用双手在嘴边形成一个喇叭,喊道:

"出示一下伤员!"

虚弱的声音从四面八方向他报告,两盏探照灯骤然大亮,放出雪白的、仙境般的光芒,普照着匍匐在地的芸芸众生。德国人抬着担架穿过院子,法国护士跟随其后,德国军官用心地问道:

"疯子在哪儿?"

谁也不回答,但疯子就站在他们眼前,苍白的嘴唇不住地颤抖,眼泪流满双颊,士兵们团团押着他,而他愣头愣脑的,听凭摆弄,不时用布吕内给他的手绢擦擦鼻子和嘴巴。周围的人半卧半坐,望着这个把他们的痛苦受到了头的家伙,使人感到失败和死亡的气息。德国人离去了,布吕内打呵欠,灯光刺激他的眼睛,穆吕问道:

"他们会把他怎么样?"

布吕内耸耸肩膀,施内德尔爽直地说:

"纳粹不喜欢疯子。"

一些人抬着担架走来走去,布吕内说:

"我看咱们可以重新躺下了。"

他们重新睡下。布吕内发现他刚才躺过的帐篷布上有个窟窿,不禁笑出声来。窟窿的周边还有焦味儿呢。他指给大家看,穆

吕顿时脸色发青,双手发抖,连连惊叹:

"哦!哦!哦!"

布吕内微笑着对施内德尔说:

"总之,你救了我的性命。"

施内德尔没有笑,神情严肃而困惑,望着布吕内慢悠悠地说:

"是的,我救了你的性命。"

"那就谢谢你啦。"布吕内说着钻进被窝。

"我呀,还是睡到墙后面去吧。"穆吕说。

探照灯骤然熄灭,如同夜森林,一片黑暗,却有各种声响嘎吱嘎吱,噼啪噼啪,唰啦唰啦,叽咕叽咕,喊喳喊喳。

布吕内猛地坐起来,满眼的太阳,满脑的睡意,定睛看表:七点钟。人们忙着叠帐篷布,卷被子。布吕内觉得身上又脏又湿,夜里出了汗,衬衣黏身。

"他妈的,我肚子好饿!"黄毛说。

穆吕忧郁地举目望定关闭的大门楼,叹道:

"又是一天没饭吃!"

"别说丧气话!"朗贝尔睁开眼睛,怒气冲冲地说。

布吕内站起来,扫了一眼院子,见浇灌引水管子旁边围着一群人,走近一看:一个大胖子赤身露体让人给他冲澡,边冲边像女人似的哇哇叫。布吕内脱掉衣服,轮到他冲洗,他转着身子肚前背后接受冰凉而急促的水柱冲击,之后,他没有擦身就穿上衣服,上前接了水管,替下面三个人冲澡。对冲凉水澡感兴趣的人不多,人们情愿把隔夜的臭汗留下。

"轮到谁冲呀?"布吕内问。

没有人回答。他气愤地放下水管,心想:"他们得过且过。"他环顾四周,暗自叹道,"瞧瞧,瞧瞧这帮人。"形势严峻哪。他把上装夹在腋下,不让人看见军衔条纹,走近一堆低声议论的人群:准是谈论增加卡路里。人们十有八九交谈吃饭问题,布吕内对此并不埋怨:吃饭,是极好的出发点,既简单又具体,确实,饿汉不偷闲嘛。然而这堆人谈的并不是吃饭问题,一个眼睛通红的瘦高个儿认出布吕内,问道:

"是你待在疯子身旁的,不是吗?"

"是我。"布吕内回答。

"他究竟干了些什么?"

"他大喊大叫了。"

"仅此而已?真他妈的,一共死四人,伤二十人。"

"你怎么知道的?"

"加尔蒂泽告诉我的。"

加尔蒂泽又矮又胖,面颊松弛,眼睛大而忧郁。

"你是护士?"布吕内问。

加尔蒂泽点点头,是的,他是护士,德国佬把他带到营房后面的马厩里让他照料伤员。有人插话说:

"有个伤员经过我的手。真是糟透了,退役一星期就把命送在这里,太糟了。"

"一星期?"布吕内不明其意。

"一星期,两星期,随你说,反正他们得把我们送回去,既然他们养不活我们。"

"疯子怎么样?"布吕内问。

加尔蒂泽朝自己脚下啐了一口,说道:

"别提了。"

"怎么啦?"

"他们硬要他闭嘴,一个家伙用手捂住他的嘴巴,让他咬了一口。哟,我的妈呀!惨不忍睹!他们大喊大叫,他们的话疯子根本听不懂,于是把他推到马厩的角落里,劈头盖脑一顿毒打,有的用拳头,有的用枪托,打完了还哈哈大笑,更糟的是,咱们这边有些人火上浇油,因为他们说了,是那个王八羔子闯下的祸。最后那人的脸被打得稀巴烂,一只眼睛凸了出来,难看极了,他们把他架上担架,不知道抬到哪儿去了,不过他们仍继续打人取乐,因为我听见疯子惨叫到凌晨三点钟。"他从衣兜掏出一个小东西,用报纸碎片包着,"你们瞧!"他边说边打开小包,"这是一颗牙,我今天早晨在他挨打的地方找到的。"说完,他又小心翼翼把牙齿包好,放进衣袋。

布吕内转身离开他们,慢慢走回台阶。穆吕老远大声问道:

"你知道结果了吗?"

"什么结果?"

"昨天夜里死了二十人,伤了三十人。"

"见鬼!"布吕内骂道。

"不错嘛,"穆吕说时颇得意地笑了笑,重复道,"第一夜就这样,不错嘛。"

"他们何必这样浪费子弹呢?"朗贝尔提出问题,"他们若想搞掉我们,有个非常简单的办法:只需让我们饿死,况且他们已经开始这么做了。"

"他们不会让我们饿死的。"穆吕说。

"你怎么知道?"

"你只要像我这样,"穆吕笑着回答,"直盯盯地望着门楼,一则可以让你散心,再则卡车必定经过那儿。"

一阵马达声掩盖了他的话。北方佬喊道:

"瞧飞机。"

这是一架侦察机,五十米低空飞行,漆黑锃亮,从院子上空飞过后,从左侧绕回来,二次盘旋,三次盘旋,两万个人头随着它旋转,整个院子随着它旋转。

"有时他们会轰炸我们。"鬈发青年漫不经心地冒出一句。

"轰炸我们?为什么?"穆吕问道。

"因为他们养不活我们。"

施内德尔眯着眼睛仰望飞机,在阳光的强烈照射下板着脸说:

"我猜多半是给我们照相。"

"照什么?"穆吕问。

"战地记者……"施内德尔简要地解释道。

穆吕宽大的面颊涨得通红,他的恐惧转变为狂怒,蓦地起立,向天空伸出双臂,大喊大叫起来:

"向他们伸舌头,伙伴们!向他们伸舌头哇!听说他们给我们照相呢。"

布吕内觉得好玩:人群中掀起一股怒潮,一个士兵伸出拳头,另一个缩肩挺肚,把小指头塞进裤裆,大拇指像生殖器似的竖着对准飞机,北方佬四肢趴着,头冲下,屁股朝天:

"我的屁股,让他们照吧。"

施内德尔盯视布吕内说:

"你瞧,咱们还是有活力的嘛。"

"得了,这不说明任何问题。"布吕内说。

飞机迎着太阳远去了。穆吕说:

"这么说,我的脑袋将登在《法兰克福报》上喽。"

朗贝尔不见了一会儿,兴冲冲跑回来说:

"看来咱们不花钱就可置备家具。"

"什么?"

"营房后面有家具,床垫、水罐、水壶,俯拾即是,但必须捷足先登,要不然你抢我夺,什么也捞不着了,"他目光如电地瞧着同伴,"快跟我走吧,伙伴们!"

"我去。"鬈发青年跳起来说。

穆吕没有动窝。朗贝尔问:

"走吗,穆吕?"

"不去,"穆吕回答,"省点劲吧。吃不上饭,我就不动窝。"

"那么看好行李。"中士说,他站起来,跑着追赶上去。当他们到达营房拐角时,穆吕朝他们有气无力地喊道:

"你们白浪费气力,糊涂虫!"他叹了口气,严肃地望着施内德尔和布吕内,低声说,"我甚至不应该喊叫。"

"咱们走吧?"施内德尔建议。

"弄个水壶有啥用?"布吕内反问。

"嗨,活动一下腿也好嘛。"

营房背面也有一个院子,还有一长排平房,开着四个门洞,全是马厩。院子的一角乱七八糟地堆着旧草垫、床绷、折叠式铁床、摇晃的衣柜、缺腿的桌子。士兵们争先恐后抢夺废物:一个家伙背着一个床垫穿过院子,另一个抱着一个柳条模特儿。布吕内和施内德尔绕着马厩转了一圈,发现一个绿草茸茸的小丘。

"爬上去看看吗?"施内德尔问。

"上去吧,"布吕内感到局促不安,"这家伙想干什么?友情?这与我的年龄不相配了。"

他们在小丘顶上看见三个刚填满的新坑。

"你瞧,"施内德尔说,"他们才打死三个人。"

布吕内在新坟旁的草地上坐下,对施内德尔说:

"把你的小刀借我一下。"

施内德尔递去小刀,布吕内接过来打开,用刀尖把军衔条纹拆去。

"不该拆掉,"施内德尔说,"下级军官免除劳动。"

布吕内耸耸肩膀,没有搭理,他把条纹放进衣兜后,站了起来。他们回到前院,伙伴们正在安置家具,一个挺俊的小伙子大模大样地坐在摇椅上晃来晃去;在一个支好的帐篷前面,两个汉子弄来一张桌子和两把椅子:他们得意扬扬地打着纸牌;加尔蒂泽盘腿坐在一块床前小脚毯上,尽管这块波斯脚毯烧了好些洞。

"这使我想起跳蚤市场。"布吕内说。

"或者阿拉伯市场。"施内德尔附和着说。

布吕内走近朗贝尔,问道:

"您拿了什么?"

朗贝尔仰头抱着一堆又脏又黑带着破口的盘子,骄傲地说:

"碟子盘子!"

"干吗使?吃盘子?"

"随他去吧,"穆吕说,"说不定真的招来吃的哩。"

上午的时间过得挺慢,人们又处于迷迷糊糊的状态,或想睡觉,或仰面躺着睁眼凝望天空。大家饥肠辘辘。鬈发青年把长在石子和野苣之间的青草顺手拔掉,北方佬掏出小刀,雕刻一块木头。一群人围着一口上锈的铁锅生起火来,朗贝尔站起来,走过去瞧了一眼,回来时失望地说:

"他们在煮荨麻汤,喝不得呀。"

他说着往鬈发青年和穆吕中间一屁股坐了下去。此时德国哨兵正在换岗。

"他们照样吃饭。"中士心不在焉地说。

布吕内走到排字工人身旁坐下,问道:

"睡得好吗?"

"睡得不错。"排字工人回答。

布吕内望着他很有好感,他清洁,明朗,眼睛含有活泼的光芒,多半是自己人。

"喂,我想问问你,你在巴黎工作过吗?"

"没有,"排字工人说,"在里昂。"

"里昂什么地方?"

"莱弗罗印刷厂。"

"啊,莱弗罗,"布吕内说,"我太熟悉了。三六年你们搞过一次漂亮的罢工,英勇卓绝,组织得很好。"

排字工人笑了,笑得灿烂、自豪。布吕内趁势问道:

"这么说你认识佩尼?"

"佩尼,工会代表?"

"是的。"

"当然!"

"是,转一圈去,我有话对你说。"布吕内站起来说。

他们走到后院时,布吕内面对面盯着他问:

"你是党员吗?"

排字工人犹豫不决,布吕内对他说:

"我是布吕内,《人道报》的。"

"原来如此,我说呢……"

"你现在身边有伙伴吗?"

"有两三个人。"

"胆子大的吗?"

"铁杆儿。可惜昨天走散了。"

"设法找到他们,把他们带来见我,咱们必须重新组织起来。"

布吕内回来坐到施内德尔身边,偷偷瞟了一眼;施内德尔脸上冷静,没有表情,问道:

"几点钟了?"

"两点。"布吕内回答。

"瞧,一条狗。"鬈发青年说。

一条大黑狗穿过院子,舌头垂得长长的,大家瞧它时表情都很古怪。

"哪儿来的狗?"中士问。

"不知道,"布吕内回答,"也许是马厩的吧。"

朗贝尔用一肘支着抬起身,双眼茫然地盯随黑狗,好似自言自语地说:

"听说狗肉不难吃。"

"你吃过狗肉?"

朗贝尔不作回答,做了个生气的手势,听天由命地朝天躺下。那两个在帐篷前面打牌的家伙扔下牌,若无其事地站起来离开牌桌,其中一个腋下夹着一块帆布。

"太晚了。"朗贝尔说。

黑狗绕过营房,不见了,那两个不紧不慢地跟在后面,随后也不见了。

"捉得住吗?"北方佬问道。

一会儿工夫,那两个人回来了,抬着一大包用帆布裹着的东西,一人提一头,好像架起一个吊床。他们经过布吕内面前时,从帆布包掉下一滴东西,落到石子上是鲜红的。

"材料太差,帆布应当是不透水的,"中士指出,他边摇头边咕哝,"什么事情都这么糟糕,怎么打得赢战争?"

那两个家伙把包裹往帐篷里一扔,其中一人立即爬进去,另一个去找劈柴点火。鬈发青年叹道:

"不管怎么说,他们两人可以继续活下去了。"

布吕内不知不觉睡着了,穆吕一声喊叫惊醒了他:

"来了!来吃的了!"

门楼缓缓打开,上百人站起来齐声喊道:

"一辆卡车!"

卡车引擎盖上伪装着鲜花和树叶,开进门楼,带来一股春意,上百人起立迎接,卡车沿围墙和排桩之间的空道一直开进来。布吕内站起来,被推推搡搡拉来挤去,一直被拥到铁丝网。卡车是空的。车后部站着一个德国佬,光着上身,懒洋洋地看着人们向他拥来。褐色皮肤,金黄头发,流线型长肌肉,活像个阔佬儿,就像裸着上身在圣莫里兹滑雪的漂亮的年轻人。上千双眼睛仰望着他,使他乐不可支:他微笑着观看这群饥饿的夜出动物,它们拥到兽笼的栅栏来欣赏他。过了一会儿,他身子朝后仰,大声与瞭望台的哨兵打招呼,哨兵们以笑声回答他。人群等待着,目眩神迷,窥伺着主子的一举一动,迸发着焦急和兴奋的喘气声。德国佬弯腰从卡车尽底下捡起一个球形面包,从裤兜掏出一把刀,打开刀刃,在自己的靴上磨了磨,然后割下一片面包。布吕内背后有个家伙气喘起来。德国佬把割下的面包搁在鼻子下假装美美地闻闻,两眼眯成一条缝,牲畜们嘟哝起来,布吕内怒火中烧,嗓子眼像被钳子夹住似的。德国人又瞧了人群一会儿,笑了笑,把面包薄片平夹在拇指和食指之间,好像在玩掷圆石片游戏。他掷得太近,也许是故意的,面包片落在卡车和排桩之间。一些人赶紧蹲下,想从铁丝网下穿过去,但瞭望台的哨兵大声下令制止并用机关枪对准他们。那些人只好拥挤在铁丝网前,张着大嘴,傻瞪眼。穆吕紧贴着布吕内,咕噜着说:

"势头不好,还是走开吧。"

但后面的人把他挤压在布吕内身上,他怎么也挣脱不出来,急忙唤道:

"快后退,快后退,傻瓜蛋!你们难道看不出昨晚的事会重演?"

卡车上的德国人割下第二片面包,扔了过来,面包片在空中打了个转,落到高仰的人头中间,布吕内被卷进巨大的人涡,身不由己地被挤被推被打,他瞥见穆吕被人浪卷走了,见他双手举得高高的,就像掉在旋涡里快淹死了。布吕内心里骂道:"一群卑鄙下流的东西！一群混账王八蛋！"他恨不得拳打脚踢,把他周围的人痛打一顿。第二片、第三片面包接连落下,大家抢得你死我活,一个强壮的汉子跳起来,抓住第三片面包,于是大家团团围上来抢,他赶紧把整片面包塞进嘴里,用手掌捂住嘴,别人这才放过他,之后,他转动着惶惑不安的眼睛,慢步离开了。德国人觉得挺有趣,他左边扔几片面包,右边扔几片面包,做假动作,故意叫大家失望。一小块面包碎片落在布吕内的脚边,一个下士长看见了,直扑过去,但撞着布吕内,被布吕内抓住双肩紧紧抱住。人们一拥而上,拼命抢夺那片掉入灰尘的面包。布吕内把脚一移,踩住那片面包,然后用鞋底狠狠蹍了蹍。此时已有十只手抓住他的腿,挪开他的腿,争抢混着泥土的面包屑。下士长拼命挣脱,眼见另一小块面包落到自己的脚下,高喊：

"放开我,臭王八蛋,放开我！"

布吕内就是不松手,下士长试图打他；布吕内用一肘抵挡,同时把他抱得更紧。布吕内非常得意。下士长声音失真地说：

"你把我闷死了。"

布吕内不松手,眼看白生生的面包片在他头上飞来飞去,他死不松手,非常得意,那家伙在他的双臂钳制下无力挣扎了。有人喊道：

"完了。"

布吕内把头朝后一仰,瞥见德国佬正在收拢小刀,于是松开手臂,下士长摇摇晃晃,向侧面跨出两步才恢复平衡,连咳几声,带着气愤难平的惊愕瞪视布吕内。布吕内则朝他微笑,下士长瞧了一眼布吕内的双肩,犹豫了一下,低声骂道："臭王八蛋！"然后转身走开了。人群慢慢散去,失望,丢脸。几个幸运儿还在咀嚼,难为情地用手捂着嘴,眼睛像孩子似的打转。下士长在一根木桩边站定,一片面包落在卡车和木桩之间的煤灰里,他直勾勾望着这片面包。德国人跳下卡车,沿着围墙走到一所小屋,打开门进去了。下士长眼睛一亮,窥伺时机,等哨兵一转身,便趴下钻到铁丝网下,把手伸了过去。一声吆喝,哨兵向他瞄准。他欲后退另一个哨兵示意叫他待着别动。他僵着,脸色苍白,手伸着不敢收回,屁股朝天翘着。乘卡车来的德国人返回来,不紧不慢地走近下士长,一手把他提起来,另一只手狠狠揍了他一个耳光。布吕内哈哈大笑,笑出了眼泪。一个声音轻轻地在他背后说:

"你不大喜欢我们。"

布吕内吃了一惊,回头一看,原来是施内德尔。一时沉默无语。布吕内望着下士长被德国佬又推又踢地带往小屋。施内德尔声音平淡地说:

"我们饿呀。"

"你为什么说'我们'?"布吕内耸耸肩膀问道,"难道你也捡面包片了吗?"

"当然,"施内德尔说,"我跟大家一样饥不择食。"

"不对,我注意你了。"布吕内说。

"我捡没捡面包片,反正都一样。"施内德尔摇摇头说。

布吕内低着头,用脚跟刮地,把面包屑埋在泥土里,某种奇怪的感觉使他匆忙抬起头来,但就在同时某种闪光在施内德尔的眼里熄灭了,只剩下软弱的愤懑,使施内德尔的表情显得更加沉重。施内德尔说:

"不错,我们贪嘴!不错,我们懦弱和卑屈。难道是我们的过错?我们的一切都被剥夺了,我们的职业,我们的家庭,我们的职责。为了表示勇敢,应当付诸行动,否则就是梦想。我们无事可干,甚至弄口饭吃的本事都没有了,我们微不足道,于是我们胡思乱想,说什么我们懦弱之类的梦话。给我们活儿干,我们立即振作起来。"

德国佬从小屋出来,嘴里叼着烟,下士长一瘸一拐地跟在后面,扛着一把铲子和一把十字镐。

"我没有活儿给你干,"布吕内说,"但即使无活可干,也可以行为端正呀。"

施内德尔的上嘴唇抽搐起来,但很快恢复正常。他微笑着说:

"我本以为你比较讲究实际。当然你可以行为端正,但这能改变什么呢?你帮助不了任何人,只有助于满足你自己。"他含讥带讽地补了一句,"除非你相信榜样的神通。"

"你认出我了,是吗?"布吕内冷静地望着施内德尔问道。

"是的,"施内德尔回答,"你是《人道报》的布吕内,我经常看见你的照片。"

"你看《人道报》?"

"有时看一看。"

"你是我们的人?"

"不是,但我不反对你们。"

他们慢步返回台阶,跨过一个个躯体,人们经过强烈的欲望和极度的失望之后,筋疲力竭,他们脸色青灰,目光茫然。帐篷旁边,那两个玩牌的又摆开牌局,牌桌下有骨头和灰烬。布吕内用眼角睨视施内德尔,竭力在这张脸上重新找到前一天引起他强烈注意的那种亲近的神情。但施内德尔的大鼻子和宽面颊看得太熟了,早先的印象早已烟消云散。布吕内低声说道:

"你知道作为共产党员,一旦落入纳粹的手掌,意味着什么吗?"

施内德尔微微一笑,没有回答,布吕内接着说:

"我们对多嘴的人是冷酷无情的。"

施内德尔始终面带笑容,他说:

"我一向不多嘴。"

布吕内停下脚步,施内德尔也不走了。布吕内问:

"你愿意跟我们一起干吗?"

"你们准备干什么?"

"我会告诉你的,你先回答愿意不愿意。"

"为什么不愿意呢?"

布吕内盯视这张光滑而有点萎靡的宽脸,竭力弄清他在想什么,目不转睛地说:

"今后每天的日子难熬哇。"

"我已经没有什么东西可失去了,"施内德尔回答,"再说有点事干干,也免得无聊。"

他们一起坐下,然后施内德尔笔直躺下,双手合拢,枕在颈窝。他闭上眼睛说:

"不管怎么说,你不喜欢我们,对此我很担心。"

布吕内跟着躺下,心里嘀咕:

"这家伙究竟何许人也?同情者?嗯!你自作自受,活该,现在我拖住你不放了。"

他睡着了,醒来时已是傍晚,又睡着了,再醒时已是黑夜,又睡着了,再醒时已是太阳高照。他坐起来,扫视周围,一时不知道自己在哪儿,等想起来时,只觉得脑袋空空的。黄毛坐着发呆,脸色阴森,两臂无力地悬在叉开的两腿之间。

"不舒服吗?"布吕内问。

"不太行,我全身无力。你认为他们今天早上会发东西给我们吃吗?"

"不知道。"

"你认为他们想饿死我们吗?"

"我想不会吧。"

"我厌烦死了,"黄毛叹道,"我不习惯待着啥也不干。"

"走,去洗一洗。"

黄毛冷淡地朝浇灌引水管那边瞧了一眼:

"水很冷吧?"

"走吧。"

他们站了起来,施内德尔还睡着,穆吕还睡着,中士朝天躺着,眼睛睁得大大的,不停地嚼自己的小胡子。地上躺着几千人,几千双眼睛睁着,随着阳光和炎热的增加,越来越多的眼睛逐渐闭上了。黄毛身体摇摇晃晃,他说:

"他妈的,我站不稳哪,这个样子非摔倒不可。"

布吕内展开引水皮管,接在水管上,打开水龙头。他觉得自己沉甸甸的。黄毛脱光衣服,他结实,多毛,球形肌肉累累。在水柱的冲刷下,他弯腰曲背,肌肤变得通红,但脸色仍是灰色的。

"给我冲吧。"布吕内说。

"好沉哟。"黄毛接过水管说。他没有拿稳,勉强重新抓住,朝布吕内喷射,但双手发抖,突然把水管放下说,"我拿不住了。"

他们穿上衣服。黄毛在地上坐了好久,手上托着绑腿,眼睛望着清水注向石子地面,带着泥沙分成条条细流。他口中念念有词:

"咱们的气力消耗完了。"

布吕内关上水龙头,扶黄毛站起来,领着他回到台阶。朗贝尔醒来,见他们走路的样子,开玩笑说:

"你们走路怎么歪来扭去,好像挨了打似的。"

"累死我了,再也不去冲澡了。"黄毛瘫坐在帐篷帆布上抱怨道。他望着自己毛茸茸的、颤抖的大手,叹道:"瞧这手,不听指挥了。"

"去散散步吧。"布吕内提议。

"得了,不去了!"他钻进被窝,闭上眼睛。

布吕内独自走到后院,院内空寂无人。他迈着小跑步伐在院里转了三十圈。第十圈时,他感到头晕;第十九圈时,他不得不靠着一面墙休息,但坚持下来了。他要锤炼体魄,终于坚持到底才气喘吁吁地停下来。他心跳得快蹦出嗓子眼儿,但很高兴:"身体向来是受支配的,我每天这么锻炼,小跑要达到五十圈。我不觉得饿,很高兴没有饿的感觉:今天是第五天没吃东西了,自我感觉依然良好。"他回到前院,施内德尔仍旧张着大嘴呼呼熟睡,所有的人都躺着,一动不动,一声不吭,活像一具具尸体。布吕内很想跟排字工人聊聊,但他还睡着。布吕内只好回到自己的位置坐下,心脏仍旧跳得很厉害。北方佬突然咯咯笑起来,布吕内回头一看,只见北方佬垂头望着自己雕刻的棍子笑个不停,他已经刻好一个日期,正用刀尖雕琢花朵。朗贝尔忍不住问他:

"有什么好笑的?你,觉得有趣吗?"

北方佬还在痴笑,仍未抬头,解释道:

"我笑自己三天没拉屎了。"

"这很正常嘛,"朗贝尔说,"你拉得出什么东西?"

"有人拉屎呀,"穆吕说,"我亲眼看见的。"

"那是些走运的人,"穆吕说,"他们身上带着牛肉罐头哩。"

中士坐了起来,理着小胡子盯着穆吕,问道:

"喂,你说的卡车呢?"

"会来的,会来的。"穆吕回答,但语调已没有多少自信了。

"卡车要快来哟,"中士说,"否则没有活人迎接它们了。"

穆吕仍往门楼张望,大家听见一阵咕噜声,穆吕抱歉地说:

"是我胃里的水泡声!"

施内德尔醒了,他揉揉眼睛,微笑着低声说:

"一杯牛奶咖啡……"

"外加一些羊角面包。"黄毛说。

"我想要一份汤,"北方佬说,"汤里再加点红葡萄酒。"

"谁还有香烟?"中士问道。

施内德尔递给他一包烟,但被布吕内阻止了。布吕内感到不快,他不喜欢个体慷慨,建议道:

"咱们还是把烟集中起来分着抽吧。"

"照你说的办,我有一包半。"施内德尔说。

"我有一包。"布吕内说着从衣兜掏出来放在帐篷帆布上。

穆吕从背包掏出一个白铁罐,打开时说:

"还剩下十七支。"

"大家就有这些吗?"布吕内问,"朗贝尔,你没有烟吗?"

"没有。"朗贝尔回答。

"不对,昨天晚上你那盒烟还是满满的哪。"穆吕说。

"夜里我抽完了。"

"拿你没有办法!我听见你净打鼾哩。"

"他妈的,真没劲!"朗贝尔说,"中士想抽烟,我乐意给他一支,但让我拿出来充公,我不干。"

"朗贝尔,"布吕内提醒说,"你是自由的,可以卷起帐篷帆布到别处去,但你想跟我们在一起,必须树立集体精神,要习惯把一切献给大家。把你的香烟拿出来。"

朗贝尔耸耸肩膀,恼怒地把一包烟扔在施内德尔的被子上。穆吕数了数香烟说:

"一共八十支,每人十一支,还剩下三支,抽签吧。现在就平分吗?"

"不,"布吕内说,"如果现在分配,有的人不到今晚全抽光了。由我保管。大家三天之内每天抽三支,第四天抽两支,同意吗?"

伙伴们望着他,隐约觉得他们正在推举一个头头。布吕内重复问题:

"同意吗?"

其实大家对此无所谓,真正想要的是吃东西。穆吕耸耸肩膀,回答:

"同意。"

其他人点头表示赞同。布吕内分给每人三支烟,把剩下的放进他的背包。中士点燃一支,抽了四口就掐灭了,把烟头夹在耳朵上。北方佬拿起一支,破开烟纸,把烟丝塞进嘴里,当嚼烟嚼起来,解释道:

"这样可以充饥。"

施内德尔始终没有说话。布吕内心想:"他也许是个好的新成员。"他暗自分析施内德尔,然后分析其他事情,突然不知道自己在想什么,觉得什么也想不起来了。他两眼空茫茫的傻呆了片刻,手中捏着一把小石子,之后,看见排字工人醒了,便吃力地站起来,走过去问道:

"怎么样啦?"

"不知道他们在哪儿,"排字工人说,"我在院子里已转了三圈,没有找着。"

"继续找,"布吕内说,"别泄气。"他重新回去坐下,看了看手表说,"怎么搞的,伙计们,几点钟了?"

"四点三十五分。"穆吕回答。

"是啊,一点不错,四点三十五分,我什么事也没干,还以为是上午十点钟呢。"他觉得人家偷了他的时间,心想:"排字工人还没找到他的同伴们……"

这里一切都是缓慢的。缓慢,迟疑,复杂。需要几个月才做得成一点点事情。天空蓝得刺眼,阳光热得灼人,但渐渐变得柔和了,天空呈现玫瑰色。布吕内仰望天空,想起海鸥;他发困,脑袋嗡嗡作响,但不感到饿,心中纳闷:"我一天都不觉得饿呀。"他睡着了,梦中饥饿难忍,等醒过来,又不饿了,只觉得有点恶心,头顶一圈火辣辣的疼痛。天空蔚蓝,明快,空气清爽,远处乡间传来嘶哑的鸡鸣,太阳隐退了,但阳光仍在墙头喷着金色的薄雾;巨大的紫色阴影仍在院子上空延伸。鸡鸣声停止了,布吕内心想:"好静呀。"他一时觉得这世界上只有他一个人。他硬撑着坐起来,伙伴们都在,在他周围成千上万的人躺着一动不动,看上去倒像是战场,但所有人的眼睛都睁着。布吕内看见一张张朝天的脸陷在散乱的头发里,眼睛却在窥伺。他转身找施内德尔,见他两眼发呆,便轻轻喊道:

"喂,施内德尔!喂,施内德尔!"

施内德尔没有回答。布吕内看见远处一条软绵绵的蛇在流口水,原来是浇灌引水皮管,心想:"我必须洗一洗。"但他脑袋沉甸甸的,好像在把他往后拉,他不得不又躺下,觉得仿佛在飘浮。"我必须洗一洗。"他挣扎着再站起来,但身子不听指挥,双腿和双臂绵软得使他感觉不出来,好像是摆在他身旁的两样物件。太阳在围墙上空出现。"我必须洗一洗。"他恼火自己成了众多睁眼死人的一员,于是收缩肌肉,竭尽四肢的全部力气,猛地向前挺起,终于站了起来,他双腿发抖,浑身出汗,走了几步,直担心倒下。他走近排字工人打招呼:

"你好!"

排字工人挺起身子,神情古怪地望着他。布吕内重复道:

"你好!"

"你好!不想坐坐吗?不舒服吗?"排字工人问。

"还好!"布吕内说,"很好哇,我想站着舒服些。"

如果他坐下,他没有把握还能重新站起来,排字工人坐了起来,气色好,精神饱满,浅褐色的眼睛炯炯发光,使他漂亮的脸蛋看上去像个姑娘。他兴奋地说:

"我找到一个同伴,叫佩兰。他是奥尔良的铁路职工,跟同伴们失去了联络,正在找他们,一旦找着,他们三人中午一起来见你。"

布吕内看了一下手表:十点钟。他用衣袖擦了擦汗涔涔的前额,说道:

"很好。"他觉得要说些别的什么事情,但说不上来。他摇摇晃晃俯视了一会儿排字工人,重复道,"很好!很好!"

说完,吃力地迈开步子,脑子里火烧火燎的,回到位置上,身不由己倒在帐篷帆布上,而心里还在想:"我还没有冲洗呢。"

施内德尔用一肘支起身子,不安地瞧着他,问道:

"不行了吗?"

"行,"布吕内不悦地说,"行,行,没问题。"

他掏出一块手绢,平摊在脸上挡太阳。他没有睡意,或不完全困倦。脑子空空的,仿佛觉得乘电梯往下沉。有人在他头顶上空咳嗽。他拉开手绢,看见排字工人和其他三个同伴站在他跟前,惊异地望着他们,声音模糊地问:

"已经中午了?"

他使劲儿撑起来,很不好意思自己毫无准备,没有刮胡子,跟别人一样脏。他用足全身力气,终于站了起来,向大家问候:

"你们好。"

来访者们好奇地望着他,他们是他喜欢的那种人:结实,整洁,目光冷峻,是好料子。他们眼巴巴望着他,使他想到:"这里,他们只有我了。"顿时他觉得好多了,于是提议:

"咱们走一走?"

他们跟在他后面,绕过营房,一直走到后院尽头,布吕内转过身来向大家笑笑。

"我认识你。"一个剃光头的黑发棕肤的人说。

"我也觉得在什么地方见过你。"布吕内说。

"一九三七年我去见过你,"那人说,"我叫斯泰凡,是国际纵队的。"

另外几个自报了姓名:佩兰,奥尔良的;代鲁凯尔,朗斯的矿工。布吕内靠在马厩的墙上,望着他们,难过地想到他们多么年轻,恐怕饿得不得了。

"怎么样?应当怎么干呢?"斯泰凡问:

布吕内凝视他们,想不起要对他们说的话。他沉默不语,发现他们眼中惊讶的神情才开口说话:

"什么也不干。目前没有任何事可干。弄清自己人,保持联系。"

"你跟我们待在一块儿吧?"佩兰问,"我们有个帐篷。"

"不,"布吕内迅速回答,"咱们待在各自的地方,尽可能联络更多的人,认出自己的同志,设法了解别人脑子里想什么。别做宣传,还不到时候。"

"他们脑子里想什么,我知道,"代鲁凯尔做了个鬼脸,"什么也不想,只想自己的肠胃哪。"

布吕内觉得自己的脑子开始发胀,半闭着眼睛说:

"会改变的。你们那边有神甫吗?"

"有的,"佩兰回答,"我那边就有,他们干的事儿挺滑稽。"

"让他们干吧,"布吕内说,"你们不要暴露身份。如果他们主动接近你们,要对他们客客气气,明白吗?"他们点头赞同,布吕内对他们说,"明天中午碰头。"

大家望着他,犹豫不决,他有点生气,对他们说:

"走吧!你们走吧!我自个儿待一会儿。"

他们走开了,布吕内看着他们离去,等到他们绕过营房,才迈出一只脚:他没有把握不摔倒。但还想"小跑三十圈"。他踉踉跄跄走了两步,气得他脸上冒火,头顶像被锤子连连猛击,但命令自

1143

己:"三十圈,立即开始!"他用力离开靠着的墙,走了三米,就摔了个狗吃屎。他重新站起来,又重新摔倒,手也摔破了。"每天小跑三十圈。"他抓住砌在墙上的一个铁环,重新站起来,一个冲刺跑了出去。十圈,二十圈,他的腿哆哆嗦嗦,每跨一步都像跌倒一次,但他知道,一旦停下来,就会倒下。二十九圈。第三十圈之后,他跑向营房拐角,进入前院时才放慢脚步。他跨过一个个躯体,到达台阶,躺着的人们没有一个动窝,好似一片肚皮朝天、浮在水面的死鱼。他淡然一笑。只有他一个人站着。"现在,我应当刮胡子了。"他拿起背包,走近营房的一个窗口,取出剃刀,把一面斜的镜子搁在窗台上,动手干刮胡子,痛得他半闭双眼。突然剃刀坠落,他俯身去捡,不料又失手,镜子落在他脚边,砸得粉碎,接着身不由己地跪在地上,这一回他知道再也站不起来了,于是爬到自己的位置上,仰天倒下。他的心脏怦怦直跳,在胸腔里扑通扑通,每蹦一次就像一枚火针钻刺头顶心。施内德尔一声不吭地扶起他的头,把一床一折四的被子塞在他的颈背。布吕内仿佛觉得掉进云雾之中,有一片云彩酷似修女,另一片却像威尼斯轻舟。这时有人拉他的衣袖,喊道:"起来,咱们搬家了。"他糊里糊涂地站起来,被推到台阶,营房大门敞开着,战俘们潮水般涌了进去。他觉得登上台阶,真想停下,但后面有人推他,一个声音催他:"再上哪!"他的脚不听使唤,双手朝前一扑,摔倒了。施内德尔和排字工人一边一个扶着他的胳膊,生拉硬拽把他带走。他想挣脱,但一点力气也没有,他说:

"我不明白。"

"你需要吃东西。"施内德尔笑嘻嘻地说。

"跟你们一样,不比你们更需要。"

"你个子比我们大,身体比我们壮实,需要吃得更多。"排字工人说。

布吕内说不动话了,伙伴们把他扶到顶楼。一条昏暗的走廊横贯整幢营房,走廊的西端有些小间,中间由栅栏墙隔开。他们走进一个小间,里面只有三个空货箱,除此之外,什么也没有。没有窗户。每两个或三个小间有一个天窗。隔壁小间的天窗给他们送来一道斜射的光线,使栅栏的木条在地板上形成长长的影子。施内德尔把自己的被子铺在地上,布吕内瘫坐在上面。他趁排字工人的脸凑近他时低声说:

"别老待在这里,把你自己安插得远一点,明天中午碰头。"

排字工人的面孔在他眼前消失,梦幻展开序幕。栅栏木条的投影在地板上慢慢延伸,到达仰面朝天的躯体,然后拐弯,爬上货物箱,再拐弯,变得苍白,接着暮霭沿墙渐渐上升。从栅栏望去,天窗仿佛是道伤痕,一道苍白的伤痕,一道黑色的伤痕。突然,一个明亮的火光燃起,栅栏木条又旋转起来,转呀转,阴影随着亮光旋转,瑞兽困在笼子里,人们围着笼子,手忙脚乱了一阵子便消失了,只剩下漂流的船只,载着饿死在笼子里的苦役犯。在一根火柴的光照下,一个字样从半明半暗中显现,字母呈红色,斜写在一个空货物箱上:易碎。隔壁的笼子里关着一些黑猩猩,它们好奇地挤在笼栏上,从栏杆的空隙中伸出长臂,它们的眼睛忧郁,四周布满皱纹,猴类是继人类之后眼睛最忧郁的动物。发生了什么事情?布吕内寻思着,是一场灾难吧?什么灾难?也许太阳冷却了?一个声音从最深处的笼子传来:一天晚上我将对你们讲述甜蜜的事情。① 一场灾难,所有的人都牵连进去了。什么灾难?党将怎么办?一阵清凉可口的菠萝味儿,新鲜爽快,喂给孩子吃的那种味道,布吕内咀嚼菠萝,细嚼嫩甜的纤维:"我最后一次吃菠萝是什么时候?我一向喜欢菠萝,这东西好像去皮的鲜嫩木头。"他细嚼

---

① 一首歌的歌词。

慢咽。嫩甜的纤维汁,黄色的,慢慢从他的食道里回升上来,就像太阳缓缓上升,经过舌头时灿烂辉煌。他想说点什么,说什么呢?称它为太阳的乳汁?"我一向喜欢菠萝,哦,很久了,那时我还喜欢滑雪,爬山,拳击,帆船,女人。易碎。什么东西易碎?我们大家都易碎。鲜美的味道经过舌头拐弯儿,像灿烂的涡流,这是一种久远的味道,被遗忘了,我把自己也遗忘了。"密集的阳光在栗树叶丛中攒动,阳光像万道细雨洒落在我的前额,我躺在吊床上阅读,白色的房子在我的背后,啊,我的背后是都兰,我喜爱树木,太阳,房屋;我喜爱人世和幸福,啊,从前……①他动了动,挣扎着说:"我有事要做,有事要马上去做。"有要紧的约会,跟谁?跟克鲁普斯卡娅②。他又倒下:易碎!"我的爱心哪里去了?他们对我说:'你不怎么喜欢我们。'"他们制服了我,扒去我的皮:"一棵鲜嫩多汁的苗儿,③等我离开这儿,我要吃一整个菠萝。"他又抬起身子,说有要紧的约会,但身子挺起一半,又倒下去了,像孩子那样安静。在大花园里,苗儿呀,你扒开杂草,去寻找阳光吧,你的愿望哪里去了?④我没有愿望,我只是一张皮,汁液枯竭了。趴在笼子栅栏上的猴子们焦躁不安地望着他,一定发生了什么事情。他想起来了,直起身子,喊道:"排字工人。"他问道:"他来了吗,排字工人?"没有人回答,他又倒下,重新坠入黏糊迷蒙,重新坠入主观意绪:我们打输了战争,我将死在这里。马蒂厄俯在他身上,低声对他说:"你不怎么喜欢我们,你不怎么喜欢我们。"猴子们拍着大腿哈哈大笑:"你什么也不喜欢,真的,任何东西都不喜欢。"栅栏木条的阴影慢慢移到他脸上,阴影,阳光,阴影,他觉得很好玩。"我是党员,我喜欢同志们;对于其他人,我没有时间去敷衍,我有约会。一

---

①③④　萨特自编的歌词。
②　克鲁普斯卡娅(1869—1939),列宁的妻子。

天晚上我将对你们叙述甜蜜的事情,一天晚上我将对你们说我爱你们。"他坐了起来,喘着粗气,瞧了瞧伙伴们,穆吕仰面朝着天花板痴笑,一个影子在他脸上活动,沿着他的面颊滑行,阳光照得他的牙齿闪闪发亮。

"喂,穆吕!"

"你听见了没有?"穆吕仍旧痴痴地微笑,一动不动地问道。

"听见什么?"布吕内反问。

"卡车。"

布吕内什么也没有听见,他害怕这个一下子把他吞没的奢望,活的奢望,爱的奢望,抚摸雪白的乳房的奢望,他向睡在他右侧的施内德尔求救:

"哎,施内德尔!"

"不行了。"施内德尔声音微弱地说。

"你从我背包里拿烟抽吧,每天三支嘛。"

布吕内说时腰部慢慢滑到地板,重新仰面朝天平躺下,他凝望天花板,心想:"我喜欢他们,当然我喜欢他们,但是他们必须尽责。愿望,究竟是个什么东西?人体,注定死亡的人体是个布满愿望的森林,一个愿望就像一只鸟,栖在树枝上;木盘上放着火腿肉;它们用餐刀把肉切开,切肉的时候一股湿木的清香从刀下散发开来。他们制服了我,是呀,我只不过是个愿望,我们全部陷入困境,糟透了,我会死在这里的。什么愿望?"有人把他略微抬起,轻轻让他坐起,施内德尔给他喂汤。

"什么东西?"

"大麦汤。"

布吕内忍俊不禁,原来如此,仅此而已。所谓有罪的奢望,原来只是饥饿。他不知不觉睡着了,人家叫醒他,喂他吃第二份汤。他觉得胃里火烧火燎,栅栏墙还在旋转,但唱歌的声音停止了,他

问道:

"有人唱歌吧?"

"是的。"穆吕回答。

"他不唱了。"

"他死了,"穆吕说,"他们昨天把他运走了。"

又给布吕内添了一份汤,外加面包。他说:

"好多了,"他不用扶助就坐了起来,微笑着说,"幼稚,爱心,'主观意绪',不足挂齿,只是饥饿引起虚弱时的幻觉。"他高高兴兴地招呼穆吕,"喂,这么说,卡车终于来了?"

"是的!是的!"穆吕回答,他正用小刀刮一个球形面包,把它掏空,切掉一部分,好像在搞雕刻,专心致志,头也不抬地解释道,"这是剩余下来的面包,发霉了。你要是吃了发绿的部分,就得拉稀,但把发绿的刮掉,周围还有好的嘛。"他递给布吕内一小条面包,把另一条塞进自己的大嘴,神气十足地说,"六天没吃东西,我都快发疯了。"

"我也一样,"布吕内笑一笑说,"想起了'主观意绪'。"

他又睡着了,被阳光照醒时,还觉得虚弱,但能够站起来了。他问道:

"排字工人来看过我吗?"

"你知道,这几天我很少注意来访者。"

"施内德尔呢?"布吕内问。

"不知道。"

布吕内来到走廊,看见施内德尔和排字工人在聊天,见他们又说又笑,心里生气。排字工迎上来对他说:

"我跟施内德尔两人已经展开工作了。"

布吕内转身瞧了瞧施内德尔,心想:"他到处钻空子。"施内德尔微笑着对他说:

"自前天以来，我们各处转了转，认出一些新伙伴。"

"嗯！我要见见他们。"布吕内冷冷地说。

他下楼梯，施内德尔和排字工人跟在后面下来。他踏进院子便停下来，不由得眯起眼睛：阳光耀眼，是个晴朗的日子。一些人坐在台阶上安静地抽烟，就像在自己家里辛勤劳动一周后安安稳稳地休息，不时有人点点头说几句话，仿佛大家欣然赞同。布吕内怒目而视，心里嘀咕："好家伙，他们倒是随遇而安哪！"院子、瞭望台、围墙，仿佛属于他们，他们好像坐在自己的家门口，以农民迟钝的头脑议论着村里发生的一切事件。"你拿这类家伙怎么办？他们占有欲极强，你即使把他们扔进大牢，三天之后，你就弄不清他们是囚犯还是监狱主人。"另一些人三三两两地散步，步履敏捷，又说又笑，到处乱走，活像招摇过市的市民。几个穿着自费军服的军校学生目中无人地走来走去，布吕内听见他们优雅的谈话：

"不对，老兄，对不起，他们没有宣告破产，确有破产一说，但法兰西银行给他们接济资金了。"

有两个戴眼镜的家伙把棋盘摊在膝盖下棋，围着许多人观战。一个秃顶小个子皱着眉头埋头阅读，时不时放下书，急躁地翻阅旁边一本厚书。布吕内走到他背后，发现那是一部词典，情不自禁地问道：

"你在干什么？"

"学德文。"

浇灌引水管附近围着一些人，他们赤身裸体喊着挤着笑着，阿尔萨斯人加尔蒂泽把臂肘支在木桩上，跟一名德国哨兵聊天，德国兵边听边点头。只需一口面包！一口面包下肚，奄奄一息的败兵们阴森森的院子顿时变成海滨浴场、日光浴场、乡村节场。两个家伙脱光衣服躺在被子上晒太阳，布吕内恨不得用脚踹他们金黄的屁股：尽管把他们的城市乡镇烧光，尽管把他们流放，他们到什么地方都能在什么地方苟且偷安,寻求可怜的安逸,对这种人怎么进行工作?他转身朝另一个院子走去,突然心头一怔,不由得停下脚步,眼前一片人背,成千个背部,随着一个铃的叮当声,成千的脑袋低下了。

"好家伙!"他说。

"是吧,今天是礼拜天。"施内德尔和排字工人扑哧一笑,"我们想让你大吃一惊。"

"原来如此,是礼拜天。"布吕内说,他目眩神迷,直瞪瞪地望着他们:多么执着! 他们制造一个综合性的礼拜天,把城市的礼拜天和乡村的礼拜天合而为一了,因为他们从一本日历上得知今天是礼拜天。前院是乡村礼拜,外省礼拜,后院是教堂礼拜,只缺演电影了。他转身问排字工人,"今晚没有电影吗?"

"基督教青年工人联合会准备搞'篝火'。"排字工人笑着回答。

布吕内捏紧拳头,心想,"神甫们乘我生病的时候干得好欢。不该生病呀。"

"天气挺好!"排字工人怯生生地说。

"是呀。"布吕内低声说。不错,天气挺好,整个法国天气都不错。在阳光下,被撬的和扭曲的铁轨闪闪发亮,连根拔起的树木黄叶斑斑,此刻却金光闪亮,弹坑里的积水也闪闪烁烁,麦田里的死者披上绿装,在万里无云的天幕下饥肠辘辘。你们难道已经忘了:人好似橡皮做的,一个个人头又抬了起来,神甫在演讲。布吕内听不清他说些什么,只见他脸色红润,头发灰白,戴着铁架眼镜,肩膀结实。布吕内认出他来了,就是第一个晚上捧读日课经的那个家伙。布吕内挤到前面,看见神甫身边站着那个蓄胡子的中士,他目光炯炯,神情谦恭,热忱听讲:

"……你们当中许多人是信徒,但我也知道有些人是抱着好奇心来听讲的，为了求得知识或仅仅为了消磨时间。不管是谁，你们都是我的兄弟，我最亲爱的弟兄，我的战友，我的教友，我向你们所有的人发出呼吁，天主教徒、耶稣教徒、无神论者，因为天主的话是讲给所有人听的。这个哀悼日正逢安息日，我向你们传递的信息概括为四个字：'不要绝望！'绝望不仅是对神明仁慈的一种忤逆，甚至不信宗教的人都会赞同我的说法：绝望也是人对自己的一种侵害，甚至可以说，是一种精神自杀。亲爱的弟兄们，你们当中大概有人受了宗派分子的欺骗，把我国历史一系列了不起的事情仅仅看作一连串无意义无联系的偶然事件。他们至今仍喋喋不休，说什么我们吃败仗是因为我们没有足够的坦克，是因为我们没有足够的飞机。对他们这种人，天主有个说法，就是他们有耳朵却不会听，有眼睛却不会看；当神明的怒火降临所多玛和蛾摩拉①时，这两座大逆不道的城中居然有顽固不化的罪人硬说铁雨把他们的城市化为齑粉，只是流星坠落或大气现象。弟兄们，他们不是自相矛盾吗？因为就算是霹雳偶然击毁所多玛，那也没有一件人的作品、一件人的耐力和技艺的产物会被盲目的力量无缘无故地毁于一旦。为什么建造？为什么种植？为什么建立家庭？我们现在被打败了，被俘虏了，我们正当的民族自尊心受到凌辱，我们身心痛苦，得不到亲人的音信。怎么？这一切难道是无源之水、无本之木？仅仅是机器力量的缘故？如果真是如此，那么，弟兄们，我对你们说，让我们陷入绝望吧，因为没有比无缘无故受苦更令人绝望、更不公正的了。'那么为什么我们没有足够的坦克呢？为什么我们没有足够的大炮呢？'他们一定会回答：'因为我们生产得不够。'这样的回答一下子暴露了道德败坏的法国的真实面目，四

---

① 典出《旧约·创世记》第十八至十九章：所多玛和蛾摩拉两城罪孽深重，耶和华降天火将二城夷为平地。

分之一世纪以来,法国忘记了她的义务,忘记了天主。确实,为什么我们生产得不够？因为我们不劳动。弟兄们,懒惰的浪潮袭击了我们,就像蝗虫侵袭埃及的田野,这股浪潮怎么来的？因为我们被自由的内部争吵分裂了：受无耻的煽动者指挥的工人们竟然憎恨起他们的老板,而被利主义蒙蔽眼睛的老板们则很少注意满足工人们正当的要求；商人嫉妒公务员,而公务员则养尊处优；我们的议员们在议院不是心平气和地讨论公益,而是争执谩骂,甚至有时大打出手。亲爱的弟兄们,为什么有纠纷？为什么有利害冲突？为什么世风日下？因为利欲熏心的物质主义像瘟疫似的传遍全国。物质主义是人们背离天主时产生的状况,人们以为出生于世必然回归于世,所以只关心世间的利益。因此我要回答怀疑论者说：'弟兄们,你们说得对,我们打输了战争,因为我们没有足够的物质,但你们只对了一半,因为你们的答案是物质主义的,而正因为你们是物质主义者,所以你们被打败了。法国,作为教会的长女,曾在历史上获得一系列辉煌的胜利,而背离天主的法国则遭到一九四〇年的失败。"

他停顿了一会儿,人们张着嘴静静地聆听,中士频频点头表示赞同。布吕内朝神甫瞥了一眼,只见他踌躇满志,发光的眼睛把听众整个儿扫视一周,双颊泛红,举着手,几乎抑制不住内心的喜悦,接着说：

"因此,我的弟兄们,所谓我们的失败是偶然的结果,让我们抛弃这个想法,我们的失败是我们的过错,也是对我们的惩罚,不是什么偶然,弟兄们,是惩罚。这就是我今天带给你们的信息。"

他又停顿了一下,仔细观察面向他的一张张脸的表情,以便判断所产生的效应,然后欠身用更加讨好的声音接着说：

"这个信息是严酷的和令人不快的,我承认,但这很有益处。有人以为自己是一场灾难无辜的受害者,有人不明白这场灾难而只会搓手,对他们来说,向他们揭示他们正在为自己的过错受罪吃苦,这难道不是向他们传递有益的信息吗?所以我对你们说,弟兄们,喜悦吧,从痛苦的深渊吸取喜悦吧,因为,如果有过错,如果要受罪,也可以赎罪嘛。我对你们说,还是喜悦吧,在你们天主的大厦里喜悦,因为有另一个喜悦的理由。耶稣基督为天下所有的人受苦,承担了你们的过错,为你们的过错曾经受苦并继续受苦,耶稣基督选择了你们,是的,选择了你们大家,农民、工人、市民,因为你们既不是完全无辜又肯定不是最有罪过,他选择你们,为你们获得一个无与伦比的前程,他决定让你们的痛苦像他所受的痛苦那样补偿全法国的过错和罪孽,天主始终喜爱法国,上帝惩罚法国实在出于无奈。弟兄们,这就必须抉择了:要么你们诉苦和绝望,说什么'为什么不幸降临到我的头上?为什么我倒霉,而不是我那个为富不仁的邻居?为什么不是把国家引向沦陷的政治家?'这么想毫无意义,你们只会在憎恨和怨愤中死去;要么你们对自己说:'我们本来就一无所有,而如今被选为受苦者、奉献者、殉难者。'这样就会产生一个受命于天的人,就像每当法国濒危的时候上帝指使降生的人那样⋯⋯"

布吕内踮着脚走开了,看见施内德尔和排字工人靠在营房的墙上,便走过去说:

"他很有两下子呢!"

"是呀!他住在离我两个房间,每天晚上只听见他一个人讲话,他巧妙地控制着伙伴们。"

这时两个人从他们身边经过,一个长脑袋戴夹鼻眼镜的瘦高个,另一个高傲地撇着嘴的矮胖子,高个子声音温和而准确地说:

"他讲得很好,通俗易懂,他说了应当说的话。"

"当然!"布吕内冷笑着叹道。

他们走了几步,排字工人信任地瞧着布吕内问道:

"怎么样?"

"怎么样?"布吕内反问道,"他的讲道,你认为怎么样?"

"有好的一面也有坏的一面。从某种意义上说,他在为咱们工作,他说明了被俘不是件愉快的事,我以为他有点夸大其词,但他关心的事跟我们是一样的。只要小伙子们自以为月底可与女友重逢,你就拿他们毫无办法。"

"啊!"布吕内长叹了一声,见排字工人漂亮的眼睛睁得圆圆的,双颊灰白,便说,"那方面的事就这样吧,你们甚至可以利用神甫,跟自己的同伴们单独谈谈,对他们说:'神甫说的听见了吧?他说咱们的苦日子难熬着呢!'"

"因为你,你认为咱们要熬很久吗?"排字工人吃力地问。

"你真的相信有圣诞老人?"布吕内冷峭地望着他反问。

排字工人不吭声了,咽下一口唾沫。布吕内转身对施内德尔继续说:

"不过,从另一方面看,我不认为他们会很快表明立场,我想他们会看一看再说。哼,他妈的,他的布道简直是名副其实的政治宣传,什么法国是教会的长女,贝当是法国人的领袖,一派胡言!"他突然盯着排字工人问,"你周围的人觉得他怎么样?"

"挺喜欢他的。"

"哦?"

"挑不出他有多大的毛病。他把自己的东西统统分给大家,让大家感觉到他的好处,好像对你说:我给你东西是出于对上帝的爱。而我,宁愿不抽烟也不要他的香烟,但只有我一个这样。"

"你对他只了解这些?"

"我发现他只在晚上出现。"排字工人抱歉地回答。

"白天他搞什么名堂?"

"在诊疗所。"

"这儿有诊疗所?"

"有的,在另一幢房子里。"

"他是护士?"

"不是,但他是护士长的朋友,他俩加上两名养伤的军官,他们一起打桥牌。"

"哈哈!大伙儿会怎么想呢?"布吕内问道。

"大伙儿没说什么,虽早有所闻,但不予追究。我是从加尔蒂泽那儿听说的,他是护士。"

"好哇,就这样,你向大伙儿揭露真情,让大伙儿想想神甫们怎么总跟军官们泡在一起。"

施内德尔带着古怪的笑容瞅着他们已有一会工夫了。他说:"那另一幢房子,是德国人住的。"

"哦!"布吕内哼了一声。

施内德尔始终面带笑容,转身对排字工人说:

"你明白要说的话了吧? 就说神甫撇下大伙儿去拍德国佬的马屁。"

"哎,你知道,他不见得老跟德国佬在一起,我想。"排字工人有气无力地说。

施内德尔耸耸肩膀,装作不耐烦的样子,布吕内觉得他是说着玩的。施内德尔追问:

"那你呢,你有权老钻在德国人的楼房里吗?"

排字工人耸耸肩膀,没有回答。

"你没话说了吧?"施内德尔得意扬扬地说,"我才不管他的动机如何呢,他可能想拯救法国,但客观上他是成天跟敌人泡在一起的法国战俘。这一点,伙伴们必须明白。"

1155

排字工人感到为难,转身向布吕内求援。布吕内全然不喜欢施内德尔的腔调,但不愿意与他持相反的意见,便说:

"慢慢来吧。眼前不要拆他的台,况且有五十多人围着他转,你的力量不够。但要设法在交谈中让人明白:神甫认为咱们不会很快解脱,他知道得很清楚,因为他跟军官们过从甚密,老跟德国佬聊天。必须使大家慢慢明白神甫不是跟咱们乘一条船的。明白吗?"

"明白。"排字工人说。

"神甫的房间里有咱们的人吗?"

"有的。"

"他机灵吗?"

"还可以吧。"

"那就让他受诱骗得了。让他装作心服口服的样子,咱们需要有个通风报信的。"他靠在墙上,思索了一会儿,对排字工人说,"去把同伴给我找来,找两三个新结识的。"

留下他们俩的时候,布吕内对施内德尔说:

"我本想等一等再说,过一两个月,等大伙儿亮了相再着手。但神甫们太厉害了。假如咱们不立即动手,那就落后了。你仍同意跟我们干吗?"

"干什么?"施内德尔问。

"我以为你愿意跟我们一起干,你改变主意了?"布吕内皱起眉头说。

"我没有改变主意呀,"施内德尔说,"我想知道你们将干些什么。"

"这么说吧,"布吕内解释道,"你听见神甫讲道了吧?这帮人不是新手,一个月后你将发现他们到处出头露面。况且,德国佬从我们中间物色两三个吉斯林①毫不奇怪,然后把叛徒派来给我们说教。战前,我们有坚强的组织跟他们对抗:共产党、工会、防敌委员会。这里,什么也没有,所以必须重建某种东西。自然,很可能陷入空谈,我从来不喜欢只动嘴巴,但别无选择了。因此,挑选健康的成员,把他们组织起来,展开地下反宣传,这就是近期目标。有两个主题可以展开:我们拒绝承认停战;民主是我们今天唯一能接受的政府组织形式。用不着走得太远,开始必须小心谨慎。我负责寻找法共同志们,但还有其他党派的人士,比如社会党人、激进党人,以及所有多少带'左派'色彩的人,像你这样的同情者吧。"

"软弱者。"施内德尔冷笑着说。

"还是称作温和派吧,"布吕内赶紧补充道,"可以是既温和又正直的嘛。我不太熟悉他们的语言,而你没有这方面的困难,因为是你的语言。"

"好吧,"施内德尔答应道,"总之,要重新恢复一点人民阵线精神,是吗?"

"能做到这一点就不错了。"布吕内回答。

"这便是我的工作,"施内德尔点头道,"但是……你对自己的语言有把握吗?"

"我的语言?"布吕内惊讶地望着他问。

"是呀,如果你有把握……"施内德尔满不在乎地说。

"你这话是什么意思?我不喜欢不明不白的话。"布吕内说。

"我的话很明白,只是想说,贵党目前在干什么?贵党有何命令有何指示?我猜想你是知道的。"

---

① 吉斯林(1887—1945),挪威法西斯党魁,曾任挪威国防部长。1940年协助德军入侵挪威,1942年充当傀儡政府首脑,1945年以战犯罪被处决,吉斯林的名字后成为叛徒的代名词。

"你难道不了解当前的局势吗?"布吕内微笑着问道,"德国人占领巴黎已两周,整个法国乱翻了天,有的同志牺牲了,有的同志被俘了,有的同志跟着部队不知跑到哪里去了,或在波城或在蒙彼利埃,还有些一直待在监狱里。如果你一定想知道共产党目前干什么,我可以告诉你,党正在重新组织起来。"

"我明白了,"施内德尔有气无力地说,"你嘛,尽量在你这儿聚集贵党的同志,这很好。"

"那么好吧,如果你同意……"布吕内下结论了。

"老兄,我当然同意,不过嘛,"施内德尔说,"其实这与我不相干,我又不是共产党员。你对我说贵党正在重新组织起来,我不便多问了。但我很想知道,如果我处在你的位置……"他边说边在上衣口袋掏东西,好像找香烟,掏了一会儿,抽出空手,沿墙下垂着,"贵党在什么基础上重新组织起来呢?这是问题的关键,"他眼睛故意不看布吕内,继续说,"苏联人与德国人结盟了。"

"不对,"布吕内不耐烦地说,"他们缔结了互不侵犯条约,而且是临时性的。稍为想一想,施内德尔,慕尼黑以后,苏联不再能……"

"我知道,"施内德尔叹了口气,打断他说,"我知道你要对我说什么。你会对我说,苏联对它的盟国失去信任,采取了权宜之计,直到积蓄足够的力量向德国佬宣战。是这样吧?"

"不完全如此,"布吕内犹豫一下说,"我更倾向苏联肯定德国人会向它发动进攻。"

"但你认为苏联是尽其所能拖延德国进攻的日期?"

"我想是的。"

"那么,我要是你的话,"施内德尔慢腾腾地说,"我就吃不准贵党会坚定地采取反对纳粹的立场,因为这样做将有损于苏联。"

他视力模糊的眼睛盯视布吕内,目光迟钝、忧郁,很难支撑。

布吕内生气了,扭头说:

"别故意装糊涂,你心里很清楚我党不可能公开表明立场,一九三九年以来我们一直处在非法地位,①只能搞地下活动。"

"地下活动,是的,"施内德尔笑着说,"但这是什么意思?比如,准备地下出版《人道报》?那么听着,发行一万份,至少每次一百份落入德国佬手里,这是必然的。处在非法状态,走运的话,可以隐藏传单的出处、印刷厂、编辑室等等,但藏不住传单,因为传单本身是散发的。我估计不出三个月盖世太保便完全了解法共的方针。"

"以后呢?他们总不能把法共等同于苏联吧。"

"那么共产国际呢?"施内德尔问道,"你认为在里宾特洛甫和莫洛托夫之间共产国际从未插过手?"他说话心平气和,语调平淡,但他有气无力的执着却令人生疑。

"咱们别纸上谈兵了,"布吕内说,"里宾特洛甫对莫洛托夫说过什么,我一无所知,我又没在桌子底下偷听。但我知道,因为这是再明显不过的,苏联和法共的关系断了。"

"你相信吗?"施内德尔问,但片刻后他补充道,"不管怎么说,即使关系今天断了,明天又会恢复,有瑞士嘛。"

弥撒做完了。士兵们静悄悄从他们面前经过,走远了。施内德尔压低声音说:

"我相信纳粹政府认为苏联应对法共的活动负责。"

"就算如此,那会怎么样呢?"布吕内问道。

"可以设想,"施内德尔回答,"苏联为了争取时间强迫法国和比利时共产党销声匿迹。"

---

① 当时政府命令法国共产党自 1939 年 9 月 26 日起解散一切组织,《人道报》已于 8 月底被禁,但第一期地下《人道报》于 1939 年 10 月 26 日出版了。

1159

"强迫!"布吕内耸耸肩膀说,"你把苏联和法共的关系想到哪儿去了?难道你不知道共产党有支部和党员辩论以及在支部内部表决?"

"我不想伤害你,"施内德尔微微一笑,耐心地接着说,"让我换一种说法吧,请设想一下,法共为了不给苏联惹麻烦,自动销声匿迹……"

"这倒新鲜。"

"不怎么新鲜哪。宣战的时候你们干了些什么呢?开战以来,局势对苏联越来越不利。如果英国投降,希特勒便可放手大干了。"

"苏联还来得及准备,正在迎接对抗哩。"

"你肯定?红军上个冬天不太出色呀,你自己说莫洛托夫在等待时机……"

"如果苏联和法国之间的关系诚如你所说的,那同志们会及时知道红军备战的程度。"

"同志们,当然,远在巴黎。但你不会知道。在这里却是你开展工作……"

"归根结底,你究竟想说什么?"布吕内提高嗓门问道,"你想证明什么呢?想证明共产党变成法西斯了吗?"

"不是这个意思,但纳粹的胜利和德苏条约是两个现实,也许法共对条约不高兴,但不得不迁就。"

"那我应当袖手旁观吗?"

"我可没叫你袖手旁观哪,咱们聊天嘛……"施内德尔边说边用食指擦擦大鼻子,吸了口气接着说,"共产党不比纳粹更赞成资本主义民主政体,尽管出发点不同。只要有可能设想建立苏联和西方民主国家同盟,你们便选择保卫政治自由和反对法西斯专政的纲领。但这种政治自由是虚幻的,你比我更清楚。今天民主政体已经垮掉,苏联与德国靠近,贝当取得政权,贵党不得不在一个法西斯社会或接近法西斯的社会里继续开展工作。而你,一无领导,二无口号,三无接触,四无消息,你却要主动重振已经过时的纲领。刚才咱们谈到人民阵线精神,但人民阵线已经死亡。死亡了,埋葬了。在一九三六年的历史情况下它有一定的意义,而今天毫无意义了。布吕内,当心,你在黑暗中闯哪!"他的声音变得粗粝刺耳,但一下子缓和下来,又变得和和气气,"所以我问你对你干的事有没有把握。"

"得了!咱们又不是干什么了不起的事情。"布吕内哑然失笑道,"把同伴们组织起来,千方百计反对神甫和纳粹分子。至于下一步怎么做,走着瞧吧,任务嘛,会自行冒出来的。"

"当然,当然。"施内德尔点头连连赞同。

"倒是你叫我不安,"布吕内盯着他的眼睛接着说,"我觉得你挺悲观的。"

"哎,我嘛,"施内德尔满不在乎地说,"你若想知道我的意见,我想咱们干的事情没有任何政治意义,因为目前形势是难以理解的,我们不承担责任。我们当中回得了家的人将发现一个井然有序的社会,这个社会有自己的干部和神话。我们无可奈何,至少在这个领域,我们力不从心。但在另一方面,如果我们能够给伙伴们鼓鼓劲,阻止他们陷入绝望,给他们灌输活下去的理由,哪怕是虚幻的,也值得一试。"

"这样就好嘛,"布吕内沉默片刻后接着说,"干吧!行了,我自己走一走,今天是第一次出门。回头见!"

施内德尔向他行了二指礼,走开了。布吕内心想:"一个消极的才子!一个知识分子!我必须摆脱他。怪人,时而友好热忱,时而冷若冰霜,玩世不恭。在哪儿见过?他谈起党员们时为什么说'贵党的同志们'而不说'你的同志们'?我本以为他会说'你的同志们'。得设法瞧一眼他的军人证。"

充满节日气氛的院子里,人们打扮成外出的样子,人人把脸刮得干干净净,却仍然浮现茫然的神情。他们等待着,而等待使他们向往大墙外驻防的城市:花园、妓院和咖啡馆。院子中央有人吹口琴,有几对人翩翩起舞,大墙的上空仿佛出现鳞次栉比的屋脊和婆娑的树荫,城市的幻影映在幽灵般的舞者失神的脸上。布吕内向后转,回到后院。此刻变成另一番景象,教堂般的气氛一扫而光,小伙子们喊着叫着在玩捉人游戏,发疯似的追赶奔跑。布吕内终于登上马厩后面的小丘,望着坟墓毫不拘束。有人在新夯实的泥土上扔了几朵鲜花,三个小十字架并排竖着。布吕内在两座坟墓之间坐下,死者在他身下平躺着,他镇静下来,总有一天他也会无忧无虑的。他掘出一个沙丁鱼罐头盒,空的,锈的,随手扔了出去,心想:"星期天举行野餐,我在公墓的一个小山上散步,山下孩子们玩着捉人游戏,他们的喊叫声不绝于耳。是在哪儿呀?"他想不起来了。"不错,要在黑暗中闯了。有什么办法?总不能什么也不干吧?"想到这里,他激愤起来:"难道等战争结束,我回去对同志们说:'我回来了,我活了下来。'太不像话了!那么逃跑?"他瞧了瞧围墙:"不太高嘛,只要逃到南锡,普兰一家就会把我藏起来。"但他坐的地底下有三个死者,孩子们正在这漫长的下午叫着喊着。布吕内把手心贴在新翻的土上,决定不逃跑。随机应变。把大家先组织起来,等待时机,慢慢使大家树立信心和抱有希望,总之促使大家揭露停战的真相,然后随时准备根据事态的发展修改指示。他心里对自己说:"党不会抛弃我们,党不能抛弃我们。"他伸直身子平躺下,像死人似的躺在死人的上面,他仰面凝望天空许久才爬起来,慢步下山丘,他感到孤单。死亡像某种气味,像周末结束的氛围那样萦绕着他。他生平第一次隐约感到自己应受谴责,因孑然一身,因还在思考和生活,因没有死去而应受谴责。大墙之外的房屋死气沉沉,黑乎乎毫无光泽,只剩下石头的永恒。星期天的人群喧哗已消散在无边的天际。只有布吕内不是永恒的,但永恒却像目光似的注视着他,无论他走到哪里。他整整走动了一天,傍晚才回去,人在无所事事的时候就心乱如麻,这是必然的。顶楼的走廊散发着灰尘的气味,鸽子笼般的房间里人声嘈杂,这是礼拜天的尾声。地上仿佛是星光灿烂的天空,人们在黑暗中吸烟。布吕内不由得驻足停步,对大家说:

"你们抽烟要当心哪,别失火把房子烧了。"

他们对这个突然从肩膀上头降下的命令很不服气,嘟哝起来。布吕内不吭声了,茫然不知所措,他感到自己是多余的。他向前走了几步,一个小小的火球冒了出来,缓缓滚到他脚边,他把它踩在鞋底下。夜柔和,呈蓝色,窗户在昏暗中映着淡紫色,很像人们直视太阳太久眼中留下的映象。他一时找不到自己的房间,喊道:

"喂!施内德尔!"

"在这儿哪!往这边!"一个声音回答。

他转身往回走,有人自得其乐,轻声唱着:

在路上,在大路上,一个青年人在歌唱。

布吕内心想:"他们喜欢夜晚。"

"走这边,朝前走一点就对了。"施内德尔喊道。

他进屋,透过栅栏看天窗,想到蓝色的夜中点亮的煤气灯。他默默坐下,眼睛不离天窗。在哪儿见过煤气灯呢?周围的伙伴们轻声说话。白天他们大声说话,晚上他们轻声说话,因为他们喜欢夜晚。宁静随着黑夜悄悄进入黑黢黢的大楼,宁静融化在岁月的流逝中,仿佛他们挺喜欢这里的生活。

"我嘛,现在最好来一杯啤酒,"穆吕说,"通常此刻我正在蓝钟餐厅喝啤酒,边喝边看行人经过。"

"蓝钟餐厅在哪儿?"黄毛问。

"在戈伯兰,位于戈伯兰大街和圣米迦勒林荫道交会处,你明白了吗?"

"哦,对,那里有圣米迦勒电影院?"

"相隔二百米,你看我熟不熟,因为我就住在鲁西纳营房对面。下班后我先回家吃上一口,然后下楼去蓝钟餐厅,或有时去戈伯兰炮台,但蓝钟餐厅有乐队。"

"圣米迦勒电影院有时悄悄上演一些精彩的小节目。"

"对喽,有特蕾内,有玛丽-杜巴斯,我亲眼见过她本人出来,她有一辆这么小的汽车。"

"我也常去的,"黄毛说,"我住旺夫,每当散场后夜色宜人,便步行回家。"

"不近哪。"

"是不近,但咱们年轻嘛。"

"我对啤酒无所谓,从来兴趣不大,"朗贝尔说,"但对葡萄酒上瘾,能喝两升,有时可喝三升。不过必须随后排泄掉。想一想,假如今晚有酒,喝上一杯梅多克红酒,多来劲哪。"

"好家伙,三升!"穆吕说。

"是的!"

"我喝一升就犯胃酸。"

"因为你喝白葡萄酒呀。"

"对呀,是白葡萄酒,"穆吕说,"我只喝白的。"

"这是明摆着的嘛,喏,我老娘六十五岁了——我还跟她住在一起。她这把年纪了,一天还能喝一升红葡萄酒,不过当然只喝红的。"

他沉默了一会儿,陷入沉思,其他人也跟着出神,不插嘴,静静地听着别处传来的谈话声。布吕内怀念巴黎,怀念蒙马特尔街,怀念每次从《人道报》社出来时去喝白酒的小酒吧。

"像今天这样的礼拜天,"中士说,"我跟老婆去菜园。离巴黎二十五公里,圣乔治新城区过去不远,我有一个园子,种的菜可好呢。"

"对,那边的土地可肥哩。"栅栏墙那边有个粗嗓门的人大声赞成。

"下班的时候,或许更早一点,"中士说,"正是太阳下山的时候,我不喜欢在路灯下骑车。老婆的车把上挂着鲜花,而我的行李架上载着蔬菜。"

"我星期天不出门,"朗贝尔说,"街上人太多,再说我星期一上班,在里昂车站,挺远的。"

"你在里昂车站干什么?"

"在问询处工作,车站外面的那幢楼房里。你若想短程旅行,不妨来找我预订,甚至临走前一天我都可以给你安排。"

"我在家里待不住,闷得慌,要知道我是单身汉。"

"甚至星期六我也经常不出门。"朗贝尔说。

"那么小妞们呢?"

"小妞们?我让她上我家来呀。"

"上你家?"黄毛惊讶地问,"你老娘不说你吗?"

"她什么也不说,还给我们做汤吃呢,然后她自己去看电影。"

"好哇,"黄毛说,"你瞧她多棒,而我那个老娘在我十八岁那年撞见我跟小妞厮混,上来就给我几个耳光。"

"你也跟她住在一起?"

"现在分开了,我成家了,"他沉默片刻接着说,"要是在家,今晚不会外出,留下做爱了。"

静场许久。布吕内一直听他们谈话,他感到单调平常,永远如此,几乎怯生生地说:

"我这个时刻一定在蒙马特尔一家酒吧,跟同伴们喝白酒。"

没有人接话茬儿。有人唱起《我的小棚屋》,嗓音洪亮。布吕内问施内德尔:

"那个小伙子是谁?"

"他叫加苏,税务员,尼姆人。"施内德尔回答。

小伙子继续唱着,布吕内却想:"施内德尔没有说自己星期天干些什么。"

鸣声悦耳的呼唤把大家惊醒,是什么声音?方形天窗透着乳白,栅栏的阴影映在白色的地板上,时为凌晨三点。此时此刻,葡萄丛在溶溶月光下绵延起伏,阿里埃草木的诸岛为轻纱笼罩,花城沃桥的葡萄园工人正等着乘三点的火车,一边跺脚取暖。

"这是什么声音?"布吕内兴奋地问道,他惊跳起来,因为有人回答:"嘘!嘘!听!"

我不在马孔故居的床上吧,不是度暑假吧。再次传来平直的长鸣,连续三次笛鸣,每次由强到弱到消失。发生了什么事情。顶楼顿时飒飒作响,地板上好像有巨兽在翻身,处在黑夜深处的瞭望台发出呼喊:"一列火车!火车!火车!"确实不假,首次列车。新事物诞生了,深不可测的黑夜越来越浊重,但预示着新生,正准备放声歌唱。大家不约而同地谈论起来:

"火车,首列火车,铁路修好了。应当承认他们行动迅速,德国人一向以好工人著称。再说,这对他们有利,他们必须恢复一切。这列火车,你们瞧吧,使法兰西活了。它开往哪儿?南锡,也许直通巴黎。嘿!伙计们,嗨,小伙子们,说不准车里有战俘哩,回家的战俘,你们明白吗?"

火车在广阔的原野上行驶,人们从黑黢黢的大楼向外窥伺。布吕内暗自猜想:"这是一列军需火车。"出于谨慎,他竭力克服幼稚的想法,设法想象锈迹斑斑的车皮、篷布,一种铁与钢的空寂,他不禁浮想联翩:在长明灯蓝色的光影下,在红肠和葡萄酒的气味中,妇女们安然熟睡,一个男子在车厢走廊里抽烟,夜色衬托的窗玻璃掩映着他的身影,明天早晨就到巴黎了。布吕内淡然一笑,重新睡下,不由得陷入幼稚的幻想中:月影婆娑,他在车厢里打盹,头搭在温柔裸露的肩上,醒来时眼前一片柔和的阳光:巴黎!他头没有动,眼睛转向左侧,看见六只蝙蝠,爪朝上倒挂在墙上,翅膀像裙子似的悬着。等他完全醒来,定睛一看,原来是挂在墙上的衣服黑影。当然穆吕没有脱上衣,只是等他睡着时才强行扒下的。如果不强行让他换衬衣,那他肯定把虱子传给我们。布吕内打呵欠,又是一个早晨。夜里发生什么事情了?哦,火车。他猛地挺起身,掀开被子坐起来,但他的身体像木头似的,浑身酸痛,麻木的肌肉硬如木质,仿佛地板的坚硬注入他的皮肉中了。他伸了伸懒腰,心想:"如果回得了家,我再也不睡床了。"施内德尔还在熟睡,张着大嘴,挺不好受的样子;北方佬笑逐颜开;加苏头发散乱,眼睛血红,专心致志地捡被子上的面包屑,吃得津津有味,不时张大嘴巴,用拇指尖擦擦舌头,剔除混在面包屑中的羊毛;穆吕搔头摸耳,彷徨无主,皱纹里的黑痕使脸上的皱纹更加显眼,他的眼睛好像发酵了,得想办法强迫他洗一洗;黄毛眨眨眼睛,神情忧郁,若有所思,突然喜上眉梢,仿佛在说:"果然如此!"他只把头露出被子,惊喜交加。

"怎么啦,小家伙?"穆吕问。

"我下面绷紧了。"黄毛回答。

"绷紧了,"穆吕将信将疑,"我才不信呢!像绷紧的头巾!"

"眼红了吧,"黄毛说,"你也想这个样子吧,瞧瞧它多可怜!"

穆吕拉拉朗贝尔的胳膊,朗贝尔惊醒时喊了一声:

"咳!"

"你瞧!"穆吕说。

朗贝尔揉了揉眼睛,看清后不由得骂了一声:"他妈的!"但仍盯着看,问道:

"可以碰吗?"

"碰了,它会很难受的,"黄毛说,"有时是虚硬。对,虚硬!虚硬!"他沮丧地重复道,"当兵前我每天早晨醒来时它棍子似的有两倍这么粗。"他朝天躺下,双臂交叉,两眼半闭,带着孩子般的微笑,眯眼注视自己的生殖器,随着呼吸的节奏或升或降,他接着说,"我觉得心慌意乱,因为我有老婆呀。"

大家听了,哄堂大笑。布吕内扭过头去,怒不可遏。

"我嘛,以前常去青楼,"穆吕说,"实话对你说,有时候这玩意儿就是硬不起来,只好作罢。"

又一次哄堂大笑。黄毛一只手漫不经心地抚摸自己的生殖器,神情和蔼地说道:

"人间极乐!"

"藏起来!"布吕内猛地转身冲着黄毛低声斥道。

"为什么?"黄毛声音色眯眯地问道。

"把乳房藏起来,免得我看见。"加苏口齿伶俐地学着布吕内的腔调说。

"你们全是臭猪!"布吕内骂道。

大家转过脸来直勾勾地望着他。布吕内心想:"他们对我确实没有好感。"加苏咕哝了一句,布吕内俯身问他:

"你说什么?"

加苏没有回答,穆吕以调解的语气直言不讳地说:

"有时候讲讲性爱也不是什么大逆不道,让思想轻松一下嘛。"

"性功能衰竭的人才大谈性爱,"布吕内说,"有本事的,去做爱。"

"没本事的呢?"

"闭嘴。"

他们局促不安,脸色阴森,黄毛勉强地把被子慢慢往上拉。施内德尔还在呼呼大睡。布吕内俯向北方佬,摇醒了他;北方佬嘟哝着睁开眼睛,布吕内对他说:

"做操!"

"好吧!"

北方佬起床,拿了上衣,跟布吕内一起下楼去有马厩的院子。排字工人,代鲁凯尔和三个轻步兵在一个小板屋前等他们。布吕内老远向他们大声招呼:

"好吗?"

"很好。夜里的声响你听见了吗?"

"是呀,听见了。"布吕内气冲冲地回答。他的怒气很快消失了,眼前这些小伙子活泼,整洁;排字工人歪戴着橄榄帽,故作风流。布吕内朝他们笑笑。这时下起蒙蒙细雨,院子尽头一群人等着望弥撒。布吕内高兴地发现望弥撒的人比第一个礼拜天少多了。

"我对你说的事情你做了吗?"

代鲁凯尔没有回答,但打开木板屋的门;布吕内闻到马厩的湿草气味:有人在地板上铺了麦秸。

"什么地方弄来的?"

"想法子呗。"代鲁凯尔微笑着回答。

"很好。"布吕内说,友好地瞧了瞧他们。

他们进屋,脱掉衣裤,只剩衬裤和袜子。布吕内双脚伸进柔软的麦秸,十分满意:

"开始吧。"

大伙儿立即排成行,背朝门,布吕内面对他们边做动作边数数。他们跟着他做动作,从牙缝中发出嘘嘘的呼吸声。布吕内心里高兴,看着他们双手搭在颈背一直蹲到脚跟,一个个身强力壮,肌肉鼓鼓的。代鲁凯尔和布吕内最结实,他们俩的肌肉鼓得像球儿。排字工人太瘦,布吕内有点替他着急,望着他瘦弱的身体产生一个念头,他直起身子喊道:

"停止。"

排字工人很高兴停下,他喘了口气。布吕内过来对他说:

"喂,你真瘦呀!"

"自六月二十日以来,我瘦了六公斤。"

"你怎么知道的?"

"诊疗所有一台磅秤。"

"必须恢复体重,"布吕内说,"你吃得不够。"

"有什么法子呢?……"

"有个非常简单的办法,"布吕内说,"我们每人把自己的一份分给你一点。"

"我……"排字工人说。

"我就算是医生吧,给你开增加营养的处方,"布吕内打断他的话,并转身问大家,"同意吗?"

"同意。"大家一致赞成。

"好,就这样,你每天上午到我们所在的房间收集。现在重练。"

大家按他的口令弯身转体,练了一会儿,排字工人摇晃起来,布吕内皱起眉头问道:

"又怎么啦?"

"有点吃不消。"排字工人不好意思地笑着说。

"别停下来,要坚持住。"布吕内说。

躯干像轮轴似的转动,脑袋或后仰朝天或前俯膝间,身子或曲或直。

"行了。"

于是他们朝天躺下做腹部运动,最后身体向前弯曲两手着地:很好玩,因为他们觉得自己像摔跤运动员。布吕内感到肌肉绷紧,通腹股沟的肌肉隐隐作痛,他很愉快,这是一天中唯一美好的时刻,天花板上黑乎乎的横梁仿佛在后退,麦秸溅在他脸上,他闻到枯草的香味儿,双手碰着离双脚挺远的麦秸。他喊着口令:

"向前,前伸!"

"绷得好紧哪。"轻步兵说。

"那就对了。坚持!再坚持!"布吕内伸直身子对马博说,"看你的了,马博!"

马博战前练过自由式摔跤,是职业按摩师。他走近代鲁凯尔,抓住他的腰身,代鲁凯尔咯咯笑了起来,觉得痒痒,双手朝后翻时干脆四仰八叉倒了下去。轮到布吕内,他感觉到代鲁凯尔热乎乎的手有力地支撑着他腰间两侧,他使劲朝后仰。

"不对,不对,"马博说,"别紧张,放松呀,见鬼,别使劲哪!"

布吕内双腿绷紧,骨头咯啦作响,太老了,太紧张了,手指尖几乎碰着地了,尽管如此,心里仍旧很高兴,他重新站直,出汗了,背朝大伙儿原地跳跃。

"停止!"他下完口令,猛地转身,发现排字工人昏倒了。马博轻轻把他平放在麦秸上,带着轻微责备的口气说,"对他来说太艰苦了。"

"不对,"布吕内生气地说,"只是因为他不习惯。"

此刻,排字工人睁开眼睛,脸色苍白,呼吸困难。布吕内友好地问道:

"怎么样,小马驹?"

"还行,还行,布吕内,"排字工人自信地微笑着回答,"我很抱歉,我……"

"好啦,好啦,"布吕内说,"等你多吃一点就会好起来的。伙伴们,今天就练到这儿吧。冲澡去,小跑步!"

他们穿着短衬裤,腋下夹着衣服,一直跑到浇灌引水管,把衣服扔在一块帐篷帆布上,然后把帆布卷成一个包裹,以免衣服被淋湿。他们开始冲澡,由布吕内和排字工人握着龙头,朝马博平喷。排字工人焦虑地向代鲁凯尔瞥了一眼,清清嗓子,对布吕内说:

"想跟你谈谈。"

布吕内转过脸瞪他一眼,没有放下水龙头,排字工人垂下眼睛,布吕内有点生气,他不喜欢别人怕他,生硬地说:

"今天下午三点在院子里谈吧。"

马博用一块土黄色衬衫碎片擦完身子,穿上衣服,喊道:

"喂,伙伴们,有新闻了。"

一个黑发棕肤的大高个儿在一群战俘中间高谈阔论。马博非常兴奋,他说:

"那是沙博什,是秘书,我去瞧瞧有什么事儿。"

布吕内望着他远去。这笨蛋没来得及绑裹腿,两只手各提着一条就走了。

"你认为那边是怎么回事?"排字工人问,语气虽然冷淡,但声音热切。没错儿,从早到晚都听得到这种充满希望的声音。布吕内耸耸肩膀说:

"或是俄国人在不来梅登陆,或是英国人要求停战了,无非这一套,千篇一律。"

他很不客气地瞪视排字工人:小家伙心里一定很想去凑热闹,但不敢。布吕内对他的敬畏并不满意:只要我一转身,他就会一溜烟地跑去站在沙博什跟前圆睁眼睛,张大鼻孔,支起耳朵,聆听指教。

"给我冲澡。"布吕内说。

他脱掉短衬裤,在收敛性的水柱冰雹般的冲击下,他的皮肉顿时活跃起来,涌现百万个鸡皮疙瘩,他赶紧用双手猛擦身子,眼睛却一直盯视凑热闹的人们。马博已经挤到人群中间,仰起翘鼻子,洗耳恭听演讲。上帝呀,但愿他们放弃希望,但愿他们有事可干。战前,劳动是他们的试金石,决定着真情实况,调节着他们与外界的关系。如今,他们无所事事,以为一切都是可能的,想入非非,不再知道什么是真情实况。比如,那边三个散步的,步子舒缓,望着村镇下端流光溢彩的植物,顺着绵延起伏的自然景色行进,难道他们是清醒的吗?时不时一句话从他们嘴里滚出来,有如梦呓,而他们自己却毫无察觉。他们梦想什么呢?他们从早到晚制造引起轰动的事,就像自动排泄毒素,须臾不可缺;他们日复一日地讲述自己不断编造的故事,充满戏剧性和血腥味的故事。

"这么冲一冲就行了。"布吕内说。

水柱朝下,进入砾石地,激起泥浆泡沫。布吕内擦身子,马博回到他们跟前,样子得意得有点冲昏头脑。马博身体左右摇摆了一会儿,终于决定讲出来,但装作超脱的口气:

"快有探访了。"

"什么?什么探访?"排字工人顿时脸涨得通红。

"家属来访。"

"真的吗?"布吕内含讥带讽地问道,"什么时候?"

"今天。"马博急速抬起头,以引起轰动的神情直视布吕内的眼睛说。

"当然喽,"布吕内说,"而且还订购了两万张床,以供战俘跟他们的妻子睡觉。"

代鲁凯尔扑哧笑出声来,排字工人不敢笑,但他的眼睛渴望如此。马博平静地微笑着说:

"不开玩笑,正式的!是沙博什亲口说的。"

"哦!原来是沙博什的话!"布吕内取笑说。

"他说今天上午就张榜公布。"

"张在我屁股上。"代鲁凯尔说,布吕内朝他微微一笑。

"人家是正经八百的嘛,"马博惊异地说,"有人对加尔蒂泽也说了,是一个德国卡车司机对他说的,听说她们从厄皮纳尔和南锡来的。"

"她们,究竟是谁?"

"家属呗,她们昨天到的,有的骑自行车,有的步行,有的坐小推车,有的乘货物火车,总之她们在村公所铺上草垫过夜,今天一早她们便去恳求德军指挥官。瞧,快瞧,张榜了。"

一个家伙正朝大门上贴通知,人们立即蜂拥过去,团团围住营房台阶。马博挥手指向大门,得意扬扬地责问代鲁凯尔:

"怎么样?通知贴在你屁股上吗?贴在你屁股上吗?"

代鲁凯尔耸耸肩膀,布吕内慢慢穿上衬衫和裤子,对自己估计错误十分恼火。他说:

"再见,小伙子们,你们把水龙头关好。"

他若无其事地走向挤在门前的人群,希望这只是个平常的优待。他讨厌小恩小惠,比如残羹剩饭、家属探望之类,时不时安抚一下懦怯的人心。这使他的工作更加困难复杂了。他越过人头,老远看见布告:

> 本营指挥官允许战俘接待家属(直系)来访,为此将在底层开设一个接待室。探访暂定于星期天十四点至十七点。每人次不得超过二十分钟。此项特殊措施如遭战俘不轨行为所损害,则立即中止执行。

戈德舒兴高采烈,摇头晃脑,他说:

"得替他们说句公道话,他们不坏嘛。"

站在布吕内左边的小加卢瓦味味地笑起来,笑得奇怪,笑得木然。

"有什么好笑的?"布吕内问。

"嘿,这不,来了嘛,慢慢来了。"

"什么来了?"

加卢瓦张皇失措,茫然挥挥手,停止干笑,重复道:

"来了。"

布吕内从人群中挤过去,进入前厅,底层昏暗,他周围的人群挤得像一窝蚂蚁,抬头望去,楼梯扶手上一排苍白发青的手,螺旋形楼梯里一串青森森的脸。他挤别人,别人挤他。他从栏杆上爬过去,却被别人挤在摇摇欲坠的扶手上动弹不得。整整一天,人们无缘无故地上楼下楼,布吕内暗自叹息:"毫无办法,他们的日子还不够难过。"他们活像息爷和有产者,兵营仿佛属于他们的,他们上至屋顶下至地窖,到处探宝,居然在食物贮藏室发现书籍。虽然诊疗所没有药品,厨房没有食品,依然有个诊疗所,有个厨房,有个秘书处,甚至有几个理发师,总之,他们觉得受人治理着。他们给家属写了信,两天来又恢复了城市的时间概念。当司令部规定他们按德国时间拨准他们的手表,他们立即遵命执行,甚至包括六月份以来手腕上一直戴着亡国时间表以示哀伤的人们:这一段荒芜的时间也军事化了,别人给他们提供了德国时间,胜利者最有效的时间,即在柏林、在格但斯克流逝的时间,神圣的时间。日子过得不错:被看押,被管理,被供膳,被供宿,被治理,可以不负责任。昨天夜里火车通了,家属们可以来了,带着罐头载着慰藉来了。喊叫声,哭泣声,接吻声!"他们非常需要这些,迄今他们至少是谦逊的,现在他们将神气起来了。"他们的妻子和母亲随时都要编造战俘的伟大英雄神话,并以此毒化他们。他顺着走廊进入他住的

1175

小间,怒气冲冲地瞧了瞧他的同伴们。他们像平常一样躺着无所事事,幻想着舒适而充满神秘色彩的生活。朗贝尔耸着眉毛,噘着嘴巴,神色惊奇地阅读《模范小姑娘》①。布吕内一眼看出新闻尚未传到顶楼,他犹豫起来:要向他们宣布新闻吗?他想象他们的眼睛顿时发光,兴奋得唾沫四溅。"反正他们很快会知道的。"于是一声不响坐下。施内德尔下楼梳洗去了,北方佬还没上来,其他人灰心丧气地瞧着布吕内,他问道:

"又发生什么事了?"

大伙儿没有马上回答,过了一会儿穆吕压低声音说:

"六号房间有虱子。"

布吕内惊了一跳,噘嘴蹙眉,顿时烦躁起来,心里更加恼火,于是大发其火:

"我不许这儿有虱子!"

他就此打住,咬着下唇,不安地凝视伙伴们。谁都没有反应,大家望着他,一个个黯然无神,脸色尴尬,加苏问道:

"喂,布吕内,咱们该怎么办?"

"怎么办,怎么办,你们不大喜欢我,但遇到麻烦就来找我,"他回答,接着比较温和地说,"我早让搬家,你们不愿意嘛……"

"搬到哪儿?"

"有空房子嘛,朗贝尔,我叫你去看过底层的厨房有没有空地。"

"厨房!"穆吕叫起来,"谢谢,睡在瓷砖贴面上会拉肚子的,再说那里到处是蟑螂。"

"总比虱子强吧。喂,朗贝尔,我跟你说话哪!你去过没有?"

"去过了。"

---

① 德·塞居尔伯爵夫人(1799—1874)的作品。

"怎么样?"

"已经有人占了。"

"你瞧,一星期前就对你说了,早该去嘛。"

布吕内觉得全身的血直往脸上涌,提高嗓门喊道:

"这儿不可以有虱子,决不可以!"

"得了,得了!"黄毛说,"别嚷嚷,又不是咱们的过错。"

"他嚷得有理! 他说得对! 我参加了第一次大战全过程,也从未染上虱子,没想到今天在这儿生虱子,得怪你们这些邋遢鬼,洗也不肯洗的臭小子。"

"应当采取紧急措施。"布吕内恢复镇静,和气地说。

"我们乐意呀,但什么措施?"黄毛冷笑道。

"首先,"布吕内回答,"你们每人天天早晨去冲澡。其次,每天晚上每人捉自己身上的虱子。"

"怎么讲?"

"你们脱光衣服,把上衣、衬衫、短裤里里外外的线缝好好瞧瞧,清除虱卵。如果你们系的是法兰绒裤带,那更得注意,那是虱卵最喜欢待的地方。"

"有意思!"加苏说。

"睡觉时,"布吕内继续说,"把衣物挂在钉子上,包括衬衫,咱们光身子进被窝。"

"那怎么行呢,"穆吕说,"我非犯支气管炎不可。"

"我正想找你算账哩,"布吕内转身冲他说,"穆吕,你是个虱子窝,不可以再这样下去了。"

"胡说!"穆吕气愤得喘不过气,"胡说,我没有虱子。"

"也许现在你还没有,但已经有虱子从老远的地方向你紧逼了,这是非常肯定的,就像我们打了败仗一样肯定。"

"此话没有道理,"穆吕紧绷着脸说,"为什么向我紧逼不向你紧逼？没有道理嘛。"

"有道理的,我来告诉你,"布吕内声如雷鸣,"因为你脏得像头猪。"

穆吕向他恶狠狠瞪了一眼,张大嘴巴,但大伙儿哈哈大笑,群起而攻之:

"他说得对,你发臭发酸,你身上有股不修边幅的姑娘的气味儿,你邋里邋遢,叫人恶心,看着你我饭都吃不下去。"

"我洗的,"穆吕挺起胸膛,目光逼人,理直气壮地说,"我或许比你们洗得勤快,只不过不像有的人那样在大庭广众之下脱得赤条条的,丢人现眼。"

"你昨天洗了吗?"布吕内指着他的鼻子责问。

"当然洗了。"

"那好,让大家看看你的脚。"

"你疯了,"他火冒三丈,赶紧把脚藏在身子底下,盘膝而坐,"我才不让人家看我的脚呢。"

"大家把他的鞋扒掉。"

朗贝尔和黄毛扑向穆吕,把他拦腰抱住,仰面朝天摁在地上,加苏往他腰两侧挠痒痒。穆吕哆嗦、咕哝、流涎、傻笑、叹息,他嚷道:

"别闹,别闹,伙伴们!别使坏!我怕痒痒。"

"那你乖乖别动。"

穆吕安静下来,尽管还在哆嗦。朗贝尔骑在他的胸上,中士解开他右脚皮鞋带子,脱掉鞋,他的脚全露了出来。中士大惊失色,赶紧把鞋扔掉,忽地站了起来,喊道:

"天哪!"

"哦,天哪!"布吕内情不自禁跟着喊道。

朗贝尔和黄毛默不作声,站了起来,不胜惊讶地望着他。穆吕平静而严肃地重新坐起来。隔壁房间有人怒冲冲地喊道：

"喂,四号的伙伴们！你们在干吗？你们那里有人放臭气,像有哈喇味的黄油臭。"

"穆吕在脱鞋哪。"朗贝尔直截了当地说。他们直瞪瞪地望着穆吕的脚:大拇指黑乎乎地穿过破袜露在外面。

"瞧见脚掌了吗？"朗贝尔问,"这已经不是袜子,是花边了。"

加苏掏出手绢捂着鼻子呼吸。黄毛摇摇头,带着几分敬意连声道：

"真倒霉！真倒霉！"

"够了,藏起来吧！"布吕内说。

穆吕赶紧把脚伸进皮鞋。布吕内严肃地接着说：

"穆吕,你是公害,你给我马上去洗淋浴。如果你半小时内不洗干净,休想吃饭,今晚也不许睡在这里。"

穆吕恶狠狠地瞪了他一眼,但乖乖站起来,随便问道：

"这么说,这里由你领导喽？"

布吕内避而不答,穆吕悻悻而去,大伙儿都笑,布吕内却一本正经,他想到虱子,心里暗下决心:"反正我,绝对不会生虱子的。"

"几点钟了？"黄毛问,"我肚子好饿。"

"正午。"中士回答。

"正午,是发食物的时间了,谁值日？"

"加苏。"

"喂,加苏,快去呀。"

"还早呢。"加苏说。

"对你说,快去,每次你值日,咱们总是最后吃上饭。"

"行啊！"

加苏气冲冲戴上橄榄帽走了。朗贝尔重新埋头看书。布吕内顿时觉得肩胛过敏性痒痒,朗贝尔边看书边搔大腿,黄毛望着他问：

"你有虱子？"

"没有呀，"朗贝尔回答，"但谈起了虱子，就觉得痒痒。"

"巧了，我也有同感，"黄毛说着搔搔脖子，"布吕内，你不痒吗？"

"不。"布吕内回答。

大家沉默不语，黄毛强笑着搔痒，布吕内双手伸进口袋，憋着不搔痒。加苏气鼓鼓回来了，在房门口喊道：

"你们捉弄我吗？"

"面包呢？"

"面包？疯子，下面一个人也没有，厨房还没有开门哩。"

"难道六月份的事要重演了吗？"朗贝尔大惊失色地站起来说。

他们的心态无论在有预见性时还是在急惰时，都准备向最坏处或最好处着想。布吕内转身问中士：

"你表上几点？"

"十二点十分。"

"肯定走得准吗？"

"这是瑞士表。"中士笑眯眯瞧了瞧手表得意地说。布吕内朝隔壁房间的人喊问：

"你们的表上几点？"

"十一点十分。"有人回答。

"我对你说什么来着？"中士得意扬扬地问。

"你对我们说十二点十分，笨蛋。"加苏恼恨地说。

"对呀，法国时间十二点十分，德国鬼子的时间是十一点十分。"

"王八蛋！"加苏怒不可遏，他跨过朗贝尔的身子，躺倒在自己的被子上。

"总不该在法国倒霉的时候把法国时间也丢掉吧。"中士不慌不忙地解释。

"法国时间根本不存在了,傻瓜,从马赛到斯特拉斯堡已经实行德国佬强加的时间。"

"很可能,"中士平静而执拗地说,"但硬要我改变我的时间的人还没有出世哩。"他转身向布吕内解释道,"等到德国佬光着屁股逃跑时,你们就乐意恢复法国时间了。"

"哈哈!"朗贝尔大声道,"瞧瞧穆吕像个上流人物了。"

穆吕回来了,脸色红润,容光焕发,一副做客的模样,大家见了,哄然大笑:

"怎么样?穆吕,好不好哇?"

"什么好不好?"

"水呗。"

"当然,好极了。"穆吕漫不经心地说。

"好样的,"布吕内说,"从今以后,你每天早晨给我们看看你的脚丫子。"

穆吕好像没有听进去,脸上挂着神秘的微笑,自命不凡地说:"有新闻了,伙计们,好好听着!"

"什么?什么新闻?"

大伙儿立即兴奋起来,精神抖擞,神采奕奕。

"咱们可以接待来访了!"穆吕说。

布吕内悄悄站起来走了出去,随他们欢欣雀跃。他加快步子,急速冲下陡峭的楼梯,院子里挤满了人,在蒙蒙细雨中,人们转悠来转悠去,形成一个个圈子,圈外的人往圈内张望,窗口挤着人头,朝院子里探望:发生了什么事情。布吕内进入人群,也转悠起来,但没有好奇心:每天在这块地方总有点事情发生,驻足停留的人们

1181

好像等待什么,徘徊的人们直勾勾望着他们。布吕内转来转去,安德烈中士微笑着招呼他:

"喂,布吕内,我打赌你在找施内德尔。"

"你见到他了?"布吕内连忙问道。

"当然,"安德烈打趣说,"他也正在找你哩,"他转身对旁边的人傻笑,"他们俩形影不离,就像衬衫总贴着屁股或跟着屁股跑。"

布吕内淡然一笑。形影不离,为什么不呢?他对施内德尔的友谊是可以容许的,因为不占他的时间,他们的关系好比共乘一条船,没有约束力,万一获赦,他们永远不会再见面,一种没有强求没有权利没有责任的友情,仅有一点点温暖,就像给饿汉一口吃的。他转悠着,安德烈跟着他转悠,默不作声。在这缓慢的人群涡流中有一处绝对宁静的小区:一些穿军大衣的人坐在地上或坐在自己的背包上。安德烈顺路抓住克拉波问道:

"这些人是干什么的?"

"受处分的。"克拉波回答。

"什么人?"

"受处分的,对你说了嘛。"克拉波不耐烦地走开了。

他们又漫步转悠,但眼睛不离那些默然待着不动的人们。

"受处分的!"安德烈咕哝,"第一次见到受处分的。受什么处分?他们干些什么?"

布吕内喜形于色,他看见施内德尔待在人群涡流的外缘,一边搓着鼻子一边仔细观察那群受处分的人们。布吕内喜欢施内德尔这种侧着头若有所思的样子,心里高兴:"咱们马上聊聊。"施内德尔很聪明,比布吕内更聪明。虽然聪明并不重要,但使得他们的关系很融洽。他把手搭在施内德尔肩上,向他投去一个微笑,施内德尔回报一个淡淡的微笑。布吕内有时琢磨施内德尔是否乐意同他见面,他们经常在一起,但即使施内德尔对布吕内有好感,也不大

1182

流露。其实布吕内喜欢这样,他讨厌外露的表示。

"怎么样?"安德烈问,"你找到你的施内德尔了吧?"

布吕内笑了笑,施内德尔则毫无笑容。安德烈问施内德尔:"喂,他们为什么受处分?"

"谁?"

"那些人呗。"

"他们没有受处分,"施内德尔说,"他们是阿尔萨斯人。你没看见加尔蒂泽,在第一排?"

"啊,原来如此!"安德烈说,"原来如此!"

他满意了,双手插在衣兜里,知道了情况,满足了,一时没想离开他们,但突然心慌意乱起来,问道:

"他们为什么待在那里?"

"去问他们呗。"施内德尔耸耸肩说。

安德烈犹豫了一下才装作若无其事的样子慢步接近那群人。阿尔萨斯人僵硬不安地直挺挺坐着,诚惶诚恐,军大衣下摆像裙子似的围着下身,有如坐在船甲板上的移民。加尔蒂泽盘腿而坐,双手平放在双腿上,两只大眼睛母鸡似的在宽阔的脸上滚动。

"喂,伙计们,有什么新闻?"安德烈问。没有人回答,安德烈尴尬的脸在他们低着的头上空晃来晃去,重复问道,"有什么新闻?"仍旧没人回答,于是点名提问,"喂,加尔蒂泽,我猜有什么新鲜事了,瞧你们坐成圈圈的。"

加尔蒂泽终于抬起头,傲慢地盯住安德烈。

"你们阿尔萨斯人为什么集合在一起?"安德烈问道。

"因为上边有命令。"

"上边叫你们穿上大衣带上行李?"

"是的。"

"为什么?"

"不知道。"

安德烈激动得面孔通红,问道:

"你们总猜得到吧?"

加尔蒂泽不搭理,他背后有人用阿尔萨斯语不耐烦地说话,安德烈急了,话中带刺儿地说:

"行啊,冬天你们丢人现眼,却没想到用土语挽回面子,现在我们吃了败仗,你们连法语都不会说了。"

他们连头都不抬一下,阿尔萨斯语就像清风吹拂树丛飒飒作响,连绵而又自然。安德烈盯视这一片脑袋,冷笑着说:

"因为今天做法国人没趣了,是不是,伙计们?"

"别替我们发愁,"加尔蒂泽生气地说,"我们做不了多久法国人了。"

安德烈犹豫了一下,紧皱眉头,想找个尖刻的妙答,但没找到,于是向后转,回到布吕内身边:

"得了!"

布吕内听见背后有几个人怒气冲冲地责问安德烈:

"你有什么必要跟他们谈话?随他们去吧,他们是德国佬了。"

布吕内瞧了瞧他们,只见一个个苍白乖戾的脸上透着酸奶味儿:妒羡。小市民小商人的妒羡,他们起先妒羡公务员,后来妒羡专业人员,如今妒羡阿尔萨斯人。布吕内淡然一笑,从这些妒火烧红的眼睛中看出他们很不乐意做法国人,这比逆来顺受已经强多了。妒羡,是要煞费苦心的。

"他们曾经借过你什么或帮过你什么吧?"

"你没发疯吧?头几天我见过一些家伙有肉吃,当着你的面大吃大嚼,让你张着大嘴饿死也不分给你一星半点。"

阿尔萨斯人听见了,把他们的黄头红脸转向法国佬,也许要大打出手了。就在这时,一声嘶哑的喊叫响彻大院。法国人向后惊跳一步,阿尔萨斯人从地上跳起来,做立正姿势,面向出现在台阶上的德国军官,尽管他是个虚弱的高个子,眼睛塌陷,脸上脏得不得了。他开始讲话,阿尔斯人洗耳恭听,加尔蒂泽涨红了脸,伸长脖子,聆听指教。法国人也在听,尽管莫名其妙,依然垂手恭听。他们的怒火平息了,意识到这是参加一次正式的典礼。凡是典礼,总是体面的。军官滔滔不绝,时间在流逝,艰苦而神圣,他操的语言很古怪,听起来好似弥撒上的拉丁文。阿尔萨斯人摆出唱诗班的尊严,谁也不敢妒羡他们了。安德烈点点头,赞道:

"他们说的话叫人莫名其妙,但作为语言却不难听。"

布吕内没有理睬,这种人活像猴子,不到五分钟,怒火就消了。他问施内德尔:

"他讲什么?"

"他对他们说,他们自由了。"

指挥官的声音从又脏又黑的面孔热烈而断续地喷出来,他大声嚷嚷,眼睛却黯淡无光。

"他说什么?"

"多亏了元首,阿尔萨斯才得以回到祖国母亲的怀抱。"施内德尔低声翻译道。

布吕内转过脸观察阿尔萨斯人,他们的脸部表情迟缓,激动了半天还没有表示,只有两三个人涨红了脸。布吕内觉得很有趣。德语嗓音高昂激越,一拍高于一拍,德国军官高举双手,紧握拳头,用双肘为自己颂扬的声音打节拍,全场人心激动,如同看到旗帜听到军乐。两只拳头展开,在空中飞舞,听众浑身打战,军官高喊:"希特勒万岁!"阿尔萨斯人呆若木鸡,加尔蒂泽转过脸来狠狠瞪了大家一眼,然后面对指挥官,伸出双臂,大喊:"万岁!"在出现一个难以觉察的静场之后一只只手臂举了起来,布吕内情不自禁地抓住施内德尔的手腕,紧紧握住不放。此后高呼万岁一声接一声,有的人带着热忱,有的人只张嘴不发声音,就像有人在教堂唱圣歌是装样子的。最后一排有个彪形大汉低着头,两手插在衣兜里,样子很难过。手臂一条条放下来,布吕内松开施内德尔的手腕。法国人沉默不语,阿尔萨斯人重新做立正姿势,他们板着白色大理石似的脸,看上去又聋又瞎,只有金黄的头发熠熠生辉。指挥官发出一道命令,纵队开始移动,法国人散开让道,阿尔萨斯人在两道好奇的人墙之间列队而过。布吕内转身注视伙伴们烦躁的面孔,很想发现愤怒和憎恨,却只见到一丝淡淡的向往。远处栅栏门打开了,德国指挥官站在台阶上带着宽容的微笑望着纵队远去。安德烈连声说:

"到底呀!到底呀!"

"他妈的,"一个大胡子骂道,"我想起自己生在里摩日心里就……"

"到底呀!"安德烈摇着头连声叹息。

"在犯什么病?"炊事兵沙潘问道。

"到底呀!"安德烈又重复道。

"喂,我说,小鬼,如果只需要高喊'希特勒万岁'就放你回家,你喊不喊?"炊事兵乐呵呵地问他,"不要紧嘛,喊一喊,反正心里想的不说出来就行。"

"我嘛,当然,"安德烈回答,"人家叫我喊什么就喊什么,不像他们那帮人,他们是阿尔萨斯人,他们对法国是有义务的。"

布吕内示意施内德尔离开,他们躲到空荡荡的后院。布吕内靠在带顶盖的墙上,面对马厩。离他们不远的地上坐着一个瘦高个儿士兵,尖脑顶,头发稀疏,两臂抱着双膝。他不妨害别人,就像林子里的白痴。

"两个阿尔萨斯社会主义者,你见到了吧?"布吕内望着自己的双脚问道。

"哪两个社会主义者?"

"在阿尔萨斯人中认出两名社会主义者,代鲁凯尔上星期跟他们接上头,他们乐意干。"

"怎么啦?"

"他们刚才跟着别人举臂高呼。"

施内德尔没有接话茬儿,布吕内凝视"乡村白痴":那是个年轻人,鹰钩鼻造型完美,富人的鼻子,卓越的脸上印着三十年的资产阶级生活,皱纹纤细,肤色白皙,起伏不平的线条透着智慧,整个脸上笼罩着困惑的神情,有如动物走入了歧途。布吕内耸耸肩膀说:

"总是同样的麻烦事:某天你接触一个人,他同意了,第二天人不见了,换房间了,或者装作不认识你了。"他指着"乡村白痴"说,"我习惯跟男子汉打交道,但跟这号人就合不来。"

"别小看这号人,他是汤普森公司的工程师,人称前途无量的后生。"

"可惜,现在,前途无量变成毫无前途了。"

"对啦,"施内德尔问,"咱们究竟有多少人?"

"对你说吧,我也搞不清有多少人,浮动不定。就算咱们有一百来号吧。"

"三万①人中只有一百名?"

施内德尔提问的语气平淡,不加任何评论,即使如此,布吕内也不敢正面瞧他。

"有些事情不对头,"布吕内接着说,"如果以一九三六年的基础力量计算,我们应当能够重新聚集三分之一的俘虏。"

---

① 前面多次提到战俘的人数是两万。

"现在已经不是一九三六年的情况了。"施内德尔说。

"我知道。"布吕内承认。

"问题在于,"施内德尔用食指尖抠鼻孔,"我们重点吸收爱发牢骚的人,所以我们的成员不稳定。爱发牢骚的人必然是不满者,而不满者总喜欢嚷嚷。如果你让他对自己说的话做结论,他必定说他当然同意保持斗志,但等你一转身,他就变成一股气流了,我自己有过多次体验。"

"我也一样。"布吕内说。

"应当吸收真正的不满者,"施内德尔说,"吸收所有真正的左派人士,战前阅读《玛丽娅娜》和《星期五》①的人士,相信民主与进步的人士。"

"对,很对!"布吕内很赞成,他望着山丘顶上的木头十字架和毛毛雨淋后青翠欲滴的杂草,加添道,"有时我碰见某个仁兄只身一人拖着步子走路,好似久病初愈。我心想,这是个对象。但有什么办法呢?你刚走近,他就害怕了,好像对一切都那么疑神疑鬼。"

"不完全如此,"施内德尔说,"我更倾向他们是些可怜的羞怯者,因为他们明白他们是彻底的战败者,而且永远失魂落魄。"

"说到底,"布吕内说,"他们不再坚持斗争,情愿认为他们的失败是无法挽回的,这样想比较体面。"

"是吗?这样想令人宽慰。"

"怎么讲?"

"如果你能想象你的失败是全体人民的失败,那总是令人宽慰的。"

"自杀者的想法!"布吕内厌恶地叹道。

---

① 《玛丽娅娜》和《星期五》是战前两家非共产党左派周刊。

"不错,"施内德尔慢悠悠地接着说,"你知道,他们代表着法国。如果你打动不了他们,你所做的一切是毫无意义的。"

布吕内转过头去凝望白痴,对他那张毫无人色的脸看得着迷了。白痴深深地打了个呵欠,痛快得流出泪水,一条狗跟着打呵欠,布吕内也跟着打呵欠,整个法国都在打呵欠。布吕内停止呵欠,但仍旧低着头,声音低沉而急速地问:

"应当继续吗?"

"继续什么?"

"斗争。"

"你问我!"施内德尔发出一声令人不快的干笑。布吕内猛地抬头,瞥见施内德尔厚嘴唇上一抹既残忍又痛苦的微笑正在消失。

"如果你放弃斗争,你准备干什么?"施内德尔问道,微笑消失,面容恢复平滑、凝重、冷静,死海一般叫人永远难以捉摸。

"准备干什么?我准备逃走,去巴黎找自己的同志。"

"去巴黎?"施内德尔搔搔头

"你认为那边也一样吗?"布吕内急切地问道。

"如果德国人彬彬有礼……"施内德尔沉思着说。

"很有可能,"布吕内插话,"可以肯定他们乐意帮助瞎子穿马路。"

"那么可以肯定,那边也是这个样子,"施内德尔说着猛地直起身子,不客气地审视布吕内,问道,"你抱什么希望呢?"

"我不抱任何希望,"布吕内生硬地回答,"我从来不抱任何希望,我根本不在乎什么希望,我心里清楚。"

"清楚什么?"

"我清楚苏联迟早要参战的,"布吕内回答,"我清楚苏联在等待时机,我要伙伴们做好准备。"

"时机已经错过了,"施内德尔说,"到不了秋天英国就将完蛋。在存在建立第二战场的希望的时候,苏联都没有干预,你怎么硬想让苏联在即将孤军作战的今天出面干预呢?"

"苏联是劳动人民的国家,"布吕内说,"苏联的劳动人民决不允许欧洲的无产阶级陷入纳粹的铁蹄。"

"那他们为什么允许莫洛托夫签署德苏条约?"

"那时没有别的办法嘛,当时苏联没有做好准备嘛。"

"凭什么证明苏联如今万事俱备了呢?"

"我们不是在交易所咖啡厅,"布吕内生气地用手掌击打墙头,"我不想就这个问题跟你争论。总之,我是活动家,从来没有时间搞高级政治投机,我有自己的活儿要干。除此之外,我信赖法共中央委员会和苏联,一向如此,今天也不会改变。"

"这正是我所说的,"施内德尔闷闷不乐地说,"你靠希望活着。"

他忧郁的语气使布吕内大为恼火,布吕内觉得施内德尔的忧郁是装出来的,但他仍语气平和地反驳:

"施内德尔,法共政治局整个儿发疯并非不可能,但按照这种讲法,你现在头上方的棚顶马上塌下来也不是不可能的,然而你不会一辈子来守护它吧。当然你会对我说,如果你乐意,你寄希望于上帝或相信建筑师,但这些都是玩弄字眼,你心里很清楚,世间存在自然规律,楼房之所以长期岿然不动,是因为人们按照自然规律建造的。对吗?那么你为什么要我花时间对苏联的方针提出疑问呢?你想问我为什么相信斯大林?我相信他,是的,也相信莫洛托夫和日丹诺夫,恰如你相信这些墙壁的坚固。换句话说,我知道世间存在历史规律,根据这些规律,劳动人民的国家和欧洲的无产者有着一致的利益。况且我不经常想这个问题,就像你不常想起你住房的屋基:地板在我脚下,屋顶在我头上,我确信无疑,赖以庇护,可以放手从事党指派的具体目标。当你伸手去拿饭盒的时候,你的手势本身就设定了普遍的决定论,同样,我的任何行为都不言自明地肯定苏联是世界革命的先锋。"他讥讽地瞧着施内德尔,得出结论,"有什么办法?我只是个活动家。"

施内德尔始终神情沮丧,双臂下垂摆动,眼睛黯淡无神,似乎他想用迟缓的模拟表演来掩饰思想的敏捷。布吕内经常注意到施内德尔千方百计放慢他才气横溢的思维,好像他想在自己的脑子里引进某种坚韧不拔的思维,他大概认为这种思维是农民和士兵所特有的。为什么?让自己打心底里肯定与他们团结一致吗?为了对抗知识分子和大小头头?因为憎恨学究气?

"好呀,活动吧,老兄,活动吧,"施内德尔说,"不过你的举动倒挺像交易所咖啡厅的闲谈,我们费了九牛二虎之力,招收了百来号可怜的理想主义者,我们向他们滔滔不绝地吹嘘欧洲光辉的未来。"

"这是必然的,"布吕内说,"在他们还没有活动的时候,我不能指使他们去干什么,只能聊一聊,接触接触。等不了多久,我们被运到德国,你瞧吧,他们不行动也得行动了。"

"是的,我等着,"施内德尔无精打采地说,"我等着,也不得不等,可神甫和纳粹分子他们却不等呀。他们的宣传比咱们的有效得多。"

"怎么?你这是什么意思?"布吕内直逼他的眼睛问道。

"我说说而已,没什么意思,"施内德尔惊讶地回答,"咱们在谈招收的困难嘛……"

"难道是我的错吗?"布吕内粗暴地反问,"法国人是没毅力没勇气的浑蛋,你能怪我吗?难道是我的错,如果……"

施内德尔猛地挺身打断他的话,脸色铁青,声音急促而结巴,好像另一个人偷了他的嘴巴来骂布吕内:

"你是……一向是……你才是浑蛋哩……浑蛋是你!有个政

党当靠山便自视优越,那是很容易的;受过政治培训和习惯采取强硬手段,便蔑视懵懵懂懂的可怜虫,那是很容易的。"

布吕内没有激动,只是怪自己失去了耐心。他说:

"我不蔑视任何人,至于伙伴们嘛,不言而喻,对他们的过失我会酌情处理的。"

施内德尔根本不听他那一套,大眼睛睁得圆圆的,似乎等待内心突变,终于大声斥道:

"是你的错,是你的错!"

布吕内直勾勾望着他发愣,但见施内德尔双颊泛起不正常的红晕,胜过怒火,仿佛是一种由来已久的仇恨,一种隐藏久远的世仇,终于一下子发作了。布吕内瞧着这张愤怒的大脸,这张公开表明观点的面孔,心想:"要发生什么事情了。"施内德尔一边抓住他的胳膊一边向他指着正在抓耳挠腮、无所事事的汤普森公司的工程师,但因为太激动,一时说不出话来。布吕内保持沉着、冷静,别人发火反倒使他冷静。他等着,即将知道施内德尔肚子里藏着什么。施内德尔费了好大的劲才冲口而出:

"喏,他就是没有毅力、没有勇气的浑蛋之一,一个平常的人,像我,像穆吕,像我们大家,当然跟你不一样喽。不错,他变成了浑蛋,不错,连他自己也深信的确是个浑蛋。不过,去年九月,我亲眼在土尔见过他,那时他憎恶战争,但他还是毅然参战了,因为他相信参战有理,我向你保证他不是浑蛋……是你使他变成现在这副模样。你们沆瀣一气,贝当和希特勒,希特勒和斯大林,一个鼻孔出气,硬说他们犯了双重罪过:打仗的罪过和打败的罪过。他们曾经相信的参战的种种理由,你们正在一个个推倒。这个可怜虫原以为是为权利和正义而战,你们却想使他相信他是冒冒失失陷入一场帝国主义战争,他完全糊涂了,不再知道自己想要什么,不再知道自己干了些什么。不仅是敌人的军队打了胜仗,而且是敌人的思想取得了胜利。他被世人抛弃,被历史抛弃,待在那里与死亡的思想为伍,竭力想自卫,重新估计形势。但依靠什么?依靠已经过时的思想工具?你们使他痛心疾首。"

"喂,你跟谁说话?"布吕内忍俊不禁,问道,"跟我还是跟希特勒?"

"我跟《人道报》编辑说话,"施内德尔回答,"跟法共党员说话,跟三九年八月二十九日为庆祝德苏条约签订发表两栏文章的家伙说话。"

"原来如此。"布吕内说。

"是的,本是如此。"施内德尔毫不示弱。

"法共一向反对战争,你是非常清楚的。"布吕内温和地说。

"反对战争,是的,"施内德尔喊道,"但同时赞成德苏条约,而这个条约使得战争不可避免。"

"不对,"布吕内有力地反驳,"德苏条约是我们避免战争的唯一机会。"

施内德尔哈哈大笑,布吕内则坦然一笑,不作声了。

"是呀,瞧你说的,瞧你说的,"施内德尔突然止住大笑,"瞧你这副法医的神态。我无数次发现你用冷漠的眼睛观察伙伴们,好像你在察看现场。结果呢?你看到什么了?发现我是个历史进程的渣滓?好吧,渣滓就渣滓,但还没有死,布吕内,还没死呀,可惜得很。我的落魄,我不得不承受,有苦难言哪。你永远不会理解的,你是搞抽象思维的,正是你们这些搞抽象思维的人把我们变成渣滓。"

布吕内一声不吭,静静凝视施内德尔。施内德尔犹豫起来,眼睛冷酷而惊恐,好像有无法挽回的话要讲,脸色突然变得苍白,一股恐惧的阴影使他的目光黯然失色,他闭上嘴巴。过了一会儿,他重新用洪亮的嗓音平静而单调地说:

"总而言之,咱们大家都陷入泥潭,你和我们不相上下,这也成了你的借口。当然你继续把自己看成历史进程的动力,但心有余而力不足了。法共正在没有你的情况下重新组合,而且重新组合的基础你一无所知。你可以逃走,但你不敢,因为你害怕面对你在那边发现的现实。你不例外,也痛心疾首。"

布吕内淡然一笑,不对,不是这样的。别人无法使他这样,这些废话跟他没有关系。施内德尔沉默了,微微发抖,总之,什么事也没发生。没有发生任何事情,施内德尔没有供认自己的观点,也没有暴露自己的身份,只是有点恼火,仅此而已。至于对德苏条约的议论,自九月以来,他听过不下一百遍了。那个发呆的士兵大概明白有人在谈论他,慢慢舒展开,迈出盲蛛似的长腿,像一头受惊的牲口,侧着身子溜走了。施内德尔究竟是何许人?资产阶级知识分子?右翼无政府主义者?未暴露的法西斯分子?要知道法西斯分子也自称不赞成战争。布吕内转身仔细观察,只见施内德尔是个衣衫褴褛和彷徨无主的士兵,无所维护,无可丧失,只是失神地搓着鼻子。布吕内琢磨:"他想伤害我。"但他对施内德尔恨不起来,和气地问:

"你既然这么想,为什么还来跟我们为伍?"

"为避免孤单,"施内德尔的声音可怜兮兮,样子老气横秋,沉默片刻后抬起头,淡淡笑着补充,"总应当干点什么吧,不对吗?干什么都行,在某些观点上咱们可以有分歧嘛……"

他沉默了,布吕内也默不作声。过了一会儿,施内德尔瞧了瞧手表,说道:

"是探访的时间了,去看看?"

"我不太想去,你先去吧,也许一会儿我去找你。"

施内德尔注视他片刻,好像想对他说什么,但他转身离开了,消失了。插曲就此结束。布吕内背着双手在院子里散步,顶着毛毛雨,他脑子空空的,什么也不想,肚子空空的,咕噜作响,只是面颊和双手感到蒙蒙细雨的喷射。痛心疾首。就算痛心疾首吧。痛心疾首之后呢?"心理学的把戏!"他心里鄙视地骂道。他驻足止步,不由得思念党。院子空荡荡,灰蒙蒙,好像是节假日,隐遁的日子。突然,布吕内拔脚急匆匆跑到前院。一大堆人挤在栅栏旁,鸦雀无声,一个个伸着脖子远望门楼。伙伴们远远站在另一端,顶着相同的毛毛雨,布吕内瞥见站在头排的施内德尔的虎背熊腰。他拨开人群挤了过去,把手搭在施内德尔肩上。施内德尔回头向他热情地笑了笑,说道:

"嗨,你来了?"

"对,我来了。"

"现在是两点五分,"施内德尔说,"门楼栅栏门快打开了。"

他们身旁有个准尉俯身悄悄对自己的伙伴说:

"也许会有娘儿们。"

"我喜欢看见老百姓,"施内德尔兴奋地说,"这使我想起中学的星期日。"

"你曾是寄宿生?"

"是的,我们在会客室列队迎接父母到来。"

布吕内笑笑,没有接话茬,平民百姓跟他不相干,但他仍高兴待着不走,因为周围的伙伴给他增添温暖。门楼大门嘎吱打开,一排排等候者窃窃私语,大失所望:"他们就这么点人?"一共三十来人。布吕内俯视那一小片打着雨伞黑压压挤在一起的人群。两个德国人上前迎接,微笑着对他们说话,检查他们的证件,然后闪过一旁让他们进来。净是些妇女和老头,几乎全部穿黑衣服,活像雨下的送葬行列。他们提着箱子、袋子、用餐巾盖着的篮子。妇女们脸色阴沉,目光冷漠,神情疲惫。她们小步向前,大腿收缩,被贪婪的目光弄得局促不安。

"他妈的！她们难看死了。"准尉叹道。

"唉,不见得吧,瞧那个褐发女人的屁股。"

布吕内用同情的目光瞧着来访的女人们,确实,她们长得难看,神态冷漠且死板,仿佛她们专程来教训自己的丈夫:"你怎么会当俘虏的,疯了吗？你让我一个人怎么带得了小孩?"不管怎么说,她们来了,步行或搭运货车,提着沉甸甸的食品篮子。来到医院、兵营、监狱大门前等候的妇女总像她们这样站着一动不动,表情呆板,而在家里,美丽红润的脸蛋带着惊惶不安的目光空守闺房。布吕内在她们的脸上又一次激动地发现"和平"带来的窘况和不幸,她们原先给参加罢工的丈夫们送汤时,眼睛虽也焦躁不安、不以为然,但赤胆忠心。至于来访的男人,他们大部分是粗壮而外表平静的老头儿。他们步履缓慢、笨重,但心安理得:想当初他们赢得了战争,如今问心无愧。这次失败尽管不是他们的失败,但他们仍旧承担了责任。他们大度地肩负责任,有如自家的小孩砸碎了人家的窗玻璃就得赔偿,他们来探望干了蠢事的小子既不感到生气也不感到耻辱。在他们多半像农民的憨厚的脸上,布吕内突然重新找到他失去的东西:生活的意义。"我以前经常跟他们谈话,他们一般不急于马上理解,总带着冷静而深思的神态聆听,有点过分拘泥于细枝末节,但一旦理解了的东西,他们便永世不忘。"在他心中一种旧的愿望重新抬头:"做工作,感受像他们这种有责任感的成熟目光。"他耸耸肩,往事不可追,还是面对现实吧。他瞧瞧周围的人,一帮神经质的家伙,面孔缺乏表达力,只会做怪相:"我命中注定跟这帮人打交道。"他们踮着脚尖,伸长脖子,目不转睛地注视来访者,目光像猴子似的,既放肆又胆怯。他们曾指望战争使他们成熟为男子汉,赋予他们一家之主的权利和老战士的权利,经过这种隆重的战争洗礼,那场大战,那场世界战争,其荣耀使他们的童年喘不过气来的战争,本应当让位于一场更大的更具体的世界性战争;向德国佬开枪,本应当意味着按父辈的惯例完成屠杀,每一代青年以此为生活的开端。然而他们没有向任何人开枪,更谈不上屠杀,失败了:他们仍旧没有成熟。父辈们生龙活虎地在他们面前列队而过,引起他们的怨恨、忌妒、崇敬和畏惧,使两万名武士重新堕入又懒又笨的小学生的阴暗心理中。突然,队伍中有人转身直面战俘们,看得他们个个无地自容,此人长着浓浓的黑眉毛,猩红的面颊,用手杖的一头挂着包袱扛在肩上。他离队走近战俘们,一手搭在铁丝网上,用布满血丝的大眼睛从下往上瞧着他们。在他迟钝、呆板和凶狠的目光逼视下,他们屏着呼吸等待,缩头收肩地准备吃耳光时躲闪。老汉说:

"喂,你们在这儿呀?"

"是的,老爹,我们在这儿。"沉默片刻后有人回答。

"不太苦吧?"老汉说。

准尉清清嗓子,脸涨得通红,布吕内注意到他皱紧的脸上依然显露出怀疑的神情。准尉回答:

"苦哇,老爹,我们两万人马都想当英雄,但未发一枪就在无防御工事的地区投降了。"

老汉点点头,深沉地、沉重地叹道:

"可怜的年轻人!"

大家松了口气,轻松地凑上去向他微笑。德国看守上前碰碰老汉的手臂,彬彬有礼地示意让他离开,老汉侧身说:

"等一等,老天!我这就走。"

老汉说着向战俘们递了个会意的眼色,他们喜形于色,因为他的眼睛没有寒光,是死心塌地站在他们一边的老人,所以他们间接地心安理得了。老汉问道:

"日子还过得去吧?"

布吕内心想:"这一下行了,他们要叽叽咕咕诉苦了。"不料,许多人高高兴兴地回答：

"还好,还好,老爹,还过得去。"

"那就好,那就好。"老汉连声说。

他已没有什么可说的了,但待着不走,岩石般的凝然不动。德国看守轻轻拉了拉他的衣袖,老人犹豫了,扫视着一张张年轻的面孔,好像在寻找自己的儿子,过了一会儿,仿佛想起很久以前的心思,一下拿不定主意,最后用干瘪的声音说：

"小伙子们,你们知道,这不是你们的错。"

小伙子们没有接话茬,直僵僵地站着,几乎是立正的姿势。老人想说得更具体一点,接着说：

"我们家乡没有一个人认为这是你们的错。"

小伙子们仍没有答话,老人说：

"再见,小伙子们！"

老人说完就走了,这时人群才突然作出反应,热情地喊道：

"再见,老爹！再见！再见！再见！"

老人走得越远,他们喊得越响,但老人没有回头。施内德尔对布吕内说：

"你瞧！"

"瞧什么?"布吕内如梦初醒,但心里很清楚施内德尔想对他说什么。施内德尔说：

"对我们有点信任就行了。"

"难道我真的像法医吗?"布吕内微笑着问。

"不,此刻不像。"施内德尔回答。

他们友好地互相交换眼色。布吕内猛地转过头去,有所发现似的说：

"瞧那个女人。"

那个女人踌躇了一下,站住脚跟,但手中的小包掉在泥地里。

她个儿矮小,头发灰白,握在左手的花束转到右手,然后高高举起右臂,一时间,她的手臂仿佛拔高了,仿佛从肩膀和脖子拔长了,尽管动作笨拙,但最后硬是把花束扔了过来,鲜花终于散落在铁丝网这边的地上。散开的野花中有矢车菊、蒲公英、丽春花,肯定是她沿路采摘的。附近的人们争先恐后去捡花,由于用力过猛,抓住花茎的手指布满了泥土,他们哈哈笑着挺起身子,向献花的女人挥动鲜花,好像向她表示敬意。布吕内觉得喉头发紧,转过身咬牙切齿地对施内德尔说:

"鲜花,好像咱们打了胜仗似的!"

妇女脸上没有笑容,她捡起小包便走了,只见她把包背在雨衣下,扭动着远去了。布吕内张嘴想说什么,但看见施内德尔的脸色,什么也不说了。施内德尔推开周围的人挤了出来,看上去心情不佳。布吕内跟着他挤出人群,把手搭在他肩上问道:

"怎么啦?"

施内德尔抬起头,布吕内掉转脸避开,怕自己的目光、自己法医的目光惹人不快。他瞧着自己的脚重复问道:

"怎么啦?什么地方不舒服了?"

他们俩在毛毛雨下单独站在院子中央。施内德尔说:

"真叫人难受。"他沉默片刻后补充道,"重新见到老百姓,真叫人难受。"

"我也跟你一样感到难受。"布吕内说时没有抬头。

"你,不一样吧,你没有亲人了。"施内德尔说。

过了一会儿,施内德尔解开上衣纽扣,从内衣口袋掏出一个扁得出奇的钞票夹。布吕内心想:"他把一切证件都撕毁了。"施内德尔打开钞票夹,里面只剩一张明信卡大小的相片,他看也没看就把相片递给布吕内。一个眼睛忧郁的少妇出现在布吕内面前,她眼睛下面有一丝笑容,布吕内从未见过这样的笑容。看得出她非常清楚在这个世上存在集中营,存在战争,存在被扣在兵营的战俘,尽管知道,仍然微笑,她向战败者微笑,向被关在集中营里的犯人微笑,向历史的渣滓微笑。然而布吕内在她的眼睛里无论如何找不到任何恶意的凶焰,看到的只是信任的微笑、斯文的微笑,这种微笑似乎请求他们宽恕战胜者。布吕内看过许多相片,许多微笑,但战争使它们失效了。而这张刚出现的笑容没有失效,是对着布吕内微笑的,只对布吕内一个人微笑,对战俘布吕内、对渣滓布吕内、对得意者布吕内微笑。施内德尔附在他肩旁说:

"相片旧了。"

"是的,你该把周边剪掉。"布吕内说着把溅满雾水的照片还给他。

施内德尔用衣袖的卷边小心地擦干相片,放回钞票夹。布吕内寻思:"她漂亮吗?"说不清,没来得及注意。他抬起头,凝视施内德尔,心想:"她是向施内德尔微笑。"他觉得在用别的眼光看施内德尔。这时过来两个家伙,非常年轻,是轻步兵,他们把捡来的丽春花插在扣眼上,沉默不语,但他们眼皮扇动着,给他们平添了领圣使者的滑稽相。施内德尔的目光跟随着他们,布吕内犹豫了一下,一句老话脱口而出:

"我觉得他们令人感动。"

"真话?"施内德尔说。

他们背后看热闹的人墙解体了,来访者已进入营房。代鲁凯尔摇摇摆摆走过来,后面跟着佩兰和排字工人,布吕内这才想起:"对啦,已经三点钟了。"他们三个都板着脸,想到他们背后嘀咕着什么,布吕内有些不快,但这是很难避免的事,于是老远招呼:

"喂,小伙子们,怎么样啦?"

他们走近站定,面面相觑,怯生生不敢开口。布吕内直截了当地问:

"你们别卖关子了,出了什么事情?"

排字工人脸色非常不好,睁大漂亮的眼睛不安地望着布吕内说:

"我们总是按你的要求办事,对吧?"

"是呀,是呀,怎么啦?"布吕内不耐烦地说。

排字工人不知如何往下说,一直低着头的代鲁凯尔接替他说:

"我们很愿意继续做工作,只要你要求我们干,我们一定继续干,但是白费力气。"

布吕内没有吭声。

"伙伴们根本不听。"佩兰说。

布吕内仍没有吭声,排字工人语调平淡地说:

"就在昨天,我跟一个家伙打了起来,因为我说德国佬可能把咱们运往德国,那家伙疯了,他说我是第五纵队的。"他们一起抬头,直瞪瞪望着布吕内,排字工人接着说,"简直到了不能跟他们说德国人坏话的地步了。"

"坦率地说吧,"代鲁凯尔鼓起勇气,直对布吕内说,"我们不拒绝做工作,如果干得不好,可以重新再干。但应当理解我们。我们到处转悠,一天下来少说也得跟二百人谈话,对大伙儿的情绪很了解,你嘛,跟他们接触较少,当然难以体会。"

"怎么啦?"

"照他们这个样子,假如明天释放两万战俘,那就多了两万纳粹分子。"

布吕内感到脸上一阵发热,他一个个瞧过来,问道:

"这是你们的意见吗?"

"是的。"三个同时回答。

"你们都同意这种看法?"布吕内问。

"同意。"他们回答。

"这里有工人,有农民,"布吕内大发雷霆,"你们应当感到羞耻,居然认为工人和农民会成为纳粹分子。要不然就是你们的过错。一个活生生的人不是一块劈柴,明白吗?人是会变的,他妈的,是可以说服的,你们转变不了他们,说明你们不会做工作。"

他转身向前走了三步,猛地转过身来指着他们说:

"事实上,你们摆头头的架子,瞧不起自己的同志,请你们记住一个党员从不蔑视任何人。"他注意到他们直愣愣干瞪眼更生气了,吼道,"两万纳粹分子,你们疯了!你们如果蔑视他们,那是根本改变不了他们的。首先要千方百计理解他们,他们痛心疾首,茫然不知所措,谁要是信任他们,那他们就跟谁走。"施内德尔在场使他很难受,于是他说,"走,咱们走!"临走前他转身对张口结舌、狼狈不堪的小伙子们说,"我想你们是一时糊涂,算了,不再追究了,但下不为例,别再胡说八道了。明天见。"

布吕内跑步上楼梯,施内德尔跟在后面上气不接下气。布吕内跑进小房间,倒在被子上,伸手拿起一本书:亨利·拉夫当的《姐妹们》①,他用心一行行一字字往下念,终于使自己平静下来,直到天暗下来才想起还没有吃饭,问道:

"你们把我的面包留出来了吗?"

穆吕递给他面包,他接过面包割下一块放进背包以备明晨送给排字工人,然后开始吃饭。康特雷尔和利瓦尔出现在门口,这是串门的时间,他们问候大家:

"大家好!"

"你们好!"屋里的人回答,但都没有抬头。

"怎么样?有什么新鲜事儿?"穆吕问。

---

① 亨利·拉夫当(1859—1940),法国小说家和剧作家。《姐妹们》发表于1896年,后来多次再版。

"听说有人遇到了麻烦,"利瓦尔说,"谁付出代价?当然是我们喽。"

"啊,真有新闻?"穆吕问。

"有个军士长逃跑了。"

"逃跑?为什么?"黄毛问,由于惊讶,语气变得粗鲁。

其他人一时反应不过来,眼睛显露一丝慌乱,恰似以前在地铁里疲惫不堪的人群突然听见一个疯子狂叫时所表现的那种厌恶。加苏慢慢地重复道:

"逃犯!"

北方佬放下正在雕刻的棍子,惶惑不安。朗贝尔闷声不响地咀嚼,眼睛茫然而冷漠,过了一会儿才狞笑着说:

"总有人自以为比别人更紧迫。"

"或者因为喜欢步行。"穆吕说。

布吕内用刀尖剔去面包发霉的部分。碎片纷纷落在被子上,他感到很不自在。外边灰蒙蒙的天色映入房间,外边,在这座死城里,有个人被追得走投无路,到处躲藏。而我们,我们待在这儿吃饭,今晚在屋内睡觉。他勉强地问道:

"他怎么跑的?"

"猜猜看!"利瓦尔神气活现地瞧着他说。

"我可不知道,从后墙跑的?"

利瓦尔摇摇头,从容不迫、得意扬扬地说:

"下午四点钟在德国佬的眼皮底下,从门楼大模大样地走了。"

大伙儿极为惊讶,利瓦尔和康特雷尔对引起众人惊愕颇为得意,接着康特雷尔声音尖厉而急促地解释道:

"军士长老婆来看他时给他带来一小箱旧衣服,他躲到壁橱里换上老百姓的衣服,然后扶着老婆的手臂走了出去。"

"没有任何人阻止他吗?"加苏气愤地问。

"阻止?怎么阻止?"

"换了我呀,要是我在门口认出了他,早就报告德国佬了,早就把他关禁闭了!"

"你没发疯吧?"布吕内惊愕地望着他问道。

"发疯?"加苏激动地说,"可怜的法兰西!今天,尽义务的人反倒被看成发疯。"他慷慨陈词,扫视周围的人是否赞成,接着更激烈地说,"等到他们取消探望,你就知道我是否发疯了。我对你们说吧,德国人让家属进来,并非出于无奈。伙伴们,你们不同意我的看法吗?"他见穆吕和朗贝尔点点头,口气严肃地说,"说真的,德国佬总算客气一点了,怎么感谢他们?让他们下不了台?他们肯定要发火的,怪不了他们。"

布吕内刚准备张嘴骂他浑蛋,施内德尔赶紧使个眼色加以阻止,自己则大声骂道:

"加苏,你真没出息!"

布吕内嘴上不说,心里却辛酸地想道:"他急忙辱骂是为了阻止我评判加苏是什么样的人。他自己不评判加苏,也从不评判任何人,他在我面前为他们感到羞愧,无论发生什么事情,无论他们做什么,他都选择跟他们站在一起。"

加苏瞪视施内德尔,目光闪烁,施内德尔也不客气,回瞪他一眼。加苏垂下眼睛,解释道:

"好!好!得了!让他们取消探望好了,就算我什么也没说,反正我无所谓,家父家母远在奥朗日。"

"我更不用说了,"穆吕说,"我是孤儿,不过总得为伙伴们着想呀。"

"不错,"布吕内说,"你有权这么说,穆吕,你每天洗得干干净净,为的是不让伙伴们染上虱子。"

"这不是一码事，"黄毛突然插进来说，"穆吕邋遢，这不假，但他只使咱们几个人难受；现如今，一个人为自己方便，不顾惜两万人遭殃，未免太不像话了。"

"要是德国佬抓住他，要是德国佬让他坐牢，"朗贝尔说，"我决不会怜悯他。"

"你想一想，"穆吕说，"入伍六周那位先生便走了。难道他不能像咱们这样吗？唵？"

这话说到中士的心里去了，他叹道：

"这便是法国人的性格，所以我们打输了。"

"尽管如此，你们还是很希望处在他的位置，为没敢冒险而感到羞愧吧。"

"你想错了，"康特雷尔生气地说，"他若冒了什么风险，比如屁股上挨了一枪，不管怎么想他，说他浑蛋也罢，爱冒险的狂热者也罢，反正他是有胆量的。而那位先生并非如此，若无其事地走了，在他老婆的保护下溜了，是个没种的东西，简直不是逃跑，而是犯了背信罪。"

布吕内感到脊梁上一阵寒战，他挺直身子，把在座的一个个打量过来："好哇！既然如此，我提醒你们注意，明天晚上我就爬墙逃走，咱们走着瞧吧，看有没有人去揭发我。"

大伙儿局促不安起来，加苏则毫不示弱，他说：

"我们不会揭发你，这你心里非常清楚，但一旦出了这个门，保证狠狠揍你一顿。因为，如果你逃跑，肯定倒霉的是我们这拨人。"

"揍一顿？"布吕内嘲笑着说，"揍一顿，就凭你？"

"是呀，如果必要的话，我们好几个人一起上。"

"得了，等十年后你从德国回来，再跟我较量吧。"

加苏正想反驳，利瓦尔抢先说：

"别跟他争了,反正咱们国庆节就获自由了,这是官方消息。"

"官方消息?"布吕内打趣道,"你看见写成文字的东西了?"

"我没有看见写成文字的东西,但八九不离十了。"利瓦尔装作不屑正面回答,转身对其他人说。昏暗中一张张脸兴奋得发亮,如同无线电收音机里的灯泡,暗中透着乳白的亮光。利瓦尔笑容可掬地打量大伙儿许久,然后解释道:"是希特勒说的。"

"希特勒!"布吕内气得发昏。

"并非因为我喜欢那个家伙,"利瓦尔没理睬布吕内的震惊,接着说,"当然喽,他是咱们的敌人。至于纳粹主义,我不赞成也不反对,这个主义在德国佬那里可能成功,但不符合法国人的气质。不过,希特勒有一件事是可靠的,他说到做到,非但如此,甚至提前做到。"

"他说释放我们了?"朗贝尔问。

"当然。他说:六月十五日我将到巴黎,七月十四日你们就可以跟你们的妻子跳舞啦。"

"我想他是说:我们跟你们的妻子跳舞。"北方佬声音怯生生地说,"我们是指德国佬。"

"你在场听见的?"利瓦尔瞪着他问。

"没有,听别人说的。"北方佬回答。

"你呢,你在场吗?"布吕内见利瓦尔冷笑,反问他。

"当然在场,就在哈格诺嘛,伙伴们有一台收音机,我进屋时希特勒刚说完这句话,"他点点头,得意地重复道,"六月十五日我们将开进巴黎,七月十四日你们就可以跟你们的妻子跳舞了。"

"哈哈!"大伙儿兴致勃勃地重复道,"六月十五日我们将开进巴黎,七月十四日你们就可以跟你们的妻子跳舞了。"

妻子,跳舞。他们仰面朝天,缩着脖子,手掌支着帐篷帆布,双脚舞动起来,随着节奏由慢到快旋转,震得地板咯啦作响,仿佛在

星光照耀下查特顿十字路口的高楼大厦中间翩翩起舞。加苏镇静下来,俯身用合乎逻辑的语气向布吕内解释道:

"希特勒,他不是疯子,你明白吧?他为什么要把一百万战俘安置到德国去呢?你说说看,为什么要养活一百万张嘴呢?"

"为了让他们干活。"布吕内回答。

"干活?跟德国工人一起干活?那可美了,德国佬只要让我们跟他们聊聊天,他们的士气就完了。"

"用什么语言聊天?"

"随便用什么语言,用简单的法语呗,用世界语呗,法国工人天生机灵,爱责难人,专横任性,不用多久就把德国佬同化了。你尽可放心,希特勒早就想到了,他可不疯哩,不,决不。我嘛,跟利瓦尔一样,不喜欢此人,但尊重他,像他这样值得尊重的人我说不上许多。"

大伙儿点头赞成,郑重其事地说:

"该为他说句公道话,他热爱自己的国家。"

"他是有理想的人,当然与咱们的理想不同,但仍旧值得尊重。"

"一切主张都值得尊重,只要是真诚的。"

"我们的主张呢,喂,我们的议员们,他们有什么理想?塞满自己的腰包,对啦,还有小娘儿们,以及其他诸如此类的东西。他们用我们的钱大吃大喝。在他们国家就不是这样,你交了税,可你知道人家把你的钱派什么用场。每年税务员给你发一封信:先生,您付了多少税金,好,这意味着为病人付了多少药钱或者建造了多少平方米的高速公路。我说得不错吧?"

"希特勒并不想跟我们打仗,"穆吕说,"是我们向他宣战的。"

"等一等,不是我们,是达拉第,他甚至没有征求众议院的意见。"

"这正是我所说的,现在你明白了吧,希特勒不是胆小鬼,他说:'你们找上门来了,伙计们,那么我奉陪。'结果,一眨眼的工夫,他就把我们打得屁滚尿流。现在呢?你以为他乐意奉陪一百万战俘?你走着瞧吧,不出几天他就会对我们说:伙计们,你们碍我的事,还是待在你们国家吧。然后他掉头去对付俄国人,他们跟俄国人会打得鼻青脸肿的。法国嘛,你想怎么会令他感兴趣?他根本不需要。他把我们的阿尔萨斯重新拿过去,为了声誉而已,让他拿去算了,我们向来不在乎阿尔萨斯人,告诉你吧,我向来受不了他们。"

"且慢,"利瓦尔暗自好笑,摆出自命不凡的样子说,"假如我们产生一个希特勒呢?"

"嘿,可怜的朋友!"加苏说,"希特勒指挥法国士兵?可怕!那么此时此刻,咱们就在君士坦丁堡了,"他使了个轻浮的眼色补充道,"因为法国士兵是世界上最优秀的士兵,如果有强人指挥的话。"

布吕内猜想,施内德尔大概羞愧得要命,不敢看他。于是他站起身,背朝世界上最优秀的士兵,心想拿他们毫无办法,走出房间,到达楼梯台,但犹豫了。他望着拐向半明半暗的楼梯发愣:此刻营房门一定关上了。他第一次感到自己是囚徒。早晚我还得回到牢房,跟其他人一起躺在地板上听他们说梦话。在他脚下,营房飕飕作响,喊声和歌声通过楼梯井传上来。地板咯啦咯啦作响,他急忙回头,但见施内德尔正在昏暗的楼道里向他走来,穿过一道道从房间里延伸出来的白日余晖。要问问他:"怎么!你还有胆量替他们辩护吗?"施内德尔此刻离得很近了,布吕内瞧了瞧他,但什么也没说,把臂肘支在楼梯栏杆上;施内德尔来到他身旁,也把臂肘支在楼梯栏杆上。布吕内说:

"还是代鲁凯尔说得对。"

施内德尔没有接话茬,布吕内心想,还能指望他回答什么呢。一个微笑。毛毛雨下几朵红花。只需对他们表示信任就够了,一点点信任,一点点信任,嗯!谁相信你的鬼话。他怒不可遏地重复代鲁凯尔的话:

"毫无办法。毫无办法!"

当然,光凭信任是不够的!信任谁?信任什么?需要痛苦、恐惧和仇恨,需要反抗和屠杀,需要铁的纪律。当他们没有什么可失去时,当他们的生活比死亡更糟糕时……他们俩肩并肩斜倚在黑洞洞的楼梯井上,闻着灰尘的味道。施内德尔压低声音问道:

"你真的想逃跑吗?"他见布吕内盯着他不回答,接着说,"我会非常想念你的。"

"只有你会这样吧。"布吕内心酸地说。

底层有人合唱:

喝一杯,喝两杯,为情人的健康干杯!

逃跑,抛弃两万人马,让他们在泥潭里受罪,我若如此,还有权说没有任何事情可做了吗?但倘若巴黎有人等我回去呢?他想到巴黎,心中油然升起一股强烈的厌恶。他说:

"我不会逃跑的,气头上说说罢了。"

"要是你认为没有任何事情可做了……"

"总有事可做的。应当因地制宜,能干什么就干什么。下一步,到时候再说。"

施内德尔叹了口气,布吕内突然说:

"你倒该逃走。"他见施内德尔摇摇头,接着说,"那边,有你的妻室呀。"施内德尔仍摇摇头,布吕内问道:"为什么?这里没有任何东西值得你留恋的。"

"到处一样糟糕。"施内德尔回答。

喝一杯,喝两杯,为情人的健康干杯!

"但愿快见到德国!"布吕内说。

"但愿快见到德国,是的,赶快!"施内德尔第一次难为情地重复道。

让向我们宣战的英国国王见鬼去吧!

这节车皮装着二十七人,吱嘎作响,车外,一条运河沿铁路向前延伸。穆吕说:

"总之,破坏不怎么严重。"

德国人让拉门开着,日光和苍蝇从容进入车厢。施内德尔、布吕内、排字工人坐在门口的地板上,双腿垂在外面,这是个晴朗的夏日。穆吕满意地重复道:

"说真的,破坏不怎么严重。"

布吕内抬起头,只见穆吕心满意足地站着眺望飞逝而过的田野和牧场。天气炎热,人身上发臭。有个家伙在车厢尽里头打鼾。布吕内俯身车外,瞥见行李车里德国头盔在枪筒上闪闪发亮。一个晴朗的夏日,万籁无声,只听到火车隆隆,运河汩汩。每隔很长一段距离,道路上、田野里便出现一个弹坑,坑里的积水映着天色。排字工人自言自语道:

"跳下去并不困难嘛。"

"他们会向你开枪,就像打兔子一样。"施内德尔肩膀一拱,示意德国人手中的枪。

排字工人没有答辩,俯身车外,好像要往下跳,布吕内一把抓住他的肩膀。排字工人发呆地重复道:"并不很难嘛。"

穆吕在排字工人的颈背拍了一巴掌,说道:

"当然不难,咱们正开往沙隆哩。"

"真的吗?是开往沙隆吗?"

"你也看了告示。"

"告示上没有写开往沙隆。"

"确实没写,但上面写着咱们留在法国,不对吗,布吕内?"

布吕内没有马上回答,确实的,前两天墙上贴出指挥官签署的告示,上面写着:"巴卡拉营的战俘将留在法国。"尽管如此,他们仍旧被装上火车,开往未知的地点。穆吕盯着问:

"是不是真的?"

"当然是的,是真的,真的!别烦我们啦,你明明知道是真的。"

"是真的。"布吕内瞥了排字工人一眼,和气地说。

"很奇怪,我旅行的时候总觉得不踏实,"排字工人松了口气,带着放心的微笑,转身向布吕内爽朗地笑出声来,补充道,"我一生中也许乘过二十次火车,但每一次都叫人心绪不宁。"

他笑嘻嘻的,布吕内看着他笑,心里却想:"他的情况不妙。"吕西安坐在后面一点,双臂抱着两踝,他年轻,戴着眼镜,长相和气。他说:

"我父母定好星期天来看我。"

"你不乐意在家里跟他们团聚吗?"穆吕问他。

"当然。但既然他们定好星期天来,我就希望星期一开拔。"

"居然愿意多待三天,"大伙儿群起而攻之,"他妈的,有人无法控制自己,一天天往下拖。喂,为什么不拖到圣诞节呢?"

"我父母年事已高,"吕西安笑吟吟和气地解释道,"让他们白跑一趟,我心里怪难受的。"

"得了,等他们回到家,由你接待他们吧。"穆吕说。

"那敢情好,"吕西安说,"不过我没有这么走运,他们至少得用一周时间来遣散我们。"

"不一定吧?不一定吧?"穆吕连声道,"德国佬干事可能很快的。"

"我嘛,只要求一件事,"汝拉人说,"就是回到自己家收割薰衣草。"

布吕内回头看了看,车厢里白蒙蒙布满灰尘和烟雾,有人站着,有人坐着,从一双双叉开的腿中间,他瞥见伙伴们脸上平静和气,略带微笑。汝拉人是个大块头,剃着光头,一只眼睛蒙着黑布条,一副凶相。他盘腿而坐,尽量少占地方。布吕内问他:

"你是什么地方人?"

"马诺斯克人,我原先在海运部门服务。现在我和妻子一起生活,我不忍心让她一个人收草。"

排字工人眼睛一直盯着铁路,他说:

"正是时候。"

"怎么啦,小伙子?"布吕内问。

"让他们放掉我们,正是时候。"

"是吗?"

"我很发愁。"

布吕内心想:"原来他也如此。"但他看见排字工人的眼睛是那样的塌陷和发亮,便把到嘴边的话咽了回去,心想:"他很快会意识到的。"施内德尔说:"对啦,小伙子,你怎么不再逗我们说笑了,怎么啦?"

"没怎么,现在好了。"排字工人回答,他想解释一下,但找不到词儿,于是做了个抱歉的手势,简单地说:

"我是从里昂来的。"

布吕内感到很不自在,心想:"我早已忘记他来自里昂,已经让他干了两个月,却对他毫不理解。此刻他紧靠着我,正患着思乡病。"

"咱们真的开往沙隆?"排字工人转过脸来突然问道,布吕内发现他眼中隐显焦急的苦楚。

"你又来啦!"穆吕不耐烦了。

"得了,得了,得了,"布吕内说,"即使不是开往沙隆,咱们迟早也会回来的。"

"必须开往沙隆,必须开往沙隆,"排字工人说,样子就像做祈祷,眼睛盯着布吕内接着说,"你知道吗?若不是因为你,我早逃了。"

"若不是因为我?"

"是呀,自从有了负责人,我就必须留下了。"

布吕内没有吭声,心想:"当然,因为我的缘故。"但他并没有感到欣慰。排字工人继续说:

"要不然我今天已在里昂了。你想想看,一九三七年十月我就被动员入伍,我的手艺都忘光了。"

"会很快恢复的。"吕西安说。

"怕不容易吧,"排字工人像哲人似的摇摇头,"你们走着瞧吧,手艺这东西是很难恢复的,"他神态木讷,两眼空茫,补充道,"晚上在我父母家里我把什么都擦得亮光光的,我不喜欢待着什么也不干,硬是要什么都干干净净。"

布吕内用眼角瞧他,只见他失去平日明朗和快活的神态,从嘴里吐出的话语有气无力,黑色的茸毛在瘦削的双颊乱长。一条隧道吞没头几节车皮,布吕内望着火车驶入的黑洞,猛地回头对排字工人说:

"你想逃的话,就在此刻。"

"怎么说?"

"你跳下去就行了,等别人发现,火车已全部进入隧道。"

排字工人呆望着他,接着眼前一片漆黑,布吕内嘴里眼里全是烟灰,连咳了几声。火车放慢速度。

1213

"跳,"布吕内咳着说,"快跳呀!"

他不见反应,只见浓烟逐渐变淡,突然满脸阳光。排字工人仍坐着没动窝儿。

"怎么没跳?"布吕内问道。

"有什么必要?既然咱们开往沙隆。"排字工人挤挤眼睛说。

布吕内耸耸肩膀,放眼望去,只见运河边有家农舍酒店,一个家伙坐在水边林荫小径上喝酒,布吕内只看得见他的鸭舌帽,酒杯和高鼻子。另外,小路上有两个人,他们戴着扁平的窄边草帽,边走边聊天,怡然自得,对隆隆驶近的火车连头也没回。

"喂!喂!伙计们!"穆吕朝他们喊道。

一转眼,他们不见了。但眼前出现另一家酒店,新开张的——钓鱼台。一架钢琴的叮咚声传到布吕内耳里,但很快消失了。只听见行李车上德国佬发出的声响。布吕内看见一路上首次出现的古堡:位于大花园尽头的古堡雪白鲜亮,两侧各有一座尖顶的钟楼;花园里一个小姑娘捧着一个铁环,神情严肃地望着前方,她那年轻的眼睛似乎代表无辜而过时的法兰西望着战俘们经过。布吕内眺望小姑娘,想起贝当。火车穿过这道目光,穿过充满明智游戏、良好思想、小忧小虑的未来,驶向土豆地,驶向军火工厂,驶向人类真正黑暗的未来。布吕内背后的战俘们挥动着手,他发现车厢里所有的战俘都拿着手绢挥动,但小姑娘没有回礼,一味紧紧地抱着她的铁环。

"他们问个好总是可以的吧,"安德烈说,"九月他们很高兴我们出来打仗保卫他们。"

"就是嘛,"朗贝尔说,"不过,我们这一仗没打成。"

"怎么,是我们的过错吗?我们是法国战俘,有权得到敬礼。"

有个老头在钓鱼,他坐在帆布折凳上,连头也不抬。汝拉人冷笑着说:

"他们又过上小康日子了……"

"我看确实如此。"布吕内说。

火车在宁静的氛围中行驶:渔翁垂钓,农舍错落有致,窄边草帽点缀其间,天空是这般的宁静,布吕内回头看了一眼,伙伴们低声抱怨,但一个个看得入迷了。

"别急嘛,"马夏尔说,"那老头儿做得对呀,再过一星期我也要去捉鱼了。"

"用什么捉鱼?用线吗?"

"不,去你的,用假虫饵。"

他们的自由似乎就在眼前,就像这熟悉的景色,这平静的水面,手到擒来了。和平,劳动。这老汉今晚捉了胦鱼回家,再过一星期他们就自由了:证据在眼前嘛,暗示的但美妙的证据。布吕内很不自在,唯有他看得清未来,这众人皆醉我独醒的滋味不好受哇。他掉过头去看另一条铁轨的枕木,只见枕木飞逝而过,心想:"我能说什么呢?反正他们不信我的话。"转念一想,觉得自己该高兴才是,他们很快终将明白过来,他总算可以开展工作了。然而他的肩上和臂上感到排字工人由于焦躁而散发的热气,不由得心头一怔,这种沮丧的感觉很像受到良心的责备。火车放慢速度。

"怎么回事?"

"嗨!"穆吕自命不凡地说,"是扳道岔呗。你们知道吧?我很熟悉这条路线,十年前我是旅行推销员,每星期走这条线。你们一会儿就看到,火车向左拐弯。向右拐,是北上吕内维尔和斯特拉斯堡。"

"吕内维尔?"黄毛说,"我恰恰以为应该经过吕内维尔。"

"不,不,我对你说了,我熟悉这条线,很可能通往吕内维尔的路线中断了,所以南下走圣迪耶,绕过吕内维尔,现在咱们北上。"

"往右拐,就是去德国?"拉梅尔声音慌乱地问。

"对,对,咱们正在往右拐。左边是南锡,巴勒迪克和沙隆。"

火车放慢速度,停了下来。布吕内回头观察伙伴们,他们泰然自若,有的脸上挂着笑容,只有钢琴教师拉梅尔咬着下嘴唇,扶着眼镜,神情烦躁和沮丧,但大家都默不作声。突然穆吕大声喊话:

"喂,小娘儿们,亲吻一下,小宝贝心肝,轻轻吻一下。"

布吕内朝他喊话的方向望去,只见六个穿连衫裙的姑娘,粗胳膊红红的,脸色健康,她们六个在道口栅栏的另一边朝他们眺望。穆吕向她们送去飞吻。她们没有笑容,其中有个褐发胖姑娘,长得不难看,开始叹息,随着叹气,她的乳房高高隆起。他们睁大眼睛凝望,神情好不凄惨,而六个姑娘孩子般地噘着嘴,快哭出来似的,更使得她们的脸显得粗俗和呆板。

"来呀,来呀,做一个好动作!"穆吕喊道,忽然心血来潮,补充道,"总得给奔赴德国的小伙子们送上几个飞吻吧?"

"喂,别讲丧气话!"他背后立即有几个人抗议。

"你们给我闭嘴,我这么说是让她们朝我们笑一笑。"穆吕转身非常自在地说。

"那好!那好!"大家又喊又笑。

褐发姑娘仍目光惊恐地望着他们,她犹豫不决地抬起手,放到下垂的双唇,然后机械地把手抛出来。

"再好一点!再好一点!"穆吕喊道。

一声怒气冲冲的德语吆喝吓得他赶紧把头缩了回来。汝拉人说:

"闭上嘴吧,再闹,人家把车皮拉门关上了。"

穆吕没有辩驳,只低声骂道:

"这小地方的娘儿们真差劲!"

火车启动,嘎吱作响,慢慢向前滚动。大家默不作声,穆吕半张着嘴等着,火车发出隆隆声,布吕内心想:"关键时刻到了。"火

车咯啦咯啦换道,猛地晃动,穆吕失去平衡,一把抓住施内德尔的肩膀,一边高呼胜利:

"行啦,伙伴们,行啦!咱们开往南锡啦!"

大家又笑又叫,拉梅尔激动地大声问道:

"肯定吗?真的开往南锡?"

"看一眼就知道了嘛。"穆吕指着铁轨说。

确实火车向左拐弯,走成一个弓形,此刻不用俯身门外也能看清小火车头。

"以后呢?直达吗?"布吕内回头问道,他看见拉梅尔的脸色发灰,苍白的嘴唇还在发抖。

"直达?"穆吕好笑地反问,"难道人家还让我们换火车?"

"不是这个意思,我想问还有没有别的道岔?"

"还有两处,"穆吕回答,"一处在弗鲁阿尔之前,另一处在默兹河畔的帕尼。但你用不着担心,我们向左行驶,一直往左,直通巴勒迪克和沙隆。"

"什么时候可以确信无疑?"

"你还想要什么?现在就确信无疑了。"

"前面道岔呢?"

"嘿!"穆吕解释道,"你指的是第二个道岔吧?如果向右拐弯,那就是开往梅斯和卢森堡。第三个道岔无关紧要,如果向右拐弯,那就是通向凡尔登和色当,到那边去干什么?"

"那么第二个道岔,"拉梅尔说,"就是下一个哟……"他把话咽了回去,蜷做一团,双膝顶着下巴,一副失魂落魄的样子。安德烈说:

"喂,别让我们扫兴,你走着瞧吧。"

拉梅尔没有吭声,顿时车厢里鸦雀无声,气氛沉闷,大家板着脸,有点紧张。布吕内听到抑扬的口琴声,安德烈暴跳如雷:

"喂,停止音乐!"

"我总有权玩口琴吧。"车厢里有个声音说。"不要音乐!"安德烈重复道。

那人不吹口琴了。火车慢慢加快速度,越过一座桥,排字工人叹道:

"再见,运河。"

施内德尔坐着睡熟了。脑袋耷拉下来。布吕内感到无聊,望着田野,脑子空空的。过了一会儿,火车又放慢速度,拉梅尔忽地挺起身子,眼神惊慌地问:

"怎么回事?"

"别紧张,到南锡了。"穆吕说。

道砟堆得比车厢还高,像一堵墙一样挡在他们面前,砟墙上端有一条白石挑檐,再上面有一排铁栅栏。穆吕说:

"上面有一条街。"

布吕内突然觉得背上有块巨物压得他直不起腰来,原来是伙伴们以他为支点俯身门外张望,他们扭着头朝天上看,火车头的浓烟滚滚涌入车厢,布吕内连连咳嗽。马夏尔说:

"你们瞧,上面有人。"

布吕内仰面朝天,觉得后脑顶着一块很硬的东西,两肩压着好几双伙伴们的手,果然瞥见有个人俯在栏杆上。他通过栅栏看得见那人穿黑上衣和条纹长裤,手里拿着公文包,四十岁模样。

"您好!"马夏尔喊道。

"你们好。"那人回答,他蓄着小胡子,面孔瘦削冷峻,眼睛浅蓝浅蓝的。

"你好,你好!"大伙儿纷纷向他致意。

"南锡的情况怎么样?"穆吕问,"毁坏得不太厉害吧?"

"不。"那人回答。

"那就好,那就好。"穆吕说。

那人不说话了,大伙儿好奇地凝望着他。汝拉人问:

"市面恢复了吗?"

车头鸣笛,那人把手贴着耳朵卷成喇叭形,喊道:

"什么?"

汝拉人在布吕内头顶上方打手势,示意他不能喊得更响了。吕西安对汝拉人说:

"问问他南锡战俘的情况。"

"什么?战俘?"

"问他是否知道战俘的情况。"

"等一等,根本听不见。"穆吕说。

"快问,火车马上又要开动了。"

汽笛停止了。穆吕喊道:

"市面怎么样?恢复了吗?"

"你们想得倒好,城里那么多德国人!"那个当地人回答。

"电影院重新开张了吗?"马西亚尔问。

"什么?"那人听不清。

"他妈的,"吕西安骂道,"扯什么电影院,别乱扯,让我来问他。"没等喘上气来就问,"战俘呢?"

"什么战俘?"那人问道。

"这里没有战俘吗?"

"有过,但现在没有了。"

"他们去哪儿了?"穆吕大声问道。

"当然去德国了!"那人惊愕地望着他回答。

"哎呀,别推呀。"布吕内说,他两手用力把身体支撑在地板上,伙伴们压在他身上,一起向上喊道:

"去德国?你没发疯吧?你是说去沙隆吧?去德国了?谁对

1219

你说他们去德国了?"

那个当地人没有回话,镇静地俯视着他们。汝拉人说:

"别乱嚷嚷,伙伴们,别一起问话。"

大伙儿不吭气了,汝拉人大声问道:

"您怎么知道的?"

一声怒吼。一个德国看守举着带刺刀的枪从行李车厢跳下来,跑到他们面前,是个很年轻的小子。他气得满脸通红,嗓音发哑,飞快地喊了一通德国话。布吕内突然觉得如释重负,背上的巨物卸掉了,伙伴们立即重新坐下。看守不说话了,但仍在他们面前,持枪立正。那个当地人仍站着,凭着栏杆俯视他们,布吕内猜想车厢暗处一双双焦躁不安的眼睛正向上默默地询问。坐在他后面的吕西安低声骂道:

"糟糕!太糟糕了!"

那个当地人一动不动,一声不吭,虽然装着一肚子秘密,却毫无用处。车头鸣笛,一股浓烟涌进他们的车厢;火车开动,慢慢向前行进。布吕内咳嗽,看守等到行李车来到他跟前,把长枪向上一扔,从行李车厢伸出两双手,露着绿色的衣袖,抓住看守的双肩,把他拽了上去。

"那个浑蛋知道什么呀!"

"对,他知道什么呀!即使战俘们离开了,他也只是看见他们离开而已。"

愤怒的声音在布吕内背后爆发,布吕内淡然一笑,什么也没说。拉梅尔却说:

"他猜想而已,他猜想他们去德国了。"

火车加速行驶,沿着空荡荡的大月台出站,布吕内看见一块标示牌上写着:"出口。地下通道。"火车隆隆滚滚,车站消失得无影无踪。紧靠布吕内肩膀的排字工人肩膀颤抖,突然大发脾气,骂道：

"没有把握却硬那么说话定是个坏蛋。"

"说得对,十足的坏蛋。"马夏尔附和道。

"干这种事的人必定糊涂透顶……"穆吕说。

"糊涂?"汝拉人反驳,"你没有看清楚他吧!我向你发誓那家伙不糊涂,他知道自己干什么,我对你说吧。"

"到底知道干什么?"

布吕内回头,看见汝拉人狞笑着说：

"他是第五纵队的成员。"

"喂,伙伴们,他说得对吗?"朗贝尔问。

"闭嘴吧,浑蛋!你想去德国就自愿报名吧,别来瞎搅和。"

"吵什么,到道岔就知道啦。"穆吕说。

"什么时候到分岔口?"拉梅尔问,他脸色铁青,手指轻轻地拍着军大衣。

"再过一刻钟,或二十分钟吧。"

大伙儿不作声了,静静地等候,脸绷得紧紧的,眼睛空茫茫的,自从溃退以来,布吕内还从未见过他们这副样子。寂静无声,只听见车厢嘎吱嘎吱作响。天气炎热,布吕内很想脱去上衣,但他夹在排字工人和车厢内壁之间动弹不得,汗珠一滴滴滚进脖子里。排字工人眼望别处对他说：

"喂,布吕内!"

"怎么啦!"

"刚才你叫我往下跳的时候,不是笑话我吧?"

"为什么要笑话你?"布吕内反问道。

排字工人向他转过脸去,孩子气的可爱的脸上尽管布着皱纹、污垢、胡子,却一点不显老。他说：

"我不能忍受去德国,"他见布吕内没有反应,接着说,"我不

1221

能忍受,我会死在那边的,肯定会死在那边的。"

"那你就跟大家一样,随遇而安吧。"布吕内耸耸肩说。

"大家都会死掉的,大家,大家,大家。"

布吕内抽出一只手,搭在他肩上,亲切地安慰道:

"小家伙,别激动。"

排字工人浑身发抖,布吕内劝他说:

"你要是嚷嚷,会引起伙伴们恐慌的。"

排字工人欲言又止,顺从地说:"你说得对,布吕内,"他做了个失望和无奈的手势,垂头丧气地说,"你总是对的。"

布吕内朝他笑了笑。过了一会儿,排字工人声音低沉地问道:

"这么说,是开玩笑喽?"

"什么?"

"刚才你叫我跳车是开玩笑喽?"

"行了,别再扯了。"布吕内回答。

"要是我现在跳车,你会见怪吗?"排字工人问。

布吕内瞧了瞧行李车,枪筒伸出车外,闪闪发亮。他说:

"别干傻事,你会吃枪子儿的。"

"让我碰一下运气吧,嗯,让我碰一下运气吧。"排字工人央求道。

"不是时候呀……"布吕内说。

"不管怎么,我去那边肯定活不下来,反正是死,不如死就死在……"排字工人见布吕内没有反驳,接着说,"不过得告诉我,你对我见怪不见怪?"

布吕内眼睛始终不离行李车上的枪筒,慢慢地冷冷地说:

"是的,我会见怪的。不许你胡来。"

排字工人低下头,下巴不住地蠕动,布吕内看在眼里。

"你好心狠。"施内德尔说。

布吕内转过脸去,不理会施内德尔严峻的目光,只是一味紧靠着门框,好像对施内德尔说:"我阻止他跳车,是不想让他被打死,你看不出来吗?"但他不能说,因为不想让排字工人听见。对施内德尔横插一杠,他心里很不愉快,暗自骂道:"真糟糕。"但看着排字工人瘦削的颈背,转念一想:"如果他死在那边呢?"进而心里嘀咕:"他妈的!我变了。"火车放慢速度,快到分岔路口了。毫无疑问,大家都知道这一点,但什么也没说。火车停下来,寂静无声。布吕内抬头张望。穆吕压着他俯身门外,张着嘴观察道路,脸色青灰。从路堤的草丛里传来蟋蟀的叫声。三个德国人跳下车厢,活动一下腿,他们笑着经过布吕内所在的车厢。火车开动了,他们转身跑回行李车厢。穆吕突然大声喊道:

"往左,伙伴们,咱们往左开了。"

车厢震动,嘎吱作响,好像快出轨似的。布吕内又一次感到双肩压着好多人,他们竞相俯身张望。大伙儿起哄:

"往左!往左!咱们开往沙隆……"

其他车厢门口也伸出许多被烟熏黑的脑袋,个个笑逐颜开。安德烈喊道:

"沙博!咱们开往沙隆!"

"快了,伙伴们,快了!"沙博从第四节车厢探出身子,笑着喊道。

大家开怀大笑,布吕内听出加苏的声音:

"哟!他们跟咱们一样虚惊一场。"

"你们明白了吧,伙伴们?"汝拉人说,"那个当地人确是第五纵队的。"

布吕内瞧了瞧排字工人,见他闷声不响,浑身颤抖,一滴眼泪沿左颊流下来,在污浊墨黑的脸上画出一道痕迹。有人吹起口琴,有人按拍子唱起来。

我的小柿子,我永远忠于你。

布吕内顿时感到忧心如焚,他望着飞逝的铁轨,真想往下跳。车厢喜气洋洋,火车纵情欢唱,好似战前的游览火车。布吕内心想"最终会发生意想不到的事情。"排字工人长长舒了一口气,轻松自在了,连声叹道:

"好悬哟!好悬哟!"他狡黠地望着布吕内接着说,"你原先真以为咱们开往德国?"

布吕内把脸一沉,感到他的威信受到了损害,但什么也没说。好在排字工人和颜悦色,赶紧用和解的语气补充道,"人人都可能有搞错的时候,我也跟你一样以为要去德国哩。"

布吕内沉默不语。排字工人轻轻吹起口哨,过了一会儿,他说:

"我去看她前先叫人通知她一声。"

"她是谁?"布吕内问。

"我的女友,"排字工人回答,"她一定会高兴得晕倒。"

"你有女朋友了?"布吕内又问,"你这个年纪就有女朋友了?"

"当然,要是没有这场该死的战争,我们也许早结婚了。"

"她多大了。"

"十八岁。"

"你是在党内认识她的?"

"不,在一次舞会上认识的。"

"她跟你想法一致吗?"

"对什么事情?"

"对一切事情。"

"这难说,我不知道她有什么想法,我猜她什么想法也没有,还是个黄毛丫头嘛,不过她善良、勤劳,而且……身材很好,"他有点出神,接着说,"也许正因为这事儿弄得我闷闷不乐,我好想她哟。你不搞女人吗,布吕内?"

"没有时间。"布吕内回答。

"那你怎么安排好事呢?"

"有时候,随便碰上一个搞一搞。"他微笑着回答。

"这样我可活不下去,"排字工人说,"你不在乎跟小娘儿们建立安乐窝?"

"不在乎。"

"原来如此,原来如此,"排字工人不好意思地说,好像为自己辩护似的,"我其实不需要什么了不起的东西,她的要求也不高,三张椅子和一张床就行了。"他茫然一笑,补充道,"没有这场战争,我们也许很幸福。"

布吕内恼火了,反感地瞪了他一眼,只见他瘦削的脸上表情丰富,渴望获得幸福。布吕内慢条斯理地说:

"这场战争不是偶然发生的,你很清楚,我们生活在人压迫人的制度下是不可能获得幸福的……"

"咳!我总可以搞个小窝吧……"

"那你为什么参加共产党?"布吕内提高嗓门生气地说,"共产党员不应该待在小安乐窝里。"

"是呀,正是为了其他人,"排字工人说,"在我那个街区贫困的人比比皆是,我很想改变这种状况。"

"咱们一旦入了党,就把一切交给党了,"布吕内说,"你还记得入党誓言吧?"

"当然记得,"排字工人急忙回答,"难道我拒绝过你交给我的任务吗?不过,我想做爱的事情,党总不至于为我牵线吧。有时候呀……"

他瞧了瞧布吕内,突然不说了。布吕内仍旧闷声不响,心想:"他这副样子,是因为他认为我搞错了。应该永远正确才是呀。"

天气越来越热,汗水湿透布吕内的衬衫,太阳直晒他的脸:所有像他这样的年轻人都应该知道为什么参加共产党,只要年轻人怀着慷慨的想法入党,总有一天会灰心丧气的。"那么你呢?你为什么入党?哦,说来话长,别提了吧,反正,我是共产党员,因为我是共产党员。"他抽出右手,擦了擦额上湿透眉毛的汗水,瞧了瞧时间:四点三十分。按这么绕道而行,离目的地还早着呢。德国佬今晚将关闭车厢,让我们睡在停车线上。他打了个呵欠,说道:

"施内德尔,你一声不吭哪。"

"你要我说什么呢?"施内德尔反问道。

布吕内又打了个呵欠,瞧着铁轨飞逝而过,一张苍白的脸在轨道中间朝他哈哈大笑,他的脑袋突然垂下来,惊醒了,眼睛生疼,不由得往后挪了挪,躲开太阳。有人宣布,"判处死刑。"他的脑袋又垂下来,终于醒了,用手抹了抹湿漉漉的下巴,惊道:

"我流口水了,一定是张着嘴睡着了。"

他讨厌自己这副模样。有人递给他一罐打开的牛肉,罐头发烫,他问道:

"这是什么?哦!"

他接过罐头时拿倒了,黄色的液体雨点似的掉在轨道上。

"喂,快递过来!"

他没有转身,背着手递回罐头,有人接过后,他又睡着了。有人拍拍他的肩膀叫醒他,他接过罐头,把剩下的牛肉全吃了。

"把罐头给我。"排字工人说。

布吕内把罐头递过去,排字工人接过后吃力地站起来。布吕内把湿指头往衣服上擦了擦,过了一会儿,有人从他头顶上伸出一只手臂,倾倒白铁罐头,黄水洒落,化成白色水珠往后飘洒。排字工人边坐下边擦干手指,布吕内把头搭在排字工人的肩上,听着口琴奏出的乐曲,望着鲜花盛开的花园睡着了。一个刹车的冲击把

他惊醒,他喊道:"嗯?"但见火车停在旷野里:

"唵?"

"没什么,你可以继续睡觉,"穆吕说,"这儿是默兹河畔的帕尼。"

布吕内转过身去,车外万籁俱寂,车内伙伴们还是那么高兴,有的玩牌,有的唱歌,有的平心静气、津津有味地互讲自己的故事,眉飞色舞,终于把心底深藏的回忆挖掘出来,谁都没有注意火车停下。布吕内睡熟了,他梦见一片奇怪的平原,男人们个个赤身裸体,骨瘦如柴,蓄着灰胡子,坐在一大堆篝火周围。等他梦醒时,太阳已经落在地平线上,天空呈淡紫色,两头母牛在牧场上吃草。火车停着不动,有的人仍在唱歌,几个德国兵在路堑边坡上采摘野花。其中有个矮墩墩的家伙,双颊鲜红,嘴上叼着一朵雏菊,满脸堆笑走近战俘。穆吕,安德烈和马夏尔朝他微笑。德国人和法国人一时笑脸相迎。穆吕突然用德语说:

"香烟,请给香烟。"

德国兵犹豫了一下,转身返回路堑边坡,他的三个同伴正弯腰撅着屁股采花,他迅速从口袋里掏出一包香烟扔进车厢。布吕内听见背后一阵骚乱,不吸烟的拉梅尔笑容可掬,挺起身用德语高喊:

"谢谢。"

小胖子朝他打了个手势,示意不要声张。穆吕央求施内德尔说:

"问问他咱们在哪儿。"

施内德尔用德语向士兵提出问题,那个士兵微微一笑作为回答,其他士兵采完花回来了,他们左手持花束倒拿着。他们是一个中士、两个士兵,一路上欢声笑语。

"他们说些什么?"穆吕笑着问。

1227

"等一等,让我仔细听一下。"施内德尔着急地说。

德国兵说笑够了才不慌不忙地回到行李车,中士停下对着车厢的车轴,叉开双腿小便,之后,扣上裤裆的纽扣,朝手下的士兵瞥了一眼,见他们背朝他,于是掏出一包香烟扔进车厢。

"哈!他们真不赖!"马夏尔受宠若惊地喊道。

"因为咱们已经获得自由了嘛,"汝拉人说,"他们想给我们留下个好印象。"

"可能吧,"马夏尔若有所思地说,"不过他们所做的一切姿态都是宣传。"

"他们说些什么?"穆吕问施内德尔。

大家见施内德尔不回答,样子挺古怪,安德烈憋不住追问:"对呀,他们说些什么?"

"他们是汉诺威人,"施内德尔艰难地咽下口水说,"他们在比利时打过仗。"

"他们说咱们开往哪儿了吗?"

"开往特里尔。"施内德尔摊开双臂,抱歉地淡然一笑。

"特里尔,"穆吕说,"在什么鬼地方?"

"在普法尔兹。"施内德尔说。

出现难以觉察的静场。穆吕说:"特里尔,在德国?这么说他们故意取笑你喽。"穆吕见施内德尔没有反驳,泰然自若地说,"去德国不经过巴拉迪克?"

施内德尔仍不吭声。安德烈漫不经心地说:

"他们说着玩的吧?"

"明摆着是开玩笑嘛,"吕西安说,"他们寻开心吧。"

"他们回答我的问题时并没有开玩笑。"施内德尔不得已解释道。

"你没听见穆吕说的吗?"马夏尔发火了,"去德国不经过巴拉迪克,不合情理嘛。"

"不经过巴拉迪克,会往右拐。"施内德尔说。

"不,不对,"穆吕笑着说,"你得承认我比你更熟悉路线。往右是凡尔登和色当。如果你一直往右,也许到得了比利时,但到不了德国,对吧?"他转身对其他伙伴非常有把握地说,"对你们说吧,我以前每星期在这个地区走动,有时一周两趟!"他口气很硬,脸上拼命显示信心十足的样子。

"当然,当然,穆吕肯定不会搞错的。"大伙儿异口同声赞道。

"可以经过卢森堡哇。"施内德尔说,他强迫自己说话。

布吕内觉得施内德尔开始行动了,想把实情灌输到伙伴们的脑子里去;他脸色苍白,说话时眼睛不看任何人。安德烈把脸凑近施内德尔的脸,冲着他责问:

"为什么绕道?为什么?"

"为什么?为什么?"大伙儿起哄了,"很愚蠢嘛,为什么?从吕内维尔去德国不是更直截了当吗?"

施内德尔脸涨得通红,转身直对车厢尽里头,冲着大叫大嚷的伙伴们怒吼:

"我不知道,说不清,或许因为铁路被毁,或许因为德国列车占据线路。别让我说出我不知道的事情,你们爱怎么相信就怎么相信吧。"

一个尖嗓子压倒其他声音嚷道:

"不必担心,伙伴们,反正很快就知道了。"

"就是嘛,走着瞧吧,不必为此烦恼哇。"大伙儿附和道。

施内德尔重新坐下,不再辩驳。从最后第二节车厢伸出一个鬈发的脑袋,发出一个年轻的声音,向他们呼唤:

"喂,伙伴们,他们对你们说了咱们去哪儿吗?"

"他说什么?"

"他问咱们去哪儿。"

车厢里顿时沸腾起来,大伙儿哈哈大笑:

"这家伙运气好,鼻子挺灵,问得正是时候。"

穆吕俯身车门外,双手搁在嘴边做成喇叭形,喊道:

"开往我的屁眼儿!"

大伙儿见那个脑袋缩了回去,哄然大笑。等大家笑够了,汝拉人建议:

"打牌吧,伙伴们?这比胡思乱想强多了。"

"好吧。"大伙儿一致赞成。

他们把一件军大衣折叠成四方形,然后围着它盘腿而坐,汝拉人拿起纸牌理了理,开始发牌,拉梅尔一声不响地咬手指甲;口琴吹起一支圆舞曲;一个家伙靠在车皮尽里头的内壁上站着吸德国香烟,若有所思,仿佛对自己说:"吸烟真惬意。"施内德尔转过脸抱歉地对布吕内说:

"我不能对他们说谎,"他见布吕内耸耸肩没有回答,接着说,"不,我不能说谎。"

"对,这样于事无补嘛,"布吕内说,"反正一会儿就真相大白了。"

他意识到自己说话无精打采,对施内德尔恼火是因为别人引起的。施内德尔样子古怪地瞧着他说:

"很遗憾你不懂德文。"

"为什么?"布吕内吃惊地问。

"因为你,会很高兴向德国人打听消息。"

"你想错了。"布吕内疲倦地回答。

"开往德国是你所盼望的吧?"

"是的,不错,我一直盼望着呢。"

排字工人浑身发起抖来,布吕内搂住他的双肩,笨拙地紧抱着他。布吕内向施内德尔晃了晃脑袋,示意叫他住嘴。施内德尔脸上露出惊讶的微笑,仿佛对布吕内说:"从什么时候你开始体恤人了?"布吕内转过脸去观察排字工人,见排字工人急切地望着他,嘴唇嚅动,温柔的大眼睛在灰暗的脸上焦急地转动。布吕内正想问他:"难道我错了吗?"但什么也没说,只是凝视悬在停转的车轮上的双脚,轻轻吹起口哨。夕阳西下,天气不那么热了。近处一个顽童用棍子赶着几头母牛,它们快步奔驰一阵后镇定下来,大模大样走上大路远去了。孩子回家,母牛归栏,令人触景生情。远处一群黑色的鸟在一块耕地上空盘旋,死者不见得都埋在土里。这种钻心的焦虑,布吕内不知道是自己的还是别人的。他回头凝视伙伴们,拉开一段距离观察他们,从他们心不在焉、几乎若无其事的灰色面孔看出失神的表情下面蕴含着即将爆发的怒火,心想:"这很好,这样非常好。"但心中并不快乐。火车开动了,行驶几分钟后又停下来。穆吕俯身车门外,仔细观察远处,说道:

"分岔口就在一百米处。"

"你看得出他们让咱们在这里过夜吗?"加苏问。

"那敢情好!"安德烈说。

布吕内感觉停止不动的火车仿佛整个儿压在他的心头。有人说:

"神经战又开始了。"

车厢里响起一阵咯咯的干笑,布吕内循声望去,只听得笑声过后汝拉人镇定非凡的声音,"王牌吃王牌!"突然一阵震动使汝拉人回头张望,手上那张红心 A 悬在空中:火车又开动了。穆吕仔细观察。过了一会儿,火车开始加速,两条铁轨从车轮下冒出来,像两道平行的闪电伸向左前方,消失在旷野里。

"他妈的!"穆吕骂道,"他妈的! 他妈的!"

伙伴们默不作声,终于明白了。汝拉人把那张红心 A 扔在军大衣上,捡起一撮牌。火车发出有规律的噗噗喷气声。夕阳映红了施内德尔的面孔,天气凉爽起来。布吕内盯着排字工人,突然抓住他的双肩吩咐:

"别干蠢事,嗯?别干蠢事,小家伙!"

瘦削的躯体在他的手掌下抽搐,他使劲摁了摁才放松,心想:"我得抓住他不放,直到天黑。"夜里德国人要关闭车门,等到明晨小伙子就平静了。火车在淡紫色的天幕下隆隆奔驰,车厢里死一般寂静,现在他们明白了,每节车厢的人都知道了。排字工人像女人似的偎依着布吕内的肩膀。布吕内心想:我有权阻止他往下跳吗?但始终搂住他不放,布吕内背后响起一声强笑,一个声音说:

"我老婆想要一个孩子!我该给她写信让她请邻居代劳吧。"

他的话引起哄堂大笑,布吕内心想:"这是他们苦涩的笑。"

笑声充满了车厢,愤怒随之而来,一个似笑非笑的声音连连骂道:

"咱们真糊涂!咱们真糊涂!"

土豆地、炼钢厂、煤矿、强迫劳动:有权阻止他跳车吗?有什么权?

"咱们真糊涂!"那声音又重复道。

愤怒正在滚动和上升。布吕内感到手指下的瘦肩膀在俯仰、软绵绵的肌肉在蠕动,心想:"他顶不住了。"布吕内仍抓住不放:有权阻止他跳车吗?他抓得更紧,排字工人说:

"你把我弄痛了。"

布吕内抓住不放:这是一个共产党员的生命,只要他活着,他就是属于我们的。布吕内瞧着小伙子的松鼠脸,只要他活着,就是我们的。但他还活着吗?他完了,萎靡不振,不中用了。

"放开我,"排字工人喊道,"他妈的,放开我!"

布吕内感到不舒服,他的双手搂着一具丧失灵魂的躯壳:一个不再为人民服务的共产党员。布吕内很想跟他谈谈,鼓励他、帮助他,但难以做到了,因为布吕内的词语是党的词语:是党使词语赋有意义,在党内布吕内可以给予友爱,可以劝导和安慰。排字工人已经从党巨大的光辉圈里失脚坠落了,布吕内没有什么可对他讲的了。然而,他万分痛苦,这孩子!死就死了吧……咳!让他自己决定吧!如果他死里逃生,那算他运气;如果他逃不了,他的死对大家也是有益的教训。车厢里的气氛越来越活跃,火车减速行驶,好像要停车了。排字工人假惺惺地说:

"把空罐头递给我,尿憋不住了。"

布吕内嘴上不说,却看在眼里,他仿佛看见死亡。选择死亡的自由。

"他妈的,你不肯把罐头递给我吗?你想让我尿在裤裆里?"排字工人嚷道。

"罐头!"布吕内转过脸去喊道。

从充满怒气的昏暗中伸出一只手,递出一个空罐头,火车开得更慢了,布吕内犹豫不决,用手指在排字工人的肩上用力摁了摁,然后突然松开手去接罐头,排字工人从他的手臂下滑走了。布吕内赶紧伸手去抓,但抓个空,只见一个灰色的重物弯折地翻了下去。穆吕大喊一声,重物已经飞落在路堤上,但见他两腿叉开,两臂交叉。布吕内预测的枪声已经在耳边回响,排字工人跳将起来,形成一个自由自在的黑影。但布吕内同时看到了火焰,五个可怕的火点。排字工人沿着火车奔跑,惊恐万状,很想再爬上火车。布吕内朝他大喊:

"跳到边坡上,他妈的,快跳!"

全车厢的人一齐喊道:

"快跳!快跳!"

排字工人听不见,他拼命奔跑,赶到车厢时伸出双臂,一边

1233

喊道：

"布吕内！布吕内！"

布吕内见他两眼惊恐失色，喊道：

"边坡！"

排字工人什么也听不见，只有大眼睛还有生气。布吕内心想："如果他爬上来，还有一线希望。"于是他俯身车外，施内德尔领会他的意图，用左臂钩住他的腰不让他掉下去。布吕内伸出双臂，已经碰到排字工人的手了，就在此刻德国佬连放三枪，排字工人软软地朝后倒下，火车继续朝前行驶，排字工人双腿朝天，一个后滚翻趴下不动了。他头边的轨枕和砾石染满鲜血，暮霭中呈黑色。火车戛然而止，布吕内倒在施内德尔的怀里，咬牙切齿地说：

"他们明明看见他想爬上来，却故意打死他，杀人取乐。"

尸体躺在二十步开外，变成一个没有生命的东西，自由了。我将为自己建立一个安乐窝。布吕内发觉自己手中仍拿着那个罐头，他朝排字工人伸出双臂时没有抛出，这时才让这个温热的罐头落在砾石上。四个德国佬从行李车跳下，向尸体奔来。布吕内感到背后的伙伴们愤愤不平，行了，这件事终于激起了公愤。从第一节车厢跳下十来个德国兵，他们爬上路堤，手持冲锋枪，一字排开面对火车。伙伴们没有害怕，有人在布吕内背后朝德国人怒吼：

"坏蛋！坏蛋！"

德国胖中士怒气冲冲，俯身托起尸体，让它朝天倒下，然后朝尸体踢了一脚。布吕内突然转身喊道：

"喂，喂，你们要把我推下去了。"

二十个人一起俯身车外，布吕内看见二十双充满杀气的眼睛，这将形成一股强大的力量。他大声喊道：

"伙伴们，别往下跳，那将作无谓的牺牲。"

他顶着他们的压力吃力地爬起来，一边招呼施内德尔。施内德尔跟着站起来。他们俩一只手搂着对方的腰,另一只手分别死抓住车门框:"你们别想通过。"伙伴们向前拥挤,布吕内看到了众人的仇恨,也是他自己的仇恨,也是他自己的武器。他担心出事。三个德国人走近他们车厢,举枪向他们瞄准。伙伴们低声怒骂。德国人死盯住他们,布吕内认出那个给他们扔香烟的鬈发胖子,那双凶恶的眼睛杀气腾腾。法国人和德国人双方对峙,怒目相视:终于开战了。这是自一九三九年九月以来第一次开战。布吕内渐渐感到背后的压力减少,伙伴们朝后退了,他总算松了一口气。德国中士走近,用德语喊道:

"进去!进去!"

布吕内和施内德尔互相挤紧,用胸脯把伙伴们往里推。他们背后一个德国佬拉上滑门,顿时车厢陷入一片黑暗,汗臭和煤臭交杂,怒气有增无减。大家顿足击节,犹如千军万马。布吕内寻思:"他们将永世不忘,赢了。"他感到不舒服,呼吸困难,在暗中睁大眼睛,不时觉得肿胀,像两只大柑子,胀得快脱眶而出了。他低声喊道:

"施内德尔!施内德尔!"

"我在这儿呢。"施内德尔回答。

布吕内在黑暗的身边摸索,他需要触及施内德尔。一只手伸过来,紧紧抓住他的手。

"是你吗,施内德尔?"

"是的。"

他们肩并肩,手拉手,沉默不语。一阵震动,火车嘎吱嘎吱出发了。他们身体接触有何用处?布吕内的耳朵觉出施内德尔的呼吸。突然,施内德尔把手抽走了,布吕内再想握手,施内德尔却在一次火车的震动中离开了,消失在黑暗中。布吕内感到孤独,直僵僵地仿佛置身蒸笼,很不舒服。他全身由一条腿支撑,另一条腿离开地板悬着,夹在横七竖八的腿和鞋中。他不想把腿拔出来,他需要这种暂时的栖息。他处在过渡状态,他的思想在脑子里通过,火车在法国通过,种种思想的火花迸发出来,模糊不清,洒落在铁轨上,还没来得及看清楚就消失在他的身后,离他越来越远,越来越远,越来越远。正因为这种瞬息万变才得以苟全性命于乱世。即使完全停止,脚下好像还在滑行,而他明明知道火车在运行,嘎吱作响,碰撞震荡,但他已感觉不出处在运动之中了。他处在一只大垃圾箱里,有人在里面乱踢乱踩。在身后的路堑边坡上留着伙伴的尸体,正在腐烂。布吕内心里清楚,每一秒钟都使他离尸体更远,他想感受到这一点,但做不到,一切都凝滞了。尸体的上空,死气沉沉的车厢上空,黑夜从容逝去,成了唯一有生命的东西。明天黎明将洒下相同的露水,死亡的肉体和生锈的钢铁将流淌相同的臭水。明天任凭黑色的鸟儿飞来栖息。